魅丽文化 天下同萌

风月不相关·1

云起篇

白鹭成双/著

百花洲文艺出版社
BAIHUAZHOU LITERATURE AND ART PRESS

图书在版编目（CIP）数据

风月不相关．1 / 白鹭成双著．-- 南昌 ：百花洲文艺出版社，2018.7
ISBN 978-7-5500-2826-5

Ⅰ．①风… Ⅱ．①白… Ⅲ．①言情小说－中国－当代 Ⅳ．①I247.5

中国版本图书馆 CIP 数据核字（2018）第 106416 号

风月不相关．1

白鹭成双 著

出 版 人	姚雪雪
责任编辑	郝玮刚 蔡央扬
特约编辑	孙宇航 余竹青 张丽君
封面设计	黄 梅
出版发行	百花洲文艺出版社
社 址	南昌市红谷滩新区世贸路 898 号博能中心 A 座 20 楼
邮 编	330038
经 销	全国新华书店
印 刷	湖南凌宇纸品有限公司
开 本	880mm×1230mm 1/32 印张 10
版 次	2018 年 7 月第 1 版第 1 次印刷
字 数	267 千字
书 号	ISBN 978-7-5500-2826-5
定 价	38.00 元

赣版权登字：05-2018-219

网址 http：//www.bhzwy.com

目录

CONTENTS

目录

CONTENTS

第一章

断裂的红绸

如果早知道多吃两天的肉，会导致吊着她的丝绸断裂的话，关风月说什么都会先饿自己两天！

然而这世上没有如果，她肉已经吃了，绳子也已经断了，人也已经掉下来了，现在就跟抱着自己的人大眼瞪小眼。

这人的眼眸好深邃啊，像是没有底的河洞，卷着冰冷的水。眼帘上的睫毛粗又长，垂下来显得更加惑人。剑眉带着七分英气，鼻梁挺着三分傲骨，只是薄薄的嘴唇抿成了一个古怪的弧度，似乎有点生气。

废话！能不生气吗！看衣着也是个富贵人家的公子，竟然就在这众目睽睽之下，被个从天而降、穿着暴露的女子砸得脸色发青！

要是她，她也气啊！肯定跳起来就把自己摔成肉饼！

望着眼前这人铁青的脸色，“肉饼”干笑了两声，想缓和一下气氛，于是她扒着人衣襟手就往里伸，按着人家胸口就是一顿揉！

“没受内伤吧？”

本来是青色的脸，这一揉直接就黑了，白衣公子伸手就将她掀翻在地，怒斥了一声：“放肆！”

“砰”的一声，风月砸在地板上，当真成了肉饼。

“肉饼”有点委屈，来勾栏还嫌姑娘放肆，走错地方了吧？该去隔壁街的寺庙里抄佛经啊！

后头的金妈妈脸色很难看，活像被砸的是她，她上来就一个大屁股将风月撞到了后头去，然后赔着笑对这白衣公子道：“公子您千万别跟她一般见识，她不懂事，刚来的！”

殷戈止冷笑，拂了拂被染了胭脂的衣襟，眼眸含火，像是要把风月的后脑勺烧出个洞！

“听闻梦回楼一向以琴、棋、书、画、诗、歌、舞、茶为特色，在下还以为此中女子必定与别处俗物不同，不承想这儿的姑娘勾引起人来，倒是比外头街边站着的还不要脸！”

他话说得狠了，不过在座的多是达官贵人，很能理解殷戈止的想法，因为刚刚那女子实在过于浪荡了。

梦回楼是什么地方？清纯不做作的上等青楼，别的挂牌上台都是弹琴、作诗、画画，她倒好，上去就跳着舞脱衣裳，虽然的确很好看吧，但动作极其大胆媚俗，不像梦回楼的精品，倒像外头那些个妖精中的极品。

“妖艳贱货中的贱货！”

听见旁人的唾骂，风月撇了撇嘴。

梦回楼，再吹得天花乱坠，那也是青楼！再穿得良家妇女，那也还是妓子，怎么就得被鄙视啊？

从地上爬起来，风月披着红绸，一扭腰就将金妈妈撞开！她小媚眼一抛，小手臂一搭，勾着面前这白衣公子的脖颈就笑：“公子想听琴，我会弹啊！想下棋，我奉陪啊！什么书什么画，您要什么奴家就能给您来什么！十两银子一夜，看你长得好，给你打个八折吧！”

深不见底的眼再次与她对上，风月笑着笑着就笑不出来了，她眯眼盯着他看了好一会儿，眼神微动。

方才事发突然她没注意，现在仔细看两眼，这张脸怎么这么眼熟啊？

殷戈止嫌弃地挥开她的手，抬腿踢开她缠上来的腿，冷笑连连：“你这样的人，就别侮辱琴棋书画了。”

你这样的人。

风月听着，恍惚间觉得周围变得虚无，光芒散去，黑暗之中有声音远远而来，在她耳边温柔地道：“你这样的人，就该去上阵杀敌，瞧这一双手，摸着没有半点女儿家的柔软。”

“你这样的人，怎么会自荐枕席于人？分明生涩得紧，嗯，是处子？”

“你这样的人……真是心狠，要走了也不让我看一看长什么样子？”

年少不懂事的大胆痴缠，意气风发地私订终身，黑暗里无休止的缠绵，都像是她做过的一场旖旎春梦，在灭门的惨祸和这么多年的漂泊之中，散得连碎片都没了。

春梦是没了，可春梦对象还在。看着面前这人嫌弃的眼神，风月叹了口气，忍不住又开始后悔。

她为什么只多吃两天的肉呢？她该多吃两百天的肉！然后一屁股砸死这畜生！

她正感叹着呢，冷不防有人从后头抓了她胳膊，一扯就是个过肩摔！天旋地转一番后，风月就又成了个“肉饼”。

“公子莫生气啊！都是来玩的，这姑娘您要是不喜欢，就换一个，莫生气莫生气！”金妈妈挥手让人把风月抬下去，转头就冲殷戈止笑得见眉不见眼的，“您继续看其他的，今儿的费用啊，都给公子打个对折！”

殷戈止皱眉。

这衣衫不整的女子被人架了起来，红色的丝绸要裹不裹的，露出她雪白的肩头和纤细的腰。

“那姑娘，叫什么名字？”后头突然有人低声问了一句。

殷戈止一顿，回头看了一眼说话的人。

烨国太子叶御卿，穿了一身青色纱袍，里头衬着雪锦的长衫，摇着一把折扇坐在他后头一桌，正盯着他这边，眉眼间都是笑意。

殷戈止抬头看了看房梁上悬着的半截断绸，又看了看自己和叶御卿之间的距离，略微思忖，抬手就挡住了风月的路：“折不用打，罪不用赔，你今晚伺候我吧。”

啥？金妈妈蒙了，她已经在想怎么收拾那小蹄子才能挽回损失，谁知道这方才还气得脸发青的俊朗公子，这会儿竟然又要风月伺候？

男人，真是一种善变的动物。

“好……好的，我这就去安排！”金妈妈忙不迭地应着，心里想着送上门的便宜不要白不要，风月才刚挂牌，身价还没这梦回楼的入场费高呢，能抵赔偿，那就抵了！

于是，金妈妈一挥手，架着风月的一众奴才“唰”地转了个方向，欢天喜地地往澡堂跑。

“哎哎哎，干吗呢！”被扯痛了，风月梗着脖子就号，“你们不能温柔点吗！”

金妈妈一巴掌就拍在她后脑勺，瞪着眼睛咬牙切齿地道：“你给我老实点！闯这么大的祸还敢瞎叫唤？我梦回楼的招牌差点砸你手里了！现在公子要你伺候，你就把人给我伺候好了，听见没？！”

浑身一僵，风月抬头，眼角抽得厉害。她回头看了殷戈止一眼，小声嘀咕：“他有病啊？刚才那么嫌弃我，现在又点我侍候？”

“客人的心思，那是你们要琢磨的，妈妈我只管收钱！”金妈妈皮笑肉不笑地拧了她一把，低声道，“别的我不管，你要是没能让这位公子开开心心的，你就别想继续在梦回楼混了！”

开开心心？风月一听就翻了个白眼。

殷戈止是什么人？澧国大皇子，有名的冷面阎王，跟全天下欠了他钱似的一直摆着张臭脸。她从小到大偷看他没一千回也有八百回，没一回看他开心过。上到获得澧国皇帝赏赐，下到被评为澧都最受妇女喜爱男子首位，哪儿好事都有他，可哪儿也没见他笑过。

风月分析过原因，觉得他可能是天生就不会笑，所以比起让他看起来高兴，那还是别在梦回楼混了比较简单。

然而，金妈妈根本没有给她抗议的机会，扔她去澡堂里涮了两下就捞起来往三楼抬。到了朱雀房，金妈妈大脚一踹就将她送了进去。

“嘭”的一声，风月玩了一把“狮子滚绣球”，一番天旋地转之后，她眼前就是一双做工极精细的绣云白靴。

白色这种不经脏的颜色，只有闲得没事耍帅的人才喜欢穿，看来哪怕是来烨国做了质子，殷戈止的日子过得也不错。

风月吸了吸鼻子，老老实实地爬起来跪坐在他面前，装作什么也不知道，笑嘻嘻地开口：“公子有何指教啊？”

殷戈止回神，扫了一眼面前的人，面无表情地开口：“你是什么人？”

浑身一紧，像是有根线从脚趾扯到心脏，风月瞳孔微缩，抬头看向他。

这是……发现了什么吗？

一看这神情，殷戈止了然：“果然是有鬼，说吧，哪一方的人？”

哪一方？风月眨眨眼，想了想这句话的含义，心里一松，有块石头“咚”地砸下来，激得她忍不住笑出了声：“公子说笑呢，我一个刚挂牌的妓子，能是哪一方的人？”

她就说嘛，红颜无数的殷戈止，怎么可能把她这个只睡了半个月而已的身份不明的人放在心上。

多虑了，多情了。

“你方才那一支淫靡不堪的舞，想勾引的，不就是太子殿下？”殷戈止盯着她，“若是没出意外，现在你就该躺在他怀里了。”

“哇，那人是太子啊？”风月吃惊地捂嘴，“奴家只是挑了个看起来特别好看的公子，打算打个招呼而已啊！”

要是她刚刚没露出那种复杂的神情，殷戈止就信了这话了，可惜……

殷戈止出手如电，一把扼住她的咽喉，他居高临下地看着她，眼里闪着狠戾的光：“不想说实话，你可以永远不说。”

瞧瞧，这个人就是这么冷漠无情，面对她这张美若天仙的脸，竟然也能下得了手！他肯定是记恨她刚刚把他脸砸青了，现在也想给她掐出个七彩斑斓来！

喉咙出不得气也进不得气，风月艰难地掰着殷戈止的手。眼瞅着自己要被掐死了，她干脆长腿一伸，跳起来夹住他的腰，出其不意，攻其不备，勾手就是一个“猴子偷桃”！

殷戈止没想过这人会反抗，就算想过，也没想过对方会这样反抗。殷戈止一个躲闪，挥手就将人扔了出去！

“好歹是女子，你怎么如此下流！”殷戈止狠狠拂了拂衣摆，嫌恶不已地瞪着她。

呛咳着给自己顺气，风月慢悠悠地翻了个白眼：“您好歹是公子，不也很下流吗？关着门欺负我一个弱女子，算什么英雄好汉！”

弱女子？

他冷笑了一声，也懒得跟她争，只一步步地朝她靠近。

风月还想有骨气地继续还嘴，可抬头一瞧，有杀气！风月顿时觉得骨气就是世上最不值钱的东西！她小脸一抹，袖子一甩，“嘤嘤嘤”地就朝人家扑跪过去，抱着大腿不撒手：“公子有话好好说嘛，您当真是冤枉好人了！奴家未曾与外头任何人有来往，更是头一回挂牌，不认得您说的太子爷。方才神情有异，只是因为您这张脸太好看了，以至于让奴家想起个故人。”

“哦？”殷戈止停了步子，低头看着脚下的人，冷笑，“故人？”

“就是个故人！死得贼惨！七窍流血，被人五马分尸、焚骨荒野，骨头渣渣都没留下！”一口气说完不带喘，风月眼里闪过暗色，抬头却又笑得谄媚，眼睛都眯成一条缝儿了，“我是太怀念他了，所以看见您有点激动。”

是这样吗？殷戈止沉默，目光从她头顶掠下去，跟刀子似的戳得人生疼。

迎着他的目光，风月伸手就将自己肩上的衣裳扯开，小肩膀扭啊扭，小媚眼抛啊抛：“再说了，奴家要是只想勾搭太子，为什么要对您这样热情呢？太子和您，都只是恩客，对奴家来说，都是一样的嘛。”

这么一想，她倒是没撒谎，方才她还敢当众往他衣襟里探，若她的目的只是太子，那绝不该来勾搭他。

眼神敛了敛，殷戈止周身的杀气散了不少，他冷静了片刻，道：“如此，那就是我冤枉你了。”

“您知道冤枉奴家，还不给点补偿吗？”嗔怒起身，风月伸着蔻丹就往他胸口戳，委屈至极，风情万种。

这指头瞧着是挺温柔的，可落下来的时候，殷戈止只觉得跟一根筷子要戳穿他的胸口似的，疼。

这是神力还是故意的啊？

顺势坐在后头的凳子上，他抬头，只见眼前的女子食指点唇，迈着莲步靠近。身上的衣衫跟水似的滑落下去，露出两只手腕上束着的长长的红绸缎。

红色很衬她，这红绸系得也巧妙，她轻轻一抬手，艳色就能从眉目间滑过皓白的肌肤，落在丝绸底裙上，泛起点暧昧的涟漪。

不愧是做这一行的，勾引人就是有手段。

殷戈止不是禁欲的人，但也不是对什么人都能主动的，所以即便眼前的场景活色生香，他也只是安静地看着，等着这妖精绕上他身子，在他耳边呵着热气。

风月像只蛇精，攀上他的身子就将他紧紧缠住，她手勾着脖子，腿勾了腰，很是熟门熟路的，就在他耳后寻着了嫩肉，轻轻一咬。

闷哼一声，殷戈止瞳孔微缩。

熟悉的酸麻之感袭遍全身，激得他反手就捏住身上这人的胳膊："你？！"

"呀，公子也受不住这里吗？"风月咯咯地笑。

也？

眼里有东西一闪而逝，殷戈止沉了脸。

妓子伺候过的男人不知道有多少，想着法子寻恩客身上敏感的地方，是常事。

他捏着她的手腕探了探，一点内劲都没有，软绵绵的，不是练家子。

松了手，殷戈止闭眼，淡淡地"嗯"了一声，然后便任由她在自己身上放肆。

他本是不想在外头过夜的，不过看在还算舒服的分上，破个例吧。

烛光盈盈，风月一件件地脱了他的衣裳，手从他结实的手臂上滑下去，钻进人掌心，撑开他的拳头，十指交扣。

殷戈止半睁了眼，问："你哭什么？"

"嗯？"风月茫然，伸手摸了摸自己脸上，"扑哧"一声笑了出来，"哎呀呀，奴家这眼睛有毛病的，晚上看见光就容易流泪，公子不必在意。"

见光就流泪？殷戈止转头看了一眼桌上燃着的灯，伸手扑灭。

屋子里瞬间暗了，外头的月光洒进来，依稀能看见风月那一双瞪得跟铜铃一样大的眼睛。

"我也不喜欢点灯睡觉。"殷戈止淡淡地说了一句，站了起来。

他不是抱着风月站起来，也不是搂着她站起来，而是在身上这人还缠着他的时候，直挺挺地站了起来！

本来还姿态优美的风月，瞬间尖叫一声挂在他身上，哆哆嗦嗦地道：“您倒是托着我点儿啊！”

“托？”

“就是别让我掉下去！”

殷戈止抬脚往床的方向走，道：“掉下去了你自己爬起来就行，我懒得动。”

风月：“……”

死命抱紧这人，她倒是气笑了。这么多年过去，殷大公子还是这般不体贴女人。更好笑的是，就算他这么不体贴，想从他身上掉下去再自己爬起来的女人，也依旧能从招摇街的街头排到响玉街的街尾。

这都是命啊！

认命地攀住他，直到他躺上床，风月才松了口气。她咬咬牙，嗲声嗲气地道：“公子真是与寻常男子不同，格外冷淡呢。”

“你也与寻常妓子不同，格外刺眼。”

声音从他胸腔里发出来，风月娇笑，依偎在他怀里，手指一路往下滑：“男人在这种地方，不就是想找个看得顺眼的姑娘共度春宵？有喜欢高雅的，就有喜欢奴家这种刺眼的。甚至可以说，很多人就喜欢奴家这种刺眼的，却碍着身份面子，不好意思开口。”

就比如他这种衣冠禽兽。

殷戈止闷哼了一声，不是赞同也不是反对，而是因为身上这妖精竟然又抓着了他敏感的地方。

这是伺候了多少人，才能在他身上一找一个准？

殷戈止有点嫌弃她脏，可想离开已经来不及了，他身上滚烫起来，神色也因着饱受刺激的感官而逐渐迷离。

已经很久没有人给他这样的感觉了，像扯断了他捆着自己的绳子，让他随着激流被卷进无底的漩涡，迷惘、沉沦……

万劫不复。

整个晚上风月都没闲着，因为她不知道天亮之后这人会怎么对她，所以她使出了浑身解数，挑起他暗藏的火。他身上没有她不熟悉的地方，但现在的她，已经是他完全不熟悉的模样了。

敌在明我在暗，这一场仗自然是风月大胜，尽管最后是她被困在床头求饶，但殷戈止这失控难耐的模样，让她很是欣慰。

什么都变了，至少身体还契合。

两人这一觉都睡到了第二日接近晌午，殷戈止睁开眼的时候，风月也恰好醒了，她迷迷糊糊地不知道嘀咕了什么，伸手就搂住他的腰，往他怀里钻。

殷戈止怀里一暖，心口有点异样，他一把将人拎开，捏了她的下巴仔细端详："我是不是在哪里见过你？"

指尖捏着的这张脸笑了起来，眼睛都没睁开，嘴角的弧度倒是咧得大："说不定上辈子见过呢，还让您这般念念不忘，不如就将奴家赎回家去好生疼着，也不枉您记这一回。"

青楼里的姑娘，自然都是盼着被人赎出去享福的，所以要是当真见过，这人不可能装不认识他。

殷戈止松开手，当没听见她这话，径直翻身下床，唤了丫鬟进来更衣。

风月起身，拉了被子盖在身上，就这么靠在床头看着他，长发蜿蜒及地，眉目慵懒多情。

殷戈止视若无睹，换上新的白袍，衣袂翻飞之间，仿佛是柔弱儒雅的书生。再回首，一张脸依旧波澜不惊："你入这行多久了？"

没想到他会问这个，风月挑眉，看了他一眼，轻笑："两年有余。"

"一直在此处挂牌？"

"公子抬举了。"风月抬袖掩唇，咯咯直笑，"这梦回楼可不是什么人都进得来的。奴家刚入行的时候，都是带着枕头夜半时分上人家门上去，哪有地界儿能挂牌？也就是经验足了，金妈妈才收的奴家。您还是这梦回楼里，奴家第一个客人。"

梦回楼里的第一个客人，不是她的第一个客人，更不是第一个男人。

昨晚他就发现了，这女人并非处子之身。不是处子之身，若要带回去，那就更不像话了。

殷戈止半垂了眼，挥袖就要走，步子到门口却停了。思忖了片刻，他沉声开口："告诉金妈妈留你几日牌子，我明日再来。"

嘿，还成回头客了？风月很感动，心想男人禽兽点就是好啊，什么内涵什么才艺都是浮云，说到底还是喜欢她这种小妖精嘛！

风月裹了衣裳下床，“噔噔噔”地跑到殷戈止旁边，扯着他的衣襟将人拉下来，“吧唧”一口亲在他脸颊上，扭着小蛮腰抛媚眼：“多谢公子！”

殷戈止嫌弃地擦了擦脸，开门正要走，外头却刚好有人冲了过来，差点撞着他。

“公子！”随从观止压低声音道，“一粟街出事了，易小姐在那边。”

殷戈止眉头皱了皱，二话不说就跟着他往外走。

烨国姓易的人很少，能让殷戈止有反应的姓易的就更少了。

看他出了门，风月立马更衣，坐在梳妆台前看着自己身后的丫鬟：“灵殊，绾个发髻！动作要快，姿势要帅！”

闻言，灵殊立马上前给她系了根红发带，简单，贼快。

来不及讲究，风月夺门而出，直奔后院狗洞，抄着近路就追上了骑马狂奔的殷戈止。

乍见一抹亮红色扑过来，殷戈止立刻勒马，马蹄高扬，微微挡着点阳光。

“你干什么？”看清前头的人，殷戈止黑了脸，“出来做什么？”

“奴家又不是老鼠，还不能出洞了不成？”风月委屈地撇撇嘴，跑到人家马旁，伸出细软的小手，抛了个媚眼道，“刚一番缠绵就抛下人家，人家舍不得公子！有什么事，带奴家一起去吧？”

眼里厌恶之色顿浓，殷戈止看着她，声音都冷了八度：“我最烦女人碍事，滚开！”

换个人来，怕是要被他吼得红了眼，可风月脸皮厚，完全不怕他。她看了看马镫，一脚就踩了上去！红衣猎猎，在空中划了道很优美的弧线，然后人落在了马背上。

白色的衣袍翻飞，卷了红色的纱衣在其中，很是缠绵好看。

可殷戈止的脸色不好看，阴沉得像雷阵雨前的天空，他眼神凌厉如闪电，马鞭往后一扬就想将人打下去。

风月反应极快，低头就抱着这人的腰，双手作死扣，大喊道：“要是再耽误时间在奴家身上，公子就要误事啦！”

就没见过这么难缠的女人！殷戈止咬牙，却是不想再耽误，策马就继续往前跑。

马背颠簸，这又不是双鞍，殷戈止觉得跑两下说不定这人就掉下去了。结果一路狂奔到目的地，背后的人坐得简直比泰山还稳。

“啊——”

刚勒马就听见前头的尖叫声，殷戈止也没空理会背后的人，他翻身下马，低喝一声：“观止，帮忙！”

身手敏捷的护卫立马从旁飞出，冲进了人群。

风月抬眼，就看见前方空地上架着个粥棚，像是在接济难民。不过似乎遇着了暴民，十几个衣衫褴褛、面目凶狠的人将粥棚围着，有的打人，有的抢米。孩子在哭，女人在叫，场面乱得非常壮观。

一片混乱之中，观止救出了个姑娘，她一身绫罗绸缎，新月一般的小脸蛋儿上挂着泪痕，神情楚楚地看着那群暴民。

“别伤着他们！”易掌珠哽咽道，“他们是无辜的，都是百姓啊！”

风月挑眉。

殷戈止挥袖，气定神闲地走过去，看着她道：“都打砸抢劫了，说什么无辜？”

易掌珠回头看见他，撇了撇嘴，捏着拳头道：“他们何辜？都是被人逼成这样的，若是有饭吃，谁愿意窝在这种地方抢东西？米粮本来也是为他们准备的，他们拿去就是了。”

殷戈止无奈地摇头，正要再说，却感觉后头有凌厉的破空之气，他刚一侧头，一把匕首就从他面前横过，直取易掌珠首级！

殷戈止反应极快，伸手就捏了那匕首尖儿，反手一弹，震得来人虎口一麻，直接脱了手。

易掌珠吓了一跳，连连后退，旁边的观止被两个人迎面围上，殷戈止面前也站了三个人。方才还在地上倒着的难民，不知怎的又站起来几个，袖中银光闪闪，皆朝他们扑来。

这显然是个圈套，然而圈套正中央的慈悲为怀的易小姐啥也没做，就吼了一声：“别杀人，挡着他们就行！”

风月翻了个白眼。

挡着人还不能杀，对面又人多势众，显然殷戈止那边是要落下风的。然而殷戈止还真听她的话，有剑不出鞘，拎着剑鞘就往人天灵盖上砸，争取给人砸出个脑震荡啥的。

观止也收了刀，颇为费力地应付四周的暴民。

易小姐带的家奴不够多，于是没一会儿就有难民冲破了护卫，举着大木棍朝她砸了下去！

瞳孔微缩，易掌珠被吓坏了，下意识地拉着旁边的家奴想躲，然而那木棍虎虎生风，速度极快，根本躲无可躲。

千钧一发，英雄登场，一直没被人注意的风月就在这个时候冲了上来。她挡在易掌珠前头，双手举高，像神话里金光闪闪的神仙，无畏地迎接那沉重的一击。

周围的家奴都傻了眼，丫鬟们纷纷尖叫，连那头正在打斗的殷戈止都抽空回头看了一眼。

“砰——”木棍砸下来了，重得人仿佛能听见什么东西碎裂的声音。风月脸色未变，嘴角还噙着一丝属于高手的冷笑。

拿着木棍的人傻眼了，看了看她，呆呆地开口：“你……”

“滚！”话还没说完，旁边的观止飞过来就是一脚，那人转着圈圈滚了老远，木棍也掉在了地上，发出沉闷的一声响。

殷戈止皱眉，懒得跟他们玩了，下手骤然狠起来，不过十招，几个暴民全老实地横在了街上。

“没事吧？”退回易掌珠身边，他问了一声。

“……我没事。”易掌珠震惊地看着眼前的风月，颤颤巍巍地道，“这位姑娘……真是高手啊！”

殷戈止抬头看她一眼，问：“你会武？”

风月声音极轻地回答：“不会。”

“不会？”殷戈止走到她面前，看了看她的手，“不会你还能这么纹丝不动地挡下木棍？”

“纹丝不动是因为，我有骨头。”风月深吸一口气，缓慢地转动眼珠看着他，没一会儿，她的眼泪就跟泉水似的哗啦啦地涌出来，“可是骨头也没有木头硬啊，我手骨碎了，啊啊啊，救命！”

殷戈止：“……”

他伸手就想把她还举着的手拿下来，谁知还没碰着呢，这人就是一顿号叫：“别动！别动啊！真的骨头碎了，不是开玩笑，给我找个大夫来动！”

易掌珠急了，扯着殷戈止的袖子道：“快把这位姑娘送去药堂，那边就有，走两步就能到！”

殷戈止扫了一眼不远处的药堂，对风月道：“你自己走过去吧，别人动着你都会痛。”

风月的眼泪那叫一个哗啦啦地流啊，她哀怨地看了他一眼，就这么高举着手，边哭边往药堂挪。

观止瞧着，很想跟自家主子说其实他可以把她背过去的，谁承想刚转头，就看见自家主子仿佛在笑。

笑？！观止傻眼了，使劲儿揉了揉眼睛再看，殷戈止却还是那张面无表情的脸，侧脸的线条优雅而冷硬，他只看了风月两眼，就转头继续跟易掌珠说话。

是他看花眼了吧，或者是今天的阳光太灿烂了，观止想着，摇了摇头。

做事是要牺牲的，风月知道，但她不知道这个牺牲这么惨烈，早知道换个法子救易小姐就好了。

她越想越伤心，也就越哭越厉害，惨烈的哭声响彻整个一粟街，吓得远处狂奔过来的马打了个趔趄。

“殿下小心！”后头的侍卫喊了一声。

叶御卿连忙勒马，青衫翻飞，有惊无险。他定睛往前头一看，却见个红衣姑娘哭得涕泗横流，双手高举过头，一步步地往旁边挪，那模样，要多滑稽有多滑稽。

一个没忍住，叶御卿笑出了声：“哈哈哈！”

什么叫幸灾乐祸，什么叫丧尽天良！风月又痛又气，转头就狠瞪了笑的人一眼。

媚气天生的狐眸，染了怒意倒显得更加动人，叶御卿缓过气，擦了擦笑出来的泪花儿，惊喜地道：“哎呀，这不是那个谁嘛，那个跳舞的那个！”

风月一愣，眯着眼睛看清了马上那人的脸，身子僵了僵，举着手干笑了两声。

要不怎么说天意弄人呢，她避之不及的人吧，绕着弯都能跟她巫山云雨。她一心想勾引的人吧，却总是在她情况最糟糕的时候出现，瞧她跟瞧个笑话似的。

殷戈止猜得没错，她一开始是想勾引这烨国太子来着，没想到失算了，她便只能装作什么都没发生，先应付了殷某人。本来她还想了许多法子要继续搭上叶御卿这条线，谁承想今儿在这儿撞上了。

她现在这个样子，不用想，一点也不妖艳迷人，跟个想上天的僵尸似的伸着手，还是别丢人现眼了。

念及此，风月缩了脖子埋了脸，忍着手骨碎裂的剧痛，迈着小碎步就往药堂狂奔。

“哎……”

“殿下！”易掌珠跑过来，甚为慌乱地道，“您怎么出宫了？”

太子何等身份？不知多少人在暗中盯着，哪是能四处乱跑的？

收回落在远处的目光，叶御卿温柔一笑，翻身下马：“听闻你出事了，本宫刚好在附近巡视，就赶过来看看。”

暴民已经跑的跑，伤的伤，易掌珠回头看了一眼，叹息：“珠儿没事，您也多爱惜着自个儿，别总为珠儿这样的小女子犯险。”

迈进药堂的门槛，风月依稀还听见了这句话，不由得笑了两声。

“天真得跟小羊羔似的。”

这话她是打算在心里说的，不知怎么的嘴一个漏风就嘀咕出来了。好死不死的，声音不小，被后头的人全听进了耳朵。

“你说谁？”清冷的声音一点起伏都没有，跟石膏板似的拍在她背后。

风月一顿，缓缓转头，笑得妩媚：“说奴家自己呢。”

殷戈止皱眉，跟着她跨进药堂，一双眼上上下下仔细地看了看她：“你天真？”

风月眨眨眼，傻笑：“不天真吗？”

“眼神不干净。”殷戈止收回目光，推着她坐在大夫对面，轻飘飘地扔下这评价。

不干净？风月冷笑，放眼望过去，这活着的人有几个眼睛是干净的？她看过无边的杀戮，看过满门的鲜血，这双眼能干净才怪了！

手掌已经肿成了熊掌，她也懒得跟他多说，扭头就泪眼汪汪地看着大夫：“您快瞧瞧，奴家的手是不是断了？”

嗲声嗲气的，把人家老大夫的白胡子都惊得抖了抖。殷戈止瞧着，分外嫌弃地道：“你能不能正经点？”

贝齿咬唇，风月委屈地眨眼：“公子，奴家是个什么身份您忘记了？”

要妓子正经点？想啥呢？

殷戈止：“……”

人毕竟是他带出来的，这副模样真的很丢他的脸！

胡子哆嗦够了，老大夫还是仔细看了看她的手。风月把手放下来，更觉得血气全往掌心冲，疼得小脸发白。

“骨头没断，大概是有些裂了。老夫给你开些外敷药，并着内服的药膳补品，养上几个月也就好了。”

这么麻烦？风月皱了脸：“补品很贵的！”

干这行的，会连补品都吃不起？殷戈止冷笑：“金妈妈不会让你的手废了的。”

“那也是羊毛出在羊身上啊！”风月叫苦不迭，“奴家好歹是见义勇为、英雄救美，公子就不打算承担点汤药费？”

还想讹人？殷戈止轻嗤，正想应了，却听得门外有人道：“既然是因为珠儿受的伤，那本宫自当给予嘉奖和补偿。”

青色的衣角从门槛上扫过，叶御卿进来，笑得分外温柔：“姑娘要用的补品药材，本宫自会着人送去，不必担心。”

瞧瞧！大国的太子，就是这么有风度，这么有礼貌，这么有钱！

风月立马就“咯咯咯”地笑了，媚眼直冲人家甩：“您真是个好人！”

言下之意，他不是好人？殷戈止脸色微沉，身子一侧就将她抛媚眼的路线挡了个严实。

“人是我带来的，出了事自然有我补偿她，殿下不必操心。”殷戈止抬眼看向对面的人，面无表情地道，“此地不甚安全，殿下不如早些回宫，也省得掌珠提心吊胆。”

掌珠。

认识他这么久了，还是头一回听见他叫人闺名。风月顿了顿，忍不住又“咯咯咯”地低笑起来。

拒人千里的殷大皇子啊，连自己的亲妹妹都唤的是名号，不甚在意。三年未见，他倒是会为别的女子慌张策马，也会柔情地唤人闺名。

世界真奇妙。

易掌珠就在太子身后站着，闻言站出来到了风月旁边，满是愧疚地看着她的手：“到底是因为救我，还是我来付这汤药钱吧。”

“不必，有本宫在，哪有让你操心的道理。”叶御卿目光怜爱，宠溺地道。

“不是你的人，也不是太子的人，你们都不必操心。”殷戈止道，“我会处理好。”

瞧瞧，这一个个争的，搞得她跟个骗钱的人似的。风月不笑了，目光将面前这三个人扫了一圈，淡淡地道：“说一句玩笑话各位贵人也当真，奴婢讨个脸而已，补品还是吃得起的。”

三个人一顿，都看向她。

老大夫正往她手上缠药，风月垂了眼，似笑非笑地调侃：“没事就都请回吧，这么破的药堂，站着您几位大佛，恐怕不久就得塌喽！”

殷戈止心里有种异样的感觉，他觉得很奇怪，按理说她这话只是打趣，脸上也没什么怒意。但很意外地，他竟然清晰地感觉到她生气了。

怎么回事？

伸手按了按胸口，殷戈止皱眉，疑惑不得解，又看了风月两眼。

“你都伤成这样了，自己怎么回去？”易掌珠道，“我送你吧，你家在哪儿？”

“招摇街，梦回楼。”一点没避讳，风月坦荡荡地道，“易小姐的身份，要送奴家怕是不合适。”

青楼女子？易掌珠吓了一跳，杏眼微睁，颇为意外。

殷戈止怎么会带青楼女子到外头来？他不是一向不喜那种风尘味儿重的人吗？

“我送她回去。”殷戈止开口，看她的手包得差不多了，便道，“先走一步了。”

“殿下。”叶御卿看着他，优雅地颔首，“就算是在我烨国为质，您也是澧国大皇子，崇敬您的人不少。光天化日地去招摇街，怕不是好事。”

竟然还称他为“殿下”，风月抿唇，忍着疼缩在旁边看着这两人。

一个是被易大将军带回来的质子，一个是烨国炙手可热的太子，身份分明悬殊，难得殷戈止竟然半点不输气势，站在叶御卿面前，依旧是那副从容不迫，“有本事你打我”的欠揍样子。

叶御卿当然是打不过殷戈止的，就算是三年前的风月，百招之内可能都碰不着殷戈止的衣角，更何况现在两国表面相安无事，自然也不可能动手，所以殷戈止淡淡地开口了：“好与不好，在下自有判断。敬我之人若是因我流连风尘而远之，那不敬也罢。”

你爱敬不敬，看不顺眼有本事来打我呀！

这就是殷戈止，在沉默中嚣张得不可一世的澧国大皇子，曾经叱咤战场的不败将军。哪怕他脱了铠甲，穿上一身文弱气质的白衣，铁骨就是铁骨，一棍子打下去都不会骨裂的上乘骨头！

风月眯眼，眼里神色颇为复杂。

叶御卿展了手里的扇子，半掩了脸，轻笑着道：“倒是本宫多虑了，殿下哪里会在意这些俗名凡誉。既然如此，那就请吧。”

易掌珠跟着让开路，有太子在，她倒是没多开口，只目送观止架着风月出去，又看了一眼殷戈止。

门口有风吹进来，他走出去，白色的衣袍轻薄地翻飞，和着墨色的发，好看得像画中的仙。

不过就算他好看得如一朵花，风月也是没心情看的，这一路走回去，就算有人搀扶，那也是一种酷刑。虽然她挺能忍痛的，但这也太痛了！

走到梦回楼门口的时候，风月差点跪下去。殷戈止斜眼瞧着她，没吭声，进去跟金妈妈嘀咕了两句，然后施施然地上楼了。

风月半死不活地挪回房间，灵殊一瞧见她这模样就尖叫起来：“主子，您怎么了这是？！”

风月干笑两声，躺在软榻上长舒一口气：“运气不好，受了点伤，养养就好了。”

“这看起来就很严重啊！”灵殊急了，围着软榻绕圈圈，泪眼汪汪地道，“奴婢今儿就觉得右眼皮跳得厉害，果然是要出事，您这个模样，还怎么去李太师府上……”

想伸手捂这丫头的嘴已经是来不及，风月只能狠狠瞪着她，想把她的话瞪回去。

然而，还是晚了。

灵殊一脸无辜，水灵灵的眼睛看着她，完全没发现自己身后有阴影笼罩了过来。

第二章

澧国大皇子

“你说，她要去哪儿？”殷戈止问了一句。

清冷的声音突然在背后响起，吓得灵殊“哇”的一声，她条件反射地就往风月怀里跳。

看着她朝自己扑过来，风月号都来不及号，连人带手被她来了个泰山压顶！

殷戈止一顿，看向软榻上的人，眼里难得地带了点同情。

“……灵殊啊。”风月缓了半晌才缓过劲来，她看着身上的人，虚弱地抖着声音道，“我待你不薄，就算我死了妆匣里的银子都是你的，你也不能这么急着要我死啊！”

灵殊蒙了，手足无措地爬起来，委屈地撇嘴：“奴婢不是故意的，主子您还好吗？”

“很不好，要死了！”风月痛苦地呻吟，满眼忧伤地看着她，“不过我觉得还可以苟延残喘一下，只要你给我做一碗你拿手的芋头羹。”

“奴婢马上就去做！”灵殊连忙点头应下，提起裙子就往外冲，完全忘记了自己刚刚为什么被吓着。

门开了又关上，单纯可爱的丫鬟被支开得毫无察觉。风月松了口气，动了动疼得厉害的手，侧头看向榻边的人。

殷戈止依旧盯着她，目光如夜幕一般，将她裹进沉沉的黑暗里。

“妓子往上爬，本就是常事。”风月开口了，很真诚地解释，“所以李太师府上有寿宴，奴家自然就打算去一趟，露露脸。”

李太师，乃太子三师之一，获陛下恩旨在宫外建府。马上是他四十岁寿辰，府上自然有宴席，但是……

平静地看了她一会儿，殷戈止道：“你打算去人家寿宴上跳上回的舞？”

风月轻笑出声，道：“怎么会呢，李太师素来有气节，奴家只不过打算去当个临时的丫鬟，帮忙招待客人。”

“哦？”殷戈止慢慢在软榻边上坐下，看着她，眼里嘲讽之意甚浓，“当丫鬟可没多少工钱，还不如你挂牌来得快，你这是想借着那太师府，勾搭谁？”

背后起了层冷汗，风月扛着这扑面而来的冷意，笑得妩媚：“公子这是吃味了？您放心，那是先前定的活儿，现在要伺候您，奴家自然就不去了。”

好狡猾的女人，殷戈止越发觉得不对劲。寻常的青楼女子，吓唬吓唬就会花容失色，她倒好，不管他怎么凶狠，都是这张笑不烂的狐狸脸。

有问题。

“你这几日的生意，我都包了。”垂了眼帘，殷戈止道，“不如明日就陪我去照影山逛逛。”

照影山？风月吓了一跳，有点难以置信地看着他：“那么远，明日能到得了？”

眼里有光闪了闪，殷戈止俯身过来，修长的手指慢慢刮着她的脸侧：“你去过澧国？”

浑身一个激灵，风月眼前黑了黑。

完了完了，她就知道殷戈止这个人心机深沉，说句话都带着坑，她已经很小心在躲了，却还是没躲过。

躲不过怎么办呢？那就编吧！

风月深吸一口气，叹息道：“那是很久之前的事情了，不瞒公子，奴家是在澧国澧都长大的，所以知道照影山，就在澧都以东的地方。”

你没事要从烨国不阴城去澧国照影山逛逛，有病吧？

“你是澧国人？”殷戈止皱眉。

“正是。”风月双目含泪，楚楚可怜，“不过三年前奴家一家人都来了烨国，来之后不久，家父家母病重而亡，奴家一个人活不下去，只能卖身为妓，混口饭吃。”

三年前？殷戈止瞳孔微缩，倏地捏紧了她的下巴，将风月的脸抬起来，仔仔细细看了一遍：“你本名为何？”

喉咙一紧，风月挣扎了两下，装作害怕地闭上眼，怯懦地道：“本名……奴家出身低贱，又没上过书院，哪有什么正经名字？平时的话，他们都叫奴家二丫。”

不是她。

殷戈止摇摇头，松开手，心想自己怎么傻了。知道名字又怎么样？他压根不知道自己要找的那个人叫什么长什么样，怎么就养成了抓着澧国人就问的习惯？

再者，面前这人一身风尘味儿，比他见过的所有青楼女子都更加低贱没自尊，浑身软若无骨，半分硬气也没有，跟那青涩倔强得像头小驴子的人，完全不一样。

殷戈止伸手揉了揉眉心，突然心情很差，坐在软榻上沉默不语，过了许久才哑声问：“你们一家，是因为战乱才离开澧国的？”

“是啊！”没了桎梏，风月仿佛放松了些，语气甚为鄙夷，“澧国总是打仗，烦死了！打得过还好说，偏生那关大将军通敌叛国！我爹说了，关大将军都叛变了，那澧国人肯定没活路，所以我爹就带着我跟娘离开了澧国。嘿，他还真没说错，这不，两年之后，澧国不就败了嘛！”

身子一僵，殷戈止的眼神变得极为复杂，他缓缓地转头看着她。

仿佛没有看见他的眼神，风月自顾自地嘲讽着：“我小时候啊，还以为关将军是这天下第一大忠臣，民间都传他忠心护主，什么千里勤王，什么班师回朝行至澧都门口就交兵符，吹得是天花乱坠，结果呢？还不是个自私自利的大骗子，竟然为了荣华富贵，置君主和百姓于水火之中！”

“要是还能看见他啊，哪怕不会武功，我也一定会杀了他！”

许是说得太激动了，扯着了手上的伤，风月疼得“嘶”了一声，眼泪瞬间就流了下来，嘴里“哎呀哎呀”地叫着：“要裂了要裂了，痛死我了……”

盯着她看了一会儿，殷戈止低声问：“你们民间，都这么讨厌关将军？”

“可不是嘛！”风月愤愤地道，“澧国就是因为他，才会变成今日这割地辱国才能生存的凄惨样儿！”

殷戈止沉默。

关家一门忠烈，世代为将，关苍海也是在澧王座下效忠了十年的战神，鲜少有败绩，军功赫赫。可谁知平昌一役，他竟然泄露军机，导致澧国五万将士命丧山鬼谷。他也很想相信关将军不会做这样的事，但当时行军的路线、战略的部署，只有他和关将军知道。

不是他，那只能是关苍海。

那次惨败之后，他回营就接到了别人送来的关苍海与烨国易将军的来往信件，里头的内容能充分解释这五万将士为何而死。他震怒，找了关苍海当面质问，那满脸风霜的男人很是慌张地看着他：“殿下，老臣何以通敌？以何通敌啊！”

苍白的解释，半分反驳的证据也拿不出来。从五万人的尸体堆里爬出来的殷大皇子双眸带血地看着他，挥手就让人押他回京，连同通敌书信，一并交给皇帝处置。

他知道自己冷静不下来，所以想把这件事交给局外人客观地处理，怎么也该比他公正。

但刚等他班师回朝，关苍海就已经被判有罪，证据确凿，罪人也自尽于天牢。

一切似乎很对，却又似乎哪里不对，茫然之中，他接了圣旨，亲自去关府，将剩下的家眷统统抓起来，九族之内皆诛，家奴丫鬟流放的流放，充妓的充妓。

心有疑惑，他还是找着关家的二少爷问了一句：“关家可有冤？”

狼狈的少年，衣着褴褛，却挺着一身傲骨，看着他一字一句地道：“家父已死，热血已凉，关家一门长绝于世就是最好的结局。既然忠君百年，抵不得半日谗言，那冤又如何？不冤又如何？”

说罢，戴着一身镣铐的少年朝他跪了下来，狠狠地磕了三个头：“愿我大澧陛下天下独尊，再！无！忠！臣！”

掷地有声的四个字，震得殷戈止心里生疼，他对廷尉的判决提出了疑问，然而战乱接踵而至，澧国腹背受敌，军机又不断外泄。殷戈止披甲上阵，再也无暇顾及其他，关家的结局，也就在他的忙乱之中定下了。

如今再回忆起这些，殷戈止突然有些心惊。

关苍海当真叛国了吗？若是没叛呢？

“风月！”

尖细得刺耳的声音在门外响起，像针刮在铁皮上，惊得屋子里的两个人都回了神。

殷戈止很是不耐烦地看了门外一眼，风月则在衣袖上蹭干了眼泪，开口应道：“金妈妈，我在这儿呢。”

门被推开，金妈妈甩着帕子进来，瞧见殷戈止，她的声音总算是收敛了点，笑眯眯地道：“公子还在啊，奴家打扰了。是这样的，咱们梦回楼过几日有表演，先前就说好了的，演一出《红颜薄命》的戏，里头有个将军的角儿，是风月的，衣服已经送来了。”

后头跟着的丫鬟抱着白色的铠甲进来，里头还衬着银灰的长袍，煞是威风。

殷戈止皱眉，看了看那铠甲，又看了看软榻上这半死不活的妖精，开口道：“就算是戏，也不能让她来当将军。”

“这是为何？”金妈妈莫名其妙地看他一眼，走到风月旁边道，“她这手没关系的，奴家也不要她打打杀杀，穿着铠甲站着就行了。”

“不是因为她受伤。”想起那些黄沙裹血的日子，殷戈止眼神冰冷，道，“而是因为她太过低贱肮脏，穿上铠甲，便是辱了千万个为家国而亡的英魂！”

将军都是身经百战，从刀口上活下来的英雄，他们有为国的一腔热血，铠甲战马，威风凛凛，哪里是这风尘地里下贱的妓子能亵渎的？！

金妈妈有点尴尬，毕竟要说低贱，她这一楼的人都高贵不到哪里去，她本也就是图个噱头好招恩客，谁知道这位公子竟然这么严肃，当面让人下不来台。

屋子里一时安静，捧着铠甲的丫鬟也不知道该何去何从。

风月瞧着，慢吞吞地从软榻上坐起来，眨着眼问：“公子不让奴家演啊？”

“是。”殷戈止只回了一个字，铿锵有力，霸气十足。

风月“咯咯咯”地笑了：“这可麻烦了，戏是金妈妈半个月前就准备了的，邀了不少贵门之人。好几家大人点了名要看，您说怎么办？”

殷戈止淡淡地扫了她一眼，平静地道：“他们不会来看的。”

这么肯定？

金妈妈不服气了，甩着帕子笑道：“这位公子，话不能说得太满。虽然奴家不知道您是什么身份，但就算是当今圣上，也管不得底下的人放松放松啊。再说了，咱们这儿的客人来头可都不小，您还能堵着门口不让他们进来不成？”

没再开口，殷戈止站起来便走。

“嘿？”金妈妈有点不高兴，踮着脚看人走出去下楼了，才开口道，“这什么人啊？真以为自己了不起？瞧着文文弱弱的，也不像个将军啊，管得这么宽。”

门关上，风月长出了一口气，半晌之后，她才轻笑着道：“他的确不是将军。”

“我就说嘛，那弱不禁风的样子……”

“你听说过南乞之战吗？”歪了歪脑袋，风月问。

金妈妈一顿，挥手让旁边的丫鬟都下去，然后自己坐在风月身边，低声道：“您怎么提起这茬儿了？”

风月是澧国人，金妈妈知道，她背后好像有很多很多的故事，金妈妈也从来没问过。没想到今日，她倒是自己说起澧国的事了。

南乞之战是一场以少胜多的著名战役，五年前澧国以一万兵力，在昭澧边境南乞地界，坑杀昭国三万精锐，震慑昭王，惊愕众国。金妈妈是昭国人，那场战役她自然知道，民间传得沸沸扬扬，说昭国本是知道了澧国的运粮路线，打算去劫粮草，谁知刚好撞上澧国的援军。

狭路相逢，本该是人多者胜，谁知道澧国这边反应极快，利用南乞地势和昭国的措手不及，转劣为优，奋勇杀敌，虽折兵七千，但昭国三万精锐鲜有生还。

南乞之地因那一仗血光三月不散，昭国自此开始派使臣同澧国谈和，两国关系缓和，昭澧边境的百姓难得地安居了两年有余。

“若是没有那场战役，昭国之后就该同烨国联手攻澧。”风月道，“澧国如今怕就不只是割地，恐怕国也难存。”

“道理我明白，但好端端的说这个做什么？”金妈妈一脸茫然。

风月垂了眼帘，笑了笑：“因为五年前带领澧国那一万援军的人，就是刚刚那位公子。彼时，他刚刚弱冠。”

心口猛地一震，金妈妈瞳孔微缩，难以置信地看着她。

怎么可能！

“他的确不是将军，但他上战场的次数很多，每次他都提着长刀，在最前头杀敌。”

脑海里浮现了很多画面，风月眯了眼。

澧国的战旗和战袍都是深红色的，那人偏爱穿一身银甲，在战场之上打眼极了，惹得对面的将领总是喊：“给我先杀了那个穿银甲的！”

殷大皇子何等猖狂，面对的人越多他越是无畏，一把偃月长刀直取敌兵首级，所过之处鲜血飞溅，血洒他脸上，那双眼反而更亮。

“吾偏爱此甲，尔等若羡，尽可来取！”声音清冷，回响在整个战场，铿锵若金鸣。

敌方将领是很想杀了他，但是很遗憾，殷戈止不仅功夫高深莫测，而且那一身银甲更是坚硬无比，连铁箭射上去，都只有清脆的回响，伤不得他半分。

更可气的是，当他们费尽心思突破澧国防守，想杀了澧国将领的时候，那殷戈止竟然直接拉弓，十丈远的距离，一箭射穿了他们这边将领的头！

鲜血在阳光下喷洒成了雨，一片愕然之中，那澧国的大皇子面无表情，缓缓伸出手，冲着他们这边勾了勾手指：来，杀我啊？

血风卷过，深红战旗下的银甲战神，眉目若霜，无声的张狂。

那时候的殷戈止是关风月见过的最霸气的男人，所有澧国人都有一个共识——只要有大皇子在，他们永远不会输。

的确，在很长一段时间里，只要是殷戈止带兵打的仗，从未有败绩。澧国百姓拥戴他，皇帝也放心地让他带兵，经历大大小小的战役，殷戈止才是最了解沙场舐血是什么滋味儿的人。他不是没受过伤，甚至说每次打仗都会受伤，但他无畏，甚至有的战术安排会把自己当作吸引敌人的诱饵。

有这样的人在，澧国怎么会输？

但很可惜的是，澧国输了，输在平昌的山鬼谷，输在那一封封“关大将军”通敌卖国的书信上。

喉头微紧，风月回过神，可怜巴巴地看向金妈妈：“手好痛啊。”

从震撼里醒过来，金妈妈表情还有点呆滞，浓妆的脸看起来都僵了，她慌忙道：“我让灵殊给你拿点止痛的药，你再忍忍。”

说着，她踉踉跄跄地打开门出去。

屋子里安静下来，风月侧头看了一眼旁边放着的银甲。

她也曾有一套铠甲，银红色的，上头不知道溅了多少敌军的血，也不知染了她自己多少的血。

但如今，她再穿这个，倒当真是不配了。

低笑两声，风月耸肩，摇头不再想这些，自己给自己放宽了心，躺下继续休息。

接下来的几日，殷戈止没有来梦回楼，大概是知道她没法儿接客，也就没必要来。

转眼就是梦回楼开台表演的日子，风月的石膏没拆，只包得轻薄了些，手指能动，勉强能握把假刀。

“都准备好了吗？”瞧着时辰差不多了，金妈妈在大堂的台子后头吆喝，“马上就要开门接客了，你们可别搞砸了！”

“是。”一群小妖精屈膝应下，有眼尖的扫着了角落里的风月，低呼了一声，“你怎么还不换衣裳啊？”

穿着常服坐在椅子上，风月望着门口的方向，轻声道：“你们不觉得奇怪吗？”

“什么？”

“往常这个时辰，外头早有不少轿子了。”风月道，“可今日，除了些晃悠的人，外头什么都没有。”

有轿子的人才有身份，金妈妈这一出戏就是专门为有身份的人准备的，所以一听这话，众人都慌了，纷纷跑出去看。

招摇街的晚上热闹非常，梦回楼门口也不是没有客人，但往常那些光鲜贵气的轿子，今日当真连影子都没看见。

“这……”金妈妈傻眼了，她想了一会儿，目光甚为惊恐地看了风月一眼。

那位爷在澧国厉害她知道了，可这是烨国地界啊，她请的都是有头有脸的人，怎么可能当真如他所说，一个都不来？

风月也很奇怪，殷戈止在澧国就不论了，地位卓然。但在烨国，他只是个质子而已，凭什么还能呼风唤雨的？

实在好奇，风月也管不得其他了，她捏着假刀往灵殊手里一塞，然后就上楼更衣，翻墙，直奔使臣府。

先前说过，殷戈止是被易大将军抓回来为质之人，但不知道烨国忌惮他什么，没将他关起来，反而把他当澧国使臣一般，让他住在使臣府，好吃好喝地供着，也没限制自由。

质子都当得这么牛的，可能也就殷戈止了。

使臣府外轿子倒是多，不止轿子，还有很多辆车顶立着铜虎和铜鹤的马车。风月躲在旁边，瞧着那些人拖家带口的，纷纷往使臣府里走。

这是什么情况？赶集呢？

看得实在疑惑，风月瞧了瞧后头的人，干脆混进去装成个丫鬟，低着头往里走。

使臣府没有接待，四处也没见着家奴丫鬟之类的，这一群达官显贵都是自觉地朝主院走。风月扫了一眼，熟脸不少，多是梦回楼常客，但也有很多从未见过的人。

大门敞开，殷戈止坐在主位上，四下宴席齐摆。众人进去，不管官职高低，年岁长幼，都拱手低头：“殿下有礼。”

风月嘴角抽了抽。

上回烨国太子喊他殿下，她还觉得是人家有风度，不承想，这烨国的文武官员，竟然也这么喊。

脑子坏了？

“在下只发了三帖，不承想各位大人都来了。”殷戈止颔首回礼，“实在抬举。”

“是吾等叨扰了。”前头一个胖子赔笑着开口，“本也不该这么厚着脸皮登门的，但听闻殿下有收徒之意……下官之子有意从军，还望能得殿下指点。”

“犬子也仰慕殿下多年，若能入室，下官感激不尽！”

“在下安世冲，久闻殿下威名，望殿下赐教！”

一屋子的人瞬间都开口求师，吓得人群后头的风月一个哆嗦。

殷戈止疯了？竟然要收徒！

她算是能明白为什么这些个达官贵人一个也不去梦回楼了，殷戈止要收徒，那只要是个人，都想往这使臣府钻——就算不想拜师，也定然想来看个热闹。

殷戈止刚入烨的时候，烨国皇帝就有意让他教习宫中年幼的皇子，殷戈止以“身份尴尬”为由婉拒了。如今他突然要收徒，为的是什么？

不管为的是什么吧，只要是他的徒弟，那举荐为官就轻松多了，甚至能得皇帝赏识也不一定。为此，在场的各位大人争先恐后，礼物都备了不少，就想得他青睐。

风月冷眼旁观，觉得主位上那人这处境算不得好，一屋子达官显贵，他拒绝谁都不妥。

殷戈止为什么会做这么自掘坟墓的事儿？

“承蒙各位厚爱。”嘈杂稍歇的时候，主位上的人终于开口，“各位大人如此盛情，倒是令在下难做了。在下收徒，仅收三人，多了是顾不过来的。若是各位都想争一争，那明日黄昏城西校场，在下恭候各位大驾。”

竟然还有考试？众人都住了嘴，心下掂量，面色游移不定。倒是方才报了名字的蓝衣少年毫不犹豫地上前拱手：“世冲必定前往，届时还请殿下赐教！”

风月多看了他一眼，瞧着是个世家子弟的模样，倒也没多在意。

有他开口，其余的人倒也纷纷应了，然后散开在宴席上落座。看了一眼四处摆放的席位，风月就暗骂了一声。

说什么只发了三张帖子，这座位倒是摆得不少，很明显早就料到会有这么多人来。

不要脸！

“殿下府上虽然清幽，但没个佳人陪着，到底有些冷清。”刚坐下的胖子又开口了，笑眯眯地朝着殷戈止道，“下官府上倒是有不少舞姬，勉强能让殿下这儿热闹两分。”

官场应酬的三大套路：吃饭、送礼、塞女人。其余人都还在酝酿，没想到被他先说了出来。

端起酒杯，殷戈止平静地道：“是在下怠慢，府上舞姬凑着热闹站着玩儿了，倒是忘记了本职。”

府上有舞姬？风月挑眉，左右看了看，正想说哪儿有傻姑娘站着看热闹忘记了跳舞，结果再抬头，就对上了主位上那人一双清凌凌的眼。

“你还愣着干吗？”似乎是一早就看见她了，殷戈止很是从容地道，“这么多人来，不该以舞相迎？”

啥？风月愣住了。

先不说她不是他府上的舞姬，他也没给银子的问题，就算她是，她现在这双手僵得跟木头块儿似的，碰着疼，动得太激烈也会疼，怎么给他跳舞啊？

“殿下。”风月干笑了两声，缓缓抬起自己的爪子，“跳不了。”

殷戈止仿佛跟不知道这茬似的，脸色瞬间就沉了下去，怒斥道：“没个半点规矩！观止，把她给我带去柴房思过，等宴席过后，再行处置。”

“是。”观止应了，上前小声告罪，然后就跟拎鸡崽子似的，拎起风月就往外推。

“哎哎？”风月急了，“我又不是……”

她想说我又不是你府上的人，你凭啥关我进柴房啊？但她话没说出来，观止就出手如电，猛地点了她身上穴道，她只觉得喉咙一痛，后头的话就没说出来了。

殷戈止抿着酒，面无表情地看着她被带走。

风月这叫一个气啊，她就是来看个热闹而已，凭什么不点其他人就点她？看她好欺负是不是？

她低头看了看自己，双手都被裹着，一身红纱衣笼着的小身板瞧着就柔弱，的确是很好欺负。

唉。

认命地进了柴房，找了个干净点的角落坐下，风月看着观止，眨了眨眼。

观止略带歉意地道："主子吩咐，我只是照做。"

摇摇头，风月又眨眼，抬下巴朝他露出脖颈。

别误会，她不是要勾引他，就是已经到了柴房了，这哑穴也该解了吧？

观止恍然，连忙解开她的穴道，然后出去端了水进来，给她喂下。

"你们就爱欺负奴家这样的弱女子。"一能开口，风月眼泪"唰"地就下来了，她侧身倒在柴火堆旁边，看起来当真是凄惨，"奴家只是路过瞧着人多来看看，你们怎么这样……"

晶莹的眼泪大颗大颗地滑过这张妩媚的脸，看得观止有些不忍，他半蹲下来道："我也不知主子为何要关你，不过你别哭了，等宴席结束了，应该也就放你走了。"

风月"嘤嘤嘤"地哭了好一会儿，顺便用手挡着眼睛将四周都观察了一遍，才叹息着止了哭："这地方黑漆漆的，你家有没有丫鬟什么的，叫来陪我也好。"

观止摇头："整个使臣府只我一人伺候主子，一个丫鬟也没有。"

嗯？风月挑眉："厨娘也没有？"

"是，主子要吃的饭菜都是我做的。"说起这个，观止还有点担忧，"虽然能吃，但是不太好吃，主子已经吃了一年了。"

他有时候也很怕自家主子吃出个好歹来。

风月垂眸，心想殷戈止的防备心也太重了，这么大的院子，所有活儿全给观止做？观止竟然没造反，真不愧是殷戈止最忠诚的手下。

身在别国为质，待遇极好又自由，难免就防着有人要害自己。风月能理解，但还是同情地看了观止一眼："辛苦你了。"

观止一顿，轻笑："伺候主子，哪有什么辛苦不辛苦的。"

看了看外头，风月道："既然只有你一个人伺候他，那你还在我这儿做什么？宴席上你家主子怎么的也得要你帮衬一二吧？”

“这个……”观止摸了摸鼻梁，显得很不好意思，“主子刚刚吩咐我，说要看紧你。”

风月：“……”竟然对她这么狠？！

深吸一口气，眼泪又出来了，她哽咽道：“奴家只是个弱女子，你家主子这是干吗呀？”

“我也不知道。”观止讷讷道，“先前他从梦回楼回来就让我去查你的身份来着，可惜你是青楼人，也没什么熟人和亲友，所以我什么也没查到。”

以耿直著称的殷戈止随从观止，在此刻又展现了自己老实的一面，竟然把这些话都对她讲了！风月哭不出来了，背后起了一层冷汗。

她太天真了，以为殷戈止从来没怀疑过她什么，也以为自己能蒙过去，但她怎么忘了，十战九胜的殷大皇子，做事一贯滴水不漏，面面俱到。只要让他起了疑心，那绝对会将她查个底儿掉。

可是，那又如何呢？知道她是谁的人都已经死了个干净，有本事他下地府去查！

“你别激动啊。”观止连声安抚她，“咱们主子在找个人，所以对形迹可疑的人都有些敏感，凡是身边的人，他都会这样探查的，不止对你。”

风月哑声道：“你不用安抚我，我没激动。”

看了看她血红的双眼，观止耸了耸肩，没激动就没激动吧，她说什么便是什么。

柴房里安静了片刻之后，风月才想起来问：“你家主子在找什么人？”

观止道：“一个故人，具体是谁我也不知，但主子已经找了三年了。”

三年？风月心里一跳，愕然：“男的女的？”

观止认真地想了想，道：“男的吧，三年前澧国发生了很多大案，有不少人被牵连，主子好像有个朋友也被卷进去了，不知下落，所以一直在找。”

男的。

一口气松下去，扯得手骨生疼，风月白着小脸儿想，她怎么又自作多情了，三年前殷戈止睡过的女人都能组第二个梦回楼了，还指望他会痴心地找谁三年？

还不如指望梦回楼有一日能变成学堂呢。

“你怎么这么放心地把这些事告诉我啊？”风月抬头，突然问了观止一句。

观止笑道：“也不是什么秘密的事情，现在反正也无事，便当聊天了。”

“哦？”风月来了精神，“那能聊聊你家主子现在在烨国的情况吗？我很好奇他为什么还这么厉害。”

她是不忍心看曾经尊贵如神祇般的人落魄的，但看殷戈止这么风光，她也不太乐意。

一听这个问题，耿直的观止直接闭了嘴，他伸手捏住嘴唇，朝她摇头。

这个不能说。

风月翻了个白眼，暗暗地嘀咕：“连手下都调教得这么滴水不漏，真是个变态！”

“你要么把话放在肚子里别出声，要是出声了，声音再小我也能听见。”

门口的光一暗，有阴风吹了进来，风月喉头一噎，下意识地打了个哆嗦，然后抬头看去。

殷戈止跨进柴房，一身白衣纤尘不染，如神仙般遗世独立，俯视着她这个在灰尘里的凡人：“骂我？”

“没有没有！”风月连忙摇头，道，“奴家正夸您身边的人懂事呢，嘿嘿嘿。”

殷戈止半垂着眼，慢慢弯腰下来，凑近她的脸，神色阴沉，修长的手指轻轻点在她的肚子上：“下次骂，放进这里，不然，我帮你把舌头放进这里。”

这人，分明是阴狠嗜血的修罗王，却还非穿一身洁白的衣裳！风月心里冷笑，面上却再也不敢造次，跪得端端正正的，谄媚地道：“奴家再也不敢了，不过请问殿下，您把奴家关在这儿，有什么事啊？”

听声响外头的宴席应该还没结束，殷戈止竟然中途过来了，风月有点忐忑。

殷戈止挥手让观止先去前头应付，等柴房门关上，四周一片黑暗的时候，才平静地问：“你是怎么找过来的？”

风月干笑，就着方才的话就想再那么解释：“我是顺路看热闹……”

殷戈止黑色的瞳孔在黑暗里亮得瘆人，惊得她没敢说下去。这种漏洞百出的谎言，骗骗观止还可以，在这尊大佛面前，还是省省吧。

深吸一口气，风月咬牙，既然骗不过，那就演吧！

“事已至此，再瞒也无甚意思。”风月长叹一口气，语气瞬间诚恳起来，抬头看着自己面前的人，眼里水光潋滟，“奴家一早便知您乃澧国大皇子，自然也就知道您住使臣府。今日梦回楼没有贵人来，想起前些日子与殿下说的话，奴家便过来看看。”

一早便知？殷戈止冷笑出声，伸手捏了她的下巴，一点力气也没省，捏得她小脸发白。

“你为什么会知道我是澧国皇子？”

风月疼得吸着凉气，慌张地道：“您听奴家慢慢说啊！奴家小时候在澧国，您不是经常从皇宫北宣门去往北边的校场吗？奴家的家就在那条路上，所以看见过您很多回！您总是一身银甲，墨发高挽，看起来威风极了！”

手头微松，殷戈止抿唇：“有这么巧？”

“不是巧。”风月深情款款地看着他，“而是每日黄昏，奴家都会在家门口等着您经过，不过四周等着的人太多了，您也不可能注意到奴家。”

“奴家从您到了烨国开始就很在意您的处境，所以自然知道您住在使臣府。今日要来寻，自然也就方便。”

殷戈止松开她的下巴，半跪在她身侧，手往下移，直接掐住了她的脖子：“既然一早知道我是谁，你为何不说？”

风月一口气喘不上来，猛地挣扎：“您……别一边想让奴家回答……一边掐着奴家的脖子不让说话啊！”

力道小了些，手却还是在她脖颈间未松，殷戈止有些不耐烦了：“快说！”

“奴家是一早知道，可没承想与您的相识这么不愉快，自然就不敢说了。”咳嗽两声，风月垂了眼帘，“您是高高在上的皇子，奴家不过是下贱的妓子，哪来的勇气跟您说奴家一直仰慕您？”

“仰慕我？”殷戈止眸光微动，凑近了她，黑暗之中两人呼吸都融成一处，“既然仰慕我，那在梦回楼挂牌求客那日，你想勾搭的，为什么是烨国的太子？”

风月咽了口唾沫，捏紧了拳头，难得脸上的笑意还挂得住：“那是因为，奴家虽然仰慕殿下，却不敢接近殿下。那么多的贵客在场，奴家只想随意挑个人，谁知道天意弄人，奴家还是掉进了殿下的怀里。”

仰慕却又不敢接近？殷戈止嗤笑一声：“你再编。”

编不下去了啊！风月咬牙，感受着面前这人温热的呼吸，干脆一不做二不休，撑起身子吻上他的唇。

殷戈止的嘴唇很凉，跟他的人一样，被她的唇瓣摩擦，半晌才有了点温度。

“殿下不相信奴家，奴家也不知道该怎么办，奴家是真心爱过殿下，但殿下身边佳人如云，奴家实在不敢造次。”辗转亲吻，风月没敢闯这大魔王的牙关，只敢在外头磨蹭，低声呢喃，“但现在老天既然给了奴家机会，奴家就很想陪在殿下身边，不离不弃，一生一世。”

明知道这人说的是假的，也明知道她很可疑，这些话入耳，殷戈止竟然觉得心口微微发烫。

柴房里寂静了半晌。

“说是不敢造次，也没见你老实。”半晌之后，殷戈止淡淡地开口，眼里的杀意浅了，他伸手抓住她想往自己腰上盘的腿，冷哼了一声。

逃过一劫。

风月额上出汗，已经是紧张到了极致，黑暗里一双狐狸眼眨巴眨巴的，确定这人没再想弄死自己，她想那就干脆缠他更紧点。

柴房不是个好地方，至少对于观止来说，要洗这一身白袍会非常麻烦。但殷戈止显然没考虑这个问题，他伸手脱了外袍塞在她背后，然后便对伤员进行了惨无人道的摧残。

疼得叫了一声，风月红着脸恼了：“殿下来烨国是不是没再夜召了？”

这是憋多久了？

冷哼一声算作回答，殷戈止伸手扣着她的手，学她当初那样，十指相扣，然后顿了顿。

为什么这样握着她，会有一种特别踏实的感觉？

身子纠缠，在黑暗中像两条交缠的蛇。许是这地方太刺激，风月没忍住，叫出了声。

身上的人稍顿，伸手抚了她的脸："再叫一声。"

脸红到脖子根，风月扭头，死死咬紧牙关。

殷戈止莫名地有些在意，手指摩挲着她的唇，动作激烈了些。然而，直到最后，风月也没再开口。

观止应付了前头的一众官员，送人离开之后，才跑到柴房去看情况。

一直没再去前堂，主子是怎么了？

柴房门大开，里头已经没人了，倒是那柴垛上挂着点红纱，瞧着很是眼熟。空气里的味道有些暧昧，观止想了想也就明白了，立马体贴地去厨房烧水。

主院的卧房里灯火通明，风月被人抵在床头，目光楚楚可怜："这么亮，还是把灯熄了吧？"

没理她的要求，殷戈止扯了腰带就将她两只受伤的爪子固定在了床头。

"你知道我夜召的事情。"这是陈述句。

"自然是知道。"风月媚笑，"当初澧都无数姑娘仰慕殿下，自愿献身，殿下婉拒，却惹了三司使家庶女羞愧自尽。之后殿下就开了东宫的侧门，只要是送上门来的女子，来者不拒。"

"殿下也是挺善良的。"

善良？殷戈止冷笑出声，当初三司使之一杨毅家的女儿死了，杨毅那老东西上书列他十大罪状，诸多抗议，父皇为了息事宁人，才让他开的东宫侧门。这些个无知的女人，还当他是善良慈悲？

父母养那么多年，随随便便就对个不曾相识的男人自荐枕席，还自尽丢命，这样的女人，死一个少一个！要不是父皇施压，他会让她们看看什么是炼狱，也免得都把他当成风度翩翩的如意郎君。

"你难道也进过东宫？"回过神，他看着身下的人问。

风月笑着摇头："怎么会呢？奴家只是民女，哪有本事进宫，只是听旁人说，殿下不喜灯光，所以总惦记着想把灯灭了。"

第一回伺候他的时候，灯也是灭了的，他还当她与他有一样的习惯，原来是早就知道。

轻哼一声，殷戈止一口咬在她脖颈上。

很糟糕的情况，不知道是不是太久没碰过女人，还是别的什么原因，身下这副身子，实在叫他沉迷得紧。这才几日不见，他就这般想念这味道了。

这样不太好。

不过就算不好也是明日再论了，送上门来的肉，他从来不拒绝。

抵死缠绵，灯火未歇，风月难得地看了殷戈止的脸一整晚，直到乏了，她才被他拥着缓缓睡去。

“你的声音很奇怪。”黑暗之中，他凑在身下人的耳侧，“是在掩饰什么？”

“嗯……世人皆知自荐枕席为贱，妾身这样说话，也不过是不想以后被殿下认出，鄙夷而已。”

“哦？”他挑眉，“到这儿来的人，都是想嫁给我的，你不想？”

“想，但是知道嫁不成，所以不贪。”

古里古怪的声音，像是捏着鼻子说出来的，殷戈止在梦境里走着，听着这些话，满脸茫然。

“殿下！”古怪的声音消失了，远处倒是有只狐狸跑过来，一身红色的毛，眨巴着眼睛道，“您看奴家美吗？”

再美也是只畜生，殷戈止皱眉，还没来得及想狐狸为什么会开口说人话呢，身子就被人晃得七魂归位了。

“殿下，该用早膳了！”依旧是狐狸的声音。

殷戈止睁开眼，猛地坐起来，睁眼就看见了风月。

她没穿外袍，就穿了一件裹胸长裙，玲珑的锁骨露在外头，皮肤上还印着不少痕迹。

“你衣裳呢？”他皱眉。

不提这个还好，一提风月就撇了撇嘴：“昨日被您扯坏了，奴家可没带衣裳来。”

“……”殷戈止揉了揉眉心。

他是有点过了。

“先用早膳吧！”风月指了指桌上的饭菜，笑眯眯地讨赏，“观止说他做的饭菜不好吃，所以妾身去教了他怎么做，您来尝尝，是不是好吃多了？”

她教观止？风月上下扫了一眼她这一身装扮，沉了脸：“就算你是妓子，也好歹有点自尊，穿成这样去教我的随从？”

热情期盼的一张脸，没想到就这么撞上冰山，风月冻得话都说不出来。她低头扯了扯自己的裙子，耸肩，转身就准备出门。

“站住！”殷戈止低斥一声，“跑哪儿去？”

“去找衣裳，还能跑哪儿去？”风月站在门口没回头，道，“放心吧，奴家又不是殿下的人，丢不了殿下的脸！”

第三章

大方的客人

被她这话一噎，殷戈止倒是不知道回什么好，只能冷眼看着她往院子的门口走。

“姑娘这是去哪儿？”观止端着菜进来就撞上了她，他瞧了瞧风月的脸色，吓了一跳。

“你的手端菜稳吗？”风月停下步子，扯着嘴问了他一句。

观止点头：“很稳啊，保证不会撒！”

“那就好。”风月点点头，伸出两只爪子，逮着人家腰带就解，她慢条斯理地解开之后，又咬着人家外袍就扯！

“哎哎哎！”观止傻眼了，下意识地配合她脱了外袍，“姑娘？”

“谢了。”风月朝他龇牙咧嘴咧了个笑，然后裹上衣裳，镇定地越过他出了院门。

观止低头看了看自己，又看了看那胡乱裹着男人袍子的娇媚影子，简直是丈二和尚摸不着头脑。

他满脸疑惑地进了主屋，就看见自家主子面沉如水，眸子里满满的都是戾气。

“怎么了这是？”放下盘子，观止问，“您又凶人了？”

“我凶？”殷戈止嗤笑一声，脸上的线条冷硬如铁，“她如此不知检点，我还说不得？”

“主子，”观止叹息一声，劝道，“您可以说，但您说话啊，向来直接又伤人。风月姑娘好歹一大早就起来教属下给您做菜，您瞧，全是您喜欢的。”

四样小菜、一碗青豆粥，与之前观止做的简直大不相同。方才殷戈止没注意看，现在瞧着，他倒是真饿了。

“你告诉她要做这些的？”殷戈止嘴角动了动，斜着眼睛问。

观止摇头：“属下没说，风月姑娘自己说的做这几样。”

捏着筷子的手一顿，殷戈止眯眼，还真是很了解他啊。

慢慢地享用了早膳，殷戈止眉头舒展，难得地心情好了点。

“送点东西去梦回楼吧。”殷戈止嫌弃地看着桌上的残羹剩饭，道，“到底是来我这儿过了一夜，不给东西，倒显得我小气。”

“是。”观止躬身。

梦回楼。

风月刚钻过狗洞，就看见面前站了一双男人的腿，一条裤子脱下来堆在脚踝处。

“啊！”

像是看见了风月，男人身上的断弦尖叫了一声，吓得那男人也一个哆嗦，抱着断弦后退了好几步。

“你干什么！”看清是她，断弦恼怒地吼了一声。

抬头看了看天上挂着的太阳，又看了看面前这对抱着的鸳鸯，风月站起身，掩唇一笑：“不好意思，打扰了。”

然后她裹着衣裳就往楼里冲。

断弦咬牙，狠狠地瞪了她的背影一眼，然后咬唇看向面前的人：“大人，咱们继续？”

这还怎么继续？推开她，满脸横肉的恩客提起裤子，朝着风月跑走的方向看了好几眼：“那是谁？”

“楼里新挂牌的姑娘。”断弦心里恼恨，嘴上自然也没好话，拢了衣裳道，“就是脱光了跳舞送人家怀里去的那个。”

“哦？”恩客来了兴趣，“长得倒是分外动人。”

说着，他就跟着往楼里走。

断弦慌了，这个客人可是个大方的，怎么能就这么放走了？

“大人！”软绵绵地缠上去，断弦道，“您同奴家还没玩够呢，稍后再理会她不迟，人又跑不了。”

背后一软，恩客止了步子，想了想，他还是先将背后这妖精压在假山上。

好不容易换了衣服喘口气，风月都没来得及躺下，就听得门“砰”的一声被踢开。

灵殊皱眉，看着门口站着的断弦，不高兴地道：“姑娘这气势汹汹的，是要做什么？”

“我做什么？”断弦皮笑肉不笑，抬着手腕抚着上头的金镯子，斜眼看着风月道，“我什么也不做呀，就是想问问风月姑娘，这镯子好看不好看？”

风月不慌不忙地在软榻上坐下，笑眯眯地点头：“好看，流光溢彩，一看就很值钱。”

这平淡的态度真是比什么都让人生气！断弦咬牙，怒道：“再好看，那也是我的，谁要是变着法儿想来抢，那就别怪我不客气！”

“谁稀罕个镯子？”灵殊不高兴地道，“我家主子又不是没有。”

“你家主子有吗？”断弦睨了灵殊一眼，哼道，“下作的东西，能得什么大人物赏识？别以为被人包场就了不起，得的赏钱少，以后还不够你的棺材本！”

“多谢姑娘提醒。”风月正了神色，一脸严肃，“我一定会好好存棺材本的。”

一副晚辈受教的模样，看得断弦更气了，她张口却再骂不出什么来，只能气哼哼地下楼。

楼下的大堂里坐着几个早起的姑娘，断弦一下去，几个人就围在一起嘀咕，时不时地朝楼上风月的房间看一眼。

"主子！"灵殊单纯，经不起气，跺着脚道，"她们怎么这样欺负人？"

风月很喜欢灵殊，招招手道："乖，过来。"

水灵灵的小丫头凑到她跟前，风月举着僵硬的手调戏人家："欺负人的都是坏姑娘，咱们不理她们！等会儿我给你银子，你买绿豆糕回来咱们躲着吃，好不好？"

灵殊咬唇，大眼睛泪汪汪的："好是好，但是主子，奴婢刚梳好的头发！您这样摸，全乱了！"

风月"咯咯咯"地笑起来，没停下，跟只大尾巴狼似的道："不乱不乱，灵殊怎么样都好看。"

说着，她还伸下巴去蹭人家发髻。

灵殊吱哇乱叫，满屋子蹦跶，总算是忘了方才的不愉快。风月笑眯眯地看着她，眼神颇为慈爱。

"风月！"金妈妈一声叫唤从梦回楼正门直达风月房间，声音洪亮，直冲云霄，吓得风月差点从软榻上滚下来。

"快下来！"

满楼的人都听见了这声音，大堂里几个碎嘴的姑娘更是幸灾乐祸地伸长了脖子。

又闯什么祸了？

风月举着胳膊下楼，心里怦怦直跳，生怕是谁在背后给她捅了刀子。

当她跑到门口，却见金妈妈一张脸笑得跟菊花开了似的："快来谢谢人家！"

啥？风月扭头，就看见观止背着长刀站在门口冲她笑，旁边放着四担礼盒。

四担？！

系了红绸的担子，跟聘礼似的。大大小小的锦盒塞得满满当当，放在民间，可不就是聘礼的规制吗！

风月愣怔在原地，半晌都没能出声，眼睛直勾勾地盯着那红绸带，喉头微动。

"姑娘？"观止笑道，"这是我家主子送姑娘的谢礼，说姑娘辛苦了，早膳很合口味。"

谢礼？风月眼神晃了晃，低低地笑了一声：“你家主子可不会说这么好听的话，是你说的吧。”

这都能猜到？观止有点尴尬，摸了摸自己的鼻尖。

风月深吸一口气，脸上重新挂上笑容，朝观止行了个礼：“公子大方，奴家受了，多谢。”

朝她颔首，观止道：“在下就先回去了。”

“慢走。”

金妈妈一直在旁边笑，等人走了把东西抬进大堂后，她更是笑得喜气盈盈：“风月好福气啊，真是好福气，一来就遇见个这么大方的客人，这一堆东西，妈妈都看得眼红！”

断弦那头的几个姑娘刚刚还在嘲讽风月上不得台面，现在就被这一堆东西震傻了眼。

“不可能吧？能送这么多东西？”微云姑娘连忙凑过来，打开几个盒子看了看。

珍珠、玛瑙、金器、银器样样都有，全是女儿家喜欢的，价值不菲。

“你做了什么？”断弦阴阳怪气地问，“能得这么多东西。”

风月耸肩：“就做本分之事，恩客大方罢了。”

这下她的棺材本是有了。

一众姑娘看得心里都不是滋味儿，灵殊倒是高兴了，飞快地冲下来就开始搬：“来人帮个忙啊！”

楼里的打手纷纷上来帮忙把东西搬进风月的房间，风月瞧着，也没上去，就坐在大堂里等。

一个时辰之后，果然有人来敲梦回楼的门了。

“谁啊这是？”金妈妈跑去开门，小声嘀咕，“咱们是做晚上生意的，白天来什么人……”

门打开，一位常客的管家站在外头，笑眯眯地道：“我家老爷想请风月姑娘过府，这会儿方便吗？”

这会儿？金妈妈愣了愣，回头看了风月一眼。

风月笑着摇头：“不方便，奴家最近是被人包了场的，不走别家，还请大人见谅。”

、

管家一听，神色微动，转身就上马回去了。

“这是怎么回事儿？”关上门，金妈妈道，“怎么白天来点人侍候？”

“晚上点的，才是妓子的生意。”风月眯着眼笑，“白天点的，自然就不是我该做的生意。”

金妈妈听得云里雾里的，疑惑地坐在旁边，也没敢多问。

过一会儿又有人来敲门，换了个奴才，依旧是请风月过府，风月也同样推辞了，继续等着。

殷戈止来梦回楼找妓子不稀奇，让妓子留宿陪夜也不稀奇，但是送这么多东西来青楼，那自然就引人注目了。

谁都知道殷戈止这个人没有弱点，连后院里都空荡荡的，一个女眷也不收。他突然对个妓子感兴趣，那定然会有很多人也同样感兴趣。

申时一刻，该来的人终于来了。

“天还没黑，难得梦回楼的大门今日是敞开的。”

温柔的声音带着笑，同那人青色的衣角一并扫进来，风月抬头，就对上了叶御卿一双如清河般的眼。

“公子。”金妈妈已经见怪不怪了，“您也是来找风月的吗？她今儿不接……”

“公子里头坐。”风月起身，笑得妩媚多情，朝着叶御卿就行了福礼。

金妈妈纳罕：这唱的是哪出啊？

叶御卿眼角带笑，盯着风月看了看，道：“看来风月姑娘今日生意不错。”

“承蒙厚爱罢了。”风月低头，“公子是来寻人的，还是也想跟风月聊聊天？”

“姑娘救了掌珠，伤势未愈，在下自然是来寻姑娘，并且想跟姑娘聊聊天。”

叶御卿生了一双极好的凤眼，贵气十足，偏生他温柔多情，跟这种人相处，就比对着殷戈止那张死人脸要好多了。

风月笑了笑，侧身作请：“去楼上吧。”

叶御卿颔首应了，侧头示意身后随从在下头等着，然后随她往上走。

金妈妈被塞了两锭银子，耸耸肩也不打算管了，关上门就去歇着。

倒是对门的几个姑娘，看见风月引了新客人，心思各异。

“姑娘看起来并未静养。”进屋坐下，叶御卿看了看风月的手，“伤得不轻，还能活动？”

打发了灵殊去买绿豆糕，风月笑道：“奴家又不是什么高贵的身子，哪里静养得了？这几日用的药甚好，手指勉强能动，也就没包那么严实了。”

就算能动，动着也应该很痛吧？叶御卿摇头，放了扇子捧了她的手过来，仔细瞧了瞧。

两人瞬间挨得很近，风月甚至能看见他长长的睫毛。

烨国的皇后一定长得很好看，不然也生不出这般如玉的太子。要说殷戈止是一把嗜血的铁剑，那叶御卿一定是锦盒绸缎上放着的无瑕的美玉，触手温润，半点刺也没有。

“你的手……”叶御卿抬头，正好对上她的眼睛，“经脉好像不太畅通。”

“公子连这个都看得出来？”风月浅笑，“以前就断过，经脉自然不畅。”

“习过武吗？”他轻声问。

“不曾习武。”风月脸不红心不跳地摇头，“先前也就帮家里下地做过农活儿，有过茧子，如今也已经都没了。”

农人家出身的啊……叶御卿勾唇，盯着她看了一会儿，伸手抚上她的脸。

“你长得很好看。”他真诚地道，“那日看你一曲舞，在下便想，要是能做姑娘的入幕之宾，倒是美事一桩。”

“哦？”风月挑眉，有些奇怪地看着他，“他们都骂奴家下作，比不得会琴棋书画的高雅呢，公子竟然喜欢？”

叶御卿摇头，笑得风流万分：“来这种地方寻什么高雅，就是寻个开心自如而已。若要高雅，在下家里岂不是更多？”

瞧瞧人家多想得开啊！要不是手还僵硬，风月都想给他鼓个掌，不愧是一国太子！

风月努力想红个脸，装得害羞娇俏一点，然而憋了半天脸就是不红，她放弃了，还是老实地直接开口问：“您如今，是想要奴家？”

“姑娘如此美艳，在下若是不要，岂不可惜？”叶御卿伸手勾着她的下巴，调笑道，“只是不知道姑娘方不方便？”

风月眼里媚意横生，低笑：“客人上门，哪有什么不方便的？”

叶御卿颔首，起身就将她抱了起来，红色的纱裙在空中翻飞，动人得紧。

“你太瘦了。”慢慢往床榻的方向走，叶御卿低声在风月耳畔道，“得多吃点。”

气息温热，带着些香草的味道，终于是成功让风月红了耳朵。

“公子说笑，再吃，您可就要抱不动了。”

“你再重些，我也抱得起。”叶御卿慢慢地将她放进被子里，眼里满是深情，“若是抱不动了，那我便让人用轿子抬。”

多会说话啊！长得这样俊俏又温柔的男人，简直让人无法抗拒。

在他的眼里，风月瞧见有些愣怔的自己——清晰的、像是被对方当作珍宝一样看着的自己。

这世上竟然还会有人把她当珍宝。

气氛暧昧起来，叶御卿爱怜地看着她，玉节一般的手指缓缓划过她的衣襟。

“嘭！”

衣襟还没划开，门却先被人踢开了，屋子里的香气瞬间散去，风月和叶御卿双双侧头，就见殷戈止一身玄衣，冷漠如阴曹地府刚归来的鬼神，双眸含霜地看向他们。

“要是在下没记错，今日她尚且是归在下的。”跨进门来，殷戈止道，“殿下是来抢人了？”

“原来你包场的日子还没结束。”叶御卿停了动作，看了他一眼，又低头将风月的衣裳仔细整理好，然后揽着她的腰起身，“如此，那就当真是在下冒犯了。”

对他最感兴趣的烨国太子，看着他在青楼点的人，会不知道他到底包了人几天？殷戈止沉默不语，斜眼看向风月，眼里嫌恶之色更浓。

是个人就能勾搭上床，也是好本事！

风月很无辜，她是妓子好不好？又不是谁家媳妇，难不成还要立个贞节牌坊？再说了，今儿一早他那么嫌弃她，谁知道他还继续要她啊？

没忍住，风月翻了个白眼，直直地砸在殷戈止的脸上。

殷戈止刚好瞧见她这表情，怒极反笑：怎么着？这是找到新的恩客了，敢冲他甩脸子了？

“在下还有事，要带她去一趟校场。”殷戈止伸手抓了风月的手就将人拉回来，朝叶御卿点头，“就不打扰殿下了。”

这一扯扯得风月脸色发白，她敢怒不敢言，浑身毛都要奓起来了！

故意的是不是？她手骨还在愈合，能这么扯的？

叶御卿也微微皱眉，他看了她一眼，拿起桌上的扇子道：“正好今日闲暇，我也去校场看看，不如就一起吧。”

没应也没拒绝，殷戈止只轻轻颔首，然后就跟扯破布似的扯着风月下楼。

“喂。”有些忍不住了，风月冷汗涔涔，她也不用敬语了，直接咬牙道，“很痛，手要断了！”

前头的人恍若未闻，拉着她出门上马，将她放在自己身前。策马起步之后，他低声道：“你该更痛点，才知道教训。”

知道什么教训？风月轻轻揉着手，冷眼瞧他：“奴家做错了何处，惹得公子这般生气？”

“错了何处？”殷戈止下巴的线条收紧，“我一开始就警告过你，莫要接近太子。”

她倒是好，一转眼都快上床了！

握着她腰的手微微用力，他策马，马蹄高扬，颠簸得风月下意识地抱了马脖子。

“是他主动上门寻奴家，奴家开门做生意的，有拒绝的道理吗？”风月微恼地看着前头的路，道，“公子若是有本事，就该拦着太子不让他进奴家的房门，怪在奴家身上算什么本事？”

“……”牙尖嘴利。

为什么怪她？那是因为她那姿态分明就是乐于伺候太子，半点没有推辞的意思！叶御卿是何等聪慧之人，万一被他加以利用，这女人怎么死的都不知道，说不定还会连累到他。不怪她，那该怪谁？

“殿下。”后头马车里的人掀开车帘，看着那越跑越快的马，忍不住皱眉，“风月姑娘还有伤在身，不如让她上车来坐吧？”

殷戈止头也没回：“不必，她自己愿意骑马。”

愿意你个熊！风月咬牙，可怜巴巴地回头看了一眼，眼神里满是凄凉、不舍、无奈、哀怨。

叶御卿摇头叹息：“殿下实在不懂怜香惜玉。”

“在下自然不如太子懂女人。”说是这么说，殷戈止到底还是有人性的，他稍微扯了扯缰绳，瞥了前头的人一眼。

这女人倒是聪明，知道抱马脖子，不过她的脸色是当真难看，侧脸连着脖颈都雪白一片。

还真显得他禽兽不如了。

薄唇微抿，手里有千百条人命的殷大皇子难得地动了一下恻隐之心，收手勒马，低声问她：“想坐马车？”

风月已经半死不活了，趴在马背上哼也懒得哼，直接装死！

以前总有人说，殷大皇子冷血无情，不把人当人，她还觉得是人家恶意污蔑。现在落在自己身上，风月才发现，这人岂止是冷血无情，简直是畜生不如！妓子怎么了？妓子就不是人了？幸好她会骑马，换个娇弱的姑娘来，还不把人家颠簸得直接坠马见阎王去了？

活该一直娶不到老婆！

她正嘀咕呢，背后的人好像就下了马，接着捏着她的腰，将她也扯了下去。

“干吗？”风月没好气地问了一声，身子软得跟面团似的，就这么挂在他手上，完全放弃抵抗。

反正抵抗也没什么用。

殷戈止没吭声，拎着她等后头的马车跟上来了，便带着她一起坐了上去。

这就让人有点意外了，风月眨眼，被放在软软的坐垫上，冲着对面的叶御卿露出一个灿烂的笑容，然后才小声问：“公子这是不忍心了？”

殷戈止拂了衣摆坐在她旁边，面无表情地道：“不是，只是突然记起律法，杀人偿命。”

风月：“……”

叶御卿失笑，摇着扇子道：“外头太阳出来了，还是车里凉快。”

“对啊。”风月整理好微微凌乱的发髻，浅笑，“马车好。”

殷戈止冷哼，转头看向车窗外，不再开口。风月的小媚眼就冲叶御卿直抛，后者眼神微动，勾唇笑得意味深长。

等眼睛累了，风月才侧头看了一眼旁边这人。

殷戈止今日这一身玄衣很是英气，与穿白衣的时候判若两人，墨发一半在头上梳了髻，另一半垂下来落在肩上，风吹过来就蹭上他钢铁般的面部轮廓，很是令人心动。

他这副皮囊还真是上天给的恩赐，以至于不管他脾性多差劲，军营里的姑娘们总是前赴后继，比攻高地还跑得积极。年少无知的少女，总觉得相貌堂堂就是如意郎君，将一颗芳心错付，最后碎得渣子都不剩。

愚蠢又可怜。

叶御卿轻摇着扇子，不动声色地看着面前这两个人，或者说，就盯着风月看了。

这姑娘长得极美，至少在他见过的人当中，她的容颜属上乘。两弯柳叶眉，一双丹凤眼，鼻梁比一般的女子挺拔些，带了点英气，但脂粉用得浓，妩媚诱人之感更甚。额间贴了金红色的花钿，映得眉目更加多情。

要只是个妓子，兴许他是会看上，然后与她相好一阵子也就罢了。但眼下她看殷戈止的眼神实在含了太多东西，也许她自己都没察觉，似爱似恨，挣扎万分，那蒙蒙的雾气，像极了躺在他身下时候的样子。

他突然就很想知道，她背后到底有什么故事。

能让他感兴趣的人太少了，这一年里也就出了个殷戈止，甚巧的是，殷戈止感兴趣的这个女人，恰好也让他有了兴趣。

那不如，就一起看看吧！

车轱辘“嘎吱”一声，马车停了，外头的奴才搬了小凳子放在车辕边，殷戈止径直就下去了。

风月回神，提着裙子正要出去，却见叶御卿先动，轻声带笑地道：“你慢些。”

嗯？风月茫然，看着他下车，扇子一合就替她挑开了车帘，然后伸手给她，风度翩翩地道："请。"

还没受到过如此待遇，风月有点错愕，半晌才回神把手放进他手里，借着力下了车。

"多谢。"

殷戈止冷眼旁观，眼里满是讥诮。风月硬着头皮将手收回来，慢慢挪到他身边站着。

"奴家一直没来得及问。"风月道，"这种地方，公子带奴家来做什么？"

"有用。"殷戈止扔下这俩冰冷得跟冬天的铁块儿似的字，转身就往校场里走。

风月冷得打了个哆嗦，耸肩，提着小裙子跟了上去。

校场是她很熟悉的地方，虽然是在烨国的校场，但一闻到沙子跟铁锈的味道，风月就觉得很踏实，心情都好了点。

因着昨日收徒之邀，今日来校场的人还真不少，时辰尚早，已经有七八个少年站在场地里，拿着兵器架上的东西随意耍练。

殷戈止没看他们，招呼也没打，带着观止就先往旁边的阁楼里走。

"主子。"身后人隔得远了，观止才皱眉开口，"您今日心情不是很好，要不要属下拿点降火的茶来？"

殷戈止冷笑："你哪里看出我心情不好？"

观止撇嘴："属下好歹跟了您十年了，您什么样的情绪属下看不出来？不过这般不高兴还是少见的，属下有些担心您。"

这是实话，十年的效忠，观止是唯一得到殷戈止全部信任的人，自家主子总是板着脸，旁人看不出情绪，也只有他知道主子是高兴还是不高兴。

"我只是讨厌有人冲撞出来打乱我的步调。"殷戈止垂了眼帘上楼，道，"她不该与太子亲近。"

不与太子亲近，那要是与别人亲近呢？观止想问，没能问出来，因为已经到地方了。

"宋将军。"殷戈止朝前头的人拱手，道，"今日有劳将军了。"

穿着铠甲的中年男人回过头来，爽朗一笑："说什么有劳，我还得谢谢殿下如此替宋家军着想，请吧。"

阁楼的三楼有个露台，站在上头刚好能将下面校场空地上的场景尽收眼底。

比如现在，殷戈止刚一站上去，就看见叶御卿举了袖子替风月擦着眼睛。

"失礼了。"风月尴尬地道，"这家胭脂铺的妆粉果然不太好用。"

竟然把她弄花了！

叶御卿低笑一声，目光温柔地看着她："赶明儿我让人给你送些好用的。"

"……不用了，奴家自己去买。"

好歹是个太子爷，怎么这么体贴啊？风月刚开始还想好好勾引一下人家的，但是现在看来，压根不用使手段啊，这人一上来简直就如春天般温暖，暖得她都不好意思起什么歹心。

怨不得易掌珠总是被人骂了，这么好的太子，她竟然拒了人家的提亲，也不怪梦回楼里每天都有闲聊的姑娘编派她。

暴殄天物啊暴殄天物！

风月正想着呢，面前这张脸突然就放大了，叶御卿缓缓地凑过来，似乎是想吻她。

啥？！风月惊呆了，四处还都是人呢，这是要做什么！

"锵！"

眼瞧着嘴唇就要碰上了，一把黑漆长刀突然破空而来，猛地扎在离叶御卿五步远的地上。刀身震得摇晃，嗡鸣声不绝于耳。

校场上一时安静，叶御卿的动作也停了，他直起身子侧头，展开扇子笑眯眯地看了阁楼上一眼。

观止表情震惊，旁边的宋将军脸也发白，只中间站着的那尊魔神，脸上毫无波动，他长身玉立，目光平静，仿佛扔刀的人根本不是他。

"太子殿下！"回过神的宋将军连忙狂奔下楼，到叶御卿面前跪下，"卑职不知殿下驾到，有失远迎！"

"无妨。"叶御卿笑得心情甚好，"听闻这儿有比试，本宫自作主张来看个热闹，将军不必惊慌。”

这让他怎么不惊慌啊？啊？一出来看见殷大皇子扔刀就算了，扔的还是当朝太子在的方向，这不是要他的命吗！

风月抬头看着殷戈止的方向，微微皱眉。后者淡然地看着她，像从天而降的神，目光鄙夷地俯视她这蝼蚁。

两厢一撞上，下头的气势弱，立马就退缩了。风月眨眨眼，无辜地指了指叶御卿，自己则耸了耸肩，跟只纯洁的小羊羔一样。

是他先动的嘴！

跟看灰尘似的看了她一会儿，殷戈止移开了视线，盯着下头已经规规矩矩站好的几个人，开口道：“比吧。”

就这两个字，别的他再也没说，下头一众世家子弟都有点傻眼。

比什么？以什么为规矩？是不是赢了就拜师？好歹多说两句啊，只扔下这两个字可怎么行！

叶御卿失笑，摇着扇子走过去：“殷大皇子要收徒，那肯定是收有天分的佼佼者，既然都到了校场，不如就比比身手，胜者便上前拜师如何？”

当朝太子的话，那自然是有分量的。见殷戈止没开口反对，下头一群人就激动起来，纷纷散开，留出中间一块空地。

风月在找死和保命之间犹豫了一会儿，还是乖乖提着裙子上了阁楼。她缩在殷戈止身后，以免等会儿再有刀剑什么的飞过来。

殷戈止没回头，轻声哼了哼，然后便专心地看着下头。

“姑娘，坐这儿吧。”把黑漆长刀拔回来了的观止顺手给她拿了个凳子。

风月感激一笑，在栏边坐下，伸长脖子看向下头。

不看不知道，一看吓一跳，刚刚还只有七八个公子哥儿呢，这会儿倒有十几个人了，稀奇的是，其中竟然还有不少姑娘。

这是什么情况？烨国也允许女子从军？

两个世家子弟先上场，打得如火如荼。宋将军引着叶御卿上楼，一群人就站在露台上看，看到精彩的地方，叶御卿还笑着鼓掌。

客观来说，烨国的世家子弟还真有不少勤奋刻苦之人，至少那个蓝衣裳的和另一个灰衣裳的就打到了最后，看得风月都忍不住想叫好。她侧头看一眼殷戈止的眼神，他大概也是对这两个人最感兴趣。

男人比完了，旁边站着的一群女子才动起来。不过她们不是上场打，而是直接站到阁楼下头，冲上面拱手道：“殿下，女子虽也能从军，但无论是力气还是体力都有不及男子之处，若是直接与男子相争，恐怕有失公平。”

殷戈止低头，面无表情地道：“行军打仗，对方可不会因为你们是女子，而派女子来同你们打。”

也就是说：打不过就滚！

下头为首的姑娘颇有几分姿色，一身妃色盔甲也煞是好看，想必是常被人捧在手心里的，结果对上殷戈止这样毫不留情的话，她的脸当即就红了。

“小女子觉得，女儿家也可以有上阵杀敌之心，殿下何不给个机会？”

是想上阵杀敌，还是只想当殷戈止的徒弟？风月笑而不语，这样的路数别说殷戈止了，她原先就见过很多次，她们以为国效忠为名，行勾搭皇子之实。

老套路啊老套路！

换成叶御卿这样温柔的人，说不定还会给个台阶下，但很可惜，上头是殷戈止。他冷眼一瞥便道：“你有上阵杀敌之心，那便去兵部招兵处报名即可。殷某只收有本事之人，除了真本事，其余的一概无用。”

下头的人都是一窒，风月都忍不住捂脸。

醒醒吧姑娘们，还能指望这种人嘴里吐出象牙来？

到底都是贵门家的小姐，有人受不住了，顶嘴道：“女儿家的本事又不止打仗，打仗是你们男人最擅长的，但殿下何必以此蔑视我们？”

来校场上，不比武力，还要比女儿家的本事不成？叶御卿都听不下去了，展开扇子挡着脸摇头。娇生惯养的贵小姐，实在不适合来这黄土漫天的地方。

哪知殷戈止竟然没生气，像是一早就料到了一般，颔首道：“女儿家的本事的确是不小，若不论武，那不如就论貌吧。”

他伸手指向风月，淡淡地道：“此女相貌平平，下头的各位若是在容貌上能胜过她，在下也当收为徒。”

一阵风吹过来，风月一身红纱翻飞，额间花钿灼灼生光，媚眼横生，妖娆美丽。

这叫相貌平平？叶御卿忍不住笑了一声。

先前他还纳闷殷戈止带风月来这里做什么呢，没想到是在这儿等着。殷戈止也真是料事如神，早知道会有姑娘家来，挖好了坑给人家跳。

下头的几个姑娘脸上都不太好看，她们瞧了瞧风月，也没人当真傻到上去比。有人想走了，但也还有不服气的，要去跟方才胜了的几个男子比划比划。

于是，该走的走，该打的继续打。风月凑到栏杆边上看，那穿一身黑色劲装的姑娘身手还算不错，与蓝衣的小哥打了十个来回，还没落下风。

“这人倒是不错。”宋将军道，“难得见女子有如此身手。”

留下来看热闹的几个姑娘也纷纷点头，有些羡慕地赞叹着。

风月没吭声，看那姑娘一个扫堂腿过去的时候，才轻轻摇了摇头。

“怎么？”观止小声问，“姑娘觉得那黑衣女子不行吗？”

“有点底子，但是看起来没脑子。”风月道，“蓝衣裳的下盘最稳，她还敢用扫堂腿，以卵击石，白费力气。”

只说了这么一句，下头站着的几个人就不爽了，有人皱眉看上来，道：“这位姑娘既然这么厉害，不如也下去比划比划？”

风月咧嘴，一点气节也没有，举手就投降：“得罪了，我不会武。”

殷戈止又嫌弃地看了她一眼。

宋将军哈哈笑着打圆场：“卑职倒是听闻，原先澧国有一位女将军，身手了得，半分不输男儿。若是下头的人有她那样的造诣，殿下肯定见着就收了。”

风月一顿，垂了眼皮。

殷戈止淡淡地道：“是有那么个人，不过无缘得见，如今也是再也不能见识了。”

关苍海的嫡女关清越，传闻东旷之战时，她握着一把红缨枪直冲敌军之中，顶着劣势直取对方统领首级，满身鲜血，英姿飒爽，巾帼不让须眉。

那样的女人才适合上战场，可惜她一直与他上的不是同一个战场。本来平昌之战他们要遇见的，谁知她援军还未至，关苍海就先出了事，于是连同她，也被一并关押。

后来的事情就不用多说了，关家满门九族，无一生还。那女子，大概骨头都已经烂在了乱葬岗。

“啊呀，输了。”旁边的人低呼了一声，殷戈止回神，就见那黑衣女子已经败在蓝衣少年手下，颇为狼狈。

叶御卿轻笑：“看起来，还欠些火候。”

“最后赢的两个，是谁？”殷戈止装作没看见一样，侧头问了叶御卿一声。

没多想，叶御卿下意识地就开口回他：“安世冲、徐怀祖。”

“那就这两个人了。”殷戈止道，“观止，带他们随我回去。”

“是。”

“殿下，在下就先告退了。”转头朝叶御卿行了个礼，殷戈止抬头看向风月。

风月起身，正想问自己是不是也可以走了，结果他二话不说，过来扯着她的腰带就牵她下楼。

“……您这是遛狗呢？”

“少废话。”殷大皇子不爽得很，“从现在开始，你最好一个字也不要多说。”

真是不讲道理！风月撇嘴，使劲儿抿了抿唇。

叶御卿依旧摇着扇子，站在露台上目送殷戈止远去。宋将军站在他身边，也不知道这位爷在想什么，大气都不敢出。

“今天的殷大皇子，可真有意思啊。”

等人都走出去老远，叶御卿终于开了口，轻声笑道：“还没见过这样的。”

在烨国一年了，那人始终摆着一张面无表情的脸，做什么都没有情绪波动，不管是进宫还是进青楼，仿佛四周的事情都跟他没有关系。

直到那天风月掉进他的怀里，就像一颗石头砸进平如镜的湖面，瞬间就起了好多好多的涟漪。

有趣极了。

宋将军有点茫然，他一介武夫，自然听不懂太子在说什么。他只能跟着傻傻地点头，然后送太子离开。

殷戈止没回使臣府，而是径直去了梦回楼。

风月手疼得凶了，也没吭声，就安静地跟着他。一进屋，殷戈止就将灵殊关在了外头，任凭灵殊如何瞪观止，也没给开门。

“您今日，似乎格外小气。”风月坐在软榻上，瞧着他，露出小猫牙笑了笑，“该不是吃奴家的醋了吧？”

殷戈止难以理解地看了她一眼，道：“你以为自己是谁？”

“哎呀哎呀，开个玩笑，奴家这不是看您太严肃了嘛。”咯咯笑了两声，风月道，“既然不在意奴家，那您别这样凶啊，奴家可是水做的小姑娘，经不起吓的！”

还要不要脸了？殷戈止皱眉：“太子盯上你了。”

“这样啊。”风月平静地点头，“挺好的呀，那奴家接下来的生意就不用愁了……”

她话还没说完，脖子就又被人掐住了。风月抿唇，抬眼看他。

殷戈止满脸嘲讽：“你不是说，仰慕我仰慕了好几年？如今这么快就又仰慕上太子了？”

“公子。”风月莫名其妙地问，“您会娶我吗？”

谁会娶一个妓子？殷戈止黑着脸摇头。

“那不就得了？”风月笑道，“奴家既然嫁不成您，总要试试嫁给别人，万一就飞上枝头了呢？”

第四章

全靠拼演技

殷戈止脸上微僵，掐着她的手松了力道。

是啊，他又不会娶她，还真能指望一个妓子对他一心一意、与他一生一世？做这一行的，花言巧语少不了，他也见过不少女人，听过的花言巧语也少不了，怎么就觉得她说的就应该是真的？

大概是床笫之间太和谐了，殷大皇子暗想，和谐到他有点贪恋那种滋味儿，所以顺带也有点贪恋给他那种滋味儿的人。

风月睨着他，看着他眼里复杂的神色，咯咯一笑，伸着小细腿儿就去勾他的腰：“公子何必想那么多呢？进门就是客，奴家一介女流，也翻不出什么浪来。把奴家当个玩物，不也就罢了？”

面前的人眼里又带了嫌弃，却也没推开她。风月立马得寸进尺，起身直接挂在他身上，媚眼如丝地道：“公子若是不愿意奴家再伺候别人，可以将奴家赎回去啊？”

想得比长得还美呢！殷戈止冷笑，任由她挂着，径直就躺在了软榻上。

这一袭红纱就这么压着他，两只包得严实只露出手指的爪子放在他胸口，脸上带着让人讨厌的假笑，瞧着就让人不舒坦。

风月也不舒坦啊！这人一身钢筋铁骨，硌得她生疼，偏生还是她自己爬上来的，不好意思下去。身下这人不接话，屋子里就陷入了寂静。

本来她说那话也没指望他能接，毕竟青楼狎妓是风流，但娶个青楼女子回家，那就是二流了。妓子是男人手中的玩物，更是千人枕万人尝的下贱货，但凡有些身份的人家，是断然不可能给妓子赎身的。运气好能遇见个有钱的商贾，运气不好的，也就老死孤巷中了。

想想也真是惨。

“就算搭上太子，他也不会娶你。”

身下的人突然开口，胸口的震动惊得风月一个哆嗦：“啊？”

反应过来他说的是什么之后，她失笑：“要太子娶奴家，那不是更荒谬吗？奴家可没那宏图大志。不过太子为人温柔又体贴，相貌也是极好，若能伴他左右，倒也不错。”

殷戈止讥诮地看她一眼，冷声问：“你觉得我很不温柔、很不体贴？”

这不废话吗？简直是残暴无情啊！

“没有，怎么会呢？”心里骂着，风月面上却笑得更加柔情似水，道，“公子也很好。”

说着说着，她的腿就往人家的腰带上蹭。

殷戈止没拦她，一双眼平静地看着。

她本来只想调个情啥的，没想到这人还当真摆了一副等伺候的样子，风月干笑，看了看自己还在痛的手。

自己调戏的腰带，跪着也得解开！

她认命地挪了身子，退后几步，跪坐在他腿上，搁置了两只手，俯身用牙去咬。雪白的小猫牙很是利索，蹭啊咬的，没一会儿竟然当真将腰带弄开了。

累得喘了口气，风月抬头得意地笑，正想说她牙口不错吧，结果就对上殷戈止一双微微泛了欲望的眼。

“你的手段，可真是不少。”

殷戈止声音略微沙哑，起身就将她反压在软榻上，粗粝的手指轻轻摩挲着她的唇瓣，眼神微黯：“早上，你也是用这嘴，咬了观止的外袍。”

风月莫名地起了层鸡皮疙瘩，一双狐眼水汪汪地看着他：“奴家这不是手上不好使力吗？”

“是吗？”

不咸不淡的两个字，让人猜不到是什么情绪。风月有点紧张，正想再说点什么缓和一下气氛，结果就被身上这人以唇封唇，堵了个彻彻底底。

灵殊在外头正着急呢，十一二岁的小姑娘，急得发髻下的小辫子直甩。但观止挡着，她压根进不去，只能继续瞪他。

观止很无辜，摸着鼻尖小声道：“你别急了，我家主子不会把你家姑娘怎么样的。”

难得遇见个女人让他有些喜欢，虽然不知道主子喜欢人家姑娘哪儿，但既然主子再次来这梦回楼了，那定然不是来要命的。

“救命啊！”

刚想着呢，里头就传来缠绵悱恻的呼救声。观止脸一红，暗暗骂了自家主子一句不要脸。

外头还有小孩子呢，就不能轻点吗！

灵殊一听，眼泪“唰”地就下来了，小拳头直往观止身上砸：“你给我让开！”

观止伸手抓住她的手，叹息：“你听我解释啊，他们……”

“我不听，我不听！”灵殊跺脚，“上回他来，我家主子身上就全是青青紫紫的，他肯定打我家主子了！你让我进去！”

这……该怎么解释是好呢？挨着这不痛不痒的拳头，观止尴尬地笑着。按理说他家主子是不重欲的，以往送去东宫的姑娘，虽然大多被宠幸，但也未曾有谁身上留下痕迹。现在这……大概是憋太久了！

观止想不明白，殷戈止自己都想不明白。床上的风月被他万分嫌弃，可一旦纠缠起来，他又不管怎样都挣扎不开。这女人不知是乱蒙的还是怎么，他身上最受不住的地方，她统统都知道，跟个妖精一样勾引他、诱惑他，拉着他沉向无边的泥沼。

太糟糕了……

太阳西沉，夜幕垂垂，殷戈止坐在床头，旁边的小妖精已经睡着了。他低头仔细打量她，依旧觉得她有点熟悉，仿佛在哪里见过。可他见过的人太多了，实在不记得有谁长了这样一张狐狸脸。

伸手捏起她的手看了看，手指好像有点发紫。

该换药了？

反正睡不着，他干脆下床，拿了旁边花架上的药箱，然后坐在床边拆她手上的白布。

在军营里混久了，包扎伤口之类的事，殷戈止倒是比军医还熟练。他慢条斯理地卷着布，等风月整只手上的白布都被他卷起来之后，他低头看了看。

手腕上竟然还缠着红绸。

殷戈止嗤笑一声，觉得这女人真是有毛病，手都废了还想着怎么勾引人啊？这段红绸他记得，扬起来是很好看，但也没必要在这种时候都还缠着。

他伸手要去解，床上的人却猛地惊醒："住手！"

凶狠的一声吼，惊得隔壁屋子里的姑娘、客人都吓了一跳。

殷戈止皱眉："你这么大反应做什么？"

冷汗涔涔，风月回过神，看了看这人，又看了看自己的手。

她又做噩梦了，梦见在澧国的大牢，有人捏了细长的柳叶刀，要来挑她的手筋。

原来是梦啊，真好。

可是……低头看了看自己缠着红绸的手腕，风月失笑，笑得眼眶都红了。

她的手筋早就被挑了，哪里还轮得到梦里的人动手。

殷戈止皱眉看着面前这女人，莫名地觉得心口不舒服，他也不管那红绸了，拿了药就往她手上涂，三两下给她重新包好，自己便径直躺上床，闭眼休息。

"明日还有事，你别吵我。"

到底是谁吵谁？风月皱眉看着他，眼里慢慢涌上血色。

如果成事的路上有捷径，那么就算捷径是他，她也该一脚踩上去！关家满门血债，无数无辜之人的性命，都有殷戈止的一份罪孽，他既然已经送上门，她就没有害怕的道理！

深吸一口气，风月缓了缓气，跟着他躺下。

第二天天刚亮，殷戈止就走了。风月起身梳妆，平静地看着镜子里的那张脸。

"主子。"灵殊泪眼汪汪地站在她身后，"奴婢没能保护好您。"

一听这话，风月终于笑了，回头看着她："我还能指望你来护着了？再说了，也没什么危险啊，你保护我什么？"

灵殊指了指她脖子上的红痕，更愧疚了："昨儿那客人不是打您了吗？"

风月："……"

一脸慈祥地摸了摸这小丫头的脑袋，她失笑："这不是他打的，你不用担心了。快，拿着这银子，去买点绿豆糕。"

又买？灵殊转身去看了看花架上的食盒："哎？上次买那么多，都吃完了？"

"你家主子我最喜欢吃绿豆糕，所以吃完啦。"脸不红心不跳地欺骗小孩子，风月笑眯眯地道，"快去吧，记得买响玉街街尾那一家的，那一家最合我口味。"

"好！"灵殊应了，接过风月给的碎银就往外走。

响玉街街尾的绿豆糕铺子已经开了三年了，是一对和善的夫妇在经营。看见灵殊，老板娘很是热情："小丫头又来买绿豆糕啦？"

灵殊伸手把银子递过去，乖巧地道："我家主子说您这儿的绿豆糕最好吃。"

"那是，咱家的绿豆糕，吃过的客人都夸呢！"老板娘笑着接了银子，没放进下头的钱兜，倒是不声不响地递给了后头的掌柜。老板娘继续给灵殊包着绿豆糕，那掌柜则捏着银子去了后院。

殷戈止收徒的事情定了下来，徐家和安家两个少爷今日便去了使臣府拜师。

敬茶行礼之后，殷戈止看着他们道："你们是太子殿下允许入我门下的弟子，也是殷某收的第一批徒弟，从今日开始，你们就跟着我习武学文，有什么想知道的，都可以问我。”

两家少爷都分外高兴：“徒儿一定紧跟师父，时时学习！”

观止从外头进来，在殷戈止耳边嘀咕道：“外头消停了，都道是太子点的人，眼下有异议，也都在议论太子罢了。”

殷戈止颔首，然后一脸正气地看着面前的两个人道：“本事如何，我不看重，但为人一定要行得端坐得正，不可做阴诡害人之事，明白吗？”

“明白！”两个雪白雪白的小少年挺直了腰杆回答。

观止捂了脸。

要论阴诡，主位上坐着的这个分明就是个中翘楚！昨儿收个徒，得罪人的分明是他，锅全让太子背了。本来世家之人就不太好得罪，自家主子昨儿在校场上都不吭声，太子爷倒是体贴，替主子把话说完了，这两人也就成了太子举荐给自家主子的。

谁家有不满，找太子去！

找是肯定不敢找的，但背后难免会有些怨言。太子恐怕还什么都不知道，只会觉得今天天气不错。

今儿的天气的确是不错，刚用过午膳，风月就被一顶小轿接到了响玉街的茶楼。

叶御卿带着易掌珠坐在她对面，风月穿了件稍稍正经点的朱红色长裙，端着茶咧嘴笑得跟楼下门口的店小二一样：“让二位破费了。”

易掌珠捏着帕子微笑：“破费的是殿下，掌珠可没掏银子。”

叶御卿温和地颔首：“珠儿说要谢你救命之恩，特地请你出来喝茶。”

风月感动地看了易掌珠一眼，颔首：“易小姐很善良。”

易掌珠一双杏眼在她身上扫来扫去，道：“过奖了，姑娘当日那般勇猛，救了掌珠一命，掌珠自然要感谢。虽说这些时日殷哥哥和殿下都送了不少补品给你，但掌珠的谢意，还是要自己传达才是。”

风月一愣，心想原来殷戈止是因为她送的补品啊，她就说那人怎么这么好，有闲心给她塞补品。

抿茶赔笑，风月不再开口，倒是易掌珠，好像对她很感兴趣，一连串地问她：“姑娘为什么沦落风尘啊？”

“因为缺钱。”

“那没想过好生跟个人过日子吗？”

“没有遇到。”

易掌珠点头，伸手就指了指自己身后站着的家奴：“姑娘看这孙力如何？力气大，家里也没什么拖累，三年前他媳妇去世之后就没再找过人，如今也想成个家。”

风月挑眉，心想这易小姐菩萨光芒普照四方的，也照得太宽了点。

“实不相瞒，易小姐。”她和善地笑道，“我在梦回楼里挺好的，暂时没有要从良的想法。”

易掌珠脸色微变，皱了眉：“哪有人喜欢一直在风尘堆里打滚的？瞧你年纪也不小了，还不找人嫁了，以后年岁大了，后半生都没个依靠。”

“这实在不劳小姐操心……”

“姑娘是不是嫌弃孙力的身份？”易掌珠打断她的话，有点生气，“他虽然是家奴，可在我易府，也是被当成家人看待的。虽比不得那些在窑子里逛的人有身份有地位，可他很踏实！”

这就有点尴尬了，风月干脆闭嘴，眼观鼻，鼻观心，不再说话。

叶御卿脸上的笑意都淡了点，低声道：“珠儿，风月不愿意，你又何必强人所难？”

她强人所难？易掌珠当真是生气了，颇为不悦地看着叶御卿：“我是为她好，她不领情就算了，殿下还责备我？”

“不是……”

“我知道，您最近爱往梦回楼走，殷哥哥也是，你们男人都喜欢长得好看的女人，珠儿都明白。”易掌珠握紧了拳头，努力平静地道，“但风尘女子就是风尘女子，你们也当注意身份。想要长得好的，不阴城那么多贵门之女，你们还挑不着顺眼的？”

更何况，她还没死呢！

风月终于听出来了，这几日叶御卿和殷戈止来找她找得频繁，惹易大小姐不高兴了。本来易大小姐被她救了还有点感激她，现在大概是被恼恨冲了头，看她的眼神分外不友善。

这算什么事儿啊？如果没记错，易掌珠拒了太子的求亲，又同殷戈止没什么关系，这两人的醋，她吃得没道理啊。

眼珠子滴溜溜地转了几圈，再抬头时，风月笑得一脸无知：“风尘女子和贵门女子都是女子，易小姐为何就觉得他们不能寻风尘女子为伴？”

还想为伴呢？易掌珠皮笑肉不笑，念着恩情，勉强压着火气道：“自古婚姻都讲究个门当户对，风尘里出来的姑娘，什么都不会，也没见过世面，哪里能配得上贵门的公子？”

“奴家也算见过世面啊。”风月不服气地抬了下巴，“官邸什么的，也去过不少了。上回去的李太师的府邸，也不过如此嘛，同民间有钱一些的人家差不多。”

官邸能同民宅一样？易掌珠笑出了声，眼里带了点轻蔑：“太师虽有品级，但也算不得重臣，官邸自然简陋。今日天气不错，姑娘若是当真想开眼界，不如随掌珠回将军府去看看？”

等的就是这句话！

风月作苦恼状，很是犹豫地看了易掌珠一会儿，道：“听闻将军府修得复杂，又无甚景物，规矩严还不允许人乱走，去了也没什么好看的吧？”

“民间的传言还真是有趣。”易掌珠拂袖起身，睨着她道，“将军府是敕造的，景物良多，规矩虽严，但有我带路，你怕个什么？”

“好吧。”勉强应下，风月的表情看起来是既心虚又故作镇定。

易掌珠打定主意要在她面前炫耀一番，好叫她明白官家与平民的差距，于是二话不说就让人备车。

众人一起出门的时候，叶御卿颇为怜惜地看了风月两眼，放慢脚步在她耳边道：“掌珠偶尔会骄纵些，毕竟是被宠着长大的，你多担待。”

风月回他妩媚一笑，颔首：“奴家明白。”

三人一起乘车，叶御卿依旧淡定地摇着扇子，风月忍不住就多嘴问了一句：“殿下不忙吗？好像见您时常在宫外走动。”

“你懂什么？”易掌珠轻笑，“殿下这是用人得当，该做的事儿都交给最会做的人去做了，自己才更逍遥些。”

叶御卿笑着颔首。

风月了然，十分钦佩地道：“真不愧是一国太子。”

易掌珠微微皱眉，很不舒坦，但也不好开口说什么。

将军府到了，风月提着裙子下去，看着门口就装作吓了一跳的样子，然后咳嗽两声恢复镇定："修得不错。"

易掌珠好笑地看她一眼，邀着叶御卿从正门进去，然后挥手让孙力引着她走后门。

风月规规矩矩地跟着走，前头的家奴可能是刚刚被她拒绝，态度不是很好："你跟紧了，别乱走。"

"好。"风月温柔地应下，跨进后门，被门口的守门人简单地检查了一番之后，提着裙子往里走。

易大将军的府邸当真是分外奢华的，哪怕是从后门进去，也像是绕进了迷宫。走廊蜿蜒，庭院大同小异，要不是有人带着，普通人定然一会儿就迷了路。

然而风月的方向感还是不错的，就算前头的孙力绕出个圆圈来，她也记得自己是从哪个方向进来的，也记得这一路走来的亭台楼阁。

很不错的宅子，按照风水来说，再往东就应该是易大将军的院子了。风月看了一眼，正暗暗记着呢，前头的人突然停下来。

"怎么？"抬头看了一眼，风月微惊。

孙力脸上的表情有点凶狠，本来就不是很端正的一张脸，瞬间就更扭曲了。他们正走到一个小庭院里，四处无人，两边都是假山，风月扫了一眼，呼救可能都没用。

"你看不起我？"他咬牙问。

风月笑着摇头，很真诚地道："没有，只是真的还不打算从良。"

目光从她的衣襟里扫下去，孙力喉头微动，突然就伸手扯她衣衫。风月象征性地反抗了一下，外头的袍子就被他扯破了——抠门的金妈妈，买的衣裳也向来不是什么好料子。

顺势脱了外袍，风月穿着里头的长裙，咯咯笑了两声，朝面前的人抛了个媚眼："瞧你急的，想要奴家还不容易吗？站着别动。"

化被动为主动，风月一把将孙力推在了假山上，狐眸盯着他，努力动着手指去扯他腰带。

美人要自己动手，那是个男人就会站着不动省力气。孙力色眯眯地看着眼前的人，感觉到自己腰带一松，又感觉到自己腿上一紧，突然觉得有点不对劲。

“喜欢我吗？”风月笑着道，“喜欢就晚上来梦回楼捧奴家的场啊，这光天化日的可不行。”

说罢，她退后一步，脸上带笑，飞起一脚将他踹倒在地，然后拔腿就跑！

腰带被她用来捆住了他的双腿，死结！孙力傻了眼，伸手就去扯，可在他扯的空隙里，那女人早跑得没影了。

可恶！

前头就是东边的院子，不知道是不是易将军的主院。风月揉乱了自己的发髻，手捂着衣襟，一路“嘤嘤嘤”地往里跑，惊动了不少附近的守卫。然而大家都不知这姑娘是从哪里来的，守卫们都围着她，没立马动手。

“你们将军府就是这般待客的吗？放我进去，我要找易小姐评理！”风月大声嚷嚷着，低头就冲进了那院子，坐在地上就哭！她双手捂着眼睛，指缝里倒是露出精光来。

目前所在的这个院子比其他院落的守卫都更森严，前庭空地两边还放了小巧的石狮子，门窗的朱漆雕花都有一股慑人之感，十有八九就是易将军的主院。

“这位姑娘！”旁边的守卫拿剑对着她，“您要找大小姐，应该去南院，这里是不能进来的……”

“胡说！”一扭身子，风月狠狠地瞪了说话的人一眼，“方才引路的那个叫孙力的家奴骗我，你们也想骗我！这院子这么气派，不是大小姐的还能是谁的？让开，我要进去！”

这哪里能让啊？四五个护卫围着她，看她说得出孙力的名字，更不像是撒谎，于是一边拦着她，一边连忙让人往南院报信去了。

反正他们也不会动手，风月就踮着脚将周围都看了个遍，跟乡下人头一次赶集似的，惊叹地道：“果真不愧是将军府啊，真是好看。”

年轻些的护卫面皮儿薄，瞧见这么个衣衫不整的姑娘，脸红成了一片，小声问：“姑娘可要件衣裳裹着？”

“我倒是想要，可你们拦着我不让我进去啊。”风月可委屈了，一双眼睛眨啊眨，无辜地泛着水光。

护卫脸更红了，小声道：“这是将军的院子，看守自然严些。幸好姑娘只闯了外院，要是进了里头，说不定就被羽箭射成筛子了。”

这么厉害？风月挑眉，也不吵吵着要进去了，就安静地等着。

易掌珠和叶御卿没一会儿就过来了，瞧见她这模样，叶御卿眉头直皱：“出什么事了？”

“殿下、易小姐。”风月回头，可怜兮兮地看着他们，哽咽道，“孙力引奴家进门，却欲强了奴家，奴家慌不择路，跑到了这儿。瞧着这院子气派，许是易小姐的居所，奴家便进来找你们了。”

易掌珠一愣，回头往四处看了看：“孙力呢？”

有家奴过来小声嘀咕了两句，易掌珠的脸色微变，她看了风月一眼，挥手让人去拿衣裳。

“大概是姑娘身份特殊了些，故而孙力想与姑娘亲近，也就没个分寸。”朝她笑了笑，易掌珠道，“姑娘别往心里去。”

妓子就是这般下贱没人权，别人侵犯都只能说人家是想照顾你生意，没成功的话你别往心里去，成功了的话大不了补点银子。

一早料到会是这样的结果，风月也没指望易掌珠会把孙力怎么样，她的重点也不在这儿。

“既是如此，那也的确是奴家大惊小怪了。”风月勉强笑了笑，道，“可以进去坐坐吗？奴家这衣衫不整的，在这儿站着也不像话。”

抬头看了一眼这院落，易掌珠微愣，正想开口，旁边的叶御卿却抢在她前头，沉声道：“进去吧，等人拿衣裳来。”

“殿下。”易掌珠有点慌，“这是爹爹的院子。”

“本宫知道。”侧头看她，叶御卿道，“易将军正在漠北驻守，院子空着，风月冲撞不到谁。再者，将军自己也说，愿本宫随时来他院落走动。”

言下之意，主人都同意的，她拦着做什么？

易掌珠略微顾虑地看了四周一眼，不吭声了，抬眼示意旁边的护卫去将前厅的门打开。

风月一脸天真，对什么都好奇，睁大眼睛四处看着，嘴里惊叹连连：“好气派的地方啊！”

瞧她那没见过世面的模样，易掌珠撇嘴，轻哼一声道："爹爹的院子可是数百工匠花了一年才修建好的，是整个宅子里最后完工的院落，能不气派吗？"

"啊？数百工匠，修了一年？"风月咋舌，眼里随即流露出"你在吹牛吧"的神色，小声嘀咕，"气派是气派，可也就一个院子，怎么可能修一年？又不是宫殿……"

易掌珠哼笑："你知道什么？这院子每处都是精雕细琢的，一点瑕疵也没有，一般的人力可做不到！"

"是吗？"风月撇嘴，朝着叶御卿小声道，"太子您看呢？方才奴家跑进来的时候，分明就瞧见不少瑕疵。"

叶御卿状似沉思片刻，然后竟然意外地配合："本宫好像也瞧着些。"

易掌珠这才是真的恼了，她本就是经不起激的性子，又从小被人捧着长大，没经历过多少人心险恶，当即就起身道："既然二位都这么说，那掌珠就同二位打个赌！二位今日要是能在这主院里找出一丝修筑上的瑕疵来，掌珠立马将府里刚得的上等玉簪双手奉上！反之，要是不能……"转头看向风月，她笑了笑，"那姑娘就接了孙力为客吧。"

风月干笑，这算个啥？有奖她和太子分，有罚她一个人上？

"好。"不用受罚的太子殿下答应得那叫一个果断，"那就开始找吧，为了避免冲撞，本宫和风月身边都跟个贵府的护卫，要是碰着不该碰的，也好提点一二。"

如此就更加妥帖了，易掌珠想也不想就点头。正好有护卫拿衣裳进来给风月，她顺手就指了那护卫："小唐，你跟着这位姑娘，别让她闯了不该闯的地方。"

年轻的护卫红着脸应了，看风月穿上了外袍，便引着她往外走。

叶御卿摇着扇子跟着跨出门，目光在风月的背影上停留了好一会儿，才闲散地往另一个方向而去。

"我是不是打错赌了呀？"一离开前厅，风月就颇为懊恼地小声嘀咕，"这地方机关重重，要修个一年半载的也是常事，唉。"

唐护卫依旧红着脸，小声道："我在这儿守了一年有余，的确常听人夸此处天衣无缝，是绝佳的居所，要寻出瑕疵来，怕是难。"

“那怎么办呀？”风月不走了，站在原地泪眼汪汪的，看起来很像迷路的羔羊，“奴家不想伺候那孙力，易小姐这是为难奴家啊！”

是个人都有恻隐之心，尤其是血气方刚的男人对楚楚可怜的女人。唐护卫有点无措，连忙安慰：“咱们仔细找找，也许当真有什么瑕疵呢？”

风月感动地看着他，一脚就跨进了后院。

“站住！”后院门口的护卫立马来拦他们。

唐护卫连忙上去道：“是大小姐的吩咐，兄弟们先去歇会儿吧，太子殿下等会儿说不准也要往这边来。”

“这？”后院的护卫有点疑惑，“将军吩咐过，这边的院子不让任何人进去的。”

“这些规矩是你们更清楚还是大小姐更清楚啊？”唐护卫摆手，“大小姐都那么吩咐了，你们就去歇着吧，有我守着这位姑娘，不该碰的是不会碰的。”

有易大小姐在后头撑腰，后院护卫再多说也是无用，犹豫了一下，他们还是退了出去。

风月笑眯眯地瞧着，心想还是姑娘家好啊，姑娘家心软，要是易大将军在府上，那这地界儿她可能横着都进不来。

“你小心点。”看她要走进去，唐护卫连忙喊住她，指了指对面书房门口放着的石狮子，“那儿有机关，你跟着我走。”

微微挑眉，风月应了，低头看着他踏上庭院中间的青石板路，亦步亦趋地跟上去。

“旁边的泥土地不能踩吗？”好奇的风月天真地问了一句，“踩了会怎么样啊？”

“会被万箭穿心。”唐护卫认真地道，“那边两座石狮子的头上顶着的圆盘就是机关，两边泥土松软，埋的全是细线，一旦踩上，箭头会瞬间射出来，四面八方，没有空隙可以躲。”

的确，这院子里除了那两座石狮子，旁边连棵树都没有，自然不能躲。

正常人的书房，需要这样的机关？风月笑了笑，不声不响地继续跟着进去。

这东院的结构果然很是复杂，五间屋子，除了书房、卧房和前厅，还有两间客房。风月走了一圈儿，唐护卫也是尽职尽责，只要有机关的地方，他都一律提醒了她，导致半个时辰之后，她对这东院的机关陷阱了如指掌。

“书房不能进去，咱们再去其他的地方找找吧？”唐护卫小声道。

感激地看了他一眼，风月点头，转身去了客房。

客房大概是很久没住人了，灰尘重，打开瞧着就是一片蜘蛛网。风月被呛得咳嗽两声，皱眉道：“脏成这样，怎么也不扫扫？”

唐护卫笑道：“因着东院复杂，将军惯常不留人在东院的客房的，没人住，下人自然也就懒了些。”

风月扫了一眼里头，也没进去的兴致，只随意看了看，就准备回去了。

“姑娘不再找找？”唐护卫担忧地道，“你们的赌注……”

“听天由命吧。”风月微笑。

易掌珠还在前厅里坐着，见风月垂头丧气地回来，便笑：“怎么？认输了？”

“将军府建筑之精细，奴家服了。”风月感叹道，“这一路，当真没找着瑕疵。”

易掌珠哼笑出声，正准备再得意地说两句，结果就听得门口有人道：“是你未曾用心找吧。”

两人纷纷侧头，就见叶御卿笑着跨进门来，摇着扇子道：“光本宫瞧见的瑕疵，就有一百零八处，珠儿，这回你可要输了。”

一百零八处？易掌珠当即就摇头：“不可能！”

一处瑕疵还能说是工匠粗心，要是有一百零八处，那他们怎么可能看不见？

风月也有点好奇，虽然她压根没认真找，但一眼扫过去，这院子也是精雕细琢出来的，不可能出那么大的纰漏啊。

“你们来看。”收了扇子，叶御卿抬手就指了指门口。

易掌珠立马起身，风月也跟着凑过去，就见那门楣上画着三爪金龙，吞云吐雾，颇有气势。

易国如战功赫赫，也是颇得圣恩，敕造府邸不算，还能用三爪金龙作纹案，可见烨王对其之倚重。

只是……仔细看看，这些条龙好像哪里不太对劲？

易掌珠也瞧见了，惊讶地低呼了一声，有些莫名其妙：“眼睛呢？”

这好端端的龙，怎么都没画眼睛？

叶御卿笑道：“大概是匠人粗心，这院子一共一百零八条龙，全部都没画眼睛。”

风月恍然，松了好大一口气。易掌珠分外不满，咬牙看了叶御卿一眼，眼神颇为委屈。

从小太子殿下就对她很照顾，像哥哥又像郎君，不管做什么都护着她，站在她这边的。今日就只为了个妓子，他竟然不帮她了！

心里憋屈，但愿赌还得服输，易掌珠沉了脸，挥手就让人把府里刚得到的上好的和田玉簪拿了出来，塞进太子的手里：“掌珠身子不太舒坦，就不远送了，二位慢走！”

说是说慢走，她却还是嗔怒地看了叶御卿一眼，明显是有话要说。

叶御卿捏了玉簪在手里把玩，恍若没看见易掌珠的眼神，只道：“本宫正好要回宫，风月随本宫上车吧，正好送你一程。”

还真就走了？易掌珠惊愕，看了他好几眼，又看向风月。

这狐狸精一般的女人，笑得妩媚极了，她躬身应了就同太子一起往外走，完全没把自己这不高兴的态度放在心上。

哪有这样的？！

风月知道这位大小姐要生气，但太子殿下这回瞧着没打算给她脸面，她这种小人物自然更不好多说了，低头跟着人走就是了。

身后传来易掌珠跺脚跑走的声音，几个丫鬟大声喊着“小姐”。然而前头的叶御卿走得头也不回，衣袂飘飘，依旧是那副潇洒得要命的样子。

奇了怪了，风月有点想不通，从先前一粟街上的状况和民间传言来看，这位爷不是挺喜欢易掌珠的吗？这一下脸子甩得，可真是半点柔情都没有。

出门上车，风月缩手缩脚，规规矩矩地坐在叶御卿的旁边，后者慵懒地靠在车壁上，手里依旧在把玩那簪子，像是在想什么事情。

风月悄悄侧头打量他，这人嘴角依旧带着温和的笑意，但眼帘半垂，里头昏暗一片。不小心对上稍微流泻出来的暗光，风月身子一僵，连忙伸手捂眼。

那么温和的人，原来也会露出这么令人胆战心惊的眼神。

马车里安静了一会儿，叶御卿睁眼，轻轻笑了一声：“你胆子这么大，还会被本宫吓着？”

风月直哆嗦：“奴家的胆子一点也不大，随便来个什么也能吓奴家一跳。”

“那倒是稀奇。”叶御卿坐直身子，侧头凑近她，“胆子不大，还敢在易将军的府邸里乱跑，嗯？”

易掌珠可能看不出她的意图，但这点伎俩在他眼里，实在是不够看的。只是恰好他也很好奇易将军的宅院，因着身份，一向没机会细究，旁人也进不去那地方。她今日装疯卖傻的，倒是帮了他一把。

不过他很想知道，眼前这个风尘女子，勾搭殷戈止还不算，怎么还想刺探将军府？

风月眨了眨眼，万分无辜地道：“奴家只是逃命而已啊，逃命可不得乱跑吗？奴家只是想着人多的地方好救命，所以看那院子人最多，就冲进去了。”

说罢，她咬咬唇，心有余悸地道：“那叫孙力的也是可怕，二话没说就对奴家动手，幸好奴家跑得快……”

表情真实，眼里的害怕和庆幸也是真真切切的，看得叶御卿微微愣怔。

怀疑错人了？她当真是误打误撞？

可是，她说的每一句话，都是在刺激易掌珠让她在那院子里随意翻看，也是巧合吗？

“不过奴家今日是不是得罪易大小姐了？”面前的女子叹息了一声，颇为苦恼地道，“我本是打算故意打赌输了，让易小姐高兴高兴，谁知道殿下这么不留情面，这下她怕是更恼奴家了。”

是故意打算输的？叶御卿皱眉：“你输了，就当真要伺候孙力，先前你在人前驳了他的面子，若是落在他手里，他定然不会叫你好过。”

“奴家都明白。”风月低头，小小的身子缩成一团，“可是奴家能有什么法子呢？做我们这行的，最怕得罪人，说不定哪天就死在巷子里，连个收尸的人都没有。”

叶御卿心口微动，有些怜惜地道：“有本宫护着你，没人能让你死。”

“多谢殿下。”风月抬头朝他一笑，松了口气，“有殿下护着，那奴家能回去睡个安稳觉了。”

叶御卿轻轻颔首，低声道：“本宫等会儿去梦回楼，顺便包了你的场吧。”

殷戈止上回包她几日，到今日应该是恰好结束。

心里一跳，风月面上满是娇羞，颔首应下。

该来的总是会来，她一开始就打算爬人家太子爷的床，如今绕了几个弯，终于还是要上了。不能退缩。

风月捏着手帕，高兴地看着窗外的路，像是盼着到梦回楼一般。叶御卿瞧着，笑着摇头，也许，是他想太多了吧。

“哎哟，我的姑奶奶，你可算回来了！”

刚踏进梦回楼，就听见金妈妈超大的嗓门，她健硕的身子朝着风月便扑了过来：“好女儿！那位公子又包了你几日的生意，你快上楼……哎？这位公子也来了，里头请啊！”

被她这话说得有点蒙，风月眨眨眼，看向后头的叶御卿。

太子殿下不急不缓，摇着扇子走到金妈妈身前，才问：“谁又包了风月姑娘啊？”

瞧这俊俏的公子哥儿，金妈妈抹了抹鬓角就含羞带怯地道：“还能是谁啊？前些日子包风月的那位公子，看起来是当真喜欢风月，今儿一来，又续了几日。”

三楼的门打开，有人站了出来，立在栏杆后头冷眼往下瞧。

风月抬头，正好就看见了殷戈止一张含讥带诮的脸。

眼前一黑，风月差点想冲他举拳头！冤孽啊！还让不让人好好勾搭太子了？怎么哪儿都有他啊？！

她有点恼怒，扭头就道：“金妈妈，我已经接了这位公子的生意了，您这时候来说奴家被别人包了，这……”

“咱们这烟花地啊，向来就容易产生这样的争端。”金妈妈笑道，“所以一早就有规矩的，谁先结了单，在妈妈这里登记了，谁就为先。这位公子，若是想找姑娘，咱们梦回楼里美人儿可不少呢，您要不再瞧瞧？”

叶御卿摇头，扇子一合就轻轻敲在风月的额头上：“爷就看上她了。”

“这……”金妈妈赔笑，“凡事都有个规矩的。”

“在下也懂规矩。”叶御卿颔首，“那么，那位公子包了几日？”

“五日。”

“好，那就提前在妈妈这儿登记着。”甩手抛了银锭子给她，叶御卿朝三楼上微笑颔首，然后转身就往外走，“五日之后，在下再来便是。”

金妈妈笑得脸都皱了，接着银子跟着送出去好几步，一路吆喝着：“公子慢走，小心脚下啊！”

风月吐了一口浊气，认命地提起裙子，上楼。

殷戈止坐在房间里喝茶，见她进来了，眼皮子掀了掀：“去将军府做什么了？”

风月吓得一个哆嗦，退后两步，警惕地看着他：“您怎么知道奴家去将军府了？”

殷戈止不耐烦地伸手扯了她身上披着的袍子，皱眉：“旁的我不知道，这将军府丫鬟的外袍我还是认得的。”

这样啊，风月媚笑，蹭到他怀里去坐着，道：“今日是受易小姐邀请去的将军府，喝了会儿茶，衣裳坏了，所以借了丫鬟的衣裳回来。”

下意识地捏着她的腰，让她坐稳些，殷戈止冷声讽刺：“你的衣裳真容易坏。”

那还不都是这些个臭男人没事就爱扯人衣裳？风月龇牙，像只凶恶的老虎，她正想控诉呢，冷不防就见这人的眼神扫过来了。她当即毛一软尾巴一耷拉，垂着耳朵就变成了谄媚的猫咪：“公子说得是，金妈妈该买点好衣裳回来。”

轻哼一声，殷戈止道：“今晚就在你这儿歇了，你准备准备。”

“好嘞！”风月颔首，立马去找灵殊给自己洗漱更衣。

“主子。”澡堂里，灵殊一脸天真地在她耳边嘀咕，“方才遇见卖绿豆糕的赵大娘啦，大娘很关心您，还说最近天气有变，让您小心身子。”

风月听着，笑吟吟地道：“人家这么体贴，灵殊是不是该多去买点绿豆糕，照顾人家生意啊？这儿是银子，等会儿你就往响玉街去一趟吧。”

不疑有他，灵殊欢快地应下了。

夜幕降临，风月裹了纱衣上楼，冷不防觉得头顶有风，下意识地就低斥一声：“谁？！”

第五章

小心肝受惊

一片黑影从头顶上过去，激得她浑身紧绷，下意识就想去追。

然而，就算意识还在，凭这身子，追上人家可能还会反被灭口。深吸一口气，风月看了看四周，楼下人多，三楼的房门都紧闭，没什么人在外头。

那只有殷戈止的身边最安全！

提着裙子“咚咚咚”地跑回自己房间，风月一脚踹开房门就喊：“公子！有刺客！”

屋子里的殷戈止手里扼着黑衣人的喉咙，像捏破布一般，眼神阴鸷：“我看见了。”

风月：“……”

动作好快啊，她跑过来也就几步路的时间，这黑衣人竟然就动手了。更可怕的是，看起来他才刚刚动手，然后就被殷戈止掐死了。

简单粗暴，不用武器，伸手就掐死！

下意识地摸了摸自己的脖颈，她突然觉得殷戈止还是很温柔的，掐她没用什么力气，他要真用力，她怎么也得被掐个七窍流血。

咽了口唾沫，风月一脸害怕地看着他：“公子……您……这……”

杀人了呢！

冷哼一声将尸体扔在一边，殷戈止看了她一眼：“你怕？”

不怕，但装也要装得怕啊！风月抖着身子，跟中风了似的颤颤巍巍，一双眼里满是惶恐：“奴家这房间还要用来睡觉的……”

像是听见了什么动静，殷戈止侧头顿了顿，眉头微皱，暗骂了一声，然后便道：“你是想留下来死在这里，还是跟我出去看看月亮？”

这种事情需要问吗？风月扑过去就往他怀里钻，一双眼眨巴得娇媚万分：“公子救我！”

斜她一眼，殷戈止伸手捏了她的腰，转身就踢开了窗户，纵身一跃，从梦回楼的三楼直接跳到了对面房屋的屋顶。

属猫的吧？抱紧了他，风月是真紧张了，生怕这人一个用力过猛，直接把人家房顶踩塌，然后就得摔个七荤八素的。

然而她多虑了，哪怕是抱着她这么个人，殷戈止也是身轻如燕，从一个房顶踩到另一个房顶，潇洒地穿梭于亥时安静的不阴城，最后停在了不阴城最高的望乡楼上。

“您当真是出来看月亮的吗？”风月哆哆嗦嗦地看了一眼他们的位置，差点号出声，“这么高！”

“下去。”殷戈止面无表情地道。

倒吸一口凉气，风月“哇”的一声就哭了出来：“公子，咱们近日无怨啊，您好端端地把奴家抱出来，却让奴家从望乡楼上下去？若是奴家伺候得不周到，您可以跟金妈妈说，奴家改啊！不必用这样的方式……”

“吵死了！”殷戈止嫌弃地捂了她的嘴，黑着脸道，“我是让你从我身上下去！”

夜风徐徐，楼顶上的玄衣男子站得笔直，身上缠着个红衣女子，手脚并用，跟八爪鱼似的吸附在人家身上。

呆呆地看着他没回过神，风月喷了个鼻涕泡，泡泡“啵”的一声破了，微微溅上他的衣襟。

殷戈止差点就反手将她劈下去了！

“息怒息怒！”风月连忙松开殷大皇子蹲在屋脊上，掏出手绢擦擦眼泪，又擤了擤鼻涕。

旁边的人厌恶万分地看着她，很是不能理解："别的女人哭都只有眼泪，你为什么还流鼻涕？"

风月扔了手绢翻了个白眼，道："是个人哭都会有鼻涕，有的姑娘想凄美点，就把鼻涕擦了而已。可当真伤心了害怕了，谁还顾得上哭得美不美啊？"

殷戈止皱眉，脸上满是不能理解。不过他来不及想通，四面八方破空之声同时袭来，风月吓得立马趴在了瓦片上。

对于她这种不碍事的行为，殷戈止还是很满意的。他侧身躲开暗器，顺手拔了她头上的金簪，格开直冲面门而来的长剑。

"叮"的一声响，仿若兵器交接，小小的金簪将对面的黑衣人震得虎口微麻。黑衣人瞳孔里露出点恐惧来，退后几步站在飞檐上，犹豫不决。

风月瞧着，忍不住嘀咕："当杀手的这点自信都没有，还杀什么人啊？"

闻言，黑衣人狠狠瞪了她一眼，举剑就朝殷戈止冲过去！后者身手矫捷，不慌不忙地躲着他的攻击，一双眼直直地盯着黑衣人的眼睛。

被这气势所慑，黑衣人目光慌乱，很快就露了破绽。他下盘一弱，被殷戈止一个扫堂腿扫过，整个人直接从望乡楼上滚了下去。

瓦片同人砸下去的声音一起在底下炸响，殷戈止拂了衣袍，颇为张狂地道："要么就一起上，要么你们就歇着，这样一个个地来，不如不来！"

瞧瞧，武功高就是牛，敢一个人单挑人家一群！要是她是刺客，听着这话，那就不上了，回家洗洗睡。可暗处的那些人好像很有骨气，被这么一激，"唰唰唰"地就来了十个人，无声地站在屋檐四周。

"好嚣张的口气。"为首的刺客终于开口，像是被气坏了，捏着刀的手都直抖，"兄弟们给我上，把这两个人剁成肉酱！"

嗯，肉酱。

嗯？等等？把两个人剁成肉酱？风月瞪大眼，看了看殷戈止，又低头看了看自己，忍不住咆哮出声："关我什么事啊！放狠话的是他，你们剁他不就好了，凭啥连我也剁？！"

"你给我闭嘴！"殷戈止低喝一声，伸手又拔了她两支簪子，当暗器一样冲着人家脑门就扔。

混战顿起，风月压根躲无可躲，只能在殷戈止脚下求得片刻安宁。

眼眸微微染红，殷戈止明显是兴奋起来，一个人在人群之中游刃有余，跟玩似的与他们过招。他先将人家的刀剑都夺了扔下楼，然后就一副“哈哈哈，来打我啊”的样子在刺客群中晃荡。

风月抱着脑袋偷看战况，心想她要是刺客，肯定也被这贱人气死了，打不过也就罢了，还得被他当猴耍！

刺客的确是气死了，站在后头屋檐上的一个黑衣人愤怒地抬起袖子，对准了殷戈止的背心。

瞳孔微缩，风月下意识地就起身扑上殷戈止的背，大喊了一声：“小心！”

这声音震耳欲聋，直接把望乡楼里头的人都喊醒了。殷戈止被吼得脑子里一阵嗡鸣，侧身躲过了背后的袖箭，皱着眉回头看了看身后。

红纱裹着香气，在暗夜里显得格外惑人，她那僵硬的胳膊勒在他脖子上，老实说，很不舒服，他有点呼吸不上来。但是背是战斗中最脆弱的地方，被她这么一抱，莫名地，他倒是感觉有点踏实。

“你这是想保护我？”语气里嘲讽之意甚浓。

风月听得撇了撇嘴：“没啊，奴家躲箭呢，自己躲不过来，还是趴在您背上比较安全。”

瞎操的什么心啊！以殷戈止这样警惕的性子，别说背后的袖箭了，背后的牛毛针他也躲得开。

脸上有点羞耻的红晕，风月把头埋在他背后，老老实实地将自己伪装成一个包袱。

前头的刺客正浑身紧绷地盯着殷戈止，冷不防看见他好像笑了笑，吓得年纪小点的刺客差点从屋檐上掉下去。

“头儿。”胆子大的刺客看见殷戈止这表情，也不太淡定了，“要不咱们先撤吧？这看起来不太妙啊……”

“怕什么！”为首的刺客强自镇定，再一扫殷戈止月光下那张恍若阎王的脸，终于是站不住了，哆哆嗦嗦地道，“不怕也得留着兄弟们的命在……先撤！”

“唰唰唰”几声，跟他们来的时候一样，离场的声音也十分整齐。

非卖品

风月不相关
非卖品
魅丽文化

四周安静下来，风月睁开一只眼瞧了瞧，看着安全了，她才伸长了脖子出来，松了口气："好可怕啊！"

殷戈止抖了抖背，像是想把她抖下来，奈何背后的人跟座泰山似的，纹丝不动。

"喂。"他皱眉，"你勒着我了。"

"哦。"风月松开他站下来，她心疼地看了看自己的簪子，立马掰开这位大爷的手将簪子拿回来，抹了抹重新插回头上，"公子竟然惹着刺客了？"

背后一松，夜风一吹倒是凉得很，殷戈止眯眼道："并非我惹事，而是他们闲得无聊非得取我性命。"

对于澧国，烨国朝廷之中也一直有两种声音，一种是安于现状，一种是再次攻打澧国，将澧国完全划为烨国地界。

朝廷之上自然是前一种声音占上风，但别有用心之人，自然会想方设法刺杀他，以便挑起两国间的战事，达到扩张烨国版图的目的。

"您这样也太危险了。"风月皱眉，"没人护着您吗？先前您身边的那个小哥呢？"

护着他？殷戈止垂下眼帘："我不需要人护着。"

久离沙场，能来人让他闻闻鲜血的味道，也是不错的。这些人就算死了，也不会被归为命案，真是分外方便。

风月深深地看他一眼，坐在屋檐上就开始耍赖："别的奴家不管，但是公子，您扔了奴家两支簪子，还在奴家房间里杀人，又让奴家看了这么吓人的场面，您得补偿奴家！奴家的小心肝都要吓得跳出喉咙了，嘤嘤嘤。"

这女人……

转头看她，殷戈止眼神复杂。

说她什么好呢？骂她没个正经吧，关键时刻还知道帮他挡箭。要夸她英勇无畏吧，这会儿倒跟他坐地耍赖了。

"两支簪子是吗？"居高临下地看着她，他道，"我赔给你。"

"簪子好说，还有惊得奴家的小心肝扑通扑通的补偿！"风月撇嘴，眨巴着眼睛，伸手戳着自个儿的心口，"吓死奴家了啦！"

不知道是不是夜风太凉，殷戈止打了个哆嗦，浑身都起了战栗。

屋脊上的小妖精一点也不觉得羞耻，一脸泫然欲泣的表情，大有“你不赔我就哭给你看，哭出鼻涕泡”的意思。

脸上的表情松了些，殷戈止走过去，微微弯腰就将她整个人捞起来，捂在怀里，原路奔向梦回楼。

殷戈止人不怎么样，身上的血腥味也重，但当他真舍得用两只手来抱人的时候，他的怀抱便格外踏实，踏实得让风月差点睡着。

将人塞进被子里，殷戈止转身将屋里的尸体扔下楼，关上窗户锁上门，然后更衣上床。

“你想要什么，明日就去买，算作我给你的补偿。”看着风月的背影，殷戈止板着脸说了一句。

风月迷糊地应了，接着就没听见声音了。

她正以为这人要直接睡觉呢，谁知道身后一热，整个背部的轮廓都被人贴得严丝合缝。殷戈止身材高大，这么卷着她，很容易就让风月想到了招摇街尾的肉卷——他是外头的面皮，她是里头的那片肉，包得严严实实的。

身下被什么东西抵着，风月装作没察觉，背后这人竟然也当真没动，说完这句话就闭眼睡了。

呼吸绵长，热气吐在她耳畔，恍然间让她觉得这里不是窑子，而是安静祥和的宅院主屋，神仙眷侣般的两个人相拥而眠，温暖又美好。

然而，窑子就是窑子，注定是要被人打破宁静的。一大早风月就被下头的声音吵醒了，难得还是个男人的声音。

“青楼不都是给银子就能赎人吗，凭什么我要赎人就不让？欺负人？”

“这位公子。”金妈妈小声地赔笑，“风月有客人在。”

“天都亮了，有客人也该伺候完了！”孙力狠命地拍着桌子，“你们敢耍什么花样，我拆了你这楼！”

金妈妈皱眉，颇有些不爽，这年头什么人都敢嚷嚷着要拆她的楼，越是没本事就越叫得凶，这人一看就不是个好东西，有钱她也不会让他赎了风月！

三楼另一边早起的姑娘倒是笑眯眯地在看热闹了，瞧着下头的孙力，断弦啧啧道：“这两日风月的生意可真是好啊，还有人愿意给她赎身了，好福气。”

“瞧你这话说的。”微云摇头，“下头那人看样子就不如风月这两日接的客人有身份，要真给赎走了，算什么福气？”

“话不能这么说啊，干咱们这行的，有人愿意给赎身就不错了，还挑肥拣瘦的吗？”断弦哼道，“真要拒绝这人的赎身，那不摆明了是个趋炎附势的？以后谁来赎她？”

想了想，好像也是这么个道理，青楼女子也是要名声的，越是高雅的青楼，越讲究个气节，真被传出“扒高踩低”的名声，那也算是毁了。

吵嚷的声音不绝于耳，殷戈止睁眼，一张脸黑得难看。

风月瞧着，立马滚下床，骨碌碌地滚到隔断后头躲着，小声道：“这可不是奴家吵您的啊，下头在闹呢。”

被人吵醒的殷戈止一向暴躁，他当即起身，眼睛都没睁开，直接把外室里放着的漆红雕花的圆桌拎起来，开门往下一扔！

“哐当！”桌子砸碎在大堂中央，吓得孙力瞬间没了声音。

安静了，殷大皇子松了眉头，继续回去睡觉。

风月裹了衣裳，拎了灵殊进来给自个儿梳了发髻，等下头重新响起点声音的时候，才蹑手蹑脚地出门，一溜烟地跑下楼看情况。

“出什么事了？”

碎裂的木桌旁边，金妈妈淡定地笑着，指了指被吓白脸的孙力：“这位公子想给你赎身。”

“哦，赎身啊？”看了看孙力，风月捏着帕子笑，“承蒙公子厚爱，咱们这梦回楼，客人想给姑娘们赎身，姑娘要是不愿意，您也是带不走人的。”

“你不愿意？”孙力眯眼看着她，脸上重新带了戾气，像市井的流氓，颇有些威胁的意味。

这点儿气势，自然是不可能吓着风月的，小妖精媚眼一抛就道：“不愿意啊。”

“你！”孙力气得一拍桌子，“我肯要你就已经很不错了，你还想怎样？看不起我？”

“这位公子。”风月笑道，“人要别人看得起，首先得自己看得起自己，您这张口闭口的都觉得是咱们梦回楼看不起您，不给赎身，实在是太过自卑。”

“我自卑？”孙力哼笑，抹了一把自己方形的脸，小小的眼睛里露出鄙夷，“我给人干活，挣的都是干净钱，比你们这些张腿挣钱的女人不知道好多少，你有脸跟我说自卑？”

话说得难听了，金妈妈都沉了脸：“这位公子，自重。”

“您觉得咱们这儿的姑娘不干净，那您捧着银子巴巴地上来给奴家赎身做什么？”风月冷了眼神，一步步朝这边走过来，周身少了妩媚旖旎，倒是莫名地给人压迫感，“嘴里骂咱们低贱，自己又贱得慌拿钱来要咱们，公子，到底是你们贱些，还是姑娘们贱啊？一个男人瞧着也是而立之年了，嘴里还这么不干不净的，贵府是不是从小不太重视礼仪教导？”

说一句，风月靠近他一步，她眼神冷冽，分明穿的是罗袖红纱，却仿佛拿着砍刀骑着高马，逼得孙力不停地往旁边挪，差点摔到地上。

“我……”

“你什么你？”风月眯眼，“想给我赎身？好啊，赎身的价钱都是姑娘们和金妈妈商量着定的，妈妈，我要给自个儿定个一万两黄金，您说成吗？”

“成！”想都没想，金妈妈点头就应了。

脸涨得通红，孙力半晌没回过神，等反应过来自己被个妓子吓成这样的时候，他又急又羞，起身就一把将风月推开：“真以为我这么好欺负？我告诉你，这人是将军府的大小姐要奴才来赎的，你们这般侮辱我，就是侮辱将军府！什么梦回楼，我呸！明儿就让你开不成！”

金妈妈一愣，一众姑娘也都被吓了一跳。楼上的断弦等人飞一般地跑了下来，着急地道：“将军府哪里是咱们能开罪得起的？妈妈你也是，跟着风月胡来做什么？”

微云看着风月就道：“咱们总不能因为你一个，就毁了整个梦回楼！你快去跟这位公子道歉，好生说说，让他赎身。”

"是啊，你的事，凭什么牵扯到我们啊？"

扫了她们一圈，风月叹息，这楼里的姑娘还真是巴不得她走呢。

"我不。"要是别的地方，她可能还会犹豫一下，偏生是将军府，是这个孙力，那她是决计不会答应的。

这俩字一出来，一众姑娘当即就炸了："你怎么这般自私？让你跟人走而已，又不是要了你的命，做什么非得连累我们？"

"就是啊，金妈妈待你也不薄，好吃好喝地供着你，你就这般不识好歹？"

任凭她们说，风月站在大堂中央，冷冷地看着孙力，就是没动。

孙力嗤笑，得意地看着她被众人围攻，他坐下跷着二郎腿看着金妈妈道："怎么样？现在让赎身了吗？"

"不让。"

冰冷的两个字从楼梯上砸下来，震得众人一顿。

姑娘们纷纷侧头，就见殷戈止披着外袍，像是没睡醒的样子，眉目间满是沉怒地看着这边。

风月一身刚硬的气势瞬间就软了，她无辜地朝他直吐舌头，要是背后有尾巴，她肯定还会讨好地摇两下。

大魔王终于被吵醒了！

殷戈止不爽地看向孙力，慢慢走下来，众人纷纷让开一条路。

孙力自然是认识他的，他笑了两声正想套近乎，没想到脖子倏地一紧！

殷戈止直接捏着他的脖子拎起来看了看，疑惑地问："你说你是谁派来的？"

被掐得白了脸，孙力挣扎了两下，艰难地道："殿下息怒……奴才，奴才是易大小姐身边的人啊，您不记得了吗？"

易大小姐？迟钝地反应过来，殷戈止扔开他，面无表情地道："狐假虎威。"

孙力被这四个字说得脸上一阵红一阵白，但还是得爬回来跪好，硬着头皮道："的确是大小姐的吩咐，说是这位姑娘对她有恩，所以让奴才把她赎出去过好日子。"

"我呸！"有殷戈止在，风月瞬间就有底气了，她很是狗腿地跑到人家背后躲着，伸出脑袋恶狠狠地道，“你那叫让我过好日子？将军府里想强我未遂，你怕是要买我回去让我生不如死！”

身子一僵，殷戈止皱眉，缓缓回头看了风月一眼：“你说什么？”

风月眨眼，突然想起自己昨儿回来没跟这位爷说实话，当即心虚地干笑了两声：“没什么。”

眼神沉了沉，殷戈止盯着她，大有“你不说清楚我就盯穿你”的气势。

风月咽了口唾沫，扭头朝着孙力的方向龇牙咧嘴：“就他，想在将军府里照顾奴家生意，被奴家拒绝了，大概面儿上过不去，所以他今天来找奴家麻烦。”

所以她披着丫鬟的衣裳回来，是因为外袍被人扯了？

殷戈止颔首，一张脸线条紧绷，缓缓地转头看向孙力。

跌坐着的孙力一个哆嗦，像是看见了什么恐怖至极的东西，一边往后爬一边道：“奴才不赎了，奴才还要回去跟大小姐复命呢……”

殷戈止没吭声，安静地跟着他的动作往外走。

走到梦回楼门口，孙力像是终于找回点力气，爬起来就跑！

“你去准备早点。”殷戈止不慌不忙地回头吩咐了风月一声，“我出去买点东西。”

“……好。”点点头，风月立马就往厨房冲，速度比孙力还快！

殷戈止这个人真的太可怕了，一旦生气，虽然他脸上看不出什么，但站在他身边都会觉得呼吸困难，风月生怕怒火一个跑偏就烧到自己身上。

分明是个年轻人，但这浑身的气势，倒是比上了年纪的长辈还吓人，怪不得治军严明呢，恐怕军营里敢不听话的，不被打死也能被吓死！

但是……他这么生气做什么？

拎了灵殊来代劳早膳，风月坐在旁边撑着下巴，很是认真地思考了一会儿。

“姑娘。”观止跟着进来了，捋了袖子就来帮忙，“您不用担心，有主子在，没人能欺负您的。”

嗯？风月眨眨眼，侧头问他：“你家主子对每个人都这么好吗？”

“也算不得好。”观止老老实实地道，“只是主子的东西，一向不喜欢人碰。孙力犯了忌讳，哪怕是易小姐的人，这回也少不得吃点苦头。”

这样啊，风月笑了笑：“那要是换作易小姐被人冒犯了，你家主子当如何？”

观止一愣，很认真地想了想，然后道：“要是易小姐的话，那冒犯的人肯定会被主子取了性命。”

顿了顿，他又觉得不妥，于是再补上一句：“毕竟身份悬殊。”

风月了然，点点头，心里微松。

旁边的灵殊不高兴了，眼睛一瞪，踩了观止一脚：“怎么说话的？”

好笑地摸了摸这小丫头的脑袋，观止道：“你倒是护主，不过我说的都是实话，风月姑娘明事理，自然不会在这些小事上计较。”

灵殊不高兴地嘟嘴，又看看自家主子的确没有在乎的表现，泄了气，老实地煮菜熬粥。

等早膳做好，三人一起上楼回房。推开房门，殷戈止已经在里头了，旁边还多了两个少年。

风月记得，这俩少年是殷戈止刚收的徒弟，蓝色衣裳那个是安国侯府二少爷安世冲，灰色衣裳那个是镇远将军府二少爷徐怀祖。

殷戈止运气真不错，这两人身份不低，天资也不错，收为徒弟，只有好处没有坏处。

不过，教徒弟别的也就算了，怎么还教逛窑子？！

风月嘴角抽了抽，装作什么也不知道的样子，进去行了个礼：“早膳好了。”

殷戈止正在跟两个徒儿说话，见她进来就停了，跟个大爷似的等着她伺候，连筷子都要给他塞手里。

“您方才买什么去了？”风月抬袖一笑，眨巴着眼看着后头两个小徒弟，“买回来两个人？”

这俩孩子瞧着也就十五六岁的年纪，脸皮还薄，被她一个媚眼一抛就红了脸，一个往左转一个往右转，都不敢看她的脸。

殷戈止很是嫌弃地看着她，很不和善地道：“买什么还要同你禀告？”

“那自然是不用的。”风月缩了缩脖子，委委屈屈地撇嘴，“您说啥就是啥！”

这个人，嘚瑟起来让人想掐死她，委屈起来又跟天塌了似的，眉毛耷拉下来，眼睛水汪汪的，活像他要把她欺负死了。

殷戈止轻轻叹了口气。

背后两个小少爷听见了，微微有点惊讶，忍不住多看了自家师父两眼。

师父会叹气呢！师父早膳也喜欢喝粥呢！师父竟然也拿女人有点没办法呢！

感动得眼眶泛红，安世冲和徐怀祖握了握手，在彼此的眼里都看见了同样的心情——

太好了！师父也是凡人！

从拜师到现在，两人都一直战战兢兢的，毕竟殷戈止是活在传说里的人物，他们生怕哪儿触怒师父，引了天灾什么的。但从刚才的街上斗殴到现在的叹息声，他们惊喜地发现，原来师父跟正常人没什么两样啊！

而且，师父打架的时候……或者说是单方面殴打别人的时候，真的是太有气势太好看了！他一边打还一边给他们冷静地解释："手臂最弱的地方是关节，要打断这只手，你们力道不够，可以用手肘或者小臂外侧，为师省事些，直接拧了。

"听见他这样的惨叫声，手还动不了了，就说明手关节断了，不是脱臼，脱臼没这么痛。另外再来看看这只手。

"当你攻击的人想反抗的时候，再给他后颈来一个手刀。"

冷静的声音，完全没有被凄厉的惨叫声掩盖，像阴曹地府里的索命之声，不急不缓地在巷子里响起。

殷戈止就像个屠夫，说打断孙力两只手，就真是一只手都没给留下。

安世冲和徐怀祖在他旁边看着，一边听一边记，完全没有问自家师父为什么要揍这个人。

反正师父做的事，肯定都是对的，问那么多干吗！

经此一事，两个小少爷更加崇拜殷戈止，跟着他，能学到的东西实在太多了！

于是现在风月瞧见的，就是两个眼里冒光就差没朝殷戈止跪下来的少年郎。

“等用完早膳，你们去宋将军那边，跟着他手底下的士兵一起操练。”殷戈止道，“午时的时候，再来这儿用膳。”

哈？风月有点意外：“来这儿？”

“你有什么意见吗？”殷戈止看向她。

脑袋立马摇得跟拨浪鼓一样，风月赔笑：“没有没有，奴家定然让人好生准备！”

殷大爷不说话了，继续低头喝粥，两个小少年乖乖巧巧地跟着他坐下，很是优雅地一起用膳。

风月的肚子“咕”地叫了一声。

斜了她一眼，殷戈止没吭声，他用完早膳就打发了两个徒弟，然后进内室休息。

王八蛋啊！观止说多做两份早膳，她还以为这人是变体贴了要跟她一起用膳，没想到自个儿还是只有站着看的份儿！妓子就是没地位，都不能跟人同桌吃饭！

风月气哼哼地端了盘子要出去，观止却过来接了她的活儿，笑眯眯地塞给她两个肉包子。

哎？风月眨眼，闻了闻这香味儿，眼睛一亮：“你真是个好人！”

观止耳根一红，讷讷地摆手，想说什么又没说出来，看着面前这姑娘狼吞虎咽地吃了包子，又顺手给她倒了杯茶。

感动不已地看着观止，风月感慨：“人与人之间的差别怎么就这么大呢？魔一般的主子，仙一般的随从！”

内室里传来一声冷哼，吓得风月差点没站稳，这么久了都还没睡着？

“公子，奴家说笑呢！哈哈哈。”朝着内室的方向拜了拜，风月拔腿就往楼下跑。

观止哭笑不得，只觉得这姑娘真是活泼得紧，比他见过的任何一个女子都活泼，带得主子最近都好像鲜活了些。

倒也不错。

巳时一刻，风月刚收拾好准备上楼，就听得大堂里一阵骚乱，有兵甲碰撞之声整齐地响起，激得她打了个哆嗦。

“各位军爷，这是怎么了？”金妈妈慌了神，看着十几个穿着盔甲的护卫闯进梦回楼，在大堂四周站了个圈儿。

门口堵着的侍卫让开路，最后进来的是个穿着铠甲的姑娘，一身气势也是吓人，张口就叱：“伤人者何在？”

金妈妈战战兢兢地道：“伤什么人啊？大人有话好说，咱们这儿没出过伤人之事啊！”

易掌珠怒极，挥手就让人把孙力抬了进来：“我的随从，在你们这儿被人打断双手，你们梦回楼做的都是黑心生意不成？！”

风月提着裙子跑了出去，扫一眼易掌珠这装扮，皱了皱眉。

细皮嫩肉的，头盔都戴不周正，还穿铠甲。易掌珠很像她小时候不懂事偷穿父亲铠甲时候的模样，稚嫩得很。

“易小姐。”朝她行了礼，风月笑着道，“这位公子出我梦回楼的时候是好好的，没有人动手，至于出去之后发生了什么，咱们也不知道，何以一上来就问我梦回楼的罪？”

易掌珠皱眉看着她，一副恨铁不成钢的样子，道：“我好心让孙力替你赎身，免你半世漂泊，你倒好，拒绝不说，还让人打断他双手！风月姑娘，我原以为你是个好人，但现在看来，你也就是个趋炎附势的低贱妓子！”

干笑两声，风月恭敬地道：“奴家本就不是什么高贵的人，这儿的客人都知道，整个梦回楼最不要脸的就是奴家，所以奴家愿意漂泊，难承小姐美意。但是孙力的这双手，与奴家无关。”

骂女子低贱已经是很难听的骂法了，但是没想到面前这人一点不知羞，还言辞凿凿地狡辩！易掌珠噎了一口气，难以置信地看着她，窑子里的女人，都是这般没自尊的？

孙力好像还处在昏迷中，迷迷糊糊地哀号着。易掌珠听得更气，挥手就道：“把这群人给我带回衙门去审查！”

金妈妈慌了，风月也皱眉，侍卫上来押着她，她倒是没反抗，只问了一句：“既没当场抓着行凶之人，亦没有衙门批捕的公文，易小姐只凭这一身铠甲，就要抓人吗？”

易掌珠不解地看着她：“孙力是来赎你出的事，我抓你送去衙门，有什么不妥？”

好歹是将军府的小姐，基本的规矩流程都不知道？风月叹息：“您高兴抓就抓吧。”

就算于法不合，但人家身份贵重，想来也不会有人怪她。

“这是做什么？”三楼的栏杆边，有人淡淡地问了一句。

易掌珠抬头，看见殷戈止，吓了一跳：“殷哥哥？你怎么在这儿？”

听见易掌珠的声音，殷戈止皱眉仔细瞧了瞧下头，转身走下来，到她面前站定：“你穿成这样是要做什么？”

易掌珠低头看了看自己的盔甲，脸红了红，讷讷道：“来这种地方穿女装也不太方便，我就想着穿这个会好些。”

殷戈止沉默了一瞬，也没多说什么，看了旁边的孙力一眼，道：“他双手是我拧断的。”

易掌珠吓了一跳，瞪眼看他：“你……殷哥哥！孙力哪里得罪你了？！”

“并未得罪。”殷戈止平静地负手道，“我是看他忠厚老实，却一直操劳，有些怜悯他，所以拧断他双手。从此他再也不用干活，可以在家里舒服地过下半辈子。”

说完，他看向易掌珠：“难道不是为他好吗？”

这怎么能算是为他好？

易掌珠皱眉想反驳，张了张嘴又有些脸红。

她就是一直以这样的论调让孙力去赎风月的，现在总不能说这不算为人家好，那岂不是打了自己的脸？

生生咽下这口气，易掌珠红了眼，沙哑着嗓子道：“殷哥哥说什么，那就是什么吧。既然是你的恩赐，那我也不论了，走就是了。”

说罢，她转身就跑。

“掌珠。”殷戈止喊了一声，两个字，轻飘飘的，却跟块石头似的砸在风月心上。

瞧瞧这喊的，跟喊别人时那硬邦邦的语气可不一样，带着点无奈，还带着点宠溺，他喊完还跟着人跑了出去。

哎哟喂！这一追一跑的，可真是郎情妾意、打情骂俏、臭不要脸嘿！

风月翻了个白眼，扫了扫衣裙，转身就往楼上走。

旁边看热闹的断弦等人回过神来，七嘴八舌地说开了："那是易家大小姐吧？除了她也没别的女人能有这么大阵仗了，她刚才喊那位公子什么？殷哥哥？"

微云倒吸了一口凉气："殷？这个姓氏是澧国国姓啊！"

澧国国姓的人，在烨国不阴城的，只有一个人——殷大皇子。

几个姑娘心里都是"咯噔"一声，纷纷朝风月这边看过来。

风月垂下眼帘，慢悠悠地走在楼梯上，就像什么也没发生过一样，走得妩媚又优雅。

断弦咬牙，酸里酸气地道："就算是那位又怎么样？人家那样的身份来咱们这儿，只能是尝惯了山珍海味，想吃点萝卜咸菜。瞧见没？易大小姐一走，人还不是马上追过去了？可没见他对某些人这么好。"

"毕竟身份有别，一个天上花，一个地下泥，可怜有些人将这逢场作戏当了真，最后什么也没捞着，才是可怜。"

转身上了三楼，风月朝着对面笑了笑："各位姐姐要是担心我，那就不必了，至少我的棺材本是够了。"

伺候那么一个人，得的赏钱都抵得上她们伺候十个人了，同情她？有必要吗？

一句话噎得断弦等人不吭声了，风月下巴一扬，高傲得像只打赢了架的孔雀，进屋关上了门。

"这小蹄子！"断弦恨得牙痒痒，"就没个法子教训她吗！"

"哪有什么办法……"微云叹息，"咱们好生准备准备吧，那位爷来这儿，也不一定就看上风月一个。"

想想也有道理，断弦连忙回屋，好生练起琴来。

屋子里安静下来，风月随意地脱了鞋，雪白的脚丫子踩在地毯上，又踩上了软榻后头的窗台。她拎了柜子里藏着的酒，靠在窗边直接仰头便饮。

白天本来就该是她这种人睡觉的时间，反正没客人了，好好喝酒睡一觉吧。

红纱衣碍事，风月皱眉解了腰带，外袍松松垮垮地滑下肩头，露出几道浅浅的疤痕。肌肤如雪，红衣如火，酒水从肩窝溢出来，滑进深深的沟壑里，诱人至极。

她没想勾引谁，这会儿也没这个心情，只是从前不高兴的时候她就喜欢这样喝酒，总被父亲叱骂没个规矩，哪儿喝不好，非得爬窗台。

如今再也没人管她啦！不穿鞋没关系，衣衫不整没关系，大口大口地喝酒也没关系！

嘿嘿地笑了两声，风月灌了一口酒，捏着酒坛子的手有些生疼。不过这点疼实在也不算啥，顶多用来在男人面前博同情，当真一个人的时候，这碎了骨头的手，她也照样能用。

喝得迷迷糊糊的，发髻散了，衣衫也乱了，风月打了个酒嗝，关上窗就回去睡觉。

梦里有人在撕扯她的衣裳，凶狠得像一头狮子。风月不耐烦地挥手，奈何手被人扯着绑住了，那只能动脚——她猛地一抬腿将人踹开，然后抱着枕头继续睡。

“你活得不耐烦了？”有人在她耳边低吼，“给我醒醒！”

好不容易喝醉的，谁要醒啊？

风月迷迷糊糊地“呸”了一声，嘟囔着抱住不断摇晃她的手，红彤彤的脸蛋在人家手上蹭了蹭，然后继续睡。

屋子里安静了一会儿，接着风月就感觉有泰山压了下来，压得她喘不过气，直挣扎。但她越挣扎吧，这人还越来劲，手扣着她的手，腿压着她的腿，用牙直接撕咬开她的衣襟，跟狼似的蹭她。

这一定是一场噩梦，风月觉得，既然是梦，那还挣扎个什么劲儿啊？不如反被动为主动，叫人尝尝什么是欲仙欲死好了！

当初为了学这男女之事，她可是将不阴城所有书铺的春宫图都买遍了，然后苦心钻研，比以前练武还认真。从前她习得一身好功夫，专门为了对付男人，现在她已经没有喜欢的人啦，身子也不是完封的，爱怎么样怎么样吧，谁在乎呢？

耳边粗重的喘息伴随着嘶哑的低吟，风月觉得自己可能很成功，梦里这人动情都动得这么明显，那一定是被她迷得神魂颠倒了。

要死一起死吧！

黄昏刚至，梦回楼里的动静就不小，一声声高高低低的，激得过路的人都忍不住往里走。

殷戈止知道风月是个浪蹄子，但是没想过她能浪到这种地步，激得他浑身都微微泛红，忍不住伸手捂着她的嘴："不许叫了！"

几番云雨，酒醒了一半，风月茫然地看着身上这人，然后笑嘻嘻地扯了他的手："公子这么快就回来啦？"

看了一眼外头的天色，殷戈止没答她，只嫌弃地道："你可真是浪荡。"

"妓子不浪荡，哪儿来的生意啊？"咯咯地笑了两声，风月勾着他的腰直起身子，媚眼如丝地道，"就像那将军府的小姐，要是不清高，怎么会引得您趋之若鹜？"

殷戈止脸色猛地一沉，伸手掐住她的脖子，眼里满是怒气。

"奴家……说错话了？"勉强喘着气，风月还在笑，"还是您觉得，奴家这种贱人的嘴，不配评说人家小姐啊？"

"是不配。"声音冷漠得完全不像是正在与她纠缠，殷戈止不悦地道，"你做好你自己的事。"

喜她缠绵，又厌她低贱，恩客可真是难伺候。

风月笑着，看他起身更衣，也没留客，只道："奴家好像不得公子欢心了，公子再包奴家几日，也是浪费钱财，不如就退了银子，另寻个可人儿？"

跟他玩欲擒故纵？殷戈止嗤笑了一声："你想赶着上太子的床，那也得把我伺候完。本也未得过我欢心，现在来计较，是不是晚了点？"

气氛瞬间僵滞下来，观止在门外听得一脸愕然，这好端端的，怎么就吵起来了？刚刚主子进去的时候还挺高兴的，翻书都没他们翻脸快啊！

"奴家明白了。"风月颔首，合了衣裳就下楼去澡堂。

殷戈止满脸戾气，靠在软榻上揉了揉额头。

他这是怎么了？跟个妓子置气？有这必要吗？不过这几日他着实是太惯着她了，倒让她自以为是，还敢冲他耍脾气。

女人果然是宠不得。

殷戈止整理了袍子，打开门，冷不防就有人撞进来，绿色的纱衣轻轻盈盈的，比红色的让人瞧着舒心了不少。

“公子……”断弦吓了一跳，脸上瞬间红了，“奴家只是路过，并无冲撞之意！”

第六章

金簪真好看

这路过的方式也太诡异了，不走过道，倒是往风月房间的门上撞，借口也不知道找好点？殷戈止有点不耐烦，低头扫她一眼，推着她出门，自己也跟着站出来。他正想说去她房里，结果面前的姑娘就跟癫痫发作了似的抖起来，“扑通”一声给他跪下了！

“公子。”声音里满是颤抖，断弦吓得脸色惨白，朝他磕头道，“奴家当真不是有意的！”

殷戈止一愣，低头认真地反思了一下——自己有这么吓人吗？

“我没怪你。”殷戈止道，“你起来。”

这人的眼神像铁钩一样，惊得断弦不安极了，她犹豫了半晌才磨磨蹭蹭地站起来。旁边的人显然更加不耐烦：“你房间在哪儿？”

房间？断弦咽了口唾沫，指了指对面。殷戈止二话不说，抬脚就往那边走。

断弦愣在原地，看了看这位爷的背影，又看了看风月的房门，突然有点后悔，她是不是做错决定了？

梦回楼的澡堂很大，姑娘们都是一起沐浴，又快又方便，但是有个缺点就是：很吵。

七八个姑娘围在风月身边，艳羡地看着她身上的痕迹，叽叽喳喳地道：“风月真是好运气啊，这位恩客人长得俊，也舍得打赏，瞧着……想必功夫也不错。”

她们嘴里的功夫肯定不是武功，风月选择了沉默，安静地刮着自个儿的皮，脸上没有表情，看起来跟在殷戈止和灵殊面前完全不一样，冷漠又疏离。

几个姑娘也早就习惯她了，虽然她们背地里骂她表里不一，但当面儿还是要逢迎一二的。毕竟马上就是花魁选举了，风月这姿色，当选的可能性很大，到时候客人多了应付不过来，她或许能分她们点生意。

所以就算风月瞧着很拒人千里，一众衣裳都没穿的姑娘还是围着她笑：“听闻那位爷身份也贵重，又这般爱惜你，说不定哪日就赎你出去了。咱们啊，可真是羡慕都羡慕不来。”

“是啊，听说那位冲冠一怒为红颜，为了风月，还打断了上门要给风月赎身的恩客的手。哎呀呀，要是有恩客为奴家这么霸道一回，奴家真是死也甘愿！”

洗完了，风月起身，一身的水珠哗啦啦地往下掉，溅得几个姑娘闭了眼。

一句话没吭，她裹了衣裳就走，留下一池的姑娘尴尬地面面相觑。

“这德行！”等人走远了，才有人不悦地道，“对着恩客笑得那么欢，对咱们姐妹倒是清高得不理不睬的，这样的人，也亏得有恩客看得上！”

“谁让人家长得好看呢。”有人嗤笑。

“她哪儿是长得好看？分明是妆粉用得浓，没瞧见来澡堂洗澡都不敢洗脸吗？有本事洗把脸看看，哪有现在这样好看！”

说得也是，风月的妆粉还真是整个梦回楼最浓的，眼睛勾画成了狐眸，唇上朱丹也浓。真要洗了脸，她肯定没有这般艳光四射。

几个姑娘得到点安慰，继续沐浴了。风月离开澡堂，什么也没听见，径直往楼上走。

屋子里已经空了，殷戈止走了？风月松了口气，正要进去坐下，灵殊不知道从哪儿跳了出来，小辫子气得一翘一翘的："主子！刚刚断弦姑娘过来，把您的客人抢走了！"

嗯？风月眨眼："断弦？"

"可不是吗！"灵殊要气死了，泪花儿直往外冒，"分明是她说不要抢客人的，先前还那般趾高气扬，现在一转眼又来抢您的，这算个什么？"

瞧这小脸蛋，都给气红了。风月一笑，伸手将她抱到膝盖上，拿了旁边的绿豆糕哄她："咱们不气啊，正好你主子不想伺候了，那位客人走了也好，反正银子已经给了，他不来，吃亏的又不是咱们。"

"可……"

"灵殊乖。"风月摸了摸她的头，道，"男人这东西啊，你别太在意，谁知道他们心里到底在想什么呢？今儿同这个好，明儿同那个好，都是常事。你在意，那伤着的只有你自个儿，明白了吗？"

灵殊不哭了，有点茫然地看着她。

门口的观止倒是哭笑不得，摸了摸鼻子道："姑娘，也不是世上所有的男人都这样的，灵殊还小，哪有您这样教的。"

风月抬眼看他，挑眉："公子还有何吩咐吗？"

"那个……"观止也不知道自家主子突然这样是怎么了，不过作为随从，吩咐他只能听，再不合理，他也只能硬着头皮道，"主子说饿了，让您做点吃的送过去。"

人在别的姑娘房里，却让她做吃的送过去？风月咋舌，忍不住鼓了鼓掌："你家主子真是太会折腾人了。"

"凭什么啊！"灵殊跳了起来，冲到观止面前直龇牙，"饿了就让断弦姑娘房里的人做，我家主子没空！"

观止干笑，被个只到自己胸口高的小姑娘瞪着，竟然有点心虚。

风月耸肩，认命地站起来："行了，人家给了银子的，不吃我就吃东西，反正得吃一样，那还是吃东西吧。"

撑不死他！

殷戈止在断弦房里等着，断弦在弹琴，但是不知道怎么的，她已经走了好几个音了，惹得殷大皇子眉头直皱，脸色难看得紧。

断弦很想哭，她真的很好奇风月是怎么伺候这位爷的，他浑身都是煞气，让人根本不敢接近。偏偏他脸上还一点表情都没有，完全看不出他高不高兴。

看不出情绪其实也还好，但自从她开始弹琴，这位爷是明显地不高兴了，嫌弃的神色仿佛一把把尖刀，直往她心口戳。

她可是断弦啊！整个梦回楼最擅长琴艺之人，在不阴城里也算小有名气，竟然被这般看不起。

“你不如别弹了。”殷戈止开口说了一声。

琴声戛然而止，断弦涨红了脸，嗫嚅道：“公子不喜欢这曲子？”

殷戈止没答她，径直起身，将她面前的琴抱了过来，随意放在桌上，挥手弹了几个音。

缠缠绵绵的女儿音，到他手里却成了苍凉的金戈铁马声，断弦一震，殷戈止却没有继续弹。

“不是琴的问题。”他说了这么一句，然后便松开琴，去软榻上躺着了。

屋子里瞬间死寂。

风月头顶着托盘把菜送进断弦屋子里的时候，就见断弦一脸灰败之色，像是受到了极大的打击，靠在一边目光呆滞地看着她。

这是发生啥了？

将菜放在桌上，风月看向殷戈止，后者懒散地起身，慢悠悠地开始用膳。

“你做的？”殷戈止吃了两口，问了一声。

风月厚着脸皮点头：“您不是让奴家做吃的吗？”

奴家就亲自去吩咐厨娘做了呀。

这句话她没敢说出来，她知道，一旦说了，以这厮爱折磨人的性子，定然会让她重新去做。

殷戈止皱眉放下筷子，抬头，很是不悦地道：“难吃！”

“难吃您就少用些，都这个时辰了，也该就寝了。”风月完全不以为意，挥手让灵殊来帮忙收拾碗筷，接着转身就走。

殷戈止面沉如水地坐着，手里的筷子被灵殊恶狠狠地抽走，面前的菜也一瞬间消失了个干净。

胆子还真是不小啊，甩脸子给他看？殷戈止瞪着风月的背影，直到门关上了，他才转头看向别处，轻哼一声，缓和了神色。

断弦看得有些愣怔，她不懂为什么风月不怕这位爷，这位爷也好像没有要同她计较的意思。这么对恩客，当真不怕失宠吗？

也是她太不了解殷戈止，像风月这种看得透的，就知道殷戈止从来就不给人恩宠，更谈何失宠？

坐在妆台前卸了头上的东西，风月低头一扫，就瞧见台子上放了俩新的金簪。

“这哪儿来的？”

灵殊瞥了一眼，哼声道：“金妈妈给的，说你首饰少了，最近客人多，给添置两支簪子。”

风月捏起那簪子看了看，做工考究，用料也上乘，难得金妈妈这么大方，终于不用次货给她们充好了。风月点头，放了簪子打了个哈欠，便上床睡觉。

另一边房里，殷戈止从容地躺在床上，也没管断弦。可怜的姑娘站在床边鼓了十次勇气，都没敢跨上那床榻。见这位爷也没有急着要自己的意思，再三考虑，断弦还是睡去了软榻上。

殷戈止皱眉，心想这姑娘怎么一点也没有风月的眼力见儿？要换作那小妖精，早就扑上来勾引他了，完全不用他费事。

殷戈止转身朝床榻里头睡了，心里想着，明儿还是换个姑娘吧，这姑娘真是乏味极了。

第二天清晨，风月睡了个好觉起来，梳洗打扮一番，便去准备午膳。虽然不用伺候那位爷了，但她可没忘记还有两个小徒弟，那都是贵门子弟，她这儿伙食可不敢差。

灵殊给她戴了旧的簪子，风月撇嘴：“傻丫头，有新的不戴，等着放旧啊？戴这个！”

灵殊不情不愿地给她换了簪子，小声嘀咕：“这俩簪子也没什么好看的，赶明儿奴婢攒够了银子，给主子买个更好的！”

风月感动地看了她一眼，仰天唏嘘：“竟然有人孝顺我，真是好开心啊！”

“主子这说的是什么话。”灵殊鼓嘴，“奴婢的命是被您救的，也是您一手带了三年，等您不愿意干这行的时候，那奴婢肯定是要养您的！”

小小的丫头，满脸的赤诚，挺直的腰杆瞧着竟也有些风骨。

风月笑了，拍拍她的肩膀继续往前走：“那以后，我可就靠你啦！”

灵殊跟在后头小步跑着，握着小拳头暗暗发誓，她一定会好好赚银子的！

将军府闯入了贼人。

易掌珠一大早就进宫求见太子，像是被吓得不轻。她让太子屏退了左右，严肃地道：“竟然有贼人能闯进将军府！殿下，此事必定要严查！”

叶御卿坐在主位上，淡淡地笑道：“将军府一向滴水不漏，进去的贼人鲜有生还者，珠儿认为问题出在了哪里？”

易掌珠肯定是不会认为问题在自己身上，就算她引了叶御卿和风月姑娘进府，可一个是当朝太子，一个是低贱的妓子，两个人都不可能对将军府有什么想法，那就只能是内鬼。

“父亲不在，府里的人珠儿大概是压不住。”她咬咬唇，看着叶御卿道，“当真有人背叛将军府，那珠儿也只能向父亲请罪。”

“哦？”叶御卿挑眉，“你半点都不怀疑是那青楼女子，或者是本宫的疏忽吗？”

“掌珠怎么会怀疑殿下。”易掌珠娇嗔地看他一眼，又想了想风月，摇头，“至于那位姑娘，瞧着傻里傻气的，既没见过世面，也没什么背景，没有道理做这样的事情。”

傻里傻气？叶御卿低笑，展开扇子掩了自己的眉眼，眼神幽深。

那个叫风月的姑娘，若是真傻，在殷戈止身边绝对活不下来。既然现在人活得好好的，还能坐在窗台上姿态潇洒地喝酒，那就是说，她半点也不傻。

说来也巧，昨儿他本是去了一趟侍郎府，从梦回楼后头的巷子里抄近路回宫，一不小心抬头，就看见了那般香艳的场景。

说香艳也有点不合适，但他是没见过女人那样喝酒的，不拿酒杯也就罢了，还光着脚敞着袍子，手里拎着酒坛子，难得地不显得浪荡，反而显得潇洒。

回来之后他想了很久，实在没想通自个儿怎么会从一个女子身上看出点狂放不羁的潇洒味道来，不过昨夜入眠，那场景倒是又入了梦。他还没反应过来，自己就靠了过去，将那女子一把搂入怀里。

想要她。

不知道是因为殷戈止，还是因为风月本身就很有趣，他对得到这女人的执念，似乎是越来越深了。

至于将军府……

回过神，叶御卿又笑得温和无害："本宫会让许廷尉派人去详查的，你放心好了。"

不过既然交到他手里了，这案子就注定不会有结果。

易掌珠毫无察觉，反而高兴地行礼："多谢殿下！"

"本宫送你出宫吧。"叶御卿体贴地引她出门，语带责备，"女儿家别总一个人四处乱跑，有什么事都可以同本宫说。"

易掌珠害羞地红了脸，颔首，乖巧地跟着他离开皇宫。

"你身边的孙力呢？"坐在马车上，叶御卿突然问了一句。

没想到他这么在意自己，连身边的人都观察入微，易掌珠叹了口气，委委屈屈地道："被殷哥哥打断了手，送回老家去养着了。"

殷戈止？叶御卿神色微动，转而一想就能知道原因，他不由得轻轻吸了一口气。

还真是……难得他对一个女子这般在意啊，这才几日，竟然都会替人出头了！往常他送殷大皇子的美人儿也不少，结果一个都没能被他留在府上，他倒是好，在青楼里捡着个宝贝，竟然这么护着。

叶御卿轻笑着摇了摇头，看了一眼外头，道："珠儿，本宫突然有些事情，你先回府吧，晚些时候本宫再让人给你送些小玩意儿。"

易掌珠一愣，颇为不解："您要去做什么？"

太子的行踪，哪是人能随便问的？不过叶御卿倒也没怪罪，只笑了笑不回答，便下了车。他带着侍卫骑马，往另一个方向而去。

安世冲和徐怀祖准时来梦回楼用膳了——虽然他们是很窝囊地走后门进来的，但看起来对殷戈止的吩咐真是严格遵从，一看见风月，他们甚至还微微颔首算打招呼。

风月连忙朝两位公子哥儿还礼，笑道：“午膳已经备好，二位慢用。”

好奇地看了一眼空荡荡的房间，安世冲问了一句：“师父呢？”

风月还没回答，旁边的徐怀祖就笑嘻嘻地打了安世冲的头一下：“你真是走路不长眼睛，方才上楼的时候没瞧见吗？师父在二楼的厢房里，好像在看人跳舞。”

不爽地捂着脑袋看了徐怀祖一眼，安世冲没吭声了，安静而优雅地用膳。

这世家子弟就是有风度，看起来分明很想知道为什么殷戈止不在她房里，但愣是没问。风月微笑，伸手替他们布菜，手上包着的布还没拆，看得两个人眼里更是好奇。

安世冲看起来比较守规矩，但徐怀祖明显活泼些，他没忍住终于还是问：“姑娘这手，听闻是骨头裂了，还能用？”

风月眨眨眼，道：“奴家原先在乡下做农活儿，受的伤可多了，自然也就忍得疼些。”

徐怀祖看她的眼神顿时带了点尊敬：“说来惭愧，换作在下，在下都不一定能像姑娘这样坚韧。怪不得师父要咱们在这儿用膳，一定是想让咱们从姑娘身上领悟些道理。女子尚且坚如磐石，吾辈男儿，岂能怕流血流汗？”

安世冲一顿，放下筷子，也带了敬意地看了风月一眼，看起来对徐怀祖的话颇为赞同。

风月：“……”

现在的孩子都这么老实吗？殷戈止明显只是想让她做饭而已，还能让他们领悟道理了？

说起来，两个徒儿这么一身正气，当师父的却天天泡在窑子里，像话吗？

“风月！”金妈妈的大嗓门突然在门口响起，吓得两位少爷差点噎死。

赔笑两声，风月转身去开门，就见金妈妈挤眉弄眼地塞了支簪子在她手里：“那位温柔俊俏的公子刚刚给你送来的，说你戴着定然好看！瞧瞧，上等的和田玉簪，这种簪子，可只有官家才有的！”

风月微微一顿，接了簪子捏起来看。

是易掌珠给太子的那支，今日竟然送来给她了。

将军府被盗，看来太子殿下已经知道消息了，但他定然不会知道这事与自己有关，那送簪子是个什么意思？

想了一会儿，本着不要白不要的原则，风月伸手就将头上两支新的金簪取了，换上这一支玉簪，素雅高贵。

殷戈止看完歌舞回来，就瞧着两个徒儿用完了膳，正往风月的头上瞧。

“这簪子好看，做工也考究。”安世冲道。

徐怀祖颔首：“一看就很贵重。”

殷戈止顺着他们的目光朝她头上看了看，开口道：“玉簪配闺秀，才显端庄娴雅。在你头上，不伦不类。”

一听见他的声音，两个小少爷瞬间起身站得笔直，齐齐行礼：“师父！”

风月嘴角抽了抽，装作没听见他这评价，跟着行礼。

殷戈止跨进门来，脸色不太好看，他扫了她一眼，又看了看后头妆台上放着的金簪，刻薄地道：“你戴那个就够了，官家特贡的簪子，不适合你。”

这人舌头一定浸了毒吧？风月气得直翻白眼，没见过说话这么狠的，简直是不给人活路。

幸好她不爱美，没自尊，这要是换别人来，不得被他说得跳楼自尽？

“奴家喜欢这簪子。”缓了两口气，风月笑道，“哪怕是不合适，奴家也想戴着。”

“主子。”观止凑上来，小声嘀咕了一句，“这是太子方才亲自来送的，不过人没上楼，在楼下送了就走了。”

脸色不变，殷戈止垂眸看着她，声音平静：“你是喜欢这簪子，还是送簪子的人？”

被他盯得有点毛骨悚然，风月反应比什么都快，捂着脑袋就躲：“奴家都喜欢！恩客送的礼，哪有不喜欢的？这位公子，奴家包给您几日没错，但奴家的东西，您也不能拿啊！”

谁稀罕她个破玉簪？殷戈止有点恼，看她满脸防备的样子，心里莫名地生出一股烦躁来。

“观止，把那两支金簪收了。世冲、怀祖，跟我去练兵场。”

殷戈止拂袖就走，面儿上什么也看不出来，两个徒儿都没察觉自家师父生气了，只有观止擦了擦额头上的汗，上前去收风月妆台上的簪子。

“干啥？”风月瞪他，“这簪子是金妈妈给我的。”

哈？观止一愣，不明所以地道：“这是昨儿我家主子给您买回来的，灵殊没说吗？”

风月心里一跳，转头看向角落里的灵殊。

灵殊鼓嘴，心虚地抬头看房梁。

竟然是殷戈止送的？风月有点愣怔，看着观止手里的簪子，伸手就去抢了来。

“哎……”

“送人东西，没有收回去的道理。”风月捏紧金簪，很不要脸地道，“既然是给我的，那就是我的，你不能拿走！”

观止傻眼了，这主子的吩咐他不听不行啊，可瞧着面前这姑奶奶，捏了簪子就往自己衣襟里塞，他也不可能去抢。

风月的动作那叫一个快，塞完簪子就起身，拎了裙子往外冲。

殷戈止正沉着脸下楼，冷不防感觉背后有东西袭来，他飞快地转身一躲。

“公子！”这一声的调调拐了十八个弯，软软黏黏的，听得人虎躯一震。

风月扭着腰眨着眼，完全没顾忌旁边还有两个小少年，抬腿就贴上殷戈止的身子，撒娇道：“奴家知错了啦。”

身子笔直，任由她贴着，殷戈止眯着眼盯着她：“知错？”

“奴家不知道这金簪是您送的。”风月谄媚地笑，伸手从胸口掏出簪子，一把插在头上，“早知道是您送的，奴家哪儿舍得取啊？您瞧，您的眼光真是太好了，这簪子很配奴家！”

殷戈止往她脑袋上扫了一眼，玉簪已经不见了，两支金簪插在上头，跟她这一身红纱衣当真是相配。

心里舒坦了点，殷大皇子面上却还是那般阴沉："说完了？那就下去！"

"嘤嘤嘤。"对方一记眼神杀，风月岿然不动，甚至伸手在他胸口狠狠摸了一把，"奴家舍不得离开公子，奴家想一直陪着公子！"

她脑袋抽了才去得罪殷戈止啊，趁着还有缓和的余地，得赶紧哄回来！

黑色的瞳仁安静地瞧着她，殷戈止不动，就这么站在楼梯上。

出来看热闹的姑娘越来越多，盯着风月指指点点。风月完全不在意，小媚眼反而抛得更勤了："公子要是不拒绝，那奴家可就赖着您了？"

"滚。"平静地吐出一个字，殷戈止睨着她，眼里满满的都是嫌弃，"你不觉得丢人，我都觉得丢人。"

到底是女儿家，被他这么说，怎么也该脸红羞愧然后下去了吧？但风月没有，她完全不为所动，就像没听见这话一般，一张脸依旧笑得甜甜的，贴着人家身子就扭："忘记说完了，就算公子拒绝，奴家也会赖着您的。"

殷戈止："……"

他见过很多不要脸的人，但是跟眼前这个女人比起来，简直就是小巫见大巫！好歹是个姑娘，半点自尊都没有。

"我要去练兵场。"

练兵场不是她这种样子的人能去的，有辱军风！

风月依旧没动，傻兮兮地冲他笑："那奴家就去给您端茶倒水啊！"

"不需要！"殷戈止终于不耐烦了，伸手跟扯八爪章鱼似的将她从自己身上扯下来，往旁边一扔。

风月"砰"的一声摔在地上，四周都响起了笑声。风月委屈地揉着屁股，狐狸眼眨巴眨巴的，可怜极了。

殷戈止转身就走，完全没有看她一眼的意思。风月咬牙，立马起身跟了上去："公子！"

殷戈止走得很快，出门就上马，策马狂奔了好一段路才回头看。

那女人没跟上来。

轻轻松了口气，又觉得有点好笑，他摇了摇头，等两个徒儿和观止策马赶上来，他才和他们一起往练兵场而去。

虽然是质子，但大概是因为惜才，烨国皇帝和太子都对殷戈止颇为看重，底下的人自然也就把他当半个烨国皇子看待。加之他善武会兵，练兵场一类的地方，一向是最欢迎他的。有脑子不灵光的武将，被他套套话，便对他言无不尽，军机要事也都说给他听。

比如现在，两个徒儿去练他刚教的一套步法了，宋将军就在他旁边叹息道："易大将军府上被盗，听闻书房失窃，恐怕之后的几场仗，烨国难打啊！"

"没那么严重。"殷戈止镇定地道，"易将军一向谨慎，就算当真有战术安排或者圣旨被盗，他也会临时做调整，不会出太大的乱子。"

"说是这么说。"看殷戈止这胸有成竹的样子，又知道他一向受易将军看重，宋尚温觉得他多半也是知道内情的，于是便小声道，"可北境的战役马上就要开始了，等消息传去易将军耳朵里，怕是已经晚了。"

殷戈止摇头："给易将军送消息的人一向很快。"

"您还不知道吧？"宋尚温撇嘴，"以往快是以往，可今年干湖那边的路都被水淹了，信使都只能走远路。加上易大小姐又不太懂事，等整理好消息送出去，怕是都要到明天了。"

殷戈止眼眸微动，叹息了一声，接着便道："观止那小子又不见了，我去找找，将军慢坐。"

"好。"耿直的宋将军完全不知道自己泄露了什么——的确也没泄露什么，要是他这话是说给别人听的话。

但很可惜，听的人是殷戈止。

一把扯了观止就进了练兵场旁边的屋子，殷戈止从袖子里拿了羊皮地图出来，修长的手指往上一划："信使图快，一般都是一人上路，假若他不走干湖，最近的就是从万马坡到寒雪岭这条道。明日我会去一趟将军府，在掌珠要送信之前，你让人在万马坡候着。"

"是。"观止低头应下，转身就往外走。

握了握拳头，殷戈止垂眸。

易大将军战无不胜，功劳最大的当属他的情报机构，传信快，动作隐秘，若是外人，几乎很难截杀他的消息。

不过，他现在，算是烨国的内人了。

来烨国一年，他从未有过什么动作，只在武力上多有彰显，人却显得沉默木讷，被人试探了不下百次，如今终于是等来了机会。

像以前的澧国仰仗他和关将军一样，烨国在行兵打仗之事上，最仰仗的也就是这个易将军。关苍海死了，他被俘了，易国如要是还一直潇洒，建功立业，那岂不是没了天道循环之说了？

抬头看了一眼外面，殷戈止回神，打开门出去，看着安世冲和徐怀祖道："你们继续练，黄昏时分我会回来。二十招之内，只要你们能碰到我，我便将不悔剑和长恨刀送你们。"

不悔剑和长恨刀！兵器谱上有名的利器，多少武人求之若狂，竟然全在师父这里？两个少年兴奋了，齐齐拱手应下，然后更加刻苦地练起来。

殷戈止潇洒地甩手，打算回去找个地方休息。

谁知，他一只脚刚踏出练兵场的大门，一抹红色的影子猛地扑了过来，抱紧他跨出的腿，抬头便冲他撇嘴："公子让奴家等得好生辛苦啊！"

殷戈止喉咙一噎，抬头扫了一眼四周，这儿方圆一里都荒无人烟的，她竟然还跟来了？

瞧她衣裳上染了黄沙，鼻尖上也有点灰，殷戈止抿唇："你还真是有本事。"

嘿嘿地一笑，风月讨好地道："有人说啊，'精诚所至，金石为开'，奴家这么真心诚意地致歉，公子肯定不会再生奴家的气了！"

他的确是不生气了，但还是看不起她。怎么有人没事就喜欢往地上跪啊趴的，不要脸起来还抱人家的腿，当真是个姑娘？

轻哼一声，殷戈止扯开她，冷漠地道："我要喝茶。"

"早就备好喽！"风月从背后变出个竹筒来，双手捧着递过去，"凉茶，清热解渴！奴家亲手泡的！"

殷戈止接过来打开盖子闻了闻，勉勉强强地喝了一口，道："凑合。"

这种得了便宜还跩得要死的人一定会下地狱的！风月咬着牙笑得妩媚，看他又要走，连忙起身跟在他身后。

"公子要回城吗？不骑马吗？"

瞥一眼她满是灰尘的绣花鞋，殷戈止丝毫不怜香惜玉地道：“骑马骑累了，想走走。”

人家说走走，那就走走吧。风月认了，跟着他踏上泥土地，他走，她就小碎步跟着。

一炷香之后，四周已经是田埂了，风月揉着腿小声道：“公子，真的不考虑乘车吗？那边有牛车。”

殷戈止背挺得很直，高大的身子能为她挡点阳光，但他脚下生风，完全没有要停歇的意思：“不乘。”

行吧，不就是走路吗？她行军的时候走得也不少，权当锻炼了。

可是，如今这身子比不得从前了，半个时辰之后，风月累趴在一块大石头上，满脸苍白地号：“要死了要死了，奴家不走了，公子回去的时候，让人来接奴家吧。”

“你想得美。”殷戈止头也没回，眼里却有些恶劣的愉悦，“要是不走，我不会管你。”

夭寿啊！风月仰天长啸：“救命啊——”

殷戈止停下步子，回头看她一眼，抱着胳膊道：“留点力气晚上喊也不迟，等天黑了，这边有的是山禽野兽。”

风月浑身一个激灵，认命地站了起来，老老实实继续跟在他后头走。

贵人是不是都有病啊？好端端的马不骑，喜欢走路？她走得眼睛都花了，背弯着，双手无力地垂着晃荡，远看肯定像殷戈止背后牵着的一只狗。

实在走不动了，风月伸手就抓住了前头这人的腰带，头抵上去，哀哀地道：“奴家……受不住了……公子……饶命啊！”

这喊的都是什么乱七八糟的？殷戈止嗤笑了一声，回头睨着她：“做个选择吧。”

“什么？”

“把你今儿得的玉簪给我，我背你回去。或者，你自己继续跟着走。”

见过这么无耻的人吗？啊？跟个妓子抢东西？风月眼睛都红了，她双手抱胸，委屈巴巴地看着他：“没有第三个选择了吗？”

殷戈止转身就走。

“哎哎！”风月认命了，老老实实地把怀里的玉簪掏出来，追上去塞进他手里，“奴家实在走不动了！”

殷戈止停下步子，看着风月。

面前的女人伸手就朝他撒娇：“簪子给你了，要抱抱！”

身子一扭一扭的，活像只小狐狸，甩着大尾巴朝他抛媚眼。殷戈止心里微哂，收了簪子，伸手将她捞了起来。

终于不用自己走了！风月感动得差点哭出来，抓着殷大皇子的衣襟，委屈巴巴地擤了擤鼻涕：“脚好痛啊！”

“闭嘴。”

他就没见过这么聒噪的人，一张小嘴随时都在说话，真是吵死了。

“别啊，还有那么远的路，要是都不说话，那不是无聊死了？”风月撇嘴，锲而不舍地道，“奴家刚刚跑过来的时候，路上遇见很多人呢，都盯着奴家看，活像奴家是天上掉下来的仙女一样，哈哈！”

斜她一眼，殷戈止道：“也许人家只是觉得你像只山鸡。”

“呸呸呸，哪有山鸡像奴家这般美艳动人的？”风月哼道，“那场景分明就是……怎么说的来着？行者见罗敷，下蛋捋胡须？”

殷戈止：“……”

不仅像山鸡，还是一只没读过书的山鸡。

殷戈止轻叹了一口气，板着脸低声念：“行者见罗敷，下担捋髭须。少年见罗敷，脱帽著帩头。耕者忘其犁，锄者忘其锄。来归相怨怒，但坐观罗敷。”

声音清幽低沉，像翻阅着陈旧带香的书，一股子雅气。

“对对对！”连连点头，风月笑眯眯地道，“我就是那个罗敷！”

殷戈止实在没忍住，停了步子，皱眉看着她：“你到底是哪里来的自信？”

还罗敷？她这张脸再涂厚点的粉，就跟戴了面具没什么两样了！

撇撇嘴，风月晃着腿道：“您别这样看不起奴家呀，好歹刚刚也有人问奴家名姓呢，瞧着一张脸都红到耳朵根了，啧啧。哎，就前头那个穿着士兵衣裳的小哥！”

说着说着就看见了人，风月挣扎着便要朝人挥手，殷戈止抱紧了她，不悦地道：“再乱动，你自己下去走！”

风月身子一僵，立马老实了，抱着殷大皇子的脖子靠在他怀里装死。

殷戈止朝那边正在巡视的士兵看了一眼，面无表情，根本不在意。

把人扔回梦回楼，殷戈止皱眉活动着胳膊，眼里满是不悦。

风月赔笑着替他揉着胳膊："公子真是天生神力啊，抱了奴家这么远！"

殷戈止对她的恭维完全不感兴趣，道："我最近两日有事，可能不常来此处。"

"奴家明白。"风月笑吟吟地应了，妩媚地道，"公子忙完了再过来，奴家候着呢。"

出城的路上就有人告诉她，太子命廷尉查将军府失窃之事了，不过命令是这么下了，廷尉目前也没什么大动作。殷戈止这个时候忙，十有八九也跟这件事有关。

不可一世的澧国皇子，当真甘心一直在烨国为质？

她倒是想看看，沉寂了一年之久的殷大皇子到底在想什么。

瞧着她乖巧，殷戈止也没多说，坐着歇了一会儿就先回府更衣。

"主子。"刚踏进使臣府，就有人在暗处朝他道，"有人送了两盒东西来，属下检查过，有些蹊跷，但……人没抓着。"

东西？殷戈止颔首，走进主屋去看。

两个黄梨木的盒子，既然已经被检查过，他也就放心地直接打开，将里头放着的一沓东西拿出来看。

待看清那些东西是什么的时候，殷戈止瞳孔微缩，转头便斥了一声："怎么能没抓着人！"

"属下失职！"暗处的人无奈地道，"实在是不知道谁从墙外扔进来的，追出去的时候，街上人太多，压根不知道……"

易将军府上的地图，写明了机关布置，连带着还有府上失窃的机密书信，这些东西，竟然会有人拿来给他？

他明面上与易将军可算是英雄惜英雄，断然不会有人觉得他要对易国如下手，那送这东西来的人，是什么意思？

殷戈止心里顿时紧张，满眼戾气，捏着一堆信纸看完之后，将其尽数焚毁。

不是太重要的军机，只两道圣旨有用，这贼人厉害归厉害，也还没找到那老东西最要紧的机密。

不过，这点东西到他手里，也是能起不小的作用的。

谁在背后帮他？抑或是，想利用他？

沉吟了一炷香的时间，殷大皇子冷哼了一声，挥袖将纸燃完的灰烬拂得漫天。

管他是谁，管他想做什么，他只做他要做的，无论谁来掺和，他都不会罢手！

天色渐暗，殷戈止回到了练兵场，两个徒儿已经跃跃欲试地候着了。

“师父，只要碰着你就可以吗？”徐怀祖问了一声，“不管用什么手段？”

“嗯，只要用上我教你们的步法，其他手段随你们。”殷戈止颔首，一身黑衣被风吹得翻飞。

四周围了不少的人在看，安世冲和徐怀祖对视一眼，一个攻左，一个攻右，出招极快，配合也算不错。

殷大皇子很是牛气地负手而立，左躲右闪，衣袍猎猎，过了十招，愣是没让他们碰着衣角。

徐怀祖不高兴了，他看上长恨刀很久了，原以为这辈子碰不着，谁知道近在眼前。就算是师父，那也必须打啊！可是，师父的身法实在太敏捷刁钻，要是不耍阴招，真的不可能碰得着。

“啊，那不是风月姑娘吗？”旁边突然有围观的士兵喊了一声。

殷戈止一愣，下意识地回头看过去，就感觉旁边两道凌厉的风卷了过来。

好小子，还玩阴的！殷戈止在心里笑了笑，身子却没动，任由他们一左一右打在自己的手臂上。

“哇！”没想到这招真的有效，徐怀祖高兴地叫了一声，抱起安世冲就甩了个圈儿，“咱们碰着了！”

安世冲也高兴，但是被人……还是被个男人这么抱着，饶是发小，他也毫不客气地一拳挥了出去，打得徐怀祖松开他后退两步，“唰”地流了鼻血。

“师父！”徐怀祖委屈地告状，“他打我！”

“你有脸说？”安世冲皱眉，“没个正形！”

瞧得出来这俩孩子很高兴，殷戈止也就缓和了神色，挥手让观止把他一早就准备好的刀剑拿出来，送到他们手上。

“这是为师弱冠之时，寻得上等寒铁，亲手所铸。”殷戈止淡淡地道，“尘封多年，如今另得主人，愿你们善待。”

徐怀祖下巴都要掉地上了，看看手里寒气四溢的长恨刀，震惊地道：“竟然是师父铸造的？”

怪不得世人都知这一对刀剑削铁如泥，被皇室珍藏，却不知道是何人所铸，也不知下落何方。师父手里的东西，那肯定都是神兵利器。只是……弱冠的时候就自己铸造神兵，他们师父到底是吃什么长大的？

安世冲眼里满满的都是高兴，他抚着不悔剑，朝殷戈止行了大礼：“多谢师父！”

殷戈止颔首，抬头扫了一眼惊叹的众人，目光突然一顿。

周围看热闹的士兵们都是一惊，相互看了看。

殷戈止收回目光，看着背后的宋将军道：“宋家军一向是以彪悍著称，武功想必都不错，等会儿在下要给两个徒儿演示新的招式，将军能不能借个人给在下？”

宋将军爽快地道：“殿下随意挑。”

能被殷戈止选着当靶子，虽然很荣幸，但一定会很疼。一众士兵硬着头皮站着，就见面前那玄衣男人走过来，步子都没带偏的，直接走到了一个人面前，点着他道：“就你了。”

被点着的士兵一脸茫然，他刚从外头巡视完回来，怎么就要给人当人肉靶子？

不过既然被选中了，那就穿着盔甲上吧，士兵想，就当是一次难忘的人生经历了。

结果他没想错，接下来发生的事情，当真是让他死都难忘！

“人身上有一百零八处死穴，行军打仗，遇见的对手往往不止一个人。在群攻之时，若想突出重围，一个个地击杀敌人很费力气，为了省力，就尽量往死穴上打。”殷戈止认真地说完，转身看着那士兵，眼里一点温度都没有，“头面上，你们注意看我击打的位置。”

两个少爷凑过来仔细盯着，就见自家师父出手如电，击在那士兵的百会穴、睛明穴、太阳穴、人中、印堂、耳门……一连串下来，站着的士兵脸色发青，目光陡然充满惊恐。

“不用紧张，我压根没用力气，你不会死。”看着肉靶的身子抖起来，殷大皇子很善良地安慰了一句，“顶多回去疼上几日罢了。”

士兵：他现在走还来得及吗？

明显来不及了，殷戈止压根没管他，继续道：“再然后是身上，但身上的大穴一般被盔甲护着，要省力的话为师不建议你们攻身躯。”

说是这么说，他修长的手一握成拳，还是带着力道落在那士兵的胸口、背心、小腹，听着“砰砰”作响。饶是穿着盔甲，肉靶的脸色也微微发白，不知道是疼的还是吓的。

“最省力的，当然是咽喉。接下来为师教你们几个路数，在混战中也能准确取人一命。”退后几步，殷戈止看着那士兵，勾了勾手，“过来想办法杀我。”

身上的死穴被这么打了一通，就算身体没事，心里也有阴影啊！士兵的腿发软，哆哆嗦嗦了好一会儿，才举着大刀冲过去。

“呀——”

冷静地看着他，殷戈止侧身躲开第一击，顺手在地上捡了根树枝，猛地朝他劈下。那小兵反应还算快，抬头便举刀去挡。

就这个时候，殷戈止左手猛地往他咽喉前头一划，眸子里霎时迸出冷冽杀气，直击人心。

感觉喉咙一凉，士兵连吸气都不敢，愣怔地看着对面这人的眼睛，恍然间觉得自己已经被杀死了。

是他蠢，这么简单的声东击西都躲不开，但这位爷出手太快，他跟不上啊……他就是个肉靶而已，到底犯了什么错，怎么就对他这么狠哪？

身子一软，士兵缓缓倒了下去，不甘心地闭上了眼。

徐怀祖看得连连拍手：“这套路不错，徒儿们一定好生练习。”

殷戈止收回手，拂袖道：“基本功永远是最重要的，其余再多招式套路，也只能是在你们基本功扎实之后再学。明日继续来练吧，今日就到此为止。”

“是。”安世冲和徐怀祖应了，目送殷戈止先离开，两人才收拾东西一并出去。

一众士兵目光崇敬地看着那几个远去的贵人，等看不见了，他们才七手八脚地把地上躺着的士兵拉起来：“李山南，装死呢？快醒醒，等会儿该吃晚饭了。”

李山南闭着眼睛小心翼翼地开口：“我已经快死了，还吃什么晚饭！”

死？看一眼他完好的喉咙，众人齐齐翻了个白眼：“殷殿下手里都没武器，你怎么死？”

啥？摸一把自己的脖子，李山南立马站直身子，抖了抖胳膊腿儿，捂着胸口道：“真像是在鬼门关走了一遭一样……”

殷殿下的眼神，着实吓人！

不过，有生之年要是能有他那样的武学造诣，就好了。

感慨了一阵子，换防完毕的士兵们还是勾肩搭背地去用膳了。

第七章

你要的证据

殷戈止不在，风月便只给两位少爷备了晚膳，她正等着人回来，就听见外头又有吵嚷声。

“爷。”断弦勉强笑着拦着个客人，“您一向是宠着奴家的，这回来怎么就点别人伺候了？”

“就是啊。”金妈妈帮腔，“而且风月是当真没空，被人包了的。”

满脸横肉的恩客冷哼，不管不顾地就往楼上走。金妈妈拦不住，直瞪断弦。断弦也很无奈，上回这客人就对风月有了点兴趣，这回来要人，她有什么办法?

听着动静，风月开门出来，瞧见人上来就笑：“这是怎么了？”

恩客一看见她就柔和了脸色，凑上来道：“自然是想你了，小美人儿，上次后院遇见，你可跑得真快。”

盯着他想了想，风月想起来了，上回她钻狗洞回来，正好遇见这位客人在跟断弦欢好呢，这脸上的横肉，她还算有印象。

她假笑了两声，道：“客人这是瞧上奴家了，要点奴家伺候？”

“自然。”那恩客道，“我可是对你魂牵梦萦了好几天！”

"不巧。"风月道，"奴家接着别的客人呢。"

那恩客脸色一变，往她背后瞧了瞧，见屋子里没动静，当即便不高兴了："你们这儿的人惯常会要手段，分明没客人，也硬要说没空！不就是银子吗？你还怕大爷我给不起？"

说着，他伸手掏出一锭银子，在风月面前晃了晃，然后指头一跷扔在了地上。脸上的表情十分傲慢，还带着点不屑。

一般遇见这种被人扔银子羞辱的场景，有点骨气的姑娘都会直接甩对面这人一个耳光，然后从银子上踩过去。楼里的微云姑娘就这么做过，博了个"清高不能以银钱贱之"的好名声。

然而，风月睨了地上的银子一眼，弯腰就捡了起来。她放在手里掂量一番，翻了个白眼："八两银子，就能这般嚣张地点奴家伺候？"嘴里嗤笑了一声，风月捏着那银子，表情比对面那恩客更加傲慢，食指一翻就将银锭往后一扔，"不够。"

恩客愣住，忍不住"嘿"了一声，指着金妈妈问："她就这么金贵？"

金妈妈赔笑："咱们风月最近被人包着，给的都是大额的银票，难免……"

"再大，能有多大？"恩客嗤笑，感觉脸上过不去，当即也掏了银票出来，数了两张往风月腰带里一塞，"这些够不够？"

风月夹着银票出来看了看，微微心惊，忍不住再打量了面前的人一圈儿。

一百两的面额，就算是在这高门贵人云集的不阴城，能拿出来两张的人也是少数。看打扮，这人不像是商贾。

那就只能是官了。

什么样的官，能出手这么大方啊？风月笑了，把银票往自己胸口一塞，朝着面前的人抛了个媚眼："既然如此，那大人就往里头请吧？"

恩客哼笑，正要跟着她跨进屋子，却听见后头有人问："这是怎么了？"

众人回头，就见安世冲和徐怀祖两人，一人拿刀一人拿剑，一身正气地朝这边走过来。

胖胖的恩客吓了一跳，收回跨了一半的脚，接着眼珠子一转，立马转身朝另一边的楼梯跑！跌跌撞撞的，一溜烟地就没了影。

风月挑了挑眉。

“没怎么，两位少爷快进去用膳吧。”眼瞧着人影都不见了，风月回头笑道，“妈妈也去休息吧。”

金妈妈应了一声，看了看这两位小公子，立马拉着断弦下楼。

断弦不服气得很：“风月还是个新人，瞧着这架子倒是越来越大了！”

金妈妈撇嘴：“咱们这儿只看谁赚的银子多，分什么新旧？你没事也别惹风月，伺候好你自己的客人就成了。”

断弦心有不甘，也多说不了个什么，扭身就走。

进屋关门，风月看了一眼这两位少爷，心想殷戈止还真是会让人找地方吃饭，在她这儿吃，那她还当真接不了客。

“方才那人是谁？瞧着有点眼熟。”安世冲皱眉想了想，“没瞧着正脸。”

“一个客人罢了。”风月笑道，“咱们这儿是从来不问恩客身份的。”

“这样啊。”安世冲点头，老老实实地坐下用膳。

倒是旁边的徐怀祖东瞧西瞧的，在地上捡了锭银子起来，道：“真不愧是文人口中的销金窟啊，瞧瞧这遍地的金银，掂着还不轻。”

风月笑了笑：“客人大方。”

“能这么大方的客人也少啊。”抬眼看向风月，徐怀祖道，“在下觉得姑娘的客人，似乎都颇有来头。”

“运气好罢了。”

徐怀祖点头，将银子放在桌上，笑了一声：“不过最有来头的，恐怕还是咱们师父。姑娘，咱们师父很是惦记你呢。”

惦记她？风月挑眉，笑眯眯地问：“惦记奴家什么？”

“今日他跟师父耍诈，在打斗时让人喊了你的名字。”安世冲镇定地解释，“师父竟然上当分神了。”

风月微微一顿，有点茫然，殷戈止有这么在意她？

“他那一分神，这对好刀好剑，就归咱们了。”徐怀祖高兴地道，“说来还得多谢姑娘，待会儿我就让人去给姑娘挑些小玩意儿送来。”

刀剑？风月回神，往他们手里一瞧，这才看见他们拿着的原来是不悔剑和长恨刀。

她低笑一声，摇头："若彩头是这个，那便与奴家没什么关系。你们师父定然是一早就打算送给你们，拿我当借口，放了水罢了。"

她就说嘛，殷戈止那样的人，怎么可能对她这种才认识几日的人上心。

远在使臣府的殷大皇子被人惦记着，忍不住打了个喷嚏。

"主子。"观止推门进来，朝他颔首，"已经都安排妥当了，易小姐那边的意思，是想请您帮忙查查内鬼。"

意料之中的事情，易掌珠有点小聪明，大概也是易将军临走前嘱咐了她不可只倚仗一人，所以让太子去追贼人，转过头来便让他去查内鬼。

可惜了，他跟太子，对那将军府，似乎都没安什么好心。

"知道了。"颔首应下，殷戈止问，"送东西来的人找到了吗？"

观止低头："实在难寻，不过属下已经让他们多留意四周，若是还有人来，定然能抓住。"

"嗯。"殷戈止伸手拿笔，在纸上随手写了个名字，道，"内鬼是他，今日开始，便让人好生找找他出卖将军府的罪证吧。"

观止接过纸，同情地看了一眼上头的人名：王汉。

此人乃将军府总管，忠心多年，权力甚大，易国如诸多的事情，都要从他手上过。要盯死这么个人，没有铁打的证据可不行。

但是主子的命令，有证据要找，没有证据制造证据也要找！观止应下，恭敬地退了出去。

晚膳过后，梦回楼里的两位公子各回各家了，风月躺在软榻上跷着二郎腿。

拿钱不接客，这样的逍遥日子，真是太爽了！

"姑娘，要果脯吗？"门被人敲响了，有小贩在外头吆喝，"香甜软糯的果脯，吃得人笑口常开！"

灵殊一听就眼睛放光："主子？"

睨她一眼，风月哼笑："你自个儿拿银子去买，我要一两话梅。"

"好嘞！"小馋猫蹦蹦跳跳地就去开门。外头的小贩笑眯眯地道："姑娘，要果脯吗？"

"要！我要一两桃子肉、一两干桂圆……啊，对，给我家主子来一两话梅。”灵殊馋巴巴地说着，拿了主子妆匣里的银子给他，然后把小贩包好的纸包接过来。

风月笑得慈祥，看她把话梅递给自个儿，抱着两个纸包乐呵呵的样子，便道：“好东西不能独享，你不是与楼里许多丫鬟交好吗？把你的果脯分给她们吃，快去。”

灵殊一听，觉得很有道理，立马开门就跑。

风月起身，笑着将门合上，上了门闩。

打开手里的纸包，将梅子倒在花架上的罐子里，风月熟门熟路地将包梅子的纸撕了个口子，扯了夹层的纸出来。

“开始查王汉了？”她低笑一声，身子往门上一靠，吊儿郎当地笑，“哎呀哎呀，咱们的殷大皇子，当真是心未死，仇难散，真好。”

焚毁了字条，风月重新打开门，靠在门框上朝对面的二楼看了看。

二楼有间屋子敞着门，里头传来些笑声。

“公子喝醉了。”三四个姑娘坐在两侧，中间坐着的男子皮肤黝黑，脸上黑里透红，明显是喝高了。

“爷没醉。”那人挥挥手，又灌了口酒，“爷可是海量，怎么能醉呢？”

何愁掩唇一笑，朝其他姑娘道：“我来伺候吧，姐妹们都先回去休息。”

这是她的房间，也是她的客人，其余人不过凑来讨个赏钱。既然主人开口了，那其他姑娘也就都退了下去。

房门关上，何愁坐去客人怀里，娇笑着道：“奴家总觉得爷气度不凡，比别的客人英武不少。”

“那是自然，爷可是久经沙场的！”恩客醉兮兮地捏了何愁的脸蛋一把，神秘万分地小声道，“偷偷告诉你，爷可是将军府的人。”

何愁微微一顿，装作没听见似的，笑道：“您当真是醉了。”

“怎么？不信啊？”恩客哼了一声，伸手掏了个牌子出来，“瞧见没有？将军府的腰牌！爷可是一人之下、万人之上，掌管着整个将军府呢，哈哈哈！”

何愁垂下眼帘，扶着他东倒西歪的身子，未置一词。

“可是最近的事情真是烦死我了。”恩客语气蓦然低沉，起身往香软的床上一倒，喃喃道，“好歹也是出生入死的兄弟，偏让我来管这家宅后院，出了点事就要找我，怪我没管好。呔！真该回家种地去！”

来这儿的客人，很多都是不开心了、压力大了，求个一醉方休。梦回楼的姑娘向来口风最紧，所以在这儿的客人，也就最放松。

王汉躺在床上，嘀嘀咕咕地抱怨了好一通，何愁跪坐在床边听着，面带微笑，直到他完全睡着。

伸手从他手里拿了腰牌，何愁不声不响地朝自家丫鬟离秋使了个眼色。

离秋会意，接了腰牌就飞快地往响玉街跑，找着个卖杂货的铺子，一溜烟地钻了进去。

一夜好梦，醒来的王汉看了看四周，瞧见桌上放着的自己的腰牌，神色微微一凛，连忙起身收进怀里。

外头已经亮了，何愁打水进来，朝他温柔一笑：“公子起身了？您昨儿醉得厉害，胡乱扔东西，奴家也不认得是什么，瞧着贵重，就给您放桌上了。”

心下一松，王汉笑了笑：“还是你体贴人。”

说着，他洗了把脸，亲了她一口就出门了。

睡到日上三竿的风月，顶着鸡窝头起床，慢悠悠地梳洗打扮。

“外头的姑娘们都忙死了，咱们好像太闲了点啊。”灵殊一边帮她梳头一边嘀咕，“也不知道是好是坏。”

风月从镜子里看她一眼，挑眉：“小丫头无聊了？”

“是有点。”灵殊撇撇嘴，道，“咱们要不要偷偷上街去买点什么啊？”

“好啊。”犹豫一下都不曾，风月点头便应了，“正好我想去杂货铺看看货，听闻那儿进了不少好的木材、玉种，要是有好的，便做块玉佩也不错。”

灵殊点头，立马给自家主子改了个良家闺女的发髻，又找了身粗布衣裳让她裹了，然后一起偷偷摸摸地从后院的狗洞里爬出去。

妓子上街是要被打的，但是伪装一番，人家也看不出来啊！

大摇大摆地走在响玉街上，灵殊高兴得四处蹦跶，挨个店铺地看。风月也不嫌烦，跟着她四处瞧，到了杂货铺的时候，才道：“你先去前头卖小笼包的地方占个座，我进去这儿瞧两眼。”

单纯的灵殊一口就应了，甩着辫子继续往前蹦跶。风月拎着裙子进了杂货铺，掌柜的一看她就笑："客官要点什么？有刚到的货。"

"拿来瞧瞧。"

红木的盒子，打开看见的就是将军府的腰牌，正面是鎏金的"易"字，背面右下角刻着持有者的名字：王汉。

"掌柜的手艺是越来越好了。"风月低笑，"当真是真假难辨。"

"过奖。"掌柜的拱手，"里头还有些陈年的货，客官若是感兴趣，也可以再看看。"

"不了。"合了盒子，风月笑道，"现在只要这个就够了。"

刚好有这么巧，王汉就是梦回楼的客人，点何愁侍候大概也有小半年了，要仿刻他的腰牌，比别的都容易。

出了杂货铺，风月往前去与灵殊会合。见了灵殊，她笑眯眯地道："听说安居街那边有一家烤肉店，烤的肉香气四溢，很是好吃，咱们不如就去那边用午膳？"

一听烤肉，灵殊想也不想就点头："好！"

安居街是条甚为繁华的街，隔壁就是官邸的分界，出来享用美食的贵人不少。风月带着灵殊坐在烤肉店的二楼，没一会儿就见着许多妇人跨进了门。

王汉的夫人李氏是最爱吃这家的烤肉的，每隔几日她就会带着一群手帕交来光顾，今儿运气不错，当真让她堵着了。

"咱们上楼去吃。"扫一眼大堂，有身份有地位的李氏自然是上二楼来了。

风月一笑，张口就道："哎，灵殊，你记不记得昨儿爹爹提过的那个王大人？"

正准备吃肉的灵殊一脸迷茫地抬头看她。

啥王大人？

责备地看她一眼，风月跺脚："就是将军府那个啊，爹爹不是说，他以前跟着易将军征战沙场，很是威风吗？前些日子我去打听了，他如今在将军府，竟然成了个下人。"

踏上楼梯的脚一顿，李氏不悦地拦住身后众人，自个儿往上走几步，伸了头去看说话的人。

一桌两个姑娘，有个背对着她，对面那个姑娘正在喋喋不休：“本来我好崇敬那些上阵杀敌的人，但是一看建功立业回来，下场这么惨，我又觉得可惜。哎，按道理说，王将军那样的功勋，怎么也该给个爵位安享余生的……”

王汉以前就是易国如的副将，奈何在与澧国的一场战役中被关苍海打断了腿，又伤了经脉，易国如念他忠诚，便让他退回不阴城，在自己府上管事。

老实说，将军府的管事，地位一点也不比普通的爵爷低，但是名头不好听啊，再是管家，那也是个家奴，说出去哪里光彩？

李氏本来还不觉得有什么，听了这些闲言碎语，心里反而是不舒服了。

她也是内吏家的女儿，有点身份的，嫁过来给个家奴为妻，就算王汉再得将军信任，她脸上也无光。

肉没心思吃了，李氏转头就下楼。

灵殊目瞪口呆地看着自家主子，眨了眨眼，完全没听懂她在说什么，但自己嘴里塞着肉，倒也吭不了声。

见人都走了，风月笑眯眯地给灵殊多塞了点肉：“你不用听懂，乖乖吃哈。”

灵殊眨眼，咽了嘴里的肉，突然很是正经地小声嘀咕：“主子，有时候奴婢总觉得，您有事情瞒着奴婢。”

风月笑得半点不心虚：“我瞒着你做什么？就是有些事情，大人能懂，小孩子不能懂而已，明白吗？”

是因为她没长大的原因？灵殊低头细想，好像也挺有道理的，那就再多等几年吧！

先继续吃肉！

李氏回府，一路上几个手帕交都在小声议论，有人道：“我倒是觉得方才那姑娘说的并无错处，王将军在民间也是颇有威望的，只是……到底是屈才了。”

“将军器重信任，我也不能多说什么。”李氏脸色不太好看，奈何还不能直接说易将军的不是，只能咬牙忍了。

“王家夫人。”王夫人刚要回自家宅子，就见将军府上的家奴来了，捧着件衣裳喜气洋洋地道，“将军府发了新衣，这是王管家的，您帮忙收着。”

灰褐色的袍子，饶是用的丝绸的面料，那也是灰褐色的，同将军府其他下人一个颜色，至多不过花纹好看点。

要是平时，李氏说不定还挺高兴的，可是今日，她横竖就是看不顺眼，冷笑一声就道：“我家相公不缺衣裳，非得穿这种东西不成？拿回去！”

家奴吓了一跳，愕然抬头，就见王宅的大门“嘭”地关上，碰了他一鼻子的灰。

挠挠头，他也不知道这是怎么了，看了看手里的袍子，决定还是拿回将军府去。

殷戈止正坐在将军府的花厅里喝茶，易掌珠在他旁边，神色颇为委屈。

“我到底还是太不中用了。”她眼帘低垂，“什么都做不好，将军府也管不好。”

殷戈止道：“管事是男人该做的，府上不是还有王管家吗？你一个弱女子，操心那些做什么？”

“可是……”易掌珠红了眼，“爹爹就我一个女儿，我偏生还体弱多病，接不了他的班。这回府上还出了这样的事情，爹爹一定很失望……”

殷戈止不擅长安慰人，看她哭，他也只能看着，脸上表情都不带变一下的。

易掌珠咬牙，有点埋怨地看他一眼：“殷哥哥还是这般不会体贴。”

“抱歉。”殷戈止道，“我会早点查出内鬼，不会让将军怪罪到你头上。”

平平淡淡的一句话，易掌珠倒是听得有点脸红。

这样寡言少语、不会说话但十分可靠的男人，实在很是令人心动。

“你有怀疑的对象吗？”殷戈止问了一句。

回过神，易掌珠皱眉：“府里的人都是爹爹亲自选的，爹爹信任的人……我当真不知道该怀疑谁。”

“做事总有动机，没有人会无缘无故辜负将军的信任。”身子微微前倾，殷戈止看着门外道，“为权为财，抑或是受人要挟，府里总会有人露出破绽。”

微微颔首，易掌珠道：“如此，殷哥哥不如在府上住两日，也方便些。”

“这……”殷戈止皱眉沉思。

易掌珠连忙道：“府上人多，殷哥哥不必担忧什么的。”

“好吧。”勉强应了，殷戈止道，“就住两日。”

“掌珠马上命人去安排！”掌珠高兴地起身，一跑出去就让人收拾房间。

于是用过晚膳没一会儿，风月房间里就多了个人。

“唉。”叶御卿摇着扇子叹息，声音听起来颇为愁苦，“风月，我哪儿不好吗？”

笑眯眯地给他倒茶，风月道：“公子人品、相貌都是上乘，何以有此一问？”

“殷戈止今日搬去将军府住了。”喝了口茶，叶御卿又叹了口气，“珠儿可没邀过我去将军府住。”

这是女人被人抢了？风月挑眉，仔仔细细、认认真真地捏着叶御卿的下巴看了好一会儿。

叶御卿微怔，没想到她会有这种动作，他一时倒是没反抗，任由她看着自己，眼里波光潋滟。

“公子颜如渥丹，倾国倾城。”中肯地给出评价，风月道，“若是奴家来选，肯定会在府里给公子修个金屋子，只给公子住。”

被这话逗得一乐，叶御卿侧头失笑，摇头道：“都说你们这儿的姑娘很会让人开心，今儿我算是见识了。不过，他不来你这里，倒是去将军府住了，你没有不开心？”

“不开心个啥？”风月耸肩，“恩客来来去去的多了去了，更何况那位爷身份高贵，想去哪儿住，是我这个风尘女子能决定的？去也就去了，等再过两日，奴家也能接您的客了。”

还真是坦荡，坦荡得像是对殷戈止一点感情都没有，要不是上回撞见她那眼神，叶御卿差点就要相信这话了。

面前这女人有很多副面孔，妩媚的、豪放不羁的、冷漠疏离的，他观察了她很久，却还是分不清哪个是真实的。

怎么会有人这么有趣呢？

“我还以为他对你有些情意，你怎么也该多在意他一些。”叶御卿笑得温和无害，“哎呀呀，你说他们俩住在一起，要是发生点什么不该发生的，可怎么是好？”

大概是伺候殷戈止那种冰山习惯了，乍遇见个这么温柔活泼的男人，风月还有点不适应。她嘴角抽了抽便道：“不会发生什么的，倒是有个问题，奴家想问很久了。”

“什么？”

“听闻您曾跟易小姐求过亲。”看着他，风月八卦兮兮地问，“您这样的身份，她怎么会不同意？”

眼神一黯，叶御卿像是伤了心，声音都低沉了下来：“不是她不同意，是易将军说舍不得，要过两年再嫁。”

易将军竟然会拒皇子的婚？风月咋舌。

不过人家易府地位高，兵权重，可不像关苍海那般傻兮兮的手里什么也不留，烨国皇帝拿人家没办法，拒也就拒了呗。

“两年不长不短，可中间会发生什么事，谁也不知道。”叶御卿道，“就像今天晚上，孤男寡女同住一处，万一有些什么，那两年之后，易家的轿子也不会进我东宫的门。”

就这么喜欢易掌珠啊？风月瞧着都有点不忍心了，她下意识地就伸手拍了拍他的肩膀：“哥们儿，别太伤心了，实在不放心，那就去看看呗？”

叶御卿一顿，被她这潇洒的动作震得眉梢跳了跳。

察觉到失态，风月不动声色地收回了手，装作什么也没发生，转身就去推开了窗户，看了一眼外头的天色：“啊，今晚月亮真大。”

扫了自己肩膀一眼，叶御卿站起来，合了扇子道：“该发生的总会发生，去看也没什么用。我只是来找你聊聊天，心里舒坦了，也就该回去了。”

风月点头，笑眯眯地送人家出门。临到门口，太子殿下突然又回过头来，伸手从门外的侍从手里拿了盒东西递给她。

“你好像很喜欢吃这家的绿豆糕，今日顺路，替你带了点。”

响玉街的绿豆糕。

心里猛地一沉，风月有些茫然地抬头看了面前的人一眼。

谦谦君子，体贴多情，眼如清河，里头却有她看不懂的东西。

“您怎知奴家爱吃这一家的糕点？”尽量让自己声音不抖，风月笑着问。

叶御卿目光怜惜地看着她：“既然是中意姑娘，在下自当了解姑娘喜好，以便投其所好。”

只是这样而已吗？风月看着他，突然想起了这不阴城里关于太子的传言——

“七尺俊朗少年郎，眉眼含玉惹蝶狂。挽袖微服民间逛，家国大事不坐堂。温言软语得人心，自是端正好栋梁。若真付其心与肠，粉身碎骨短松冈。”

以前听见这打油诗的时候，风月还笑过，说什么乱七八糟的，好歹是一国太子，怎么可能这般口蜜腹剑，又怎么会让人传成了打油诗？若当真那般阴险，有人说他半句不是，都该被砍了才对。

然而现在，站在自己房间的门口，手里捏着他刚递来的绿豆糕盒子，风月突然能明白写诗的人曾经经历过什么了。

分明是一张笑得好看极了的脸，不知怎的却让人透骨生凉。

“瞧你，脸都发白了，伤还未愈，还是该好好休息。”伸手替她将鬓发别在耳后，叶御卿笑着摆手，“先告辞了。”

呆呆地点头，风月合上了门。

她突然明白为什么殷戈止让她不要接近叶御卿了，不是怕她勾引太子沉迷女色，而是怕她是谁家派来刺探太子的人。真是的话，那叶御卿立马就会查清她的底细弄死她，并且提高警惕，别的招数再也近不得他的身。

原来如此。

可惜了，她是一个没有底细的人。

低头看看手里的盒子，风月拍了拍胸口。她做事一向天衣无缝，老板娘他们也是个中老手，没道理这么快被人发现的，大概只是来吓唬吓唬她而已，不用这么慌。

大概是心绪不宁，晚上睡觉的时候，风月做了旧梦。

“主子快走！”有人满身是血地推着她，换上她的衣裳，戴上她的发钗，一双眼悲切地看着她，“您只有活着，才能让关家冤案有平反的可能！”

平反？风月嗤笑，眼里一片血光：“平反有用吗？哥哥说得对，冤又如何，不冤又如何？就算平反，我关家满门都活不过来了，既然如此，那是谁的血债，谁就来血偿！

“哪怕下十八层地狱，我都会将这些人一个个找出来，碎尸万段！”

梦里的人是不理解她的，睁眼惊恐地看着她：“将军一生行正道……”

“所以老头子的一生，肯定是会被人歌颂的。”她笑，系上丫鬟的发带，红着眼眶道，“但我不需要，我从小就被他骂没个正经，他人没了，我更不会正经。

“只有杀戮才能偿还杀戮，只有鲜血才能抚平鲜血，别给我说正道、名义、宽容、平反，老头子没了，我要他们全家死绝，断子绝孙！”

关清越就是这么个放荡不羁的人，不服礼仪，不服管教，一身的好功夫，在十二岁之后就能顺利逃脱家法，上天入地，也只有关苍海能让她老实片刻。

这样的人，看上谁了就乔装去他身边守着，嫁不得自己喜欢的人就跟喜欢的人上个床圆满圆满，谁打她一下她打人家十下，谁给她一块点心她还人家十块。

这样的人，以女儿之身笑傲千军万马之中，征战沙场，以血止戈。

这样的人，快意恩仇，敢爱敢恨，一匹烈马，一身戎装，潇洒得像阵风。

这样的人，现在是个低贱到泥土里的妓子。

“你叫什么名字？”恍惚间，有人问她。

她咧着嘴笑，说：“我叫关风月，招摇街，梦回楼，关风月。”

金戈铁马之声响于梦里，有战马上的人夺了敌军将领首级回头，看见千万个头盔下，有一抹笑意灿烂如阳。

那笑容很好看，不是男子的，是女子的。蓦然间盔甲里像是有红纱飞了出来，在强烈的光芒之中烈烈缠绵，迷了人的眼。

身子一僵，殷戈止醒了。

好奇怪的梦，盔甲里还能飞出红纱来？

揉揉额头，他觉得最近一定是被风月毒害了，以至于做这些个古里古怪的梦。

“主子。”见他醒了，观止面带愧色地递过一个黄梨木的盒子来，“这个东西，又来了。”

嗯？看了看盒子，又看了看他的脸色，殷戈止皱眉：“没抓到？”

“刚来将军府，都没有准备好，所以……”

挥袖让他不必再说，殷戈止起身，将那盒子打开。

一块腰牌，一封书信。他先看了信，眯了眯眼，又看了看腰牌。

对方竟然知道他在查王汉，还将这些东西给他送上门来？殷戈止冷笑出声：“真是厉害。”

“主子，怎么办？”观止觉得背后发凉，“会不会被人设计？”

起身烧了信纸，殷戈止捏了腰牌，面无表情地问：“你传令做事的人，有几个？”

“五个。”

“很好，我给你五道命令，你分发给他们，记着，分开给，什么命令给了什么人，你记下来。”

“是。”

在他面前耍花样？那就好好耍吧。

洗漱用膳，用完早膳之后，殷戈止出门，正好遇见易掌珠。

“殷哥哥起身了？”朝他一笑，易掌珠道，“今日掌珠要去山间放茶，给过山的路人喝，殷哥哥要一起去吗？”

要是普通人提出这种要求，殷戈止会觉得有病，路人赶路，自己不会带水？不会饮河水？还去给他们放茶，有什么用？

然而，提出这种慈悲为怀、光芒万丈的想法的，是易掌珠，他颔首就应了：“去吧。”

易掌珠的菩萨名声在不阴城是响当当的，夏日发凉茶，冬日发棉被，一粟街总会有将军府的救济棚子。虽不论那些个东西是不是都发到需要的人手里了，但有这样的心，就是格外善良，与那些在青楼赚钱自己享乐的妖艳贱货完全不一样。

关贱货莫名地觉得背后发凉，她抬头往四周看了看，又继续低头吃她的山珍海味。

“要是不阴城每个高门都能捐点银两出来就好了。”易掌珠一边爬山一边道，“光将军府一家救济难民也不是个事儿。可我每次去别府说道，他们就算肯捐，脸上也是不太乐意的。

“殷哥哥，你说，人心有时候是不是很冷漠？分明自己能吃饱穿暖，却不愿意让别人也吃饱穿暖。”

殷戈止抿唇，不置可否。

易掌珠自顾自地道：“我有时候也想自私一点，那样爹爹就不会总是说我浪费钱财。可是看看自己衣着光鲜，再想想世上还有那么多人饿死，我心里就难受。”

像是触动了情绪，易掌珠突然就哭了，她蹲在山道上，伤心地哭了起来。

殷戈止低头看她，突然怔了怔。

易掌珠哭得梨花带雨，很是漂亮，眼泪像珠子一样一串串地往下掉。她拿手帕擦着鼻子，半点鼻涕也没有。

“是个人哭都会有鼻涕，有的姑娘想凄美点，就把鼻涕擦了。”

脑海里不知怎么的就响起风月说的话，殷戈止挑眉，蓦地笑了。

当真是笑，脸上的轮廓柔和下来，嘴角弯出极好看的弧度，眼里亮晶晶的。光从头顶的树叶间隙洒下来，斑驳迷人。

易掌珠看傻了眼，张大嘴抬着头，一时都忘了哭。

“你……”

回过神，脸上的笑意瞬间消失，殷戈止转身继续往山上走：“要赶在天黑之前下山，就早点上去吧。”

“……好。”

殷戈止原来是会笑的啊？走了好久易掌珠才想起来问：“你笑什么？”

她哭得那么伤心，是个男人都该好生安慰啊，他还笑？笑得好看也不行啊，有这样的吗？

哪知前头的人面无表情，很是正经地道：“你眼花了吧？我何时笑过？”

被他这认真的语气一震，易掌珠低头，认真地开始怀疑是不是自己眼花了。

在山上送完凉茶下来，一到将军府，观止就来低声回禀："命令已经发下去了。"

殷戈止"嗯"了一声，转头看向易掌珠："刚刚收到个消息，还请借一步说话。"

看观止那神神秘秘的样子，易掌珠很是好奇，跟着殷戈止就进了客房。

"查到什么了？"

伸手打开桌上的盒子，拿出腰牌看了看，殷戈止道："这是不是贵府的东西？"

往他手上一瞧，易掌珠吓了一跳："王总管的腰牌？怎么会在你这里？"

"方才观止说，有家客栈的掌柜发现了点将军府的东西，于是都放在这盒子里送来了。"脸不红心不跳地骗人，殷戈止道，"大概是贼人逃窜之时嫌带着累赘想丢弃，结果被客栈的人在杂物堆里捡到了。"

翻看了那腰牌两遍，又打开桌上的黄梨木盒，在看见将军府地图之时，易掌珠脸色都变了，倒吸一口凉气："这……"

她就说嘛，她就说嘛！这将军府守卫那般森严，贼人怎么可能进得来，原来是有了内应，拿着这块腰牌，人就能进将军府潜伏。等晚上一到，贼人照着这机关地图去书房偷东西，必定全身而退！

好个王管家啊！

"我去找他算账！"掌珠拍桌起身就要走，眼前却有人影一闪。

殷戈止伸手按着门，低头皱眉看着她："你先别冲动，王管家在府上尽忠多年，深得将军信任，总得找出他背叛将军府的原因才好定罪，不然将军回来，你怎么跟他交代？"

女子到底是冲动些，听他一说，易掌珠冷静了下来，想了想道："殷哥哥觉得该如何？"

"总要找到他这样做的原因。"殷戈止道，"王管家平时，可有对府上何处不满吗？"

这么一问，易掌珠还真说不上来。她开门喊了个家奴来，低声问："王管家在哪儿？"

家奴躬身道："应该是在他的宅子里，不过看起来似乎跟他家夫人吵架了，刚送过去的衣裳都被退了回来。"

"嗯？"易掌珠挑眉，"他跟夫人吵架，退将军府的衣裳做什么？"

"奴才也不知道，瞧着李氏心情不太好，奴才说刚做的衣裳，她还道王管家又不是没衣裳穿，做什么要穿将军府的衣裳。"说着，他还疑惑地摇了摇头，"奴才也不知道到底是不是吵架了。"

奇奇怪怪的啊，殷戈止侧头道："你要是真想知道，不如找你的丫鬟去问问王管家宅子里的人。"

好主意！易掌珠立马照做。

也不知道是有神助还是怎么的，套话意外地顺利，丫鬟没一会儿就来回禀，低声说了李氏闹脾气的原因。

"荒谬！"易掌珠恼怒地道，"父亲留他在府里，是因为信任他，有些事不放心给别人做。他倒好，反而在意个身份，为此出卖父亲？人家给他什么了？金银钱财还是许他官职？"

殷戈止叹了口气："此事还得再多查查，等查到背后指使，再问罪不迟。"

不管是谁在背后相助，这件事进行到这一步，那就是顺理成章了。第二天殷戈止就在王汉的宅子里找到大量来历不明的财物，顺便把一脸茫然的王汉送进了大牢。

"证据确凿，我不会放过他的！"易掌珠气得直哆嗦，"这样吃里爬外的东西，将军府少一个是一个！"

的确是吃里爬外的东西，殷戈止站在旁边，眸色阴暗。

王汉曾在关苍海麾下为副将，后被揭穿卧底身份，直接投奔烨国。他反手斩杀澧国数十士兵，在后来的战役里屡屡为烨国立功。

他是个澧国人，却甘心做了烨国的狗。

这样的狗，死有余辜，报应来得晚，也终归是来了。

"殷哥哥辛苦。"回头看着他，易掌珠万分感激，"珠儿倒是不知道拿什么报答。"

"不必。"朝她颔首，殷戈止道，"事已了结，在下也当告辞。"

易掌珠一愣，看着面前这人，捏了捏手帕，神色有点委屈。

殷戈止仿佛没看见，转身就带着观止回住处收拾。

“点钗。”难过地转身看着自己的丫鬟，易掌珠问，“他是不是一点也不喜欢我？”

点钗瞪眼，扶着她的手臂道：“小姐，您想什么呢？整个不阴城都知道，殷殿下最不爱掺和事。为了您，他都住到将军府来了，还抓出了内鬼，还陪您上山发茶。不是奴婢说啊，整个不阴城，能让殷殿下这么看重的，也只有您了！”

是吗？易掌珠低垂眼帘：“可是，换作别人，也应该在这儿多住两日啊，事情一结束他就走……”

“大概是避嫌吧。”点钗道，“毕竟将军不在府上，他长住也不像话。”

这样啊。

缓了神色，易掌珠高兴了些，点头道：“给殷哥哥准备点谢礼吧。”

“是。”点钗笑着陪她回去闺房，路上不断嘀咕，“眼下整个不阴城，所有待字闺中的姑娘，就属您身份最贵重，也最得人心。任是谁都想围着您转呢，您该更加相信自己才是。殷殿下不善言辞，但瞧这行为，心里定然是有您的。再说了，就算身份尴尬不能与殷殿下有什么结果，您还有太子殿下呢！”

易将军的掌上明珠、高贵的出身、柔美的长相，她好像一生来就什么都有了，可惜的是，喜欢的人好像不能与自己结成眷侣，而叶御卿……又对她好得让她愧疚。

问世间情为何物啊……

“主子。”

刚跨进使臣府的大门，观止就叫了一声。

殷戈止皱眉抬头，就见院子的空地上，放了一个黄梨木的盒子。

昨天放的消息，今天就能送来东西，动作还真是快呢。

冷笑一声，他过去捡了盒子打开看，里头放着的是一张轻飘飘的状纸。

“查护城军都尉的事，你交给谁去办的？”殷戈止问。

观止无声地递了一块牌子过来，上头刻着个人名——干将。

“派人监视他。”收了东西，殷戈止进屋更衣，“把他背后的人给我找出来。”

“是。”

风月正抖着腿吃着梅子，冷不防打了个寒战，她往背后瞧了瞧，窗外万里无云，是个好天气。

但是怎么总觉得有事要发生呢？

第八章

花魁算个啥

“主子主子！”灵殊跟屁股着火了似的窜进来，绕着她跑了三个圈圈，激动地道，“出大事了啊！奴婢忘记提醒您，今晚有花魁选举！”

眨眨眼，风月伸出食指抵住她的额头，大喊了一声：“定！”

灵殊立马僵住了身子，水灵灵的大眼睛直转悠。

“花魁选举我知道啊。”风月笑眯眯地道，“但你家主子对现在的状况很满意，花魁什么的，让她们去抢吧。”

她也就是想勾搭叶御卿而已，已经多附赠了一个殷戈止，她还去抢花魁干吗？吃饱了撑的？

“可是……”灵殊撇了撇嘴，不高兴地道，“您听听楼里那些个姑娘是怎么编派您的？今儿好多人都等着看您的笑话呢！说您只会……只会跳没羞没臊的舞，别的什么都不会，绣花枕头一包草！”

“哦。”风月点头，“这话说得挺中肯的。”

灵殊：“……”

“安心吧小丫头。”风月勾着嘴角笑，“你家主子想要的，用尽手段都会得到；不想要的，别人再怎么说，我也不会动。”

灵殊泄了气，小脑袋“砰”的一声砸在桌子上，装死。

风月看得好笑，起身往她嘴里塞了梅子，便打开门往大堂里看。

青楼楚馆，怎么都会搞些选花魁之类的噱头吸引恩客，花魁的身价与别人不同，争的人自然就多。眼下天还没黑，楼里的姑娘们已经纷纷行动起来，各个楼层的走廊和最底下的大堂里都站着三五成群的莺莺燕燕，正交头接耳。

“如今楼里生意最好的也就断弦跟风月两位姑娘了，你们猜，今晚的花魁花落谁家？”

“我赌断弦姑娘，毕竟弹得一手好琴。”

“我还是赌风月吧，虽然是不够体面，可瞧瞧，喜欢她那样的人还真不少。”

断弦开门出来，正好看见对面靠着栏杆往下瞧着的风月，妖媚的脸上带着傻兮兮的笑，怎么看都让人看不顺眼。

她嗤笑了一声，翻了个白眼，摇着团扇下楼。

殷戈止她可能的确是伺候不了，但不一定就说明她比风月差，今晚可是个好机会，她一定得赢。

“断弦。”微云等人在二楼，见她下来就一把将她拉了过去，神神秘秘地道，“今晚有好戏看了！”

“什么？”断弦茫然。微云神秘兮兮地小声道：“你不是很不喜欢风月吗？待会儿等着看，她定然要丢脸的！”

听她们嘀咕了一阵，断弦也跟着笑了，眯眼看向三楼。

栏杆上已经空无一人，也许是去准备晚上的节目了。舒心地出了口气，断弦拉着一群姑娘继续下楼。

打扫梦回楼的奴仆从房间里离开，风月照旧打开人家擦过的柜子，从里头拿出张纸来。

“赵麟之子，赵悉。”六个字，下头还有一幅画像。

风月挑眉，殷戈止选的人还真是一选一个准，全是她看不顺眼的。

赵悉来过梦回楼，凡是在梦回楼过夜的人，只要随身腰牌、玉佩之物离过身，或是本人昏迷沉睡过，那他们的随身物品一定会被送去响玉街的杂货铺连夜仿制，以备后用。

也就是说，她想制造罪状，或是接近谁，都比普通的暗卫更快，更不着痕迹。

殷戈止既然瞧上这个人了，那她就帮他一把。

“你在看什么？”

冷不防有声音在背后响起，激得风月汗毛倒竖，她立马将纸塞回柜子里，然后妩媚地转身，朝着来人就是一个媚眼抛过去：“奴家自然是在等公子呀。”

殷戈止一脸冷漠地看着她，仿佛在看个台上的戏子。

风月不在意，左扭右扭地走到他面前，可怜巴巴地抬头看他：“公子好狠心，说两天不来，当真就是两天不来，奴家好生寂寞，嘤嘤嘤！”

不知道为什么，每次这个人捏着嗓子这么说话，他都很想把她拎起来抖两下，抖直了！

然而，对青楼女子，不能要求那么高。

睨着她，殷戈止道：“刚进来就听闻，你们今日要选花魁？”

“是啊。”风月眨眼，头一扬，手从发髻滑到下巴捏了个兰花指，得意地问，“公子觉得，咱们这儿的花魁当属谁？”

眼里又充满了嫌弃，殷戈止冷淡地开口：“反正不会是你。”

虽然没想争吧，但是听这话，是个姑娘就高兴不起来！风月撇嘴：“奴家哪儿不好啦？”

“梦回楼选花魁，定然是要才貌双全，德艺双馨。”目光不太友善地扫了她一圈儿，殷戈止摇头，“你一样都没有。”

一样都没有？！风月磨着牙，嘴角抽搐了好一会儿，才勉强抬头冲他笑：“那真是委屈公子了，奴家什么都没有，还点奴家侍候！”

定定地看着她，殷戈止沉默片刻，突然低下头来，凑到她耳边道：“也不是什么都没有，至少在床上让人觉得舒坦。”

风月：“……”

什么叫衣冠禽兽？这就是衣冠禽兽啊！一边嫌弃她，一边又调戏她，有毛病是不是？

要不是看在他实在有用的分上，她早就一巴掌……嗯，还是算了，打不过。

识时务者为俊杰，在强者面前要乖顺。

耷拉了尾巴，风月闷头不吭声了，模样看起来活像受了委屈的小狗，哼哼唧唧，泪眼汪汪。

殷戈止瞧着，心情都好了，于是朝她勾勾手。

风月别开头龇了龇牙，然后嘿嘿地笑着朝殷大皇子扑了过去，抱着他精瘦有力的腰，狠狠地摸了一把："公子？"

"想当花魁？"

"不想！"

"那你这不甘心的模样是怎么回事？"

风月一顿，抬头，深情款款地望进他的眼里："奴家不在意别人怎么看奴家，但很在意公子的看法。公子要是这般看不起奴家，奴家会很伤心的，嘤嘤嘤！"

"……"

每次跟这风月姑娘在一起，自家主子好像都心情不错？门外的观止偷偷往里头打量，惊奇地发现了这个现象。虽然被人熊抱着的殷大皇子脸上一点波澜都没有，但他周身的气息实在柔和，像春风吹了绿草，鲜花朵朵开。

真是奇了。

"公子，楼下为您设了座。"金妈妈挨个到房间里请人，到了风月门口，她没敢进去，而是在门口小心翼翼地道，"您要是方便，可以先下去落座。"

自从那四担子礼物送到梦回楼后，这位公子就成了全楼的姑娘最想伺候的客人，虽然不知道为什么断弦不得他喜欢，但今晚其他的姑娘，可都是跃跃欲试呢。

"嗯。"殷戈止应了一声，将怀里的人拎起来就往外走。

"那个……"风月赔笑，"这位公子，虽然得您厚爱奴家很高兴，在这众目睽睽之下您带奴家一起入场，奴家也很高兴，但是……"

但是能不能不要跟拎猴子似的把她拎手里啊？她有脚啊！能走路啊！这样很像她犯事被人抓了好不好？

殷戈止恍若未闻，下了大堂就拎着她放在金妈妈准备的离台子最近的紫檀木圆桌边。

姑娘们都还在房间里准备，就她一个大大咧咧地坐在了客人的桌上。

隐隐有不友善的目光从四面八方射过来，风月低头，装作什么也没察觉，捏着一根牛肉干嚼啊嚼。

夜幕降临，红灯高悬，台子上开始表演了。风月往背后扫了一圈，太子没来，其余常客倒是都到了。

也对，一国太子，怎么可能当真闲得没事就往青楼跑？

风月收回目光，正想继续吃东西，就听得周围一阵叫好声，差点把房顶掀了，吓得她一个哆嗦，手里的牛肉干“扑通”一声落进了茶杯，泛上一层油腻来。

殷戈止皱眉看着她，那眼神，仿佛恨不得把她也塞茶杯里。

“嘿嘿。”心虚地笑了笑，风月小声道，“公子，奴家向来举止不太优雅，您可以当没看见的。”

她可以不优雅，但起码得有点样子吧？坐他对面丢人呢。殷戈止摇头，瞬间有点后悔为什么要跟她坐一桌。

台上的断弦表演完了，恭恭敬敬地朝台下行礼，众人叫好声没断。有书生站起来道：“断弦姑娘这般的好琴艺，又是这般的好相貌，自然当夺花魁桂冠。”

青楼狎妓是风流，各个姑娘背后也有不少的支持者，就像赌马似的，自己赌的马，怎么也要赢了，才能证明自己眼光不错。

于是，赌在风月身上的人也不服气了，站起来就道：“论相貌，断弦姑娘哪能与风月姑娘比？”

“你这说的是什么话？”书生不服气了，“看人怎么能单看相貌？风月姑娘虽美，可除了美，她还有什么？再跳一曲脱衣飞天舞？”

众人一阵哄笑。

微云笑出了声，断弦也觉得解气。这句话她早就想说了，今儿被客人这般当众说出来，就像在风月脸上狠打了一巴掌，声音清脆得令人愉悦。

殷戈止微微侧头，看了那书生一眼。

风月满不在乎，挥手便道：“各位何必扯奴家下水？奴家今日就没打算上台，花魁争夺，与奴家无关。”

那书生一听，当即就笑了：“姑娘是不想争，还是压根争不了？”

旁边的人怒道：“才艺多种多样，你怎知风月姑娘就争不了？断弦会弹琴，姑娘何尝不会跳舞？今儿这儿又没个决断之人，输赢还不是下头的人说了算？断弦姑娘在梦回楼久，客人多，这对风月姑娘哪里公平？”

书生冷笑：“多说无益，比划才知真。若需要人决断，那不如就由在下……”

“我来。”冷硬的声音在一片嘈杂之中响起，跟定海神针似的，周围的人瞬间就安静了。

金妈妈眨眨眼，看向殷戈止，赔着笑道：“这位公子，决断之事，当然还是要交给擅长此道之人才有信服力。”

殷戈止径直起身，越过金妈妈就往台上走，他一身白袍在灯光下泛着柔和的光，看得一众姑娘纷纷倒吸一口气。

好生俊朗的人啊，那一双眼风流多情，袖子飞扬之处潇洒万分，怨不得今日风月台都不上了也要陪着他。这样的客人，或者说这样的男人，谁不想要？

断弦还没回神，面前放着的琴就被人抱走了，雪白的纱衣翻飞，最后落在台子右边的角落，引得人跟着看过去。

风月抿唇瞧着，让观止给他递了张凳子上去。

殷戈止没有面朝台下，而是朝着台子中央的方向，接了凳子坐下，将琴往腿上一放，信手就弹。

高山流水之声，清凌凌如泉，瞬间将这满楼的浮躁之意压下去了。琴声有力又缠绵，流畅潇洒，像极了弹琴的人。

内行看门道，外行看热闹，不懂琴的人只觉得这首曲子比刚才断弦弹的更好听，行家却听得出来，台上这人修习古琴至少十年有余，基础扎实，功底深厚，难得的是表达反而更自由，无半分匠气。

一曲终了，众人反应了半晌，台下才响起惊叹声。金妈妈也是懂琴的，当即就没敢再拦着，只笑着朝众人道：“这位公子是行家，让他来决断，想必没什么问题。”

只是，他这一曲将断弦压得太惨了些，光听断弦一人弹，众多似懂非懂之人还会觉得不错，有才有貌。但这位爷上来之后，是个人都对比得出来，断弦那点琴艺，实在还差火候。

方才说话的书生脸上不太好看，断弦也是没敢再抬头。

殷戈止伸手将琴放在一边，就坐在台上看着，他眼神冷静，一句话也不多说。

满楼的人都严肃了起来，风月眨眨眼，又眨眨眼，扯了观止过来问：“你家主子这是怎么了？竟然管这种闲事。”

观止耸肩，看向台上：“主子大概是一时兴起，毕竟这些东西，从来了烨国之后，他就再也没把弄过了。”

灵殊立在风月背后，好半天才回过神，小声嘀咕道：“这么一瞧，这位公子倒也没那么讨厌了。”

风月失笑，回头朝她道：“你这小丫头，喜欢谁讨厌谁也太简单了点。”

撇撇嘴，灵殊道：“奴婢就觉得厉害的人值得喜欢，凶巴巴的人很让人讨厌，可他……”

抬头看着殷戈止，灵殊小脸儿都皱成了一团：“太让人为难了！”

风月摇摇头，继续看向台上。

有断弦的前车之鉴，后头上来吹笛子的微云很是认真。奈何，殷戈止也会吹笛子，他毫不留情地跟人家吹了同一首曲子，连贯性、感情、气息在前一首曲子的衬托下更加彰显优势，高下立判。甚至都不用殷戈止评说，下头的恩客就能七嘴八舌地评说出微云哪里不足。

也不知道这位大爷是不是当真来砸场子的，接下来上去的姑娘，有写书法的，有画画的，有表演百步穿杨的，他愣是一个都没放水，同样的纸笔，同样的弓箭，他将人的面子扫得半点没留。

奇特的是，下头的恩客竟然没怒，倒是纷纷惊叹于殷戈止写的隶书和画的水墨画。就连方才不服气的书生眼里也露出惊叹来。

太不要脸了！

当殷戈止在台上拉开弓的时候，风月捂了脸，很同情地从指缝里看了选百步穿杨的金玲一眼。

其他的都好说，在这台子上选武学相关的东西，又遇上殷戈止……那定然是死得比前头几个都惨。

结果不用多说，殷戈止连射三箭正中靶心之后，恩客们不止鼓掌，还纷纷评说青楼女子选这种才艺实在不搭，不如不选。然后他们继续赞叹台上那人当真是文武双全，是难得的人才！

这场选花魁的大会接近尾声的时候，风月觉得今儿花魁非殷戈止莫属了，就连被他拂了颜面的姑娘，最后都站在台子边满脸崇敬地看着他，半点不记仇。

都到这个地步了，那还有什么话好说？

也不知道这位一向低调的爷是发了什么疯，竟然来做这种风头出尽之事。风月正翻着白眼，冷不防就感觉四周的人都朝自己这边看了过来。

嗯？

风月莫名其妙地往台上看去，就见殷大皇子正看着她的方向，手里笔墨、瑶琴尽歇，仿佛就等着她上场。

不是吧？风月干笑，缩了缩脖子，提着裙摆"噌噌噌"地跑到台边小声道："公子，您为难她们就好了，为难奴家做什么？"

"大好的机会，你不上来试试？"殷戈止睨着她。

笑容满面，风月使劲儿摇头："不了！"

殷戈止嫌弃地看她一眼，转头随手点了个人上来："你来。"

穿着舞衣的何愁战战兢兢地摇头："不了吧？奴家……奴家觉得自个儿准备得不是很好。"

殷戈止看着她，没吭声。

何愁背后直冒冷汗，犹豫半晌，还是顶不住这位爷的眼神威压，上台献舞。

老实说，何愁今儿只是来凑热闹的，毕竟她的舞可没风月跳得好，她想着混个脸熟也就罢了，谁知道竟然还被这位爷点着名上来。

硬着头皮跳完一曲，何愁不知道等待自己的是什么，哆哆嗦嗦地站在台上，往殷戈止那边瞟着。

曲子声音停了，舞袖垂地，殷戈止面无表情地颔首："跳得不错。"

众人一惊，纷纷鼓掌！

这还是今晚他头一回开口评价台上的人，方才那姑娘跳了什么舞来着？不记得了，反正这位大爷说不错，那就肯定是不错！

一边忙着看白衣公子的姑娘们纷纷回神，惊愕不已，风月在台下跟着鼓掌点头：“不错不错。”

殷戈止下了台，拎着风月就上楼回房。众人纷纷喊留步，奈何金妈妈拦在前头，不让人追上去。

“各位，今儿这一场，何愁姑娘拔得头筹，大家可有什么意见？”金妈妈问。

“没有没有！”一众恩客都摆手，鼓掌恭喜。

这场花魁选举，过程很惊喜，结局很意外，众人其实也不明白那位公子为什么就看上何愁的舞了。倒是有聪明人分析：“可能是他不会跳舞。”

说的也是啊，文武全才，但到底是个男人，怎么可能会跳女人的舞？如此说来，何愁夺魁也是顺理成章。

既然成花魁了，那不少客人自然也就凑上来点何愁侍候，何愁笑着选了赵家公子，今晚的花魁大赛便在一片喧闹之中落了帷幕。

“公子好厉害啊！”灵殊跟在他俩后头走，满眼都是小星星，“天哪，太厉害了，您是没瞧见方才断弦姑娘那一伙人的脸色，太难看了，哈哈哈！”

风月嘴角直抽，回头看了她一眼：“小丫头，你先前还讨厌这位公子来着，立场能不能坚定点？”

灵殊吓得看了殷戈止一眼，连忙低头不吭声了。

现在哪里还敢讨厌啊？万一被他一箭射穿了怎么办？

殷戈止头也没回，进屋让风月进了门，转头就将灵殊和观止关在了外面。

风月一愣，抬头看他。

腰身被人捏着，压在人炙热的身子上，风月迎面对上的就是这人一双暗潮翻涌的眼睛。

明白了，发情了。

老实说应付殷戈止这样的人真是太轻松了，他完全不跟你玩虚的，想睡你就是想睡你，简单直接，耿直真实。

就是半点人情味也没有，让她能真真切切地感受到自己妓子的身份。

伸手给人宽衣解带，风月轻佻地勾了勾他的下巴，笑道：“既然今儿得公子一句功夫好的夸奖了，奴家也不能懈怠。”

殷大爷躺上床，压根没想动弹，他看着身上的人风情万种，妖娆迷人得像一条柔软的蛇。

若是按房中术来选花魁，眼前这妖精一定会毫无悬念地夺魁。连他都受不住的人，有几个人能逃脱她的魔掌？

殷戈止心里莫名地就有点不舒服，突然问了一句：“明日你是不是要开始伺候太子了？”

风月一顿，很是不满地看了他一眼，娇滴滴地道：“这种时候，哪有问这个的？”

腰肢被人一掐，风月停了动作，双颊绯红，咬牙看着他答：“是。”

腰上的桎梏松了松，不知怎么的又捏得更紧。身下的人神色莫测，眼里阴晴不定。

难得一个女人让他觉得这样舒坦，要不要，干脆给她赎身？毕竟要是别人来碰了，再给他，他会觉得脏。

可是，这人有哪里好，值得他青眼相加？床上功夫上乘的人肯定不止她一个，只是他还没碰到罢了。

难得因为男女之事起了犹豫之心，殷大皇子认真地思考起来。

身上的人恍然未觉，小心翼翼地低下头来，张口就咬了一下他的唇。

倒吸一口凉气，殷戈止回神，皱眉看着她。

“方才公子在台上，奴家就想，您这唇上要是有一抹艳色，当真也该是倾国倾城。”风月低笑，“满楼的姑娘，都会被您比得黯然失色，现在一瞧，果然如此。”

闻到血腥味儿，殷大皇子眯眼看了这不要命的妖精许久，伸手便扣在她后脑勺上，以唇印唇。

风月一愣，心口像是被什么东西猛地一撞，她看着身下的人，差点失了神。

殷戈止扳着她的脑袋，捏着下巴端详一二，淡淡地开口：“如此，也算绝色。”

嗯？

低头看进他的眼里，瞳孔上映着的姑娘面若桃花，唇红如火，当真是绝色。

“哎呀呀，奴家不着脂粉也很好看的。”风月略微慌张地别开头，随口说了这么一句。

“哦？”殷戈止来了兴趣，“洗把脸我看看。”

“……”

她为什么要搬起石头砸自己的脚？还搬了一块巨石！

风月尴尬地笑了笑，伸手就往殷戈止衣襟里伸：“这良辰美景、花好月圆的，咱们为什么要做那么无聊的事情？还是来快活快活吧？”

殷戈止皱眉，还想再说，却被她这作怪的手搅得闷哼一声。睨她一眼，他翻身，抓着人就准备好生教训一番。

月落乌啼，东宫之中一殿灯火尚明，叶御卿看着手里的东西，眼里满是好奇。

“殿下。”侍卫长冯闯在旁拱手道，“王汉已经关押在司刑府，看易小姐的意思，可能等明日审了再定案。”

“还给她审什么？”轻笑一声，叶御卿道，“既然证据确凿了，他也该畏罪自杀了，省事。”

冯闯一顿，接着便低头应下。

手里的纸上写着殷戈止最近的动作，叶御卿看了半晌，还是忍不住开口问：“他是从何处找到这些证据的？按理说，腰牌这种东西，他就根本不可能拿得到。王汉虽然退下来了，到底也是习武之人，不可能如此疏忽让人偷了腰牌。就算让人偷了，他也该向将军府禀明才是。”

冯闯摇头：“殷殿下仿佛是凭空就得了证据，上门定罪了。”

凭空？叶御卿笑着摇头：“本宫不信事情会凑巧到这个份上，梦回楼里的那位姑娘，查清楚了吗？”

“那位姑娘无亲无故，身边唯一信任的丫鬟也说她是随澧国的难民一起流入烨国的。她平时安分，鲜少与什么特殊的人有来往，也没有经常出门，按理说除了买太多绿豆糕有些古怪之外，其余一切正常。

“只是，今日殷殿下一从易府离开，回去更衣之后，就去了梦回楼找那位姑娘。”

嗯？叶御卿眼神幽深，看了某处好一会儿，脸上才恢复了笑意：“如此，那也就罢了。”

自古英雄难过美人关，看上谁不是问题，只要别看上个麻烦。

一宿缠绵后起身，风月看了看屋里，已经没了殷戈止的人影。

“主子。”灵殊端着水盆进来，啧啧有声地道，“可不得了了，包下花魁的那位公子，竟然赏了何愁姑娘五十两黄金！”

黄金可是稀罕的玩意儿，市面上流通着的本来就少，这位爷还一拿就拿了五十两出来，嫉妒得一众姑娘眼睛都红了。

“何愁运气不错。”风月笑眯眯地道，“这位恩客是个大方的，走，咱们也去看看热闹。”

夺了花魁又拿了黄金，何愁的房门口的确是热闹非凡。风月凭着力气大不要脸，顺利地挤了进去，她朝着何愁就笑：“恭喜恭喜。”

何愁与她不熟，只礼貌地回她一礼。拳头大的金锭子就放在桌上，周周正正的，闪闪发光。

民间大多流通碎银，拿小秤称的，多了还要用钳子钳掉些，所以模样都不周正。只有官家流出来的金银，才会是完整的。

风月低垂眼帘，随手拿了个镯子当贺礼给她，便出了包围圈。

这天下的官儿，不管哪个国家，都是十官九贪。就算有本性不贪的，在官场里改变不了现状，也只能随波逐流，所以一般要除去谁，最好的罪名就是贪污。

殷戈止不会跟个纨绔子弟过不去，目标多半是赵悉的老爹赵麟，送他张百姓告赵麟侵占良田的状纸看来不够，还得再挖点东西。

想着想着，风月也就没注意前头的路，冷不防地撞上个人。

“风月姑娘。”胖胖的恩客笑得乐呵，“不知姑娘是那位公子包下的，先前多有得罪，还望姑娘海涵。”

这是上次塞了她银票的人，上回瞧着还那般跋扈，今日就这般有礼了？看来，这人似乎是认得殷戈止。

不阴城里认得殷戈止的，那十有八九都是个不小的官。

脸上瞬间挂了灿烂的笑意，风月颔首：“哪里哪里，大人今日来是？”

“刚问了金妈妈，说姑娘晚上还有客人，在下也不敢叨扰。”眼珠子转得跟黄鼠狼似的，这人笑道，“就这会儿想同姑娘聊聊天，当然了，银子照给。”

白天的生意，果然都不是妓子该做的生意。

装作很贪财的样子，风月眼睛都亮了：“大人想聊什么？奴家自当奉陪！”

恩客一瞧，这姑娘真是一只单纯的狐狸精啊，有戏！于是他立马跟着她上楼回了房间。

“实不相瞒，在下对您接待的客人，很是崇敬。”东拉西扯了半晌，这人终于开口道，“想问问姑娘，那位公子可有什么特殊的喜好？”

看了一眼他的手，手心无茧，食指、中指的关节侧面倒是有黄茧。风月一脸认真地回答：“说来也奇怪，那位公子看起来脾气不太好，也不让奴家多说话，大概是喜欢安静吧。至于特殊的喜好，奴家暂时还没发觉。”

胖子点头，想了想，笑道：“是这样的，我家有个妹妹啊，爱慕他许久了，想让他尝尝她亲手做的点心，但总也没机会。姑娘要是能帮忙，那在下必定重谢。”

风月想也不想就应了：“好啊，只要给银子，这些忙都不是问题。”

还真是个势利的妓子呢，胖子心里冷笑，面上却是高兴，伸手扯了一张一百两的银票出来塞进她的腰带：“等会儿我便让她做了点心送来，下回那位公子来，只要吃了，你还有好几张银票可以拿。”

还真是不把钱当钱呀？风月笑得眼睛弯成了月亮，一脸天真地应了：“好，奴家定然给您办到！”

这事儿要是交在别人手里，真是太简单了，一个求财的妓子，一个给钱的客人，要做的也不过是给自己伺候着的客人喂个饱含女儿家心意的糕点，一切都很正常，也会很顺利。

但是风月脑子正常得很啊，她会收钱去帮别人对殷戈止下手？到时她怎么死的都不知道！

先不说殷戈止今天晚上已经不会来她这儿了，就算是来，这种要进肚子的东西，她敢乱给？虽然她笑得傻，但也不能当她真傻啊！

送走那位客人，风月捏着银票看了一会儿，起身去拿了纸笔，写了张小字条。揉成一团后，她捏了中空的银子过来，塞进去，再在外头抹一层银色的胶泥。

“灵殊。”她喊了一声，“去买点绿豆糕吧。”

小丫头蹦蹦跳跳地进来了，接过银子二话不说便往外跑。

这烨国看起来也乱得很哪，有人对殷戈止感兴趣，有人又想把他扯进无边炼狱。太子爷古里古怪阴森森，易小姐没头没脑傻白甜，她想做的事情，当真能顺利完成吗？

“风月。”

她刚想着，背后就响起个温柔的声音。风月一顿，回头看过去，就见叶御卿一身华服，摇着把扇子进来了。

“公子来得好早。”看一眼外头的天色，风月笑道，“光天化日地进来，也不怕人说闲话？”

“这里的客人，十个有八个要对我行礼，你说，谁来说这闲话？”合扇落座，叶御卿看着她道，“不过倒是奇了，姑娘竟然也在意别人的说法？”

“不在意，但鲜少看见有与奴家一样不在意的。”笑了笑，风月给他上茶。

屋子里就他们两个人，都不说话的时候，气氛就尴尬起来。

叶御卿丝毫没有要缓解这种尴尬的意思，他抬眼瞧着她，突然道：“茶喝得太多了，今日不如喝酒吧？”

酒？风月眼睛一亮，立马打开柜子，得意地朝他道：“奴家这儿最多的，可能就是酒了。”

酒好啊，喝醉了就什么都不知道，稀里糊涂跟人睡了也就完事了，半点不用纠结，简单又直接。

瞧着她这冒光的双眼，叶御卿失笑，起身帮她把酒坛子搬出来，然后舀了酒，一人一壶。

别问他为什么不拿酒盏，那种东西，哪里能被眼前的人用来喝酒？要不是她手上还有伤，定然是酒坛子更适合。

使臣府。

因着不去梦回楼了，徐怀祖和安世冲便只能到使臣府上用膳。观止炒了五盘菜，瞧着也挺色香味俱全的，但是殷大皇子一下筷子，脸就黑了一半。

“盐放多了。”

观止一惊，连忙低头。

他一直不太能控制好盐的分量，以往主子吃着也没吭声啊，今儿说出来，那他咋办？重做？来不及了吧，都午时了，再做这三位都得饿肚子。

徐怀祖使劲儿把菜咽下去，扒了两口饭压了压，然后才问：“怎么不去梦回楼了？”

殷戈止淡然地道：“总不能在那儿吃一辈子饭。”

“观止不会做饭的话，把风月姑娘请回来做不就好了？”安世冲一本正经地道，“盐吃多了伤身。”

徐怀祖打了他一下，哭笑不得地道：“你当风月姑娘是什么人？能当厨娘使唤？听闻今日太子殿下去了她那里，要是运气好，说不定她还会被太子赎了身。”

夹菜的手一顿，殷戈止冷了声音：“你这是诋毁太子。”

“徒儿不敢！”徐怀祖连忙道，“这怎么算是诋毁呢？太子要是想赎人，在宫外弄个院子把人养着也不难，以前也不是没发生过这样的事情，徒儿只是随口说说……”

看了殷戈止一眼，安世冲歪了歪头。

师父虽然话不多，但是熟悉起来的话，了解他的情绪好像也不是特别难。比如现在，他感觉到了，师父有点生气。

气什么呢？肯定不是气徐怀祖诋毁太子。

“师父。”想了一会儿，安世冲开口道，“您要是喜欢风月姑娘，不如就趁早把人赎回来。”

一口饭呛在喉咙里，殷戈止脸色微青，半晌才缓过气来：“为师不会喜欢她。”

那这模样是为什么？安世冲想不明白了，干脆还是低头吃饭。

饭后艳阳高照，殷戈止抬脚要出门，身后两个徒儿却跟得紧紧的。

收回脚，殷戈止看着他们道：“不悔剑和长恨刀有剑谱和刀谱，就在书房中间架子的第三格，今日你们好生研习，不必出门。”

一听这话，两个徒儿跑得飞快，瞬间没了踪影。

轻轻松了口气，殷戈止顺利地跨出了门。他刚上马，却听得身后的观止问："您想去哪儿？"

"……随意走走。"

甩了两个，却忘记了还有一个甩不掉的，殷戈止抿唇。

他也不是非要去梦回楼，就是日子无趣，总想找点乐子。不去梦回楼也可以，旁边美人院、胭脂阁，多的是好去处。

"主子。"观止道，"属下忘记禀告，干将那边，在您发了命令之后，他只与三个人有过接触，其中两个是咱们线上的人，还有一个……也不知道算不算接触，是个点心铺的老板娘。他去买了点心，给了人银子，看起来也挺正常。"

点心铺？殷戈止问："哪里的点心铺？"

"就响玉街尾，卖绿豆糕的那一家。"观止道，"属下查过，做的是老实生意，也是开了几年的铺子了，应该没什么问题。"

是吗？殷戈止沉默片刻，突然问了一句："风月是不是也常吃绿豆糕？"

好像是的，观止点头："风月姑娘的花架子上，也常常放着绿豆糕。"

严肃地点头，殷戈止道："我觉得这件事该好生查查，去梦回楼吧。"

嗯？观止吓了一跳，骑马跟上去，心想自家主子也太敏锐了，就几盒绿豆糕而已，也能察觉出不对劲？

压根不是绿豆糕的问题，殷戈止也不知道自个儿为什么就掉转马头往梦回楼跑了。大概是直觉吧，直觉告诉他，该去看看她怎么样了。

也没别的意思，他这是宁杀错不放过。

从早上喝到中午，风月已经是半醉半醒，叶御卿竟然神色如常，还优雅地替她添酒："想吃东西吗？"

"还有牛肉干呢，够吃！"哈哈地笑着，风月已经没了规矩，豪迈地坐在桌边，一只脚踩在旁边的凳子上，一只手捏着酒壶就往嘴里灌，末了她一抹嘴，大喝一声，"爽快！"

她眼睛亮亮的，整张脸神采飞扬，看起来比端着假笑顺眼多了。

叶御卿摇着扇子道："你看起来，倒有几分江湖儿女的潇洒之气。"

江湖儿女？风月摆手，半睁着眼道：“姑奶奶是混世魔王，没几个人得罪得起的！”

醉了，开始说胡话了。叶御卿微笑，也不劝她，就饶有趣味地瞧着。

外袍垮下了肩，衣带也松松落落，风月媚眼如丝，秋波横扫：“喝完这壶酒，咱们打到山那头去，叉下敌军将领的脑袋，回来做盘菜！”

这么凶？叶御卿挑眉：“你是将军吗？”

“是啊！”风月点头，“我就是女将军！”

微微一愣，叶御卿不解地看着她，就见她起身，摇摇晃晃地去旁边的箱子里，扯了一件白色的铠甲出来：“看见没？这是我的盔甲！”

待看清她手里的是戏服之后，叶御卿松了口气，笑着摇头：“你真是厉害。”

“那可不！横刀怒扫千军马，举酒消得万古愁！”豪迈地吼了一声，风月倒在软榻上继续喝酒。发髻硌得慌，她干脆就把簪子全扯了，舒舒服服地往枕上一躺，朝空中模糊飘着的影子敬上一杯。

“等着我，等我送他们下去，就去找你们嘿！”

叶御卿心里微微一恸，伸手去拿她的酒壶：“别醉太过了，晚上好歹还有良宵。”

良宵？风月一愣，呆呆地眨着眼睛看着他，眼里一点焦距都没有：“咱们不是有好多好多良宵了吗？”

叶御卿伸手捞起她，往床的方向走，低声道：“以后会有好多好多良宵的，以前的都不算。”

以前的……都不算吗？风月撇嘴，委屈得眼泪直冒：“不算……不算就不算，谁稀罕！”

“别哭。”

“你管姑奶奶哭不哭！我没哭！”风月凶巴巴地吼着，声音里还带着哭腔。

叶御卿不笑了，他将她放在床上，身子压了上去：“你好像有很多故事啊？”

“没有。”风月像小孩子一样伸手给他看，两个手掌心凑到他眼前，“你看，我什么都没有。”

低头在她掌心轻轻一吻，叶御卿眼里泛上点复杂的神色，低声道：“你想要什么，本宫可以给。”

要什么呢？风月呆呆地想了许久，醉醺醺地又笑了：“奴家没什么想要的了，唯一想要的，大概就是易国如的命。”

身子猛地一僵，叶御卿震惊地看着她。

身下的人双颊绯红，眼里水汽氤氲，已经是大醉。大醉中的人，说的话到底是真话，还是假话？

易国如的命……她到底是什么人？

脑子里混沌一片，还没等他理出个头绪，“砰”的一声响，房门就又被人踢开了。

为什么说“又”呢？因为叶御卿清楚地记得同样的场景，上一次殷戈止也是这样踹开的门。

三月的天气，风从外头吹进来，莫名地有点刺骨。风月打了个寒战，吧唧了一下嘴，闭上眼就睡了。

叶御卿起身，合了她的衣襟，似笑非笑地看着门口：“今日，好像不是殿下的日子了。”

面无表情地跨进门，殷戈止看也没看床榻，径直走到花架前头，冷声道：“在下无意间查到风月姑娘有些不可告人之事，故来对证，没想到光天化日的，殿下也有这等好兴致。”

屋子里酒味儿很浓，也不知道是喝了多少，床榻上的人从他进来开始就没个声响，想必已经是醉晕了。大白天的就这么勾引人，真是厉害啊。

他也没想来做什么，就是看看她架子上的绿豆糕是哪家的，不是来坏人好事，也没坏人好事的兴趣。到底是轻佻的妓子，做的都是该做的事情，没什么不对。

说是这样说，可盯着花架上的盒子好一会儿，他也没仔细看那盒子上印的到底是谁家的标志。

“主子。”观止低呼了一声，伸手把那绿豆糕的盒子拿下来，低声道，“这就是响玉街那一家的。”

神色一凛，殷戈止转头，眼神如电一般劈向床上的人。

风月握了握拳头，努力装死。

鬼知道殷戈止为什么会来，她正办要事呢，眼瞧着要进入关键部分了，他来捣什么乱哪！

绿豆糕？绿豆糕怎么了？她还不信他们能在那铺子里翻出什么不对劲的东西来！她的消息网布置了整整两年，任何会惹人怀疑的地方都被掩盖得好好的，现在指着个绿豆糕盒子来吓唬她？不可能！

心里骂着，她却感觉到身边的太子下了床，叶御卿走到殷戈止面前瞧了那盒子一眼，笑道："我当是什么，原来是说这绿豆糕？这盒东西是先前我让人买来给风月姑娘的，有何不妥吗？"

殷戈止皱眉："殿下买的？"

"是，原先过来看姑娘的时候，顺路带过来的。"叶御卿优雅地颔首，"整个梦回楼最容易讨好的怕就是风月姑娘了，随意给她买些糕点零嘴，她都会高兴，真是个小馋猫。"

观止微微颔首，低声道："平日里姑娘倒也当真喜欢买这些个果脯点心，她身边的丫鬟也嘴馋爱吃。"

"如此，倒是在下多想。"面无表情地将那绿豆糕的盒子放回去，殷戈止转身就走，却被叶御卿拦了路。

"殿下突然过来，当真是为别的吗？"一双凤眼微微眯起，露出点揶揄的神色来，叶御卿捏了扇子来展开，挡住半张脸，似笑非笑地道，"风月姑娘不是一向得殿下欢心？如今要伺候本宫，殿下也无甚动作？"

殷戈止侧头看了他一眼，淡淡地道："区区妓子，何足挂齿？"

好一个何足挂齿！叶御卿失笑，侧身便道："那殿下就先请吧。"

殷戈止抬脚继续往外走，走到门口的时候，突然停了下来。他侧头，神色很是温和地说了一句："殿下是烨国的将来，可得好生保重才是。"

叶御卿喜欢看殷戈止铁青着一张脸，看着让他心里特别舒坦。但是相应的，他最不想看的，就是殷戈止这种神情自若、态度温和的模样。

不是他变态，而是这个人一旦温和起来，会让人很不愉快。

殷戈止踏出去关上了门，屋子里恢复了寂静，风月装作睡得挺沉的样子，微微翻了个身。

时候还早，天也没黑，叶御卿其实还有很多事要去安排，虽然他从来不忙碌，但也不是可以一整天游手好闲的。

但是，风月说，她想要易国如的命。

这句话足以让他安安静静地坐在她床榻边等人醒过来，绝对不离开房门半步。

装醉被打断是件很尴尬的事情，继续装的话肯定会不自然，风月索性当真睡一觉，虽然她酒量好，但喝酒实在有助睡眠。

于是，两个时辰之后，黄昏将至，风月才伸了个懒腰，咂巴着嘴醒了。

叶御卿依旧坐在旁边，神色晦暗不明地看着她。

“公子，怎么了？”一双眼里满是无辜，风月撑着身子坐起来，捂了捂脑袋，“头怎么昏昏沉沉的……”

“姑娘酒量了得，喝了两斤白酒方醉。”伸手递了杯茶过来，叶御卿勾了勾唇，“醉了倒是可爱至极，胡言乱语的，差点吓着我。”

风月神色一紧，顿时慌张起来，眼珠子乱转，抓着人家的衣袖就道：“奴家喝醉了向来喜欢乱说话的，很多都不是真的，公子切莫往心里去！”

“我知道，你定然是在胡说。”叶御卿温和地看着她，轻轻握住她的手，“只是有一件事，想到现在我也没想明白，姑娘能否为在下解惑？”

“什……什么事？”风月哆嗦着问。

“别紧张，不是什么大事。”看着她的眼睛，叶御卿笑道，“也就是想问问，姑娘怎么会知道易大将军的名讳？”

按理说，民间都会为尊者讳，易大将军乃烨国一人之下、万人之上的大人物，民间自然不会有人传他的名字，至多称一声“易将军”，就算是澧国的百姓，也同样不该知道。

然而眼前这女子，喝醉了直接说了易国如的全名。

这种时候，就很考验演技了。烨国太子本人就是披着温柔皮囊演戏的高手，在他面前，风月自然是打起了十二分的精神，眼神细节把握得丝毫不差。

“这……”她身子害怕地瑟缩了一下，想抽回自己的手，眼泪儿直冒，喃喃道，“奴家也是无意间得知的，奴家……奴家该死，不该冒犯易大将军，还请殿下宽恕！”

叫殿下，不叫公子了。

叶御卿正了神色，握着她的手没放，目光陡然凌厉：“你岂止是冒犯易将军？就凭你那句话，算是有行刺之心，要论罪的。”

吓唬谁啊？要是真想论她的罪，他烨国太子吃饱了撑的在这青楼等这么久？

心里翻了个白眼，面上却愈加恐慌，风月咬唇，眼泪簌簌地往下掉：“殿下饶命，奴家不过一时醉语，当不得真的！”

“有句话，叫酒后吐真言。”叶御卿睨着她，眼神陡然冰冷，“事出必有因，姑娘今日要么说说与易将军有何渊源，要么就跟本宫去一趟衙门吧。”

风月被吓得如同风中凋零的花，抖啊抖的，话都说不出来。

缓和了神色，叶御卿又伸手在她背上轻轻拍了拍：“也不用这样紧张，只要你实话实说，不会有人把你怎么样。”

哽咽良久，风月终于长长地叹了口气，尾音怅惋，光这一声叹息仿佛就是一个故事。

叶御卿目不转睛地看着她。

“奴家是澧国人，本来日子安乐，一家和睦，过的是平平淡淡但无比幸福的日子。”她开口，眼里有怀念之色，嘴角含笑。

眼前浮现出关府里的场景，几个丫鬟在院子里跑，关清越蒙着眼睛一抓一个准儿，欢声笑语，开心极了。

“但是烨澧之战，我一家人因为离战场较近，被易大将军抓去，与其他百姓一起当了人质，威胁关将军退兵十里。”

东旷之战，也是关清越成名的战役，堂堂易大将军，抓了百姓为质，要他们退兵。关苍海退了，她却带着一个营的人，半夜突击，想救下人质。

谁知道，她杀进敌营才发现，三百无辜百姓统统已经被坑杀，原因只是因为烨国粮草短缺，不养俘虏。

眼睛微红，风月握紧了手，尽量平静地道：“奴家的家人都是朴实百姓，日出而作，日落而息，没有做过什么错事，也与那场战斗毫无关系。但是易大将军绑了他们，将他们统统坑杀，那巨坑里埋了三百多百姓的尸体，我就算想找回亲人，好生安葬，也是不行。”

叶御卿一震。

竟然发生过这样的事情？战报里完全没有写……也不可能写。

皱了皱眉，他缓和了周身的戒备，看着面前这努力压着愤怒的姑娘，低声问："你是怎么逃出来的？"

"他们抓人的时候，我恰好上山采药了。"风月道，"等回来的时候，家里就一个人也没了，东西被砸得满地都是，我还以为是来了强盗。

"但是五天之后，有消息传来，说战场换了地方，该收尸的可以去收尸了。我才知道，家里人都是被易大将军抓去的，没一个活着。

"后来，我跟着澧国的难民们一起来了烨国，因为战场多在澧国之地，也算是避难。"

从回忆里回过神来，风月看着面前的人笑，哽咽地指了指自己："奴家不该恨吗？易国如这个名字，是奴家千方百计找人打听到的，就算奴家今生今世报不了这不共戴天之仇，您也不许奴家喝醉了念叨两句吗？

"只是念叨而已啊，奴家根本杀不了他！"

第九章

想要报仇啊

眼泪哗哗地往下掉，风月自己都不知道自己是真哭还是假哭，只觉得心里堵得难受，眼睛也酸得厉害。

她眼里神色是完全伪装不出来的，如骨头上被嵌钉子的那种深入骨髓的恨意，饶是叶御卿，也被这浓烈的情绪震得垂了眼帘。

“两国交战，不伤百姓，这是约定俗成的规矩。”他低声道，“是易将军做得不对，但……”

但他是烨国的功臣，杀的澧国人，都是他身上的功勋。

风月低笑，终于将自己的手抽了回来。她深吸一口气，恢复了常色，只眼睛还红着：“奴家知道，殿下是烨国之人，又是太子，定然不会觉得易将军罪大恶极。

“奴家也没想过能报仇，过好自己的日子也就罢了，区区女子，能做什么呢？”

叶御卿叹息，他想说什么，又止住了，只转了话头道：“时候不早了，我让人准备些晚膳，你先好生休息一番。”

“多谢公子。”风月低头，面容疲惫，继续侧躺在了床上。

屋子里这人在门口吩咐了外头两句，便站在原地，神色若有所思。风月半睁着眼瞧着他，微微一笑。

如今的烨国，群雄之中已经难寻对手。

一个国家没有外患就会有内忧，易大将军权倾朝野，敢拒皇子的求亲，敢在将军府布天罗地网，那样野心勃勃的人，她不信叶御卿会没有防范的心思。

叶御卿最擅用人，凡是信任之人，分权做事，他概不怀疑。

但易国如从来没有替他做过事，换个角度来说，易国如从来没有得到过叶御卿的信任。甚至在查将军府失窃之事的时候，叶御卿半点不走心，还放水，导致她的人逍遥至今。

烨国太子殿下对易大将军的态度，还真是耐人寻味。

叶御卿转身，便看见床榻上的人又在闭眼休息了。

心里藏着这么多事，还能每天笑面迎人，这姑娘也是不简单，若能收为己用……

眉梢微动，叶御卿抬脚慢慢朝她走过去。

女人比男人好拿捏多了，他宫里的姑娘们就老实得很，一心一意追随他，他说什么她们都会听，然后去做。

风月身份特殊，这梦回楼里多是达官贵人来往，消息极多，但惯常姑娘们是不会说给客人听的。若是收了她，其实有利无害，并且说不定她还能帮着做点别的姑娘做不到的事情。

只是，前提是，她说的都是真的。

“殿下！”门外突然响起冯闯的声音，叶御卿回神，停住步子，转身就去开门。

冯闯脸色不太好看，凑在他耳边低声道：“司马宗正不知从何处得知您现在在此处的消息，正带人往这边赶来。”

叶御卿嘴角抽了抽，颇为头疼：“那老家伙怎么会知道本宫在这儿？”

他来去都十分隐蔽，连其他恩客都没与他多碰面，怎么会让司马如知道了？

要说整个烨国叶御卿最怕谁，不是当朝皇帝，而是这位三朝老臣司马如。他掌宗正之职，管皇族宗室之事，一向矫枉过正，不许皇室子弟沾染半点恶习。

堂堂太子来青楼，那已经不能用“恶习”来形容了，估摸着真被他逮住，老东西一定在东宫门口不吃不喝地跪上三天三夜，到时候死了，举朝上下都得在自己耳边念叨。

想想就头皮发麻。

冯闯叹息：“殿下，您先从后门走吧。”

叶御卿回头颇为不舍地看了床上一眼，皱眉呢喃：“这难道就是传说中的，有缘无分？”

床上的人睡得安详，动也不动。

“罢了。”拂袖离开，叶御卿想，躲开那老东西，晚些时候再来也不迟。

结果谁知道，他刚溜回宫，就被一堆老臣围上来烦了个半死，等他回过神来再想出宫，宫门都落锁了。

风月还在梦回楼里等，左等右等的不见人来，灵殊便道：“许是不来了。”

看看时辰，那位怕是想来也出不了宫了，风月松了口气，干脆洗脸上床准备睡觉。

“很失望？”有人问了她一句。

背后一寒，风月吓得往旁边小跳了一步，扭头往窗边看。

殷戈止坐在她的窗台上，月光给他加了一层很好的光华，看起来人模狗样的。

风月干笑两声，凑上去问：“您怎么来了啊？”

“想来。”简单粗暴的理由，殷大皇子直接跳进了屋子，抬眼看她，“你……”

他本来想说：你真是白费心思了，太子要留宿青楼，可没那么简单。

但是，外头的月光流淌进来，映在这人脸上，殷戈止竟然怔了怔，半晌没回过神。

风月眨眼，再眨眼，她突然想起点什么，脸色一变。

完蛋了，她已经卸妆了！

扭头就往床边走，风月嗷嗷叫唤：“灵殊，有客人来，快倒茶！”

伸着小脑袋看了殷戈止一眼，灵殊小声道："主子，夜深了，就不必泡茶了吧？桌上壶里还有水，奴婢先告退了！"

没出息！竟然这么没用！风月咬牙，然后自己缩上床，蜷成了一个球。

不上妆的时候，风月的一张脸颇为英气，虽然眉毛是修了，但鼻梁细挺，没有别的女儿家那般娇媚，长得也不算倾国倾城，所以她很心虚。

殷戈止是没见过这张脸的，毕竟以前潜伏进他的地盘，她都乔装得挺好，而且也不抬头，所以不担心他识破什么。

但，为啥他一直这么盯着她啊？觉得她不化妆太难看了，欺骗恩客？

月光笼罩着的人沉默了许久才回神，他走到床边睨着她，难得地说了一句好话："有这样一张脸，还上妆做什么？"

嗯？风月眨眼，伸出脑袋来看着他："您觉得奴家不上妆好看？"

"比戴个面具好看得多。"殷大皇子一本正经地给了评价，"眉目动人。"

风月："……"

你说这大皇子是不是审美畸形？虽然她不上妆的确看得过去，但绝对没有到动人的地步啊！男人不都喜欢娇媚的女人吗？他喜欢力能扛鼎、英姿勃发的？

目光落在她身上，却又像穿透她到了别的地方，殷戈止轻轻捻着指头，眼珠子却一动不动，像是又走神了。

难不成她当真有这般姿色，能让这天神般的殷戈止，望而着迷？

风月不信，努力将一张脸笑成个白痴，低声问他："公子是看上奴家了？"

伸手轻轻抵着她的眉心，又从眉心一路划下来到鼻梁，殷戈止神色微黯，淡淡地道："没看上你，只是偶尔觉得你像个人。"

他没见过那人长什么样子，但她应该也有这样高挺的鼻梁，瞧着就英气。

只是，面前这张脸实在太恶心人，冲他笑得褶子都出来了，半分傲骨都没有。

上天怎么会把这种容貌给这么一个人？

嫌恶地收回手，殷戈止道："你伺候不成太子，还是专心伺候我吧。"

“哦？”风月撑起身子，兴奋万分地问，“公子是觉得奴家很好，以至于要一直包奴家的场子，只让奴家伺候您一个人吗？那不如把奴家赎出去啊，奴家还能给您做饭呢！”

被她这气也不喘的一串话说得愣怔，殷戈止皱眉，做饭？

“做你的春秋大梦！”

风月撇嘴：“公子难道不是这么想的吗？”

“不是。”殷戈止摇头否认，自己也有点迷惑，想了半晌才道，“大概就是你伺候得好，所以多让你伺候一阵子，等哪天腻了，我再换人。”

这样啊……风月垂下眼帘，颇为受伤：“奴家还以为，公子会喜欢奴家呢。”

喜欢？

殷戈止用看智障的眼神看了她许久，拂袖就走：“别想太多。”

“那公子今晚特意来这一趟是？”

踏上窗台的脚一顿，殷戈止抬头看了看月亮：“出来赏月，路过而已。”

哇哦，能从使臣府路过到梦回楼，真是太会路过了！

风月笑吟吟的，也没多说，看着他从窗口跳出去，敛了神色皱眉。

伺候不了太子是什么意思？太子不是包了她吗？难不成会突然不要她了？她好端端的计划，难不成又被这杀千刀的玩意儿破坏了？

风月很担心，担心得一晚上都没睡好觉。

结果第二天上午，她一睁开眼，叶御卿就已经坐在房间里冲她笑：“怠慢了佳人，还望姑娘莫往心里去。”

眨眨眼，风月起身看着他，她掐一把大腿的嫩肉，眼泪“唰”地就下来了：“奴家还以为昨儿说错话得罪了公子，公子不要奴家了，嘤嘤嘤……”

心疼地递了帕子过来，叶御卿坐在床边看着她：“我怎么会不要你，只是琐事缠身，走不开罢了。而且……出了点事情，之后大概都不能在宫外留宿。”

他也不知道是发生了什么，母后突然知道了他时常不归宫的事情，把他叫去跟前好生数落，往后每日宫门落锁，他都得去一趟栖凤宫请安。

真是倒霉催的！

风月眨眼，一边抹眼泪儿一边咬牙。

殷戈止说的话，原来是这个意思，殷戈止没把她怎么样，倒是把太子搞得不能夜宿宫外了！他是神啊？烨国皇宫也能伸爪子进去？要不要脸了？！

“如此，那……”

“想想白日与姑娘一同游玩，也是好事。”叶御卿笑道，“今日天气就不错，姑娘不如陪在下出去走走？”

风月呵呵地笑了，颔首娇羞地应下：“不胜荣幸。”

叶御卿起身，挥手便让后头的人进来。

风月偷偷看了一眼，两个丫鬟捧着一套衣裳，看样子是想把她打扮成良家妇女。也对，跟着他一起出去，总不能还一股子风尘味儿。

不过这太子殿下品位倒是不错，胭脂色的长裙，配着乳色披帛，艳丽又高贵。一盒子首饰全是金镶玉和珍珠，瞧着就不便宜。

真不愧是皇家产出的泡妞能手，这等地大方，这等地体贴，是个女人就得爱上他啊！

风月很感动，这种被人捧着的感觉实在太好了，当即就从床上蹦跶下来朝人行礼：“多谢公子！”

“换上吧。”叶御卿道，“我在外头等你。”

说罢，他带着随从退出去，关上了门。

瞧瞧，什么叫正人君子，什么叫风度翩翩！风月直叹气，这是青楼啊，多少客人专门点名要看人换衣裳，他倒还知道非礼勿视。这样的人，清新脱俗，跟外头那些个好色的贱人完全不一样！

“阿嚏！”

莫名地打了个喷嚏，殷戈止皱眉。

“主子。”观止从外头进来，道，“查清楚了，另外两条线都没有泄密的可能，只能是那绿豆糕铺子的问题！”

一个卖绿豆糕的，能有这通天的本事？殷戈止皱眉，伸手就拿了外袍：“去瞧瞧。”

响玉街小吃甚多，一条街上一半都是卖吃的，那郑记糕点铺就在街尾的地方，不起眼但也不隐蔽。他们一进门老板娘就上来打招呼：“客官来点什么？”

低头扫了一眼台子上摆放着的点心，殷戈止道："半斤绿豆糕吧。"

"好嘞！"熟练地收了银子，称了糕点，老板娘正要打包，却听得这人道："先在这儿吃一会儿，可有位置？"

"有的有的。"老板娘笑道，"您身后那桌还空着。"

朝她颔首，不动声色地打量了人一圈，殷戈止坐了下来，边吃边看。

观止也跟着四处张望，倒不觉得这店哪里不对，干脆开口问道："这点心味道这么好，老板娘是做了多少年的生意了？"

郑氏笑道："有两年多的光景了，先前就一直喜欢做点心，在大户人家帮工。后来出来，我就自己盘了个铺子。"

观止点头，又道："听老板娘的口音，好像不是本地人。"

郑氏微微一顿，垂着眼皮一边擀面一边道："这儿不是本地人的多了去了，有好些都是澧国的难民。唉，澧国的仗打了这么多年了，流离失所的人太多。"

澧国人？看她一眼，殷戈止没吭声，慢慢尝着点心。

老板娘一举一动都没有半点不妥，半个时辰之后，殷戈止离开铺子，想去对面的茶楼上坐会儿。

"在这茶楼上歇会儿吧。"

他还没跨进去，就听见背后叶御卿的声音响起："你也该走累了。"

风月颔首，娇羞一笑，伸手搭着叶御卿的臂弯就往茶楼里走。

她正要跨门，冷不防的旁边就伸了条腿过来，绊得她差点摔个狗吃屎！

"你……"

门口的人转过身来，一身寻常的青衣，气质倒是不减，殷戈止板着脸朝她身后的人颔首："殿下。"

叶御卿挑眉，认真看了他一会儿，叹息着道："没想到在这里也能遇见你，那就是天定的缘分了，一起上楼喝个茶？"

"好。"殷戈止应了，看也没看风月一眼，径直便上了茶楼。

风月撇嘴，站直了身子，努力保持着微笑，跟着上去。

被叶御卿牵出来遛了好大一圈儿了，她才知道这位太子的心思一点也不简单。他先是左右试探，知道她没半点武功，又接着探听她的底细。好在她准备够充分，一路上半点破绽也没露，将"家破人亡沦为妓子，一心想复仇却无能为力”的人物形象展现得十分生动。

看得出来，叶御卿对她放了一半的戒备，于是方才在无人之处，他说了一句话。

“卿本佳人，若是可以，本宫也想替你申冤。”

风月听着心里就笑了，眼里含着泪看着他。

她哪有什么冤啊？有的只是仇，与其说替她申冤，不如说可以给个途径，让她报仇。

没看走眼，当朝太子殿下，果然是有心要除易大将军的，她没选错人。

“风月姑娘是不是脖子扭了？”

正想着呢，旁边突然有人砸过来这句话，跟冰水似的从头上淋下来，瞬间让她回了神。她扭头看过去：“啊？”

殷戈止端着一杯茶，冷漠地递在她面前。

“哦哦哦！”风月连忙接过来，嘿嘿地一笑，抿了一口。

叶御卿盯着殷戈止，道：“殿下最近教导两家公子可谓尽心尽力，听闻昨儿安国侯爷进宫，在父皇面前对殿下多有夸赞。”

“过奖。”

“殿下有治军之才，可惜了身份尴尬，管不得烨国之事。”叶御卿笑了笑，“但屈才至此，怕是天都会谴责我国。”

“不敢当。”

风月低头吃着点心，听着这两人这边夸一句过去，那边冷冰冰地踢几个字回来，心想太子也真是好脾气，对殷戈止这么客气做什么？换了她，直接把他捆起来挂树上，肯不肯帮忙？不肯切了你！

叶御卿想拉拢殷戈止久矣，奈何殷大皇子似乎很享受混吃等死的日子，没有要与他同流合污的意思。太子也是个有毅力的人，软硬兼施，手段用尽，从殷戈止入烨开始，折腾到了现在。

殷戈止不知道因为什么，一直不肯向太子示好。

其实就立场来说，殷戈止肯定是想切了易国如的。但不知道是不是因为易掌珠的关系，他看起来跟易国如相处得还不错，和和气气的，丝毫没有记恨人家抓他为俘的仇。

心也真是大。

“风月。”跟殷戈止聊不下去了，叶御卿还是转头看向她，“吃点绿豆糕吧。”

风月点头应了，拿起盘子里的绿豆糕咬了一口，惊讶地挑眉：“这茶楼的糕点，买的是对面糕点铺现成的啊。”

“这你都尝得出来？”叶御卿笑道，“看来真是喜欢吃东西。”

风月不好意思地笑了笑，道：“穷日子过多了，现在好不容易有机会吃饱，自然要多吃点。”

是吗？

看着这张笑得假兮兮的脸，殷戈止突然问：“你平时都是让你丫鬟去买东西的？”

“是啊。”风月颔首，瞧了一眼身后的灵殊，笑道，“这丫头单纯，从来不骗人，也不撒谎，很会交朋友的。让她出来买吃的，人家都不会少秤。”

看了灵殊一眼，叶御卿微微颔首。他愿意相信风月，有灵殊一部分的原因，这丫鬟是她最贴心的人，又当真没什么心思，想问什么一套话就问出来了。若风月当真有鬼，那灵殊定然会暴露。

可是灵殊没有。

殷戈止看着灵殊，想了想，拿了一两银子给她：“你替我到对面买点绿豆糕吧。”

风月脸色微变，压了压慌张，勉强笑道：“公子，您的随从还在这儿呢，做什么指使奴家的丫鬟？”

“她买，不是不会少秤吗？”双目直视她，殷戈止道，“我的随从可没这么好的运气。”

堂堂殷大皇子，会是省这点秤的人？风月有点慌，但根本不知道他在怀疑什么，只能按捺住性子等。

灵殊接了银子就下去了，叶御卿正想说话，旁边的冯闯却喊了他一声，低头小声说了点什么。

眉宇间有点不耐烦，又有点无奈，叶御卿起身道：“在下还有事，不能送姑娘回去了，可否请殿下代劳，稍后将风月姑娘送去梦回楼？”

“好说。”殷戈止颔首。

叶御卿急急忙忙地就走了，风月抿唇，心里莫名地紧张起来。

“怎么？”扫她一眼，殷戈止道，“太子走了，你就是这副表情？”

“哪里的话……奴家去看看灵殊买好了没有哈！”勉强笑了笑，风月起身跑去了窗边。

灵殊跑到对面，正在买绿豆糕，隔得不远，对话都隐约能听见。

“老板娘，一两银子的绿豆糕……哎，不对，这是一两银子吗？”

老板娘看见是她，笑着道：“怎么就不是一两银子了？”

“好像……比主子给的银子重了不少？”奇怪地掂量着那银子，灵殊道，“老板娘，你帮我称一称，这是一两银子吗？”

老板娘愣了一会儿，收了她的银子，笑道：“就是一两银子没错，人的感觉会错，秤却不会。姑娘拿好了啊。”

算是顺利买了糕点，风月正要松口气，却听得耳边有人道：“你家丫鬟跟那老板娘还挺熟。”

寒毛都立起来了，风月绷紧身子道：“买的次数多了，自然就熟了。”

“是吗？”殷戈止伸手搭上她的肩膀，淡淡地道，“走吧，回去。”

“……好。”

像被狼舔了一口一样，风月浑身冒冷汗，低头跟在殷戈止的后头，大气都不敢出。

“他今天都同你说什么了？”前头的人问了一句。

风月赔笑：“您说那位公子吗？也没说什么，就是随便聊天。”

随便聊天能把叶御卿聊得同她在街上乱晃？殷戈止不信，叶御卿那种人，绝对不会在对他没用的人身上浪费时间，他肯这么带着晃悠，那定然就是想利用她。

是这丫头太蠢没发觉，还是当他傻得好糊弄？

“不过奴家想起一件事儿，倒是挺新鲜。”感觉到前头的人气场不对劲，风月立马换了话头，神秘兮兮地道，“是有关公子的事儿，想不想听？”

殷戈止侧头，眼里略微不耐烦，明明白白写着四个大字：有话直说！

风月清了清嗓子，八卦兮兮地道：“前些日子有个恩客找到奴家，说他的妹妹看上您了，要送您一盘点心吃，那点心别出心裁，竟然是桃片。”

殷戈止停了步子，眼里的颜色浓了浓，深深地看向她。

像是看不懂他的眼神，风月笑眯眯地道："客人大方，给奴家一百两银子要奴家帮忙，把点心给您吃了。奴家念他妹妹一片深情，至今还将那桃片放在花架上呢。要不您回去吃了，奴家还能拿剩下的几百两银子，到时候咱们对半分？"

几百两银子，就为了让他吃一口点心，这家小姐可真是痴情啊。

眼里嘲弄之色更浓，殷戈止伸手拉了她就走。

"哎哎哎！"被扯得飞奔，风月娇滴滴地道，"公子您慢点啊，奴家跑不快啊！"

说是这么说，她裙下的脚却是跟飞起来了一样，没让殷戈止拖得太厉害。

一到梦回楼，直接回了房间，殷戈止关门就问："点心呢？"

风月转身便将那一盒子桃片拿出来，递给他："喏。"

拈了一片仔细闻了闻，又用指尖抹了一点尝了尝味道，殷戈止"呸"了一口，脸色难看得很。

他的命就值几百两银子？

"怎么啦怎么啦？"旁边火鸡一样的人咋咋呼呼地问，"有问题吗？不好吃吗？"

"谁吃谁没命。"殷戈止冷声道，"掺了剧毒。"

倒吸一口凉气，风月眼睛瞪得极大，捏着帕子往回跳了半步："这可不关奴家的事啊，东西送来，奴家都没仔细看过。"

幸好她没贪嘴，殷戈止抿唇，合了盖子想了想道："记得那人的模样吗？"

"记得！"风月道，"是个胖子，很有钱，应该是个惯常用笔之人。"

连人家惯常用什么都知道？殷戈止眸色微动，突然就温和了神色，放了盒子走近她，低头盯着她的眼睛。

心里一惊，风月往墙上一靠："公子？"

"帮我个忙吧。"殷戈止道。

他这语气很温柔，虽然跟叶御卿那种实打实的温柔相比算不得什么，但对于冰山来说，融化一个小角落，都足够令人惊叹。

眨眨眼，风月干笑。

她有一种不好的预感，露出这种表情的殷戈止，能让她帮什么轻松的忙？

半个时辰之后。

“啊——”尖叫声划破了梦回楼的宁静，金妈妈甩着帕子就冲了上来，“怎么了？”

声音是从风月的房间里传出来的，一众姑娘自然喜得看热闹，纷纷凑了过来。

打开门，风月跌坐在地上，她一手撑地，一手掩唇，眼里泫然有泪，哆哆嗦嗦地看向床榻的方向。

众人抬头看过去，就见有位俊朗无双的公子哥儿靠在床头，脸色发青，嘴角不断有血流出来。

金妈妈倒吸一口凉气，连忙过去扶着人，难以置信地看了风月一眼：“这是怎么了？”

殷大皇子怎么能在她梦回楼吐血？！

风月张嘴欲言，却像是吓得说不出话了，只能指向桌上的那盒桃片。

“快……快报官啊！有人投毒！”外头的姑娘尖叫了一声。

人死了才该报官呢！风月翻了个白眼，觉得自己再不说话，这群女人的尖叫声都能把殷戈止吵死。

“去请大夫。”哽咽地说了一句，她捂脸继续哭，“快去请大夫啊！”

被她这一提醒，金妈妈才缓过神来，推着一群姑娘出门。

梦回楼里顿时热闹起来，风月屋子里的客人中毒的消息一传十十传百，很快就传遍了半个不阴城。

传言这种东西，是会变样的，比如真实情况分明是殷戈止中毒吐血了，人没死，但是传出去之后，就变成了梦回楼里毒死了个客人，七窍流血，死状极惨。

于是第二天一早，叶御卿就到梦回楼问罪了，他难得地沉着一张脸。

“怎么回事？”

梦回楼已经歇业整顿，金妈妈无奈地跪在大堂里，道：“人已经没事，大夫看了，说是误食毒物，已经清了毒送回府上休养了。至于那毒是怎么来的……奴家实在不知，风月也不可能对恩客下毒。”

“风月呢？”扫了一眼没看见人，叶御卿皱眉。

“昨儿晚上就被人扭送进了大牢。”说起这个，金妈妈眼里才当真露出担忧的神色，她抬头看着叶御卿道，“那丫头当真是无辜的，公子若是能帮忙，还请将她救出来。到底是姑娘家，哪里吃得了牢里的苦？”

殷戈止中毒，那风月就不是轻易可以被捞出来的了，叶御卿摇头，颇为头疼地走来走去。

使臣府。

“观止。”躺在床上的殷戈止问了一声，“牢里如何？”

“都打点好了，不会伤着姑娘。”观止道，“并且，如您所料，灵殊今日一早就捏了银子去买绿豆糕。”

神色微紧，殷戈止问：“拦下来了吗？”

伸手递给他一锭银子，观止抿唇：“拦下来了，属下派人装作强盗，抢了人家的银子，东西在这里，主子请过目。”

瞧上去没什么不对，可一捏在手里，殷戈止就眯了眯眼。他直接用力一捏，那银子便碎裂开，露出一个小纸团来。

还当真是有问题，昨日听那丫鬟跟老板娘的对话他就觉得有蹊跷，风月还妄图转移他的注意力，让他关注下毒的事情。

他又不傻，下毒的人要查，她瞒着的事情，他也要查。

多聪明的姑娘啊，知道用这种法子跟人消息往来，要不是遇上他，可能一辈子也不会有人拆穿她的把戏。

可惜偏偏遇上了他。

他轻哼一声，展开纸团，低头看了看。

“不必救，查三司使山稳河。”

心里某个地方好像被人捏紧，接着四肢百骸都紧了起来，殷戈止死死地盯着这一行字，脸色难看极了。

“主子？”观止凑过来看了看，皱眉，“这风月姑娘不简单啊，竟然连三司使的名字都知道，还要查他。”

“她跟我说，想让我吃下糕点的人是个胖子，很有钱，惯常用笔。”殷戈止良久才开口，声音冷得透人骨，“据我所知，符合条件又喜欢在青楼里晃荡的，山稳河府上就有一个，是他的账房，朱来财。”

“主子连这种人物都记得？”观止惊叹。

殷戈止冷笑。

他记得是正常，毕竟他有事要做，可她呢？一个妓子，有这种情报网不说，还在其中充当发号施令的角色，知人底细，还敢查当朝三司使。

她的本事还真是不小，能让干将背叛自己，能拿到将军府的机关图，还能拿到王汉的腰牌。他一说要查谁，她立马能送上相关的东西给他，比他手下任何人办事动作都麻利。

接近烨国太子，勾搭他这个澧国皇子，不知目的，但眼下已经有不少的人被她玩弄于股掌。

这样的人……

这样的人，绝对不能在他的眼皮子底下安然地活着！

“观止。”捏了字条，殷戈止沉声道，“准备一下，晚上去一趟大牢。”

“主子。”观止一愣，“您不是说，晚上就能把人放出来了吗？”

本来的安排，是说主子假装当真中毒，这样抓着人了就可以直接定罪。按照约定，风月姑娘在牢里委屈一晚上，招供出幕后主使就行了。但看现在的样子，自家主子怎么有不放人的意思？

“放出来了是个祸害。”殷戈止闭眼道，“今日访客一概不见，就说我还在养伤。两个徒儿也送回他们各自府上，等我痊愈再继续上课。”

“……是。”

牢房里的气味儿不太好闻，风月蹲在地上，看着小小的窗口透进来的阳光，她突然觉得这里倒是挺安逸的，什么也不用管。

有人打开锁链，喊了一声：“犯人速来行礼。”

回头一看，叶御卿沉着脸跨了进来，他盯着她，目光复杂。

“公子。”一夜未眠，怎么也有点憔悴，风月朝他笑了笑，“这副模样让您瞧见了，奴家真是羞愧。”

“他怎么会在你的房间里中毒？”叶御卿皱眉，“就算毒不是你下的，往后你的日子也定然难过。”

叹息一声，风月心想，她也不愿意啊，谁知道那变态说帮他这个忙，以后就没别的人敢来点她侍候了，太子还会对她格外感兴趣。想想也不是个亏本生意，于是在人的威胁之下，她也就答应了。

“奴家是清白的，相信不久就会出去。”低笑一声，风月道，“倒是那位公子，想害他的人还真是不少。上次遇见刺客，这次又遇见人下毒。”

叶御卿眉头一皱，闭了闭眼。

他是千方百计要保殷戈止的性命的，奈何心怀不轨之人太多，敌在暗他在明，实在难护个周全。幸好殷戈止自个儿有本事，安安稳稳地活了一年了，有时候殷戈止用的手段，连他也自叹弗如。现在殷戈止人没事，风月又这般镇定，想来也是有把握保住自己的，既然如此，那他就不必插手来管。

平缓了语气，叶御卿叹息：“有什么需要帮忙的，让外头的人传话给我便是。”

“好。”风月笑着点头，一脸感动地看着他，“公子对奴家真好。”

靠近她两步，叶御卿低头，脸沐浴在窗口透进来的光里，眼中温柔如水：“不对你好，还对谁好？”

那可就多了去了，对易掌珠啊、他宫里的侧妃啊、梦回楼的谁谁谁啊！这位殿下光芒普照之处，全是受其恩惠、溺其情意之人，还少了？

心里拆着人家的台，面儿上风月的表情那叫一个感动啊。她眉头轻蹙，眼里含情又含愁，朱唇微微哆嗦，像是看救世活佛一般看着面前的人：“公子……”

叶御卿一顿，替她挽了一缕鬓发别在耳后：“委屈你了。”

哇，其实要是坐牢能被长得好看的人这么怜惜，她真的不介意多坐一会儿的！

然而叶御卿停留了三炷香的时间就走了，毕竟是一国太子，还有很多事要做。他走之后，狱卒给风月送来了一顿不错的午膳，风月笑眯眯地吃了，然后便蹲在角落里继续数稻草。

不知道为什么她总觉得有点不安，虽然目前的一切情况尚在掌控之中，但一想起殷戈止那双眼睛，她就觉得瘆得慌。

以前在澧国从军之时，有人说当朝大皇子到底是最合适的皇位继承人，整天在外征战也不像话啊，毕竟治国要有谋之人，不能是一介武夫。

年长一些的士兵听见这话就笑了，说大皇子初出茅庐之时，许将军看不惯他，结果练兵的时候被他打得在城里出不去。许将军面子上抹不开，就跟他比兵法，论文采，谈治国之道。

“那结果呢？”小兵问。

年长的士兵笑道：“结果不知道是怎么的，之后再有切磋的机会，许将军想也不想就选择继续被大皇子堵在城里出不去，再也没跟他论过文道。”

众人一片唏嘘。

当时作为听众之一的关清越，觉得这个人真是牛，年纪轻轻的就成了人嘴里的神话了，还是那么可怕的神话。所以打小起，她心里对殷戈止，是存着一种敬畏的，凡人对天神的那种敬畏。

现在这种心虚，大概就来源于这种敬畏吧，毕竟在他面前耍花样，风险实在太大。

不过想想，自个儿也不是没有成功耍了花样的时候啊！大家都是人，都一样的，他不是神！

给自己吃了颗定心丸，风月哼着小曲儿拿稻草编着玩儿，继续等待着。

外头的天色渐渐暗了，最后一缕光从窗口消失的时候，殷戈止踏进了牢房。

第十章

全部的真相

风月抬头，一张脸立刻绽放出无比开心的笑容："公子，您终于来了！"

牢房门口的人站着没动，一股无形的压力自他眼中而来，瞬间束缚了她的全身。小小的牢房像是被巨大的黑影笼罩，空气都稀薄起来。而门口那人的身影，就如同鬼神降临。

心里一跳，风月眨眼，努力动了动身子，忽略这一股威压，不要命地朝人家贴了上去，妩媚地笑着道："公子是亲自来接奴家出去的吗？"

"有话想问你。"殷戈止面无表情地开口，眼帘微垂，平静地看着她。

双目对视，风月脸色微微发白。

她怎么觉得，在他眼里，仿佛看见个死人一样？

"……公子但问无妨。"缩回了手脚，风月下意识地后退了两步，靠着墙，心里咚咚直跳。

跨进牢房一步，殷戈止声音低沉，一字一句却是清晰无比："黄梨木的盒子，知道吗？"

浑身一紧，风月瞳孔微缩。她贴紧了墙，低着头不敢再看他，嘴里却是立马反驳："不知道。"

“我给你个机会。”仿佛没有听见她的回答，殷戈止伸手抵在她耳侧的墙上，另一只手轻轻捏了她的下巴，将她的头抬起来与他对视，“要么，你来说清楚来龙去脉、背后原因。要么，我告诉你来龙去脉，送你下黄泉。”

冰冷无情的语气，连个起伏都没有，风月牙齿都忍不住打战。被他压在墙上，风月感觉自己就像屠刀下的羊羔，眨眼的一瞬间就能血溅当场！

“好歹是睡过好几回的，公子当真忍心？”心绪不宁，风月压根不知道这人为什么会来问她黄梨木盒子的事情，只能硬着头皮继续撒娇，“奴家不懂您在说什么啊！”

眼神幽暗，里头全是千年的雪万年的冰，任凭风月怎么抛媚眼，怎么扭身子，怎么扯人家腰带，那人面上都没有半点变化。

于是风月知道了，当真是大事不好了。

身前这人没有吓唬她，当真是会弄死她的，就算床榻间再怎么缠绵，她再怎么给他做好吃的，再怎么勾引他、调戏他，当他觉得她该死的时候，都一定会死。

真是绝情的男人啊……

低笑一声，风月收回自己的爪子，理了理鬓发，抬眼正经地看着他：“既然瞒不下去了，那么殷大皇子，坐下来谈谈吧？”

被狼追着的猎物，应该都是拔腿就跑、慌里慌张、瑟瑟发抖的。但是，当他撕了这层羊皮，面前这人竟然冷静地停下来对他说，坐下谈谈。

“我有和你谈的必要吗？”他问，不知道是问她，还是问自己。

然而面前的人给了他一个很有说服力的回答：“黄梨木盒子里的东西能帮上您的忙，就有谈的必要。”

在牢里待了一夜了，风月脸上的妆有些花，整个人乱七八糟的，然而说这句话的时候，她眼里迸出光来，让他觉得四周都亮了亮。

嫌弃地收回自己的手，殷戈止拿了手帕出来擦拭在墙上沾上的灰。

四周令人窒息的感觉顿消，风月又笑得跟个狐狸精似的，勾手抢了他的手帕就擦自己的脸，顺便以他的眼眸为镜，梳理了一番散乱的头发。

“你是觉得我脾气很好？”瞧她这搔首弄姿的样子，殷大皇子脸色不太好看。

风月一笑，规规矩矩地跪坐在稻草堆里，抬眼看他：“奴家知道您脾气一向不好，所以长话短说。

“公子若是有奴家相助，要动手查谁、找谁的弱点、去谁的府邸、交谁的信物，都会十分简单。黄梨木的盒子是奴家命人给公子的，因为公子要除的，也是奴家欲除之人。”

眼里深如长渊，殷戈止低下身子，声音极轻地问她：“你是想助我，还是想利用我？”

背后皮子一紧，风月笑得花枝乱颤：“人与人互助，也是互利，对大家都好的话，说什么利用不利用？这些东西奴家要拿到，很简单，而您要得到，却得费很大的工夫，还不一定能成。殿下选捷径呢，还是选绕远路？”

殷戈止不为所动地看着她，眼里的杀意半点没少。

他有想要的东西，但不代表会为那些东西而被人拿捏。

深吸一口气，风月软了神色，干干净净的脸在月光下看起来分外真诚：“奴家不是威胁殿下，只是想求殿下庇佑。很多东西落在奴家这里，奴家也翻不出什么花儿来，毕竟身份低贱。但在您手中就不一样了，殿下。”

她有刀，但他才能杀人。

牢房里安静了许久，久到外头的观止几乎要觉得没人了，才又听见自家主子的声音。

他说：“你想做什么？”

风月眼里光芒流转，她舔了舔嘴唇，分外兴奋地看着他：“奴家想杀人！”

“为何？”殷戈止冷笑，“你不是个普通百姓吗？”

“普通百姓就没有报国之心？”歪了歪脑袋，风月摇曳着小蛮腰就笑，“烨国士兵踏我大澧山河，害我家破人亡，父母皆殁，兄妹全逝，您说，奴家不该杀人吗？”

眸色微动，殷戈止抬了抬下巴，眼睛却还盯着她：“你想屠尽烨国之人不成？”

“奴家没那个本事。”深深地看进他眼里，风月勾唇，“但只要是殿下想除的人，奴家必定相助。”

“哦？”殷戈止冷漠地看着他，“就因为我是澧国的大皇子？”

“还有一个原因。”风月以手掩唇，眼里瞬间涌上无边情意，“因为奴家爱慕殿下，能为殿下所用，奴家心甘情愿！”

本还是紧绷的气氛，被她这一句妖里妖气的话说得崩了盘。殷戈止哂了一声，伸手掐着她的脖子把人拉到自己面前：“说真话！”

“这……就是真话啊！”委屈地眨眼，风月道，“殿下这般英明神武，奴家爱慕您，有什么不对吗？”

好像也是，挺顺理成章的。

手上一松，手里的人“咚”的一声掉回了稻草堆。殷戈止转身，看着窗口外头的月亮，开始沉思。

天上掉馅饼这种事，你说殷戈止这种人，会不会信？

不会，他只会信天上掉陷阱。

所以就算风月的话挺有说服力的，他也没听进去，只对她背后的情报网分外感兴趣。

到底是怎样的情报网，才能提供这么多不得了的东西？

说不如做，半晌之后，殷大皇子回头，看着在稻草堆里打着滚儿的人，说了一句：“既然如此，你不如送我个问安礼。”

问安礼这种东西，都是下级主动给上级送的，头一次见上级这么不要脸开口要。

然而，现在命悬一线的羊羔风月并没有心情吐槽，一听她就点头如捣蒜：“送啊送啊送啊，您想要点啥？”

“三司使府上的账房不懂事，我想给他换一个。护城军都尉也年纪大了，该让他回家养老。”殷戈止一本正经地道，“该准备的我都准备了，就差点东西。”

考验她啊？风月脸上露出点为难：“这两个差事一起……”

殷戈止睨着她，眼神凌厉，大有“你说不行我就继续掐死你”的意思。

风月语气立马转变，拍着胸脯道：“别说两个差事了，您交代的，五个差事也行啊。只要一出去，奴家马上想办法。”

“想出去吗？”殷戈止问。

废话！不然还继续在牢里过夜？风月小白眼直翻，抬头又抱着人家大腿不要脸地摇尾巴：“想啊想啊，公子带奴家出去啊。”

“口供录了，我在外头等你。”

说完，他抬腿就往外走，腿上这个巨型挂饰完全没有影响他的走路姿势，殷戈止走得这叫一个气势磅礴、镇定自若。

挂在他腿上的风月被晃来晃去，她一边晃一边想，真不愧是高手啊，下盘就是稳。

到了牢房外头有人看守的过道，殷戈止一把就将她掀了下去，旁边的狱卒见状，上来朝他拱手，然后拖着风月就往审讯室走。

风月想，真不愧是大皇子啊，走后门都这么干净利落，一句话也不多说。

招供了那个给她银票的人的外貌特征，风月便被放出去了。月黑风高的，大牢门口站着个一身玄衣、眉目含霜的人，听见动静，那人冰冷的眼神便朝她射了过来。

风月想，还不如回牢房待着呢！

“上车。”

还没来得及转身，她整个人就被抱了起来，接着便被人往马车上一扔。

“咚！”

风月老实了，讨好地看着对面的人笑：“公子，回您府上吗？”

想得倒是挺好，殷戈止闭目养神，没理她。

风月撇撇嘴，自己掀开帘子看外头的路，不阴城的地图她都记熟了，这条路通向的是……

梦回楼。

“公子，梦回楼歇业整顿呢，您带奴家回去，未免太引人注目了些。”风月撇嘴。

“你总有能不引人注目就回去的法子。”殷戈止眼睛都不睁，意味深长地道，“我想见识见识。”

风月干笑：“还是不见识为好。”

“别废话。”

“……”

半个时辰之后，一男一女站在了梦回楼后院的狗洞面前。

那男的问那女的：“你是认真的？”

那女的委屈地回答：“是您非得见识的，那您现在见识吧，就这一条路，动静最小。”

“你试试，我看着。”殷戈止眯眼，抱着胳膊站在了旁边。

风月撇嘴，捞起裙摆揣在腰带里低身往里头爬。她一边爬一边碎碎念，要来看的是他，看不起这狗洞的也是他，梦回楼的墙那么高，要是不爬狗洞，难道飞进来吗？

“快点。”有人催她。

风月咬牙，小声道：“奴家已经很快……”

话没说完，她猛地抬头。

一双银底黑靴横在她面前，玄色的袍子边角上绣了银色的暗纹，再往上看，袍子的主人正低着头，很是嫌弃地看着她。

什么鬼？一蹦就起身，风月上下看了看面前的殷戈止，又回头看了看梦回楼高高的围墙，想也不想张口就道：“你妖怪啊？”

这么高的墙也能飞？

梦回楼的墙，为了防止人攀爬，砌得高得让人绝望，就算是有轻功的人，要越过来，也得费很大的劲儿。

用看傻子的眼神看了风月良久，殷戈止伸手指了指旁边。

后院的门开着一条缝，像一张咧笑的嘴，嘲讽着她弱智般的钻狗洞行为。

风月傻眼了，瞪了那门半晌，心虚地笑了笑。

不过下一瞬，她就反应了过来。不对啊！这门平时都是锁死的，怎么可能半夜开着？

“您方才进来的时候，撞见别的人了吗？”紧张兮兮地拉着殷戈止的袖子，风月问了一句。

殷戈止摇头：“没人撞见我。”

“那……”风月正想说，那门怎么会开着？旁边这人大喘气似的接了一句：“但是有人正在出门右侧十步外的巷子口缠绵。”

啥？风月瞪大了眼，跟看妖怪似的看着他：“你怎么知道？”

尊称都不用了？殷戈止挑眉，没跟她计较，只捂了她的嘴，一把将人往外拖。

一出后院的门，那缠缠绵绵的声音就有些明显了，怨不得会被这位爷听见。风月眨眼，伸长脑袋去看，隐隐约约能看见那边巷子口的阴影处，有两个人影交叠。

“公子……啊……您轻些。”

这声音有点耳熟，风月眨巴着眼回忆是谁，她还没想起来呢，就听见个年轻的声音：“小美人儿，跟爷回家如何？你们这地方，怕是要开不下去了。”

嘿？竟然还有人这么痴情，当真要给梦回楼的姑娘赎身啊？风月听得感动，旁边的人却是板着脸，松开了捂着她嘴的手，往那对影子的方向靠近了一点。

“公子说笑，您瞧着也不是寻常人家，家里哪能容得下奴家。”

这句话说得长，风月听出来了，是新晋花魁何愁的声音，那她身上的人……

“我爹最心疼我了，只要是我要的，他哪有不许的？”笑嘻嘻地在她脸颊上亲了一口，赵悉抱起何愁就道，“明儿爷就来赎你。”

哇！要不是偷听的缘故，风月都想鼓个掌，这位赵家少爷还真是风流倜傥，不长脑子啊，才跟何愁好几天，就敢把人赎出去？

何愁不说话了，勾着赵悉的脖子“嗯嗯啊啊”地叫唤，赵悉玩得高兴，直往人家脸上亲。

风月还想再看，冷不防就被旁边的人捂了眼睛，然后被他连拖带拽地弄回了她的房间。

“为啥不多看会儿？”风月撇嘴，“那位可是赵麟的独子，您不是也看赵麟不顺眼吗？”

本来是打算问这件事的，但是一听她这话，殷戈止就挑眉：“你们梦回楼是不是有个规矩，但凡上门恩客，皆不问身份，不禀来去，但求自如？”

风月一惊，心虚地点头：“表面上的确是这么说的。”

“表面上？那实则？”

“实则只要透露过身份，暴露过信物，或者在言谈之中泄露过身份信息的人，梦回楼都有人记着。”也不跟他耍什么心眼，风月小声吩咐灵殊去打水给她洗漱之后，就跪坐在地毯上，看着他道，“这里的恩客都自认为很安全，很隐秘，所以很放心。”

梦回楼的布置很奇特，楼梯甚多，饶是常客，客人与客人之间，只要不点同一个姑娘，碰面的机会都很少。除非有人特别留意，否则谁来了梦回楼，外头里头的人都该是不清楚的。

深深地看她一眼，殷戈止道：“这哪里是青楼，分明是贼窝。”

怎么就贼窝了？风月不高兴地道：“你们这些个贵人，都注重隐私，奴家给了你们足够多的遮掩和守口如瓶的保证，也不是没做到啊。外头那位是赵麟之子赵悉，这件事也就何愁、金妈妈，以及奴家知道。”

也就是说，整个梦回楼，所有姑娘从恩客身上得到的消息和信息，全部会流到面前这个女人的手里，不声不响，不为人知。

伸手捏了她的下巴，拇指轻轻摩挲，殷戈止半垂着眼帘看着她道：“你这么厉害，还用亲自入这风尘地，勾引太子？”

风月抿唇，不避不闪地道：“太子与其他恩客不同，其他姑娘没人能应付，只能奴家亲自来。”

她来澧国三年，从站稳脚跟到兴建梦回楼，一步步建立关系网，其中苦痛挣扎自是不必言说。她本也是打算在幕后蹲着，出谋划策就好，谁知道有一天烨国太子也会来梦回楼。

有捷径不走，她又不是脑子抽抽，当即就挂牌上去了。

“你想让烨国的太子，帮你对付那些为烨国立功之人？”眼里满是不屑，殷戈止嗤笑了一声。

“未尝不可。”敛了神色，风月认真地道，“烨国太子心思深沉，最忌讳人手握重兵，功高震主。且奴家查探过，烨国律法严明，若奴家想杀之人，恰好触及烨国律法，那太子也必定不姑息。”

还真做了不少准备。

殷戈止伸手顺着这人脸的轮廓轻轻摩挲，眼里嘲弄之色不减：“妇道人家，想法就是单纯。”

浑身一紧，风月皱了眉，不解地看着他。

然而，殷戈止没有要解说的意思，手指划过她长长的睫毛，道：“你若忠，那我便用。

“但你若不忠，那我便杀！”

没有半点情面的话，就像挑选盘里做好的菜，好吃的就塞嘴里，不好吃的就扔地上。

要是个要脸的人，听着这话多多少少心里都会有点硌硬，谁还不是人了咋的？明明是合作互利，凭啥就要搞得性命垂危啊？

但是恰好，风月不要脸，任凭他再怎么凶，再怎么狠，她都能笑吟吟地一张脸贴上去，谄媚地道：“奴家不忠您，还能忠谁啊？”

再冷的冰也冻不住她这团火，她笑得没脸没皮，动作也没脸没皮，还敢伸腿来勾他的腰带。

“你为什么不怕我？”忍了很久，殷戈止终于忍不住问了出来。

亲近如观止，也常常被他吓着，她倒是好，睡过几回而已，竟然就一点不把他当外人。不管他脸色多难看，浑身气息多凶，她都能扛得住，并且朝他笑得没脸没皮的。

“怕？”

风月很想说实话，那就是怕肯定是怕的啊！只是她没敢表现得太明显，怕应付不到位，让他掀了老底儿，那就当真只有下黄泉去害怕了。

呵呵一笑，她扭脸就道：“怎么会怕呢？公子人中龙凤，瞧这眉眼、这气质，打街上过也是惹姑娘红脸的。奴家有幸留在您身边，还怕什么？”

千穿万穿，马屁不穿！是个人就喜欢听好话，听了好话心情就会平和，心情平和的人一般是不杀生的！

既然如此，她愿意天天说好话给殷戈止，顺着这位爷的毛捋，绝对不得罪他！

殷戈止沉默，先前他还拿目光打量她，现在已经连给她个余光的兴趣都没有了。他站起来给自己倒了杯冷水，垂着眼帘抿着。

看这位大爷已经没有要理自己的兴趣了，风月识趣地收回蹄子，骨碌碌地滚到了屏风后头。

“主子，水。”灵殊提着水桶进来，艰难地往屏风的方向走。

外头的观止瞧着，有点不忍心，伸手道：“给我吧，我来。”

有人帮忙省力气，灵殊自然没拒绝，松手就交给观止，然后道：“还有呢，我再去搬。”

观止点头，提着水往屏风后头走，心里想着要这么多水是做什么？沐浴？

脑海里刚冒出这两个字，他眼里就已经映入了屏风后头美人脱衫的风景。

倒吸一口凉气，观止脸都绿了，一桶水“哐当”一声，差点全洒。

站在屏风后头的风月和坐在桌边的殷戈止双双回神，一个飞快地蹲在了浴桶后头，一个二话没说，拎起自家随从的衣领，一把将人扔下了楼。

“砰”的一声响，听得人觉得肉疼。

窗户被关上，门也被关上，殷戈止脸色阴沉地站在屏风旁边，伸手把那桶水倒了进去：“你可真是不拘小节。”

伸出个脑袋挂在浴桶边上，风月委屈地道：“奴家知道灵殊没什么心眼，但不知道她缺心眼啊！”

她摆明是要洗澡的，那小丫头片子竟然还让观止倒水！

眯着眼睛盯着她，殷戈止突然说了一句：“你先前撒谎了。”

“嗯？”站起来继续脱衣衫，风月随意地应了一声。

“你说你沦落风尘，伺候人许久，方能在梦回楼挂牌。”眼皮子翻了翻，殷戈止看着她，“是撒谎的。”

废话，要是不撒谎，那她这个凭空冒出来的人，凭什么在梦回楼挂牌啊？不是更显得蹊跷吗？

脱得只剩了兜肚，风月转头给了他一个媚眼：“这些东西，似乎不是很要紧，公子就不必在意了吧。”

不是很要紧？

殷戈止眉心微皱，张口还要说什么，却想起头一次与她缠绵的时候，面前这人就已经不是处子之身了。

是不是妓子有什么要紧，做的都是一样的事情，还非得在意个名头吗？

嗤笑一声，也不知道是嫌弃自个儿还是嫌弃她，殷大皇子也没兴趣看美人入浴，回去软榻上斜躺着继续想事情。

浴桶里的水填满了，灵殊顶着脑袋上的一串儿包，委委屈屈地关门退了出去。

风月左看看右看看，裹着件薄纱就去把门窗都上了闩，然后才披着长发迈着碎步在软榻前头晃。

美人肌肤如雪，黑发如瀑，红纱裹着的身子若隐若现，怎么想也该是个让人血脉贲张的香艳画面。

结果殷戈止面无表情地看了她很久，嘴皮一翻，很是不屑地道：“你还有跳大神的嗜好？”

一张笑吟吟的脸瞬间就垮了，低头看了看自个儿，她觉得很委屈：“奴家觉得自个儿跳的是天仙舞。”

用难以置信的眼神看了她许久，殷戈止指了指屏风：“你给我进去。”

不甘不愿地转身，风月进了屏风后头，想了想，她一把又将折叠的屏风推到了一边，然后抓着浴桶边就朝软榻的方向抛了个销魂的眼神。

殷戈止：“……”

小妖精可能是觉得自己死太慢了没什么意思，于是现在洗个澡都敢这么嚣张了，她腿伸啊伸，手臂摆啊摆，衣衫半落，风光无限。

殷戈止看得一脸冷笑，就这么抱着胳膊靠在软垫上，看她能翻出个什么花来。

风月是很努力想翻朵花出来的啊，毕竟屋子里坐着的这个人周身戒备的气息一点没退，好歹即将是合作伙伴，这样的态度让人很没安全感的好不好？

既然正儿八经地说话不行，那她就只能用勾引了，男人和女人之间，还是适合在床上说话。

于是现在的风月同学，就充分利用了洗澡的空余时间，努力用自己的美色令那头的人神魂颠倒。

但是，努力是努力了，好像没什么效果，她手都快甩成大风车了，也没见那位爷笑一下。

真难伺候！

风月脚踩着浴桶边准备进去，眼睛还盯着殷戈止呢，一个没注意，脚下打滑，整个人“嘭”的一声就掉进了浴桶，溅起一朵巨大的水花。

冷眼旁观的殷大皇子，就看见一只鸭子一样的生物，以一种诡异的姿势一头栽了下去！方才还风情万种的人，眼下就剩了一双雪白的脚丫子，在外头惊慌地晃悠着。

一个没忍住，他失笑出声，眼里的冰雪都融光了，光芒流转，美色无边。

挣扎了半晌，风月才把自己的脑袋跟屁股换了个位置，一浮上来她就吐了口水，眨巴眨巴着眼想看清眼前的东西。

喷出来的水雾缓缓落下，眼里有水，她使劲儿眨，朦胧之间，好像看见软榻上有个神仙一样的人，眉目温和，笑得贼好看。

然而，等她抹了把脸，认真看过去的时候，神仙没了，就剩了个大爷，正满脸嫌弃地看着她。

眼花了？

茫然地看了他一会儿，在看见人家眼里的嘲讽之色的时候，风月终于有了点羞耻心，不再折腾了，转身老老实实地将自己上上下下洗了个干净。

“做什么？”看风月更衣出来，又坐在妆台前，殷戈止皱了皱眉。

“上妆啊。”风月捏着眉黛盯着镜子道，“金妈妈说过，脸是女人最大的武器，要上战场，必须要先准备好武器。”

起身捏了她手里的东西，一把扔出窗台，殷戈止将人抱起来，淡淡地道：“脸是武器，妆不是，至少对你来说不是。”

风月愕然，想了半天才想起来，对了，这位爷品位独特啊，不喜欢美艳的，倒喜欢粗里粗气的姑娘。

那她这脸还挺适合。

床帐落下来，殷戈止扯着她松松垮垮的衣带，突然问了一句：“若是我想找个人，你也能找吗？”

找人？

想起先前观止说的，他家主子好像在找个男人。

“只要是烨国的人，进过我梦回楼，那都好找。”风月笑道，“但若是其他地方的，就恕奴家鞭长莫及。”

这么说，也就是找不到他想找的人了。

微微黯了目光，殷戈止低头含了她的唇。

嗯哼？还愿意在她这儿住，那是不是说明，她今晚上表现还不错，暂时能保住小命啊？

心口悬着的石头总算落了下来，风月一笑，扭着身子回应他，给他最多的热情，像吸食阳气的妖精，贴着人家肆意纠缠。

殷戈止没拒绝，依旧跟什么都没发生一样，被她伺候得舒舒服服的。末了他还往她兜肚里塞银票，像吃饱了付账的食客，满意地道："不错。"

风月磨牙，裹着银票就滚进床里睡觉。

月色皎皎，借着月光，殷戈止第一次认真打量了这人的身子。

光是背上，就有不少深深浅浅的疤痕，若说是做农活儿的老实人，他不信。可反复确认她的经脉，虚而难盈，周身多处穴位堵塞，按着她会感觉微疼。

这样的人，绝对是没有武功的。

没有武功，却带一身的伤。掌握整个梦回楼，却像是极好拿捏的普通妓子。利用女人获取情报，不是好人，可对他一向忠心的干将竟然会为她背叛自个儿。

她今天说的大多都是实话，他知道，但是，这不是全部的实话。

剩下的，她不会再说，要他自己去找。

第二天天明，金妈妈就在大堂里召开了梦回楼紧急自救会议，邀请了除殷戈止以外所有在梦回楼的人参加。

殷戈止是那种你不邀请他他反而会去的人吗？

他是。

一楼的楼道处，殷大皇子一身黑衣姿态潇洒地靠墙听着，就听得金妈妈痛心疾首地道："楼里出了案子，要歇业整顿，风月已经回来了，咱们是清白的，但碍于名声问题，这段时间还得大家一起咬牙挺过去。"

断弦听着就朝风月翻了个白眼："这下倒好，一人惹祸，所有人跟着倒霉。咱们吃的可是年岁饭，本来挣钱的日子就不多，还得被人白白耽误。"

"就是啊，风月屋子里的客人出了事，关咱们其他人什么事啊？要不接客，她一个人不接不就好了，咱们整顿有什么用？"微云恼怒地道，"妈妈还指望着过段时间就能有人把这事儿忘了？拜托，中毒的又不是什么无名小卒，以后人家提起这事儿，就会想起咱们梦回楼出过下毒的案子，风月继续留在这儿，谁还敢上门啊？”

“微云姑娘说得在理。”此话一出，众人纷纷附和，“要说怎么挺过去，那除非是风月离开梦回楼。”

殷戈止微顿，往外看了一眼。

坐在大堂中央的风月依旧是笑眯眯的，仿佛不管别人说什么，都影响不了她愉快的心情。

瞧着她这态度，旁边的人说话就更加不客气了：“没脸没皮的，害了大家很得意是吧？”

“还指望着金主救你呢？人家在你房里吃东西中毒了，你还指望人家回头要你不成？”断弦冷笑，“我都不知道你凭什么这么自在！”

“就凭我不要脸啊。”风月理所应当地看着她。

众人：“……”

暗处的人抿唇，揉了揉眉心。

本还觉得她是要被欺负了，谁承想，她竟然吐出这么一句话来。扫一眼那边一群姑娘脸上毫不作假的愤怒神色，殷戈止觉得，她们大概都不知道风月是谁，在梦回楼里扮演的是什么角色，唯一知情的，可能只有一个金妈妈。

“都别吵了。”金妈妈开口，身子往风月面前一挡，瞪着这群小蹄子就道，“谁不愿意待了就让人来妈妈这儿赎身，既然还在梦回楼，那就听我的话！你们少说，多做，明白吗！”

一众姑娘都有点不服气，可金妈妈的话，也没人敢顶撞，于是大家只能哼哼唧唧地应了。

“妈妈。”一直没吭声的何愁开口，朝她递了一沓银票来，“这是定金，赵公子说，他待会儿就来赎奴家走。”

大堂里安静了一瞬，除了风月，其他人的眼珠子都瞪得要掉出来了。

还真有个被人赎了身的？！

风月平静地看着何愁，这姑娘稳重，办事比谁都让她放心，她被赎走，总会回来的。

“恭喜了。”

听见风月开口说这一句，众人也都纷纷回神，七嘴八舌地问着情况。

有羡慕的，有嫉妒的，一时再没人将注意力放在风月身上。

她不动声色地退回殷戈止身边，脸一抹，跟换了脸谱似的，惨兮兮地朝他嘤嘤地哭起来：“奴家被骂得好惨啊，都是您害的！”

嘴角抽了抽，殷戈止拎着她就上楼，关上门道：“何愁恰好被赵悉赎身。”

“嗯。”手搭在他胸口，风月打了个哈欠，“赵悉没少往咱们这儿跑，何愁性子安静不争，相貌也上乘，他看上她很正常。”

“你想怎么做？”他低头看她。

有点困倦，风月的小脑袋很自然地靠在了他胸口，喃喃道：“不想怎么做啊，完成公子交代的差事而已。朱来财下毒的事情，奴家觉得公子能扣死他，就怕三司使大人捞人，他要捞的话，您给他看这个就成了。”

风月伸手塞给他一个黄梨木的盒子，继续道：“这事儿算简单的，但赵麟是护城军都尉，职位高权力重，府邸可森严了，压根打听不到消息，所以让何愁去试试吧。”

打开盒子看了看，是一本账，朱来财身为三司使的账房，在大额的走账过程里，没少往自己腰包塞钱。三司使若是想捞他，这本账也足够烧得他松手。

朱来财贪，就能扯出他的贪，明哲保身这种事，不用人教他们都会。

“你从哪儿弄到这个的？”随意翻了翻，殷戈止皱眉。

“做出来的。”风月道，“他经常在梦回楼留宿，身边带着的印信、章子之类的全被奴家复刻了一个遍儿。”

竟然是假的？殷戈止眯眼，忍不住道：“你这狐狸精。”

“公子这是夸奴家聪明啊，还是夸奴家长得媚人？”抬头一笑，风月勾着他的腰带就把人往床边引，她伸手拿了他手里的账本扔在一边，然后躺上床，将殷戈止抱了个踏实。

“就算是假的也能用，山稳河堂堂三司使，这么多年屹立不倒，心自然是狠的。得到这样的账本，他只会看印鉴辨真伪，根本不会与身缠官司的朱来财对峙，说不定还会提前送他一程。”

说得没错，殷戈止颔首，然后侧眼看向旁边的人：“你要睡便睡，抱我做什么？”

不抱着，万一她睡着的时候被他舍弃了，醒来就置身囹圄，那怎么办？肯定是抱着有安全感一点啊！

闭着眼睛，风月感叹着开口：“奴家没有见过全天下还有谁比公子的身躯更伟岸的了！抱着您，奴家感觉格外踏实，就算天塌下来，也一定有您在旁边替奴家撑着！所以，奴家舍不得松开您！”

殷戈止黑了半边脸，难得地打了个战栗，浑身寒毛倒竖，嫌弃之情溢于言表。

然而，嫌弃归嫌弃，他还是任由她抱着，没挪窝。

“楼里的姑娘都是你骗来的？”他问道，“不然为什么心甘情愿替你收集消息？”

听见这话，风月半睁开了眼。

楼里的姑娘十有八九都是知道自己在做什么的，沉默如何愁，尖酸如断弦，每个人都在深夜替她传递消息。她们可以过舒坦的日子，比如从良了安安稳稳地相夫教子，但是她们一个都没走。

没人骗她们，只是她们也经历过亲人和家园在一场大战之中什么也不剩下的痛苦，经历过挚爱和骨肉生生被人剥夺的绝望。

心里有执念和恨意的人，是没办法好生过日子的，比如她，比如她们。

楼里的人是三年前零零散散自己来的，最先只有几个姑娘，后来越来越多。金妈妈把关，只收战火之中的难民，其余的，一概没让进楼。进来的姑娘们待上一个月就会知道自己的任务，也会知道有一个领头人的存在。

但她们不知道是她。

“你就当是被奴家骗来的吧。”风月答他。

殷戈止不悦地侧身，面对着她躺着，伸手掐了掐她的脸蛋：“那为什么她们都不认识你？你连在自己人面前都要伪装，是何目的？”

“目的吗？”风月咧嘴，“这群姑娘都挺绝望的，连自己的贞洁都不在乎了，活着都是为了报仇。我是带着她们报仇的人，要是在她们面前，展现那一副任人欺凌的妓子模样，您说，她们会不会更绝望？”

心里莫名地一抽，殷戈止几乎脱口而出：那你呢？

你就不绝望吗？

然而他没问出来，面前这人打了个哈欠，跟只小猫咪一样，咂咂嘴，靠在他怀里睡了。

不知道为什么，这女人总是喜欢贴着他，贴着他的背，或者缩在他怀里，要么就是伸了指头死死扣着他的手。

更糟糕的是，她这么做，他会觉得很安心，背后贴着人，他莫名地觉得安全。怀里钻着人，他莫名地觉得满足。

她身上有好多好多秘密啊，谁知道那一团团的东西里头包着的是刀还是什么，就这么抱着，会扎着他吧。

然而，想是这么想，他还是抱着她，闭着眼睛安心地睡了个回笼觉。

叶御卿站在门口的时候，就看见两个跟连体婴儿一样的人，衣裳都穿得整齐，却抱在一起睡着。

倒吸一口凉气，他有些不解，正想靠近点看看，面对他躺着的人就安静地睁开了眼睛。

漆黑的眸子一对上，叶御卿停住了步子，他心里一跳，身体僵硬了一番，才笑着朝他拱了拱手。

看一眼旁边还睡着的人，殷戈止起身，无声地越过她，下床出去。

梦回楼隔壁的茶楼。

叶御卿伸手给对面的人斟了茶，笑道："还以为要养上几日了，想不到殿下恢复得很快。"

岂止是快，简直是变态，还趁他不在去风月屋子里！

"多谢殿下关心。"接过茶看也没看就喝了，殷戈止道，"殿下有事？"

有什么事啊，风月现在是被他包着的，他来看看是正常的好不好？

压着心里的不悦，太子殿下摇着扇子风度翩翩地道："瞧殿下似乎很喜欢风月，果真跟御卿是一路人，连看上的姑娘都是同一个。"

看着他，殷戈止很想说"你眼光真的不怎么样"，但是想想好像把自己也骂进去了，于是他沉默着没应。

茶楼二楼空无一人，叶御卿觉得再跟这人打太极也没什么意思，干脆开门见山："御卿最近遇见些麻烦事，不知殿下可否相助？"

每次来找他，叶御卿都是遇见了麻烦的，但殷戈止明哲保身，一向是毫不留情地回绝，不与他站在同一战线。叶御卿也习惯了，毕竟殷戈止喜欢易掌珠，而易大将军与自个儿的立场，可不算太一致。

但是今日，面前的人捏着茶盏，眼里竟然流露出了犹豫的神色！

他犹豫了！

跟看见天上掉金子了似的，叶御卿笑得整个人都灿烂了，他放了扇子，十分真诚地接着道："也不是什么大麻烦，只是武官要做的事情，御卿实在不擅长，只能求助于殿下，还望殿下能援手一二。"

眼里犹豫之色更浓，殷戈止像是在经历什么挣扎。半晌之后，他叹了口气问："何事？"

太阳打西边出来了？咽了口唾沫，叶御卿忍不住往窗外看了一眼，然后转回头来，笑道："父皇授意御卿查访护城军，说近来由于难民又增，不阴城频频出事，护城军有失职之处。但……御卿向来从文，在军中说话，恐难令人信服，所以……"

所以这得罪人的事儿要不然你来？

殷戈止没吭声，他安静地喝了一口茶，眉目间满是为难，还带了点不耐烦。

"当然，御卿知道，此事本也与殿下无关，没道理把殿下牵扯进来。"瞧着他有要拒绝的意思，叶御卿连忙道，"但御卿觉得，殿下兵法武学方面的造诣，无人不信服。只要殿下肯援手，那一切后果，由御卿承担，断然不会令殿下为难。"

也就是说你放心去吧，出事儿了我帮你顶着！

殷戈止垂首思索，食指轻轻摩挲着手里小巧的茶杯，终于开口："最近几日，在下身子不好。"

不想奔波。

叶御卿笑得咬牙切齿的。

身子不好？身子不好你还往梦回楼跑啊？不是差点就在风月的房间里被毒死了吗？结果才恢复一点，就又跑过来了？还想再被毒彻底点？

人做事都是要回报的，叶御卿明白，殷戈止要的回报也简单，都这么说了，那他没有不应的道理。

"殿下被下毒之事，御卿一定会严查，绝对不会饶了凶手。"义正词严地开口，叶御卿道，"杀人偿命，敢对您动手的，不管得逞没得逞，一样要偿命。殿下只管拿着此物去护城军查访，剩下的事情，御卿一定会给殿下一个交代！”

东宫的印信，红玛瑙的章子，安静地躺在叶御卿的手心。

殷戈止像是不曾察觉，也没想过接过这东西代表了什么，顺手就拿了去，颔首道：“好。”

叶御卿眼眸微亮，起身拱手：“如此，就多谢殿下了。”

“哪里。”

第十一章

救命的恩人

兴高采烈地下楼，叶御卿觉得今儿不阴城的天气都格外好！他想拉殷戈止入伙真的想得辗转难眠啊！这样一把绝世好剑，一旦助他，就可以帮他在兵权方面劈开一条口子，打破易国如一手遮天的情况，为叶氏皇族后代的江山添几分稳固！

殷戈止入烨一年，深居简出，不与人打交道，但烨国会武之人都知道他的厉害，崇敬他的人不在少数。他身份尴尬，无法掌权也无法为官，这更是自个儿最看重的优点，他一直想加以利用……啊，不是，加以器重。

感谢蠢到家的对殷戈止下手的人们，这回一中毒，终于是把无欲无求的殷戈止逼急了，他愿意出山了。

叶御卿朝天拜了拜，摇着扇子正想继续往梦回楼走，但脑子里闪过方才进去看见的画面，他脚步就是一顿。

哎呀呀，不巧不巧，他看上的姑娘，殷戈止也看上了，现在正是拉拢人心的时候，他为主，自然当让。

遗憾地看了梦回楼的方向一眼，叶御卿想，无妨，那姑娘说不定还能成为他与殷戈止之间最重要的纽带呢。

茶楼上空了，殷戈止一扫多余的表情，轻哼了一声，捏着茶杯抿了一口便起身。

风月醒了，正坐在屋子里把玩个东西，就见殷戈止开门进来。

“公子哪里去了？”娇嗔一声，风月道，“奴家还以为您今儿不来了。”

“喝了个早茶而已。”殷戈止问，“何愁已经在搬东西了？”

楼下后院门口停了好些马车。

“是啊。”风月颔首，“赵家公子也是大方，想来不会委屈何愁。”

不会委屈？殷戈止嗤笑一声，那赵悉风流成性，后院的小妾都不知道有多少，何愁这样的青楼姑娘，进去当真不会受委屈？

不过想想这些姑娘是做什么的，他也就不多操心了。

“昨儿公子问了奴家好些事情，奴家现在也想问公子一件事儿。”起身去抱着人家胳膊，风月抬头眨巴着眼睛道，“您到底是怎么察觉奴家有异的？”

知道死在哪儿，她也好改进啊，被他发现还有生路，被别人发现那才是真的死定了。

轻哼一声，殷戈止道：“银子。”

风月微微一愣，想起灵殊丫头跟自己哭诉的银子被劫匪抢了的事情，咬牙：“还当真是你干的！”

又不用尊称？睨她一眼，殷戈止道：“用银子包字条，你很聪明。”

背后冷汗又开始渗了，风月咽了口唾沫。

也不知道他这话是夸她还是夸他自己，这法子最早算是殷大皇子发明的，为了保证战报在传递过程中不出现意外，就将战报塞在刀柄和剑鞘里，让传令兵带着上路，饶是传令兵被杀了，敌军也找不到战报。

她活学活用，这不就把字条塞银子里，让灵殊去买郑记的绿豆糕吗，外人的确也发现不了啊，谁知道遇见了祖师爷。

不能说她失算，只能说是运气不好。

“字条太轻，银子分量会不对，你没告诉你的丫鬟实情，每次给她的银子都是裹着字条的，你的丫鬟也就理所应当地觉得一两银子就该是那种分量。所以后来接到我的银子，她觉得不对劲。”闲散地坐在凳子上，殷戈止慢悠悠地道，“我只是试探了一下有没有这种可能，毕竟那老板娘与人接触，光天化日，众目睽睽，只有银子能传递东西，没想到蒙对了。”

风月：“……”

瞧着这人脸上气定神闲的样子她就来气，仿佛别人精心的设计在他看来就是老旧的套路，随便蒙一蒙就能破解的。

好在自己有心理准备，从遇见这个人开始她就没抱太多侥幸心理，被发现了就摊梦回楼的牌，坦诚相待，投入他的麾下。

直到现在，身为澧国百姓的风月，依旧相信跟着大皇子是不会输的。

姑且跟着他吧。

转脸一笑，风月伸手便给他捏肩：“公子真是神机妙算，慧冠一方，奴家甘拜下风，愿为公子驱遣。”

“嗯。”漫不经心地应了，殷大皇子指了指左肩，“用力。”

风月嘴角抽了抽，将自己的手伸到他面前：“公子，您忘了吗？奴家还带着伤呢，虽然是恢复得不错，可要用力也难了点啊。”

依旧包得严严实实的手，只露出手指在外头瞎晃，殷戈止瞧着，抿唇道：“你倒是厉害，没好全的手，也能一直这么折腾。”

风月嘿嘿地直笑：“反正奴家除了脱衣舞，什么都不会，不弹琴也不作画，手废了也不碍事，还能动就行。”

可真是心大啊，殷戈止眯眼。

“主子。”正聊着呢，观止进来，他看了风月一眼，小声在殷戈止耳边道，“干将带来了。”

说小声也不是很小声啊，她恰好就听见了啊！风月咬牙，脸色有点难看，没敢回头。

一个身形威猛的人恭恭敬敬地低头进屋，朝着殷戈止就跪了下去：“主子。”

殷戈止没回头，也没让风月下去，他直接开口：“我待你不好？”

干将咬牙，摇头：“主子待属下，恩重如山。”

“嗯，那你这算是恩将仇报？”

没明说是什么事情，但看一眼旁边的风月，干将额头上的汗水唰唰地往下掉：“属下……不敢。”

风月很想平静，但看见干将，她还是没忍住手抖了下。

这一抖，殷戈止便伸手上来覆住她的手，按在他的肩膀上。他慢慢回头看了干将一眼：“那我能知道，你背叛我的原因吗？”

嘴唇发白，干将连连磕头：“属下没有害主之心，只是……这梦回楼办事一向很快，属下以为，能解主之忧。”

“哦？”侧头看了风月一眼，殷戈止目光温和，“梦回楼办事快原来已经有名声了？那我怎么不知道？”

喉咙微紧，风月咬牙，她心思转得飞快，立马就叹了口气。

这气叹得是惆怅感慨啊，听得殷戈止挑眉，睨着她道：“有话就说。”

“奴家想夸您的人呢。”扭身坐在他大腿上，她笑道，“梦回楼接过很多客人，也留下过客人很多的东西，唯独这位公子，来过我梦回楼，但不知身份，也没留下信物。若是哪天有人想害公子您，奴家一定拿不出东西来。”

干将嘴角抽了抽。

“你的意思是，”转头看向地上的人，殷戈止温柔地问，“他也喜欢来梦回楼啊？”

风月眼也不眨：“对啊！在奴家还没挂牌的时候，他就勾搭上奴家了！”

干将的脸，在听见这句话之后，瞬间从白变得通红，又变得发青。然后他低着头，一声也不敢吭。

殷戈止面无表情地看着她。

风月朝天叹了口气，努力陷入回忆：“那是几个月前的一天了，这位公子来梦回楼玩，恰好在后院碰见奴家，当即就被奴家闭月羞花、沉鱼落雁的美貌震惊了，于是想跟奴家一夜春宵。”

殷戈止眉梢动了动，干将觉得背后一凉，忍不住就反驳：“没有！”

“是没有度成啊，但是公子在梦回楼留宿了啊。”风月眨眼，一本正经地瞎掰，“那晚奴家试探了公子一晚上，公子也没泄露自己的身份，倒是察觉了奴家这梦回楼的秘密。之后，公子也就偶尔在遇见棘手之事时，过来找奴家帮忙。”

殷戈止表情麻木，伸手撑着下巴，跟看大戏似的看着她。

咽了口唾沫，风月挺直腰杆：“奴家可没撒谎，这位公子只不过来找奴家帮了两次忙。因着忌惮他将秘密泄露，奴家也就都应承了。奴家本还有些慌张，怕他是什么坏人，结果是公子的人啊！奴家对公子的仰慕之情真是如滔滔江水绵绵不绝……”

“闭嘴！”听够了，殷戈止瞥她一眼，转头看向地上还跪着的人，“你说。”

干将一脸心如死灰的表情，抬起头来看着他：“属下无话可说。”

还能说什么啊？啊！这么离奇的故事都被关风月编出来了，他难不成还去丰富故事情节啊？

“你是同我出生入死的兄弟。”殷戈止淡淡地开口，“那么多场仗都跟我一起打过来了，刀剑你都肯替我挡，我实在想不出你背叛我的理由。”

风月垂下眼帘，老实地捏着帕子站在一边。

干将是澧国前锋营副将，武功高强，战功赫赫，所以殷戈止信任他。即便来了澧国，他也带着他，让他做暗卫。

其实在澧国继续留着，哪怕奔波些，地位也是比暗卫高的。但他自愿跟他来澧国，隐入暗处，不显人前。这样的人，功名利禄于他都是浮云，但美色的话……

微微侧头看一眼风月，殷戈止觉得，风月说的话也许是真的。干将来过梦回楼，无意中发现梦回楼是个情报传递之所，毕竟他现在做的也是这个，观察起来比他细致。

发现之后，与他无关的事，干将就没有在意，只在接到某些困难任务的时候，才想起来这儿找人帮忙。毕竟这一年来，干将知道他所有的事情，真要背叛，不可能在这个时候才背叛，还做的是有益无害的事情。

基于对干将的信任，殷戈止强行说服了自己，并且觉得很有道理。就应该是这样，不然也不会有别的可能了，干将只忠于他，没有人能从他手里抢人。

“罢了。”他道，“下次有这样的事情，你也该提前告诉我。”

已经不抱什么希望的干将在听见这句话的时候惊呆了，但想了想，他还是镇定地朝殷戈止磕了头，然后出门。

“公子，来尝尝这个啊。”劫后余生，风月连忙笑得跟朵花似的，端了点心就凑到他面前去。

殷戈止安静地看着她，目光流转，连她一根头发丝儿都没放过。风月笑着，身子却紧绷，恍然有种被他看穿的惊悚感。

然而，打量她一圈之后，面前这人什么也没说，拿了糕点就吃。

心口猛地松下来，风月觉得，多伺候这人几天，自己可能都得短命几年。

已经短命了几年的干将从梦回楼的后门出去，无声无息地进了郑记糕点铺。

看一眼他的神色，老板娘郑氏脸上笑容不变，让掌柜的来看着前头，然后自己便跟着去了楼上。

“出事了？”递了帕子给他，郑氏皱眉问。

擦着头上的汗水，干将眉头皱得比郑氏还紧，缓了半晌才道：“那丫头怎么会跟殿下撞上了！”

郑氏一顿，叹息：“大概是缘分吧。”

“说什么缘分！要是被发现身份，她哪里还有活路？”干将眼睛都红了，压低着声音，嗓子发紧，“关将军一家上下，都是殿下监刑处斩的，在殿下心里，将军是叛国之人，他的女儿，你说他会放过吗？”

郑氏也很担心，擦了擦手坐在旁边：“那怎么办呢？这遇都遇见了，咱们担心这些也没用啊。大小姐很机灵的，应该没事。”

那点机灵，在殿下面前，当真有用吗？干将死死地闭眼，长叹了一口气：“你小心遮掩就是，晚上知会其他人，你们都是死人了，过去的事情，就当全忘了，别露出丝毫破绽。我不能久留，先走一步。”

“是。”满脸愁容地应了，郑氏跟着下楼，一到人前就换了张脸，伸手塞给干将一包点心，“客官下次再来啊。”

干将颔首，走得头也不回。

他发过誓一生只效忠大皇子殿下，但，关将军救过他的命。

他是前锋营的副将，前锋营跟着大皇子征战过，自然也跟着关苍海征战过。彼时他还是个小将，双方对阵之时冲得太快，四周都是敌兵，打得狼狈不堪。就在他精疲力尽快要成刀下亡魂之时，是那满脸络腮胡子的关大将军策马闯过来，一刀横陈，把他救了下来。

他还记得，那人把他拉上马，笑得粗声粗气地夸他："好小子！够勇猛！"

在沙场上一起浴血奋战过的人，都会有一种特殊的感情和信任，所以当所有人都觉得关将军是当真叛了的时候，他没有。

他在家里偷偷供奉关将军的灵位，每天给他上香，因为他知道，关家上下，满门忠烈，已经一个都不剩了，他要是不供，英魂都无归处。他想过给大皇子进言，然而战火又起，殿下根本无暇再顾其他。再者，他也是一介莽夫，根本说不了什么条理清晰的话。所以他觉得，关家可能是要蒙冤千古了。

然而，跟着大皇子初到烨国之时，关清越便联系上了他。

或者说，是关风月。

那传闻里敢爱敢恨，潇洒不羁的女将军，穿着一身红纱袍，顶着满头珠翠，笑眯眯地问他："将军，我爹的灵位，可不可以拿给我？你带着不方便。"

现在想想，风月可能是一早就知道，总有一天她会与大皇子遇见，所以找上了他。但是，她怎么知道他在供奉关将军的灵位？

不管怎么说吧，从这些事儿来看，至少关风月是个很聪明也早有打算的姑娘，他担心没用。她要是都会暴露在大皇子面前，那他更是没什么法子能遮掩。

心乱如麻，干将叹息一声，干脆不想了，加快步子，回到自己该去的地方去。

殷戈止吃饱喝足，心情不错，拎着风月一起去了校场。

安世冲和徐怀祖早早地就来练习剑法和刀谱了，瞧着身法，真是又努力又有天赋。

"殿下的运气一向很好。"风月忍不住道，"就连随便收的徒弟，也是根骨奇佳。"

谁告诉她，这是他随便收的了？殷戈止轻哂，看向安世冲。

"师父！"那边两个人也看见他们了，立马收了刀剑，齐刷刷地过来行礼。

“练得不错。”殷戈止颔首，“世冲进步很大。”

“谢师父夸奖。”安世冲笑了，开心得很。旁边的徐怀祖不高兴了，撇嘴道：“师父，徒儿也有进步啊。”

“没人说你没长进，只是世冲明显比你练的时间长，所以下盘更稳。”殷戈止伸手敲在他手背上，长恨刀便脱了手，落在他掌心。

“看着。”

徐怀祖一愣，愕然地低头看了看自己的手，喃喃道：“我还说这刀打死不脱手的！”

风月低笑：“那是你师父空手夺白刃，不用打死，你也拿不住。”

安世冲点头：“连风月姑娘都看得懂，瞧你这出息。”

捏捏手腕，徐怀祖撇嘴，不情不愿地看向自家师父。

不看不知道，一看他又愕然了。

殷戈止在耍刀，一招一式，都是给他的刀谱上画着的。可同样的招式，为什么他耍起来就跟街头卖艺的人似的，在师父那儿，就是一套精悍的武功绝学？

大风飞扬，风月带着欣赏的目光看着殷戈止，他的身躯其实一点也不壮硕，罩着白衫还能装一下文弱书生。但摸过才知道，这人身上每一寸的肉都很紧实，能迸发出很可怕的力量。

比如眼下，这横刀一扫，极为简单的动作，他能将刀挥得四平八稳半点不晃，过处虎虎生风，扬起一片沙子，将风月扑了个灰头土脸。

抹了把脸，风月鼓掌：“公子真是文韬武略，上天入地，无所不能！这一套刀法精妙绝伦，在公子手里，更是所向无敌。”

安世冲和徐怀祖本来还打算恭维的，但是没想到，他们所有能恭维的词，全被风月用了，两张无辜的稚嫩的脸，只能目瞪口呆地看着她。

收了刀，殷戈止又嫌弃地扫了风月一眼，然后走回他们面前，把刀还给徐怀祖。

“师父！”回过神来，安世冲道，“明日是家父五十大寿，不知师父可否赏光，驾临寒舍，喝一杯薄酒？”

安国侯府的酒可不是谁都能喝到的，风月眼睛都亮了，她很想替殷戈止点个头！安国侯可是烨国皇帝的挚友啊，那关系好得，一句话顶得上言官十本奏折！但也正因为如此，安国侯府鲜少与人结交，上门之人也不得谈政事。

跟这样的人结交，有益无害啊，说不定什么时候还能捞回自己一条小命。

然而，殷戈止看了安世冲一眼，摇了摇头。

期盼的眼神顿时黯淡下来，安世冲低声问：“师父有事要忙吗？”

“没有大事，只是君子言而有信，我答应了明日一整天都陪着风月。”面不改色心不跳地胡扯，殷戈止道，“既然答应了，就不能食言。”

安世冲微微一愣，瞬间释然：“原来是这样，这是小事啊，师父可以带风月姑娘一同前往。”

风月吓了一跳，连忙摇头：“这叫小事？奴家是什么身份？哪有资格进侯府啊。再说了，跟大皇子一起进去，奴家定然是会被人查来处的，要是有人将奴家的身份捅到侯爷那儿去，岂不是要让殿下背个不敬之名？”

安世冲眼神又黯淡下去，皱眉半晌没吭声。

徐怀祖一巴掌拍在他背上，笑道：“这有什么难的？且让风月姑娘扮作师父的丫鬟，不就好了？”

若是当成并肩的女子带进去，那定然是要暴露身份的，可若是丫鬟，那就无所谓了，谁还不带两个丫鬟去伺候啊？

“正好，我先前还跟家里的人提过，说给师父选个丫鬟，好歹可以做饭，也不至于让观止大人那般操劳。如今带风月姑娘去，就说是我送的，也顺理成章。”徐怀祖笑嘻嘻的，说完他就看着殷戈止，“师父觉得如何？”

还能如何啊？风月撇嘴，本还以为他是脑子抽抽不想去，谁知道是在这儿哄骗小孩子，逼得人家两个单纯的少年连台阶都给铺好了，就等着这位大爷下，不下还是人吗！

“如此，那为师也只能去了。”殷戈止勉为其难地颔首，“风月也准备一番吧，到底是侯府，规矩森严，你也别给我丢人。”

“多谢殿下，奴家明白。”风情万种地颔首应下，风月捏着帕子，心里疑惑得很。

让她一起去做什么？她这种手无缚鸡之力的人，带着不是累赘吗？大好的机会，他该去跟人家侯爷谈谈人生理想，聊聊大好河山啊！

安世冲高兴了，眼里都满是光亮，看得风月一阵唏嘘。

现在的小年轻也真是满腔热血，单纯善良。就因为殷戈止武功厉害，有点牛气的过去，就这么崇敬他，也不仔细看看他是个什么人。

不过，一般人仔细看，也的确看不出殷戈止的本性，只会觉得这人沉默寡言，颇有高手风范。只有她，能穿透殷戈止这皮囊，看到他黑漆漆的心肠。

离开校场，殷戈止二话没说就带着风月往使臣府的方向走。路过成衣店、首饰铺之类的地方，他还会停下来，进去买点东西。

“公子。”风月赔笑，“奴家上不得台面的，带奴家去那种地方做什么啊？”

伸手把东西都放在观止的怀里，殷戈止勾手示意她过去。

“嗯？”凑脸到他面前，风月眨了眨眼。

殷戈止认真地低声道：“都是大尾巴狐狸，你给我装什么兔子？在我面前都天不怕地不怕，你还怕镇不住场子？”

风月嘴角抽了抽，掩唇一笑，呵呵地道：“奴家哪里不怕了，奴家这样身世飘零、无权无势的姑娘，哪里敢……”

“少废话！”睨着她，殷戈止这凌厉的眼神仿佛能直接穿透她到对面的墙上打个洞出来，“你不想去侯府？”

怎么可能不想呢？这种高门之地，有机会能去，那肯定是要去的。但是瞧着面前这人，她总觉得心里不踏实，像是被他捏在手里的棋子，不知道自己会被放在什么位置。

“公子要奴家去，奴家定然会去。”笑了笑，风月搂住他的手臂，“只是，奴家该说的都已经说完了，您不会还不信任奴家吧？”

一听这话，就知道这小妖精戒心未除，殷戈止抿唇，低下身子眼眸深邃地看着她：“我信不信任你，你明日去了就知道。”

她的筹码已经给出来了，他的可还没有亮给她看呢。上位者，若是实力不够，怎么让人甘愿追随？

两人已经隔得很近，风月一瞬间啥想法都没了，看着他这张张合合的薄唇，下意识地含了上去。

殷戈止僵了身子，瞳孔一缩。

四周的车水马龙、人声鼎沸好像在这一瞬都停住了，他眼前是她含笑的眼睛，唇上温热，有不老实的小舌头，直往他牙关闯。

观止也傻眼了，反应了好一会儿，才抱着一大堆东西替他们挡着路人的目光，红着脸道："主子，这是大街上呢！"

他当然知道是大街上，吻过来的又不是他！殷戈止微恼，一把将人扯开，冷声道："你不要脸，我还要。"

眨眨眼，风月笑眯眯地道："公子实在秀色可餐，奴家没忍住，造次了。"

"……"

头一回看自家主子接不上人的话，观止惊叹不已，抱着盒子就凑到殷戈止旁边去，小声道："主子，您别害羞啊，这种事儿是姑娘吃亏，您又不吃亏！"

"你哪只眼睛看我害羞？"殷戈止冷着脸道，"没有。"

虽然很不想拆自家主子的台，可这样的主子实在千年难得一见，观止忍不住戏谑了一句："您耳根子红了。"

殷戈止停了步子。

风月正暗骂自己不要脸呢，冷不防便感觉旁边的人不走了。

"怎么了？"她心虚地问。

该不会是反应过来了，现在要揍她吧？

"买点东西。"殷戈止指了指旁边的铺子，面无表情地对观止道，"进来搬。"

风月抬头看了一眼，是个瓷器铺子，大概是想给安国侯爷买贺礼吧？她没多看，继续低头沉思。

不到一炷香的时间，殷大皇子就潇洒地走出来了，背后跟了一个巨大的花瓶，瞧着贼沉。

"哇。"风月眨眼，"这家店的花瓶这么厉害，能自己走路？"

"姑娘……"虚弱的声音从花瓶后头传出来，观止颤颤巍巍地道，"花瓶怎么可能走路，会走路的是在下……"

这啥情况？风月没看明白，就见殷戈止心情甚好地道："店里伙计忙，不送货，观止力气大，就让他拿着便是。"

抬头看了一眼铺子里闲得看热闹的伙计，风月“呵呵”地笑了两声：“您真是体贴。”

“过奖。”微微颔首，殷戈止大步就往前走，还甩下来一句，“别磕地上了，这个是要当贺礼的，沾不得灰。”

观止：“……”

同情地看了他一眼，风月连忙提着裙子追上前头的人，殷勤地问：“您晚上想吃点什么啊？”

殷戈止道：“酱烧猪舌。”

风月：“……”

有一句话怎么说的来着，宁得罪君子，也莫得罪殷大皇子！此人心胸极窄，报复心极强，手段阴毒，一旦惹上，不知道什么时候就倒霉了。

心有余悸地看一眼背后的大花瓶，风月决定晚上好好讨好一下这位大爷。

叶御卿不去梦回楼了，风月就得了空闲，在使臣府提前混混，装个丫鬟什么的，适应适应角色。

殷戈止也当真没客气，府上所有的活儿，瞬间就从观止那儿转移了一半到她头上。

“主子。”灵殊瞪着好奇的大眼睛看着她，“这府上为什么没别的下人啊？”

跷着二郎腿躺着晒太阳，风月道：“主人抠门，不给发工钱，自然就没别的下人了。”

抠门的主人站在院子门口咳嗽了一声。

晃悠着的脚一僵，风月紧了身子，慢慢地把腿放下来，然后起身，飞扑到殷戈止面前，朝着人家就是一个狗腿十足的大礼：“公子您来啦？”

拿眼尾扫着她，殷戈止问：“打扫干净了？”

风月笑道：“您这客院虽然不住人，但观止也是时常打扫，并没有多脏。这不，清理一番就能住了。”

脑子里仿佛有什么东西闪过去，风月一顿。

客房？灰尘？

“既然能住了，那就好生收拾，明日我要看见个端庄的丫鬟。”殷戈止的声音打断了风月的思绪，看她有点走神，他还瞪了她一眼，“听见了吗？”

“听见了听见了！”被这一打岔，风月死活都抓不住那点一闪的灵光了，她干脆媚笑，“奴家一定不会给您丢人的。”

“是奴婢。”

“奴婢明白！”

点点头，殷戈止领着她去饭厅。灵殊麻溜儿地去厨房端菜，按照自家主子的吩咐，她啥也不多说，只老老实实做事。

“梦回楼下毒一事，已经在衙门立案，方才有人来传话，说朱来财已经被关进了大牢。”殷戈止道，“三司使那边还没有动静。”

“衙门什么时候抓人这么果断了？”风月一边扒饭一边道，“按理说三司使府上的人，没那么好抓啊。”

殷戈止没吭声。

有叶御卿在，山稳河绝对不敢拦，并且，他也绝对不敢救。

“其实还有个问题，奴家不是很明白。”一边盛饭，风月一边道，“朱来财虽是对您下了杀手，但您要杀了他的方法实在有很多，做什么要这般费事？”

看她一眼，殷戈止没说话，眼里却满是嘲讽，看得风月当即一个寒战，撇嘴道：“奴家就是问问而已嘛！”

“你不是在查山稳河吗？”他道，“揣着明白，给我装什么糊涂？”

那锭银子落在了他手里，她在查山稳河的事情他自然也就知道，她怎么就把这茬忘了，白给人嘲笑一回！

风月咬咬牙，从善如流地笑：“奴家只是对山大人很感兴趣，毕竟是当朝三司使，掌管钱粮，却不知道您是怎么想的。”

想用朱来财，钓个山稳河？不好钓啊，山稳河一旦弃车保帅，剩下个朱来财，能有什么用？

她盯准山稳河，是因为此人与太子的关系不太好，先前就有恩客在醉酒的时候说，太子的命令和山稳河的命令不同，下头的人却都得听，实在为难。

这么一说，太子肯定也对山稳河有点兴趣，要是她能提供点什么线索，叶御卿就能更看重她一分。

没想到却被眼前这人截和了！

眼睁睁看着风月盛了第三碗饭，殷戈止沉默了片刻，若无其事地端起茶抿了一口，然后道："你该做什么就做什么，不必知道我怎么想的。"

那我杀了您行不行啊？——要是再借给她一百个胆子，她也许就把这句话说出口了。

然而，很遗憾，胆子不够，风月只能乖乖巧巧地应了，然后吃饭。

饭后，风月带着灵殊回了客房，她摸着灵殊的小脑袋道："在这儿住，老实点，别乱跑知道吗？"

灵殊睁着一双无辜的眼睛，道："这院子这么大，又这么空，翻跟斗都没问题啊，为什么不能跑？"

小孩子就是天真啊！风月拎着她到客院门口，捡起块石头，朝围墙的方向一扔！

"唰"地就有个人影飞出来，那人愣怔了一下，又消失无踪。

灵殊看得目瞪口呆："好厉害啊！"

"你以为这是什么地方？"抱着她，风月皮笑肉不笑地道，"厉鬼之穴，焉能无牛蛇之辈。"

这种话灵殊是听不懂的，反正她就记住了自家主子说的不能乱跑，然后便乖乖地去打水，伺候自家主子休息。

"殿下。"跪在主屋里，观止委屈极了，"属下的手只是很酸，但是没有废，还是能伺候您的。"

床边坐着的人就着灯光看着书信，漫不经心地道："一个人伺候就够了。"

"那……"那凭啥是风月姑娘去，不是他去啊？

低头想想，观止发现了个严重的问题，那就是人家会做菜，长得好看，还能暖床。而他，除了打架，什么都不会！

"主子！"眼泪儿都要出来了，观止道，"属下再也不敢惹您生气了，您还是让属下继续伺候吧。”

这语气凄惨得，活像是要被抛弃了的女人。

殷戈止终于抬头，看着他道：“只明日不带你罢了，这么激动做什么？”

只明日？观止愕然：“那之后呢？”

“之后，她回她的梦回楼，咱们该做什么做什么。”殷戈止疑惑地看着他，“不然你以为是要如何？”

惊讶地看了自家主子一眼，观止沉默了。

这使臣府里头一次住了别的人进来，他还以为主子会给风月姑娘赎身，以后就同她一起过了，结果谁知道……

要是风月姑娘知道，那该多伤心啊，都住进来了，结果自家主子还要把她送回去。给人希望又让人失望，那比让人绝望还残忍啊！

唏嘘了片刻，观止还是老老实实地起身伺候自家主子歇息。主子说什么就是什么，他可不想再抱着那么大的花瓶走完十条街了。

天色破晓，又是一个新的黎明，殷戈止刚睁开眼，就看见个良家妇女在冲他笑。

“公子，奴婢伺候您起身。”

杏红色的齐胸襦裙，活泼俏皮的双螺髻，风月薄施妆粉，一双眼睛水灵灵的，没了那狐媚的眼尾形状，整张脸显得格外干净。

殷戈止起身，打量她两眼，刚睡醒的嗓音格外沙哑：“还不错。”

“您买奴婢回来，不就是看上奴婢这还不错的样子了吗？”上一刻还正正经经的小丫鬟，下一瞬又朝他抛了个媚眼，捏着帕子嘤嘤嘤地道，“可怜奴家二八年华，就被您占了身子，再寻不得好人家呀呀呀——”

唱戏似的尾音，听得殷戈止眼皮直跳。接过她递来的茶漱了口，他往旁边“呸”了一声：“好生说话！”

“是！”风月立马正经了神色，双手叠在腰侧，朝他屈膝，“贺礼已经先送去了安国侯府，按照路程来算，咱们这儿乘车慢悠悠地过去，也只要半个时辰，所以您还可以多歇会儿。”

这可真是天生会唱戏的好料子，一会儿一个样的。殷戈止轻哼，起身就道：“更衣。”

“是。”风月一笑，拿了一套青烟色的袍子过来放着，然后就伸手去解殷戈止身上的衣裳，手指尖儿不老实地在人家胸口划啊划的。

殷戈止面无表情地看着她。

要是别人的话，看这脸色，她肯定就住手了，但殷戈止这种贱人，只要没有身体上的反抗，那他的表情完全可以忽略，都是骗人的！

于是这脱件衣裳，风月便没少揩人家油，她左捏捏右摸摸，再次感叹人家功夫就是扎实。看筋骨，他可能能同时对付三个干将那样的人。

“摸够了？”瞥了一眼屋子里的沙漏，殷戈止脸色很不好看，一把掐起风月的胳膊，跟拎什么似的就把她拎上了外头的马车。

“嗷！”委委屈屈地滚进车里，风月道，“丫鬟不是不能在车上的吗？”

“我说你能，你就能。”殷戈止缓缓放下了车帘。

在上路之前，风月还在感叹，大魔王也有人性啊，舍不得她迈着小碎步在外头跟着跑。

但是上路之后，她脸就青了。

“公子，这是马车上！”

“嗯。”

“咱们要去安国侯府的！”

“嗯。”

“不行……别……外头全是人！”

驾车的车夫脸上一阵阵发热，拉着车跑得飞快，眼瞧着要到安国侯府了，还特意多绕了点路，给后头两位收拾的时间。

安世冲正在侯府门口等着，其实按理说他是不必出来迎接的，但是殷戈止要来，对师父充满尊敬之意的小徒弟，一大早就搁这儿站着了。

“使臣府的马车。”徐怀祖眼睛尖，看见了就拍了他的肩膀一下。

安世冲回神，立马迎上去。

“师父！”

掀开车帘，殷戈止心情好像很不错，朝他们微微颔首之后，便往后头道：“丫鬟先下。”

风月两眼含泪，伸出哆嗦的手指无声地控诉了一下面前的禽兽，然后咬牙挤出个笑容，下车去旁边站着。

“这是？”乍一看没认出来，仔细打量之后，徐怀祖吓得小退一步，“风月姑娘？”

“这是我的丫鬟，月儿。”殷戈止下车，一眼也没看她，径直就随安世冲朝侯府里走，“先去见过侯爷吧。”

风月努力走得正常，面带微笑地跟着。她头低垂着，眼睛盯着殷戈止的脚后跟，恨不得壮着胆子上去踩一脚。

昨晚她想讨好他，他非让她睡客院，说是为了今日有更好的状态进侯府，那刚刚是怎么回事儿？临时发情啊？就算她是个妓子，那也没做过这么刺激的事儿啊！

时辰尚早，侯府的人不算太多，安世冲很顺利地就引着他们去了主院。

“父亲，殷殿下前来贺寿。”

一听声音，安国侯爷转过身来，瞧见殷戈止便笑了：“稀客。”

“愿侯爷寿比南山。”到底是晚辈，殷戈止朝他行了礼，难得乖巧。

风月没敢抬头，毕竟四周人多，所以她能看见的就是一双双的靴子。

金黑色的靴子对这边的茶白色锦靴道：“殿下能来，寒舍也是蓬荜生辉，不如里头请？”

茶白色锦靴应了：“侯爷请。”

于是旁边两双兴致勃勃来炫耀师父的黑色皂靴就愣住了，还没介绍呢，怎么就像很熟似的，两人就这么进屋了？

风月也很奇怪这个问题，她还没来得及想点什么，旁边的皂靴就踩了她一脚：“月儿，进去伺候你家主子啊。”

“……是。”

门关上，里头没别的靴子了，金黑色的靴子朝她的方向站了一会儿，疑惑地问：“这是？”

“贴身丫鬟。”茶白色的靴子答。

有“贴身”二字，侯爷也就没多说什么，笑着请殷戈止坐下。风月也就乖巧地站到殷戈止身后，替他倒个水啊什么的。

“难得你会来我府上。”安国侯道，“这次就不顾忌了？”

“名正言顺，又有何惧？”

“哈哈哈！”安国侯爷笑了，叹着气道，“我就欣赏你这股子沉稳劲儿，跟别的年轻人啊，一点也不一样。”

这听着，怎么倒像是很熟的样子？风月震惊了，盯着殷戈止的靴子说不出话。

第十二章

奴家好惨啊

殷戈止从善如流，捏着茶杯便道：“谢侯爷厚爱，沉稳不敢当，寡言而已。”

安国侯大笑，开怀得很，一双眼满是赞赏地看着他：“把冲儿交给你，我很放心。只是殿下，最近城里又起风云，您可已经寻好避难之所？”

这种话都说得出来，那绝对就不是客套两句的普通关系了。风月捏紧了手，盯着自己鞋尖，心里掀起了惊涛骇浪。

太子有意趁易大将军不在国都而斩其羽翼，巩固己方之权，这形势不少明白人都看出来了。有的明哲保身，有的趁机拥护皇权，投诚太子。

而安国侯爷，这禁止别人来自己府上谈政事的老狐狸，竟然问殷戈止：你找好避难的地方了吗？

有一瞬间她甚至要怀疑殷戈止是不是安国侯府的私生子，不然，安国侯爷凭什么这么为一个澧国的皇子操心？

“烨国风浪，与我澧人何干？坐岸观浪，衣襟都难湿。”殷戈止淡淡地道，“倒是侯爷，身处高地，大浪必拍之。”

这声音分外镇定，经他慢慢悠悠地吐出来，瞬间就能安定人的心神。

风月一顿，万般杂念瞬间消失，她心念微动，飞快地抬头看了面前这两人一眼。

殷戈止坐得端正，手里一盏茶，芳香四溢。安国侯面色微恼，眼有窘迫之色。

刚刚那几句话的往来，风月没太专心听，现在看着侯爷这反应，才恍然明白过来。这哪里是安国侯在操心殷戈止啊，分明是安国侯府有难，安国侯跟殷戈止求救呢！

殷戈止是澧国来烨国的质子，身上无官无职，外人看来，除了身份特殊、武功高强、得圣上赞赏之外，也没别的了。但安国侯不一样，他位高言重，但凡涉及争论厮杀，必定有人扯他下水选边站，若是不选，安国侯府难免成众矢之的。

这就是在皇帝面前有话语权的弊端。

堂堂安国侯爷，眼角都有皱纹的老前辈了，现在竟然冲个晚辈下套，也忒没风度了啊！

然而殷大皇子有的是风度，他茶盏一放，关怀备至地道："既然侯爷也知风浪将至，何不早做打算？"

"殿下可有好的提议？"安国侯爷盯着他，眼神瞬间充满防备，一看就是跟殷戈止交过不少次手，很了解他不要脸的本性。

眼神柔和而真诚，殷戈止道："侯爷早年做过不妥之事，在太子之争时选了队站，虽然站对了人，但已经涉了党争，旁人便再不会当您是个想安心颐养天年的侯爷。如今太子有意与虎相争，侯爷若助太子，则涉争更重，难免得罪易大将军。但若不助太子，太子殿下难免就会觉得您有叛他之心，徒生对立之意。"

这就是安国侯爷最纠结的地方啊！他愁啊！头发最近都愁白了！帮谁都不对，谁都不帮也不对，外头的人都觉得他这安国侯风光得很，谁知道他心里的苦啊？

安国侯爷抹一把辛酸泪，又松了戒备，叹息着问殷戈止："殿下可有法子，再救老夫一次？"

再？

风月瞬间了然，算是知道殷戈止为什么在烨国也能横着走了，原来他在暗地里结交了不少人啊，连安国侯爷都承过他的情。而且包括安世冲，竟然好像都不知道这件事，还当他没见过侯爷。

阴险，太阴险！

“晚辈本也不欲再蹚浑水。”殷戈止长叹一口气，眼神忧郁地道，“但既然收了世冲为徒，安国侯府的忙，晚辈还是得帮。”

这师拜得好啊，他真该给他补个拜师的红包！安国侯爷满脸笑意，期盼地看着他。

殷戈止道：“既然四处都是风浪，独晚辈一人安稳无虞，侯爷何不考虑与晚辈同行？”

“与你同行？”微微一愣，安国侯思忖了片刻，“敢问殿下，意欲何为？”

“世冲再过不久就到了弱冠之年，弱冠的男儿，当在朝中挂职才算本事。”殷戈止道，“晚辈所欲，不过是让两个徒儿建功立业，达成所愿，与风云无关，更不分党派。侯爷年事已高，若是能安心养老，慢慢交权于世冲，晚辈可保安国侯府安然无忧。”

这倒是个不错的主意啊，安国侯爷想，世冲是他的嫡子，他肯定是盼着那小子有所成就的。放权给他不是难事，说是权，也不过是他手里的人脉关系，迟早是要世冲来继承的。现在有殷戈止护航，那定然更加顺畅。殷戈止不涉朝政，太子欣赏他，易大将军也对他不错，他能在两人之间寻着微妙的平衡点，躲在他们后头，那是绝对周全的。

于是片刻之后，他笑道：“犬子顽劣，还望殿下多费心了。”

殷戈止勉为其难地颔首，那表情那姿态，像极了为了徒儿不畏艰险、辛苦付出的好师父。

风月没忍住，侧头轻轻“呸”了一声。

要是她是安国侯，说不定也能被这人的花言巧语骗了！他哪里是想帮安世冲建功立业啊？分明是想通过安世冲，得到安国侯府的助力，以便自个儿做事更方便！虽然可能会顺路帮世冲一把，使他更快在朝中站稳脚跟，但这大尾巴狼的目的这么不单纯，哪有脸接受人家的感谢啊？

一想起安世冲看殷戈止那种崇敬的眼神，风月就觉得心疼他，更觉得面前这人不要脸！

但，她也更加觉得他可怕。

先前她一直在疑惑，今日他为什么要带自个儿来安国侯府，她又不能打探点什么。但现在她明白了，殷戈止是来吓唬她的。

刚投诚的人，心不是很定，就像战场上的俘虏，被俘之后一段时间很难融入，也始终对新的将领抱有怀疑。

殷戈止这种老牌将军，直接上来就给她放了个大招，亮出安国侯府这张牌给她看，意思就是你跟着我，我有一万种方法可以带着你坑别人。但你要是背叛我，我也有一万种方法可以让别人坑你。

强者，只会服气比自己更强的人。

风月是服了，老老实实地夹着尾巴站在殷戈止旁边，大气都不敢出。

安国侯爷压根没有意识到对面的人心怀叵测，只当他为自己解决了一个巨大的麻烦，脸上笑得褶子一堆堆的，还顺带目光慈祥地看了风月一眼，夸道："这丫鬟也真是不错，怪水灵的。"

闻言，风月立马朝他水灵灵地笑了笑，屈膝行礼。

殷戈止瞥了她一眼，淡淡地道："怀祖送的，瞧着呆傻，也不会乱说话，故而晚辈带在身边。"

"哈哈"地笑了两声，安国侯爷心情甚好地揶揄："殿下的使臣府一向冷清，是该添点人了。要不然，朝中那些个碎嘴的家伙，总要说点什么不三不四的话出来。"

说起这个话题，殷戈止脸就黑了一半。他只是不喜欢往府里放女人，在外头睡的女人可不少啊，偏生还有人传他不举或者断袖，也是闲得慌。

看了看风月，他突然觉得很有必要带她出去晃一圈。

"时候不早了，侯爷也该准备寿宴了，晚辈就先告退，出去跟世冲他们走走。"

"好。"安国侯点头。

于是风月就迈着小碎步，跟着殷戈止出了门。

门一打开差点扑进来两个人，殷戈止低头，就见安世冲和徐怀祖双双尴尬地笑："啊，师父，你们谈完了啊？"

气定神闲地"嗯"了一声，殷戈止往外走，两个少年连忙跟在后头，你看看我，我看看你。

师父生气了？

好像没有，这点小事，应该不会怪罪吧？再说，咱们也没听见什么啊。

眼神交流了一会儿，两人安心地抬头，就见旁边的风月姑娘一脸同情地看着他们。

“怎么？”徐怀祖好奇地问，“姑娘何以是这种神色？”

看了一眼前头走着的人，风月贼眉鼠眼地小声道：“二位少爷小心啊，你们师父的规矩很严的，听墙根这种事，不被逮着算你们的本事，被逮着就惨啦！”

心里“咯噔”一声，徐怀祖喃喃道：“不会吧……”

最后一个字还没落音，前头的殷戈止就停了步子，回头道：“明日开始你们加一个时辰的马步，再多踩半个时辰木桩。”

安世冲脸都绿了，徐怀祖连忙道：“师父，不用这么狠吧？咱们什么也没听清啊！”

“嗯？”殷戈止一脸正气，“什么没有听清？”

“……这，难道不是咱们听墙根的惩罚吗？”安世冲小心翼翼地问。

殷戈止摇头：“不是，是为了让你们身形更轻，基本功更扎实。”

严师出高徒啊！两人一边心疼自己一边感叹，正想说师父的规矩也不严嘛，没生他们偷听的气啊，然后就听见自家师父幽幽地补了一句：“练好基本功，下次听墙根的时候，就不会被人发现了。”

风月一个没忍住，喷笑出声。

徐怀祖和安世冲一脸愕然，想求饶吧，师父没怪罪。不求饶吧，那也太惨了！

“师父……”

“乖，准备吃寿宴吧。”殷戈止转头继续走，直接去了前院准备入席。

后头跟着的两个人都跟吃了苦瓜似的，有气无力地道：“风月姑娘，你可真是太了解师父了！”

了解吗？风月摇头，皮毛而已。

那边殷戈止已经坐下，四周不少人瞧见，都过来问了安。安世冲和徐怀祖过去，一左一右，分外殷勤地添茶倒水：“师父，尝尝这茶，新到的毛尖儿！”

“快午时了，师父饿不饿？要不先用些点心？”

殷戈止坐得跟个大爷似的，一声不吭地享受着徒儿们的侍奉，风月站在旁边，看得心里舒坦极了。

不是她狗腿啊，你看，人家在他面前也得狗腿啊！魔王面前，众生平等，她实在不算委屈！

“这是安国侯府的世子啊，怎么对他那般亲近。”身后不远处，有人嘀咕了一声。

风月一顿，装作整理旁边花束的模样，缓缓回头看了一眼。

两个站在一起的男人，四十多岁的模样，都穿着常服，却挺着官肚子，看向这边的表情，没有别人眼里的羡慕和恭敬。

另一个人小声回答：“不是拜师了吗？谁知道这安国侯府的世子会拜在他门下，瞧这模样，还真把个质子当回事。”

微微皱眉，风月低头想了想。

朝中看殷戈止不顺眼的人是有挺多，但除了直接下毒的朱来财，其他人态度尚不明朗，这俩是什么人？

“月儿。”风月正想着呢，殷戈止的声音就传了过来。她回头，只见他很不满地看着自己，然后指了指他身后的位置。

疑惑地走过去站着，她问：“公子有何吩咐啊？”

“当奴婢的，要时刻站在主人身后，不要离太远。”殷戈止语重心长地说着，还递给她一块糕点，“尝尝。”

这么好？风月眨眼，笑着接过糕点，正要吃呢，就又听见人笑道：“殿下终于有丫鬟了。”

“谁这么好福气，能进使臣府当丫鬟啊？”

徐怀祖痞里痞气地朝说话的人道：“晚辈体贴，送师父一个丫鬟，师父赏脸就收下了，这算丫鬟的福气，还是晚辈的福气啊？”

那边的人一愣，立马恭维：“自然是徐少爷的福气了。”

徐怀祖轻笑，眼神示意风月低头，风月瞧见，立马缩了缩脖子。

殷戈止像是没听见这些话，慢悠悠地等着开席。

他坐了主席下头的一桌，本是不打眼的，谁知道两家小少爷都围着他坐，这桌自然就引了不少人来看。席间安国侯爷虽然只礼节性地来喝了一杯，但殷戈止还是一直被人围着灌酒，活像他过五十大寿似的。

酒喝多了，人也就醉了，他一把将旁边当花瓶的风月搂进怀里，吹着酒气道："月儿你可别乱跑，等会儿找不到你。"

风月微笑，咬着牙小声道："主子，奴婢站在旁边，一个步子都没挪过！"

"那你去门口等我。"醉醺醺的人道，"等会儿我就逃出去，咱们溜回府。"

总觉得有不善的目光盯着他们，她在这儿也觉得不舒坦，于是风月立马就应了，拨开层层人群便往外走。

安国侯府侧门口停了不少马车和轿子，车夫家奴们坐在一起聊天等着。风月蹲在使臣府的车辕上，跟只鹅似的伸长脖子看，别家的主子倒是零零散散出来了几个，她家那个始终没瞧见人影。

蹲了三炷香了，人还是没出来，风月暗骂了一声，然后打算站起来活动活动手脚。

然而，就在她站起来的这一瞬间，旁边冷不防地充斥着一股子凌厉的气息。

风月下意识地想躲，但动作没人家快，力气没人家大，柔弱的风月就这么被个麻布袋套得结实，她只"嗷呜"叫唤了一声，便被人捂住嘴扛走了。

门口的车夫们聊得兴起，压根没人发现。

心下一沉，风月想不明白这个时候会有谁对自己下手，她就是个丫鬟而已！招谁惹谁了？！

扛着她的人力气很大，声音也很粗："是这个没错吧？"

旁边的人道："应该没错，留了字条了，咱们去城外等着就是。"

绑架？她定了定神，留了字条就说明她还有活路，不用慌，乖乖当个被绑的人就好了。

于是绑匪跑了一路，发现自己肩上的人不动也不闹，像根面条儿似的挂着。

"方才没把人打晕吧？她怎么没动静的？"

旁边的人道："多半是晕了，胆子真小！不过胆子小好啊，咱们做事更方便。”

这话一说，两人对这种弱不禁风的小姑娘就没什么警惕心了。到了地方，他们还慢慢地把她放稻草堆上，没使劲扔。

闭眼不动，风月均匀地呼吸着，直到一盆水泼自己脸上之后，才装作惊醒的样子，颤颤巍巍地看向面前的人：“你……你们是谁？”

瞧这模样还算可人，两个贼人缓和了语气：“不用怕，请你来帮个忙而已。”

哇，那你们请人帮忙的态度真是太好了！心里骂了一句，风月身子抖得更厉害，惊恐地看着他们。

安国侯府侧门。

殷戈止站在车边，看着车辕上压着的字条。

“北城门外树林断桥。”

眼里醉意消散，他捏着那字条看了好一会儿，转手递给身后的徐怀祖：“真是失算，说是丫鬟，但你徐家送的丫鬟，看来也容易被人惦记。”

徐怀祖一看就奓毛了，剑眉倒竖：“朝女人下手算什么本事？！”

说完他低头想了想，再看了一眼旁边气定神闲的自家师父，突然有点理解贼人的想法。

不朝女人下手，难不成朝殷戈止下手啊？那不是下手，那叫送命。

“师父，我们陪您一起去看看，万一有埋伏，您也不至于孤军奋战！”安世冲道，“带上点人。”

“是啊，师父，咱们一起去把风月姑娘救回来！”

打了个哈欠，殷戈止眼里的醉意又上来了，他口齿不清地道：“嗯，救人。”

然后就醉得不省人事了。

安世冲目瞪口呆地伸手接着他，徐怀祖也傻眼了：“师父？”

肩上的人闭着眼睛，呼吸均匀，脸上还有喝多了的红晕，看起来……还当真是君子如玉。

呸呸呸，现在不是看相貌的时候啊！徐怀祖慌张地问安世冲：“这怎么办啊？”

安世冲比他镇定，想了一会儿就道：“师父这个样子是没法去救人了，但名义上风月姑娘是你送给师父的，眼下你带人去救，合情合理。”

有道理！徐怀祖立刻上马，扯着缰绳道：“你将师父安顿了，我先回将军府调人手，半个时辰之后，北城门会合。”

“好。”安世冲点头，看着他策马而去，便让家奴帮忙把殷戈止抬进客房。

眼下午时刚过，光天化日的，贼人扛着人都能出城门，想必有点手段。两个少爷没敢怠慢，调了三十余人，弓箭兵器齐备，才敢往北门外走。

茅草屋里。

风月抖得浑身肌肉都僵硬了的时候，面前的两个贼人总算说出了目的：“你要是想保命，就按照我们的吩咐，涂了这个，蹭到你家主子的嘴上去。”

一张朱丹纸，两抹胭脂红，风月瞧得一愣一愣的：“两位大人……这是要奴家去勾引主子不成？”

“你这姿色，定然够用。”扛她的大汉朗声道，“他身边就你这么一个丫头，难不成晚上还不用你暖床？等他来英雄救美回去，你再以身相许，不就顺理成章了？”

好厉害啊，这都安排好了，风月忍不住都想鼓个掌。

“这东西你吃下去，等你成了事儿，咱们给你解药。”一个黑乎乎的东西塞到她的嘴里，风月装作咽下去了的样子，干呕了两下。她顺势将那东西夹在手里，然后泪眼盈盈地顺了顺胸口：“这……这又是什么？”

“毒药，没有解药的话，你会死，这样一来你就算被救出去，也得办事。”看她这惊恐不安的样子，两个贼人就跟吓唬小孩子似的吓唬她，“所以，你别玩什么花招，会没命的！”

“奴……奴婢一定照做，两位大人到时候一定要救救奴婢啊！”朝他们磕头，风月抖得如风中飘零的落叶。

本来绑人的话，多多少少是要让肉票吃点苦头，才能保证她听话的，但是今天这买卖格外顺利，两个人都觉得运气不错，绑来的姑娘胆子小，很配合，那他们就不用花力气了。

等人来就是。

从茅草屋出去就是一座断桥，桥下河水干了，人直接就能走过来。贼人在断桥一边等着，一个时辰之后，就看见两个穿着锦衣长袍的少爷，带着一大群人往这边狂奔而来。

“啥情况？”贼人有点傻眼，“大人不是说，等个长得贼好看的穿青衣的公子来就好了吗？这怎么来这么多人啊？”

另一个人也傻了：“这……那我们还要不要威胁，说那青衣公子不自尽，咱们就剁了那姑娘啊？”

“还威胁个屁！咱们不被剁了就很好了！跑啊！”

坏人往往死于话多，本来说不定他们能跑掉的，但叽叽歪歪这么长时间，安世冲早就带人围上来了，直接便将两个贼人按在地上，一顿胖揍。

“光天化日之下，还敢强抢民女？你们是谁派来的！”

“我……”壮实点的绑匪很想硬气地说：我们是自己来的！但是他话还没说出口，旁边护卫沙包大的拳头就“砰”的一声砸在他嘴上，打得他门牙一松，在空中划出了一个好看的弧度。

安世冲坐于马上，沉默地看他们被打了个半死，才又问：“绑来的人呢？”

这回不敢怠慢了，贼人立马指了指后头的茅草屋。徐怀祖下马便冲了进去，他将长恨刀横于胸前，已经做好挡暗器的准备。

然而，门推开，里头就一堆稻草和一个舒舒服服躺在草上休息的美人儿，别说机关暗器了，多的看守的人都没有。

“不是吧？”徐怀祖遗憾地放下刀，道，“这也太敷衍了啊，亏我们还准备了这么久，以为你遇见了什么厉害的绑匪呢。”

“让公子失望了。”风月起身，摘了身上的草，捏着那张朱丹纸就往外走，“殿下呢？”

被绑的人一点都没有经历生死挣扎的惊慌失措，反而这么平静地问话，徐怀祖更觉得失望，垂头丧气地跟在后头道：“喝醉了，在侯府里歇着呢。”

风月步子顿了顿，又若无其事地继续往前走，皮笑肉不笑地道：“醉得可真是时候啊。”

“嗯？”徐怀祖没听清，“姑娘说什么？”

“奴家是说，这两人不是普通的绑匪。”看着安世冲也下马过来了，风月笑道，“他们想让奴家毒死殿下。”

哦，毒死。

嗯？毒死殷戈止？！安世冲脸黑了，徐怀祖也是一个激灵，立马转身吼道：“把这两人给我带去衙门！”

“是！”

“怎么会有这样的事情？”安世冲很震惊，瞪着风月道，“师父可是澧国的大皇子，身系两国邦交太平，何人敢来害他？”

单纯不谙世事的少年啊，风月直摇头：“敢害殿下的人不少，上回在梦回楼，半夜都有人来刺杀，三司使府上的账房更是利用奴家，给殿下有毒的点心。如此看来，今日这一张朱丹纸，也不算什么稀奇。”

师父的处境竟然这么危险吗？安世冲满眼的不可思议，徐怀祖则是皱眉沉思了一会儿，然后道：“说是身系太平，但师父到底是无权无势，被人害了也做不了什么，胆大的人，自然敢接二连三地冲他下手。如今咱们既然拜师，也该好生保护师父才是。”

“有道理。”安世冲赞同地点头。

看着这义愤填膺的俩孩子，再想想那安然无恙的殷戈止，风月心里冷笑，眼里也带了讥诮。

好一个需要人保护的大皇子啊！什么也没做，什么也没说，就让她出门等着被绑，便成功地装了一把可怜人。受苦受难的都是她，他只用坐享其成。

更可恨的是，饶是看穿了这一点，她也只能顺水推舟，不敢坏他好事。

心里有气，风月扯了缰绳就上马，朝两人说了一句“回去吧”，然后策马直奔安国侯府。

“这……”看了看自己远去的坐骑，安世冲目瞪口呆，“风月姑娘竟然会骑马！”

徐怀祖连连点头：“师父看上的果然都不是一般人。”

然后他就把安世冲拉上了自己的马，跟着追上去。

客房里躺着的人正悠闲地看着窗外的风景，听见门外的脚步声，他立马闭上眼，装睡。

朝门口守着的家奴颔首示意，风月笑得好看极了，看得家奴边往外走边嘀咕："使臣府的丫鬟真是温柔啊！"

等人都走了之后，温柔的丫鬟脸色一变，挽起袖子，对着那紧闭的房门，上去就是一脚！力气之大，直接将插着的门闩踢开了！

饶是殷戈止，也被这动静吓得睁开了眼。

房子塌了？

然而看向门口，却是风月握紧拳头站着，她端庄万分地朝他缓缓走来，脸上满是关切地问："公子醉了？"

殷戈止莫名地有点心虚，揉了揉额头，装作痛苦的样子应了一声："嗯。"

"奴婢替您按压一下身子吧，利于醒酒。"她体贴地凑过来，分明是笑着说的，但是殷戈止严肃地摇了摇头："不必。"

装作没听到，风月脱了绣鞋，把床上的人面朝下按住，然后直接跪到了他背上！她身子的重量全靠膝盖支撑，膝盖顶着这人背上的骨头，发出清脆的一声！

殷戈止脸都绿了。

安世冲和徐怀祖本还打算进来请个安问候一下的，刚到门口看见床上那场景，两人立马一人拉了一边的门关上，很是懂事地道："师父好生休息！"

休息得了吗？感受到背后这人浓浓的怒气，殷戈止闷哼了一声，头埋在枕头里，没反抗了。

聪明人与聪明人之间一向不用解释太多，狡辩更是没什么用，看在她回来得挺快的份上，便随她去吧。

"公子，舒服吗？"一点力气也没省，风月咬牙切齿地问他。

身下的人看不清表情，语气倒是甚为愉悦："舒服……若是能让我翻个身，想必更舒服。"

翻……低头看了看自己的姿势，万年不要脸的风月也脸红了，她狠狠一脚踩在他背上，大喊一声："舒筋活络！"

“唔。”疼得失笑，殷戈止没抬头，嘴角却是不由得勾起。

好久没人敢这么对他了，没想到小妖精生起气来，倒也挺有趣的。完全没了那假惺惺的媚笑，活蹦乱跳得像只青蛙，嘴巴肯定也一鼓一鼓的，就差一声——

呱。

眼里笑得更欢，嘴里却没出声，殷戈止趴着，任由背上的“青蛙”上蹿下跳。

等她蹦跶累了，他才伸手把她拎到旁边，眯着眼睛板着脸吓唬人：“胆子肥了？”

火泄完人就容易窝囊，风月缩了缩脖子，小声道：“奴婢这不是为了给主子醒酒吗？”

“酒是醒了，五脏六腑也快被你压碎了。”殷戈止皱了皱眉，嫌弃地道，“你可真重！”

还敢说她？风月撇嘴，眼眶都红了：“亏奴婢今日天真地跟着主子来，以为就是来见见世面的，谁知道主子想也不想就把奴婢扔出去当钩子，勾着俩蠢绑匪当饵，钓了俩蠢徒弟！您是开心了，可想过奴婢？”

“你怎么了？”殷戈止道，“不是好好的吗？”

好好的就可以送她出去让人绑啊？风月磨牙，想了想打不过人家，那还是哭吧。

“嘤嘤嘤，看着是好好的，中间经历了什么，您哪里能体会？”泪珠儿直掉，一颗颗砸在他手背上，风月哽咽，“奴家这如花似玉的姑娘，被两个大男人绑着，一路上没少被动手动脚，上下轻薄……”

她已经打好腹稿了，要说被轻薄了，还要说被打了，最好还说被人从马上扔了下来，差点没命之类的，这样显得更加惨烈，好让面前这人愧疚一二。

然而，话刚说了个开头，她都没说完呢，身边的人就坐了起来。

莫名其妙地被吓了一跳，风月捂着心口看着他：“公子？”

殷戈止周身气息不是很友好，看她一眼，便下床：“你先回去吧，我还有事。”

什么，故事都不愿意听她说？好歹她是受害人，能不能尊重一下？

知道是编的，听完也好啊，就这么走了？

风月气得鼓了鼓眼睛，没好气地下床穿鞋，等她出去的时候，就连人背影都没看见了。

赶着去投胎啊！

撇嘴翻了个白眼，风月自个儿找到侧门，再找到使臣府的马车，可怜巴巴地上去，然后让车夫上路。

安世冲还在侯府，徐怀祖却已经不见了。殷戈止走过去，面无表情地问了一声："人呢？"

安世冲以为他问徐怀祖，连忙道："去衙门了，抓着了绑匪，风月姑娘说他们不简单，要害您，所以怀祖过去亲自守着。"

颔首应了，殷戈止一边往外走一边道："为师也去看看。"

师父都去，那安世冲自然也要去了，他立马牵马来，一人一匹，飞快地往衙门跑。

徐怀祖正在衙门大堂，吊儿郎当地绕着两个绑匪转："趁着没升堂，你们先交代交代吧，谁指使的？"

这么简单直接的问话，专业一点的打手都不会回答的，但是从整个绑架事件来看，这两人明显不是很专业，再加上被暴揍了一顿，现在这两个绑匪老实得很，哆哆嗦嗦地道："做咱们这行的，从来不知道主顾的来头，给银子的人就要咱们绑个穿水红色衣裳的丫鬟，留个字条，然后威胁来救那丫头的人。他说要是威胁不了，就给张有毒的朱丹纸，让那丫鬟去动手。"

殷戈止进门来就听见这么一句话，安世冲转头去跟衙门的人打招呼，他便走进去，问了一句："放了那丫鬟，她还会动手？"

战战兢兢之中，两个绑匪转头就看见这天神一般的人跨进门来，他语气温和，跟刚刚那凶巴巴吼他们的少年完全不一样。

心下一松，一个绑匪连忙道："那人还给了咱们毒药，说喂那丫头吃了，事成才给她解药。"

另一个绑匪点头，看这青衣公子长得俊俏，身子又单薄，像个书生，于是眼珠子转了转，道："那解药还在咱们这儿呢，您要是想要，不如让其他人下去。”

徐怀祖不高兴了：“有解药就拿出来，叫我们下去做什么？”

“做咱们这行的，也是有约定俗成的规矩的。”壮实的绑匪道，“屏退左右，咱们有话好商量。”

“是啊，不然的话，咱们玉石俱焚好了，反正都是死。”在同伴眼里看清了想法，另一个绑匪帮腔说道。

眼下升堂了他俩才是真的死定了，在那之前，一定要找机会逃跑！

那锦衣少年凶巴巴的，还带着刀，一看就是练家子。还是面前这个书生好对付，柔柔弱弱的，手里也没个武器防身。只要让其他人出去，他们就能趁着拿解药……嘿嘿嘿！

眼神一对上，两个绑匪觉得此法十分可行！

“你们在外头稍候。”殷戈止道。

徐怀祖一点也不担心自家师父，带着人就撤退了，大堂里就剩下两个绑匪和一个看起来柔弱的书生。

“解药。”修长的手伸到两个绑匪面前，殷戈止语气很温和。

一使眼色，一个绑匪伸手到怀里掏解药，另一个绑匪活动了一下手腕，眼神陡然凌厉，他出手飞快，猛地朝殷戈止脖颈抓去！

眼皮都没抬一下，殷戈止慢慢地躲开他这一击，接着伸手到他怀里，飞快地掏出了药瓶。

绑匪瞳孔微缩，很惊愕，他压根没看清这人的动作，为什么药瓶就被他拿到手里了？

而面前书生的脸色，在拿到药瓶之后陡然变得冰冷，如同地狱归来的索命人，慢慢地靠近。在他还没反应过来的时候，肚子上就猛地一痛，接着整个人天旋地转，重重地撞在了墙上。

四肢和肺腑都传来什么东西碎裂的声音，叫也叫不出声，他滚落在地，张大了嘴抽搐。

旁边的绑匪目瞪口呆，殷戈止转头，想也没想就压了他的手腕，双手交叠，狠命一拧！

“咔吧”一声，绑匪的脸色骤然苍白，接着便撕心裂肺地吼叫出声：“啊——”

“师父。”外头的徐怀祖小心翼翼地道，“您轻点。”

旁边的安世冲挡着京兆尹，拱手解释：“师父只是在里头拿解药，是对方要求的，不是在杀人。”

擦着额头上的汗水，京兆尹赔笑，眼神却压根不信。

一炷香之后，门开了，殷戈止走出来，朝京兆尹行礼：“有劳。”

“不敢当，不敢当。”陈流芳连忙回礼，“贼人如此胆大包天，行刺殿下，下官定然严审！”

殷戈止颔首：“从朱来财一案，在下便知，大人刚正不阿。”

那哪里是他刚正不阿，分明是太子殿下抓着人不放，非得往死里弄，他现在顶着三司府的压力，真是举步维艰。

“朱来财的案子？”安世冲多问了一句，“是三司府上的那个账房吗？”

“正是。”

“还没判决？”徐怀祖沉了脸，恼怒地道，“杀人偿命，谋害质子更当诛！既然已经抓到了人，那还在等什么？”

殷戈止轻轻地叹了口气：“大人也有他的为难之处。”

“为难？”安世冲道，“既然为难，那不如上交廷尉，赵廷尉不畏强权，自然能有个好决断。既然今日来这一趟，大人不妨把证据和犯人交给在下，在下顺路就送去廷尉衙门。”

“这……”陈流芳擦了擦额头上的汗水，“不是什么重大命案，交给廷尉的话……”他怎么跟三司使交代啊？

眉头一竖，徐怀祖当即就冷笑：“不是重大命案？大人的意思，是非得殿下出事，两国开战才好？”

“下官不敢！”

“那就不必多说了，提人吧。”徐怀祖道，“镇远将军府的府兵都在外头，护送个犯人绰绰有余。”

“……”这逼上门来，他也实在拧不过，陈流芳叹了口气，心里也松了口气，赶紧让他们把人带走，少了他的麻烦。

于是徐怀祖就十分严肃地押着犯人去廷尉衙门了。

“师父放心，赵廷尉是家父旧友，关系一向不错，有他在，很快就能定案。”策马走在他身侧，安世冲说了一句。

殷戈止点头：“今日实在奔波，你还是早些回侯府吧，晚上或许还有庆典，到底是东道主。”

“好，师父路上小心。”朝他行完礼，安世冲握稳了不悔剑，挥鞭便朝侯府的方向跑。

四周终于安静了，殷戈止低头，看了手里的药瓶一眼。

她那种狡猾的人，会中毒？

想起那人在他背上蹦蹦跳跳的样子，他摇头，挥手想扔，又顿一下，还是把药瓶揣进怀里。

“主子。”观止在门口等他，见他回来，连忙上来牵马。

下马就往府里走，殷戈止问：“人在主院还是客院？”

观止神色复杂地回答：“回梦回楼了。”

嗯？殷戈止停下步子，不解地回头。

“方才风月姑娘回来，说事情都办完了，就带着灵殊走了。”观止也很纳闷，“您还没赶人呢，她竟然就自己走了。”

他还以为她会想留在这儿。

殷戈止眉头皱了皱，又松开，继续往主院走，淡淡地道：“想必是没中毒，不然早嚷着让我救了，哪还有心情回梦回楼。”

“什么中毒？”

“没什么，你送谢礼去梦回楼就是。”

又是谢礼，总感觉每次主子不高兴的时候，都让他往梦回楼送谢礼。观止很想说，其实很多事一句话就可以解决，不用那么破费的。

但是看了一下自家主子冷若冰霜的脸，罢了，他还是去选礼物吧。

回到梦回楼，风月好生洗了个澡，换了一身衣裳，又变成了媚气横生的狐狸精。站在梦回楼的三楼，她对着楼下街上来往的人群抛媚眼。

梦回楼还在歇业，然而依旧有姑娘偷偷接客，不算死气沉沉。风月的媚眼抛着抛着，就听得身后尖锐的声音道：“哟，还在呢？这一会儿来一会儿走的，我还以为你被人赎出去了。”

断弦的声音，一贯带着点细针划铁的尖锐劲儿，听得人浑身不舒服。

然而风月还是回头朝她笑："没客人啊？竟然有空来挤对我。"

"哼，不想接客罢了。"到她旁边站着，扫了一眼街上的人，断弦那小白眼翻的，简直是出神入化，"倒是你，接不着客人，还勾搭过路人了？咋这么不挑呢？"

风月扫一眼她的脸，伸手拿了帕子给她："眼下的妆花了。"

"要你管！"断弦凶巴巴地吼了一声，又立马掏出小镜子对着照，整理了一番，才叹了口气，"暮去朝来颜色故，门前冷落鞍马稀。"

"哇，你还会诗词啊。"风月鼓掌，"有才华！"

"你以为谁都跟你似的只会跳脱衣舞不成？"轻蔑地看她一眼，又看了看下头街上茫茫的人群，断弦眼里有点落寞，"只是有点可怜咱们这种人，要是还有仇怨也好，就怕没了仇怨，都不知道过的什么日子。"

顿了顿，风月垂下眼帘。

断弦是个富足之家出来的难民，在战乱中被抓进军营百般欺凌，为了护着年幼的妹妹，她什么也不要了，只愿他们放过她妹妹。但是很不幸，她妹妹最后还是被人当货物一样送了出去，辗转受辱，最后死在了某个将领的手里。

半年前，断弦是拼着最后一口气倒在梦回楼门口的。

半年后，这个女人娇艳如花，只是心里怕是一片腐朽，只等大仇得报，就可含笑九泉。

都是在硬撑。

"得了吧。"风月嗤笑，"瞧瞧你这张脸，老得跟四五十似的，有空感叹唏嘘，不如好生养养，免得吓跑了客人，到时候饿死的还是你。"

断弦一愣，表情瞬间狰狞："你说谁老呢！"

"谁老说谁！"

"你……"

"风月！我的乖乖，快下来！"金妈妈的大嗓门再度响起，穿透四方，"恩客又给你送东西来啦！"

断弦脸色一沉，就见面前的人像得意的孔雀，朝她抖了抖尾巴，然后捏着手上的镯子道："姑娘还是先攒够棺材本吧，想那么多做什么？"

说罢，风月扭着小蛮腰下了楼。

振作了一番，断弦提着裙子就往下冲，她拉了微云几个姑娘阴恻恻地站在大堂旁边，看着风月笑得跟朵花似的清点恩赏。

“我也想要那么大方的恩客。”微云嘟嘴，“还大度，被下毒了都不怪她！”

“运气好而已。”金玲哼哼道，“一年里总有那么几个客人是人傻钱多。”

几个姑娘赞同地点头，说起人坏话来，瞬间就像个普通的妓子，哪里还有什么血海深仇，只有女儿家的小心眼和小妒忌，嘈嘈切切，纷纷扰扰。

正在看清单的风月笑了笑。

女儿家啊，还是过得简单点好，没事吵吵架，抢抢客人什么的，多好。

当然，她的日子是没法简单过的，殷戈止没来梦回楼，想必也是有事要忙。但黄昏时分，叶御卿过来了。

“刚喝完安国侯府的寿酒，要回宫，顺路来看看你。”太子殿下摇着扇子笑，眼里的神色却更加复杂，他靠近她，温柔地道，“风月啊，你本事不小。”

心里“咯噔”一声，风月低着头行礼：“公子此言何意？”

第十三章

中间的纽带

她行事这般滴水不漏，就算倒霉遇上殷戈止被拆穿了，可也不至于被太子发现什么啊！

心里忐忑，面上却是更加镇定，风月一双无辜的眼睛眨啊眨的，等着面前这人的下文。

结果半醉的太子殿下幽幽地道：“殷殿下今日带的丫鬟，是你吧？”

原来是这事儿。风月微微松了口气，眼珠子一转就笑开了，扶着叶御卿在桌边坐下，嗲声嗲气地道：“您也去了？奴家倒是没遇上，不然定然去同您问安。”

“我去的是晚宴，你们都走了。”叶御卿低笑，“只留众人议论纷纷，说是殷殿下转了性子，收了徐府送的丫鬟。我料他不会随便收人，又听人说那丫鬟颇为美艳，便想起了你。

“没想到还真的是你。”

最后这一句话说得缓慢，别有深意。

风月冲他眨眼，笑得分外得意，尾巴一翘一翘的：“奴家是不是很厉害？殷殿下那般难缠的人，都能让奴家留在他身边……虽然也没留多久，但比起别人，殷殿下对奴家可亲近了不少。”

大大咧咧地炫耀，像得了宠的普通女人，急于彰显自己的本事。

扇子半遮了脸，叶御卿眼里的神色幽深，似惊讶，似庆幸，也似遗憾，目光在她身上流连半晌，终还是化为了无边的温柔，将她笼罩在里头，低低地道：“你是喜欢他，还是喜欢我？”

这话问得缠绵悱恻，风月鸡皮疙瘩都要起来了，却还是得不动声色地道：“殿下这是什么话呀，上门是客，哪有喜欢谁不喜欢谁的？”

“是吗？”扇子轻摇，叶御卿伸手勾了她的腰，将人拉到怀里，低头看她，“可你的殷殿下，对易大将军很是尊敬，从不犯他分毫。风月，你不想报仇了吗？”

眼里一瞬间闪过不甘、恼怒、委屈等多种情绪，分量足够，比例适当，糅杂成一张隐忍的脸：“奴家……自然是想报仇的，可奴家能做什么呢？”

就等她问这句话了，叶御卿勾唇，长眉柔和，眼神如水，跟个邻家大哥哥似的，十分为她着想地道：“既然能得殷殿下信任，那自然是有报仇的机会的。只要你能说服他，与我配合，那你的大仇，也不是不能报。”

惊慌地看着他，风月挣扎了一下，小脑袋直摇：“这怎么行？奴家怎么能说服殷殿下呢？奴家什么也不懂。”

“你要是有想报仇的心，那我便可以教你。”看着她的眼睛，叶御卿道，“眼下时机正好，不少人对殷殿下动手，朱来财已经被移交廷尉府，安国侯府门口又出了绑架之事。你作为被绑的人，去跟他说说，让他问罪护城军。”

光天化日的绑匪能扛着人直接出城，那就是护城军的失职。风月假意沉思，手里捏着帕子揉啊揉的，心里却早就打好了主意。

她能得殷戈止信任，那太子就必定会想利用她传递消息或是诱导殷戈止，加上她说的想要易国如的命，那太子就会放心地把她当刀使。

刀柄是她递到他手里的，一切都进行得很顺利。

“奴家什么也不懂。”忧郁地看着叶御卿，风月道，“您说什么，奴家就照做什么，只要能报仇，奴家愿意为殿下差遣。”

风月眼里恨意难消，整个人身子紧绷，像一头含恨已久的恶狼，只要能咬着仇敌，那他指哪儿，她就扑哪儿。

对于她这样的态度，叶御卿实在很满意，反正已经将她查了个彻底，没发现什么问题，那就可以试着用。

只是有点可惜，在窗台上潇洒饮酒的姑娘，如今要成他手里的一把刀，而不是一个女人了。因着殷戈止，他可能很长一段时间都不能碰她。

可惜啊可惜。

不过，天赐良机，实在难得，他也不能生生错过了。

叶御卿再看了风月一眼，放她站直身子，然后道："殷殿下最近会查访护城军，你可以提点他一句，护城军都尉赵麟与三司使的往来甚为密切。"

脑子里断着的线突然连成了绳，风月瞬间就明白了一点东西，她眼眸发亮，点头就应："奴家明白！"

"这是我府上的通印。"从袖袋里拿了一个小锦囊出来，叶御卿看着她道，"有什么需要帮忙的，只管让人拿着这个去南宫家报信。"

南宫者，当今皇后之娘家也，自然是能联系上太子的。

恭敬地接过东西，风月低头行礼，就见面前的人站起来，停顿了一会儿，叹息着离开了。

捏着手里的东西，风月激动得浑身微颤。

她想做的事情，总算已经开了一个头。

殷戈止和叶御卿都是防备心极重之人，她能这么不动声色地插到两人中间，实在是难得。

有了开头，剩下的事情就好办了。

收了印信，风月安心吃饭睡觉等消息，养精蓄锐准备迎接一场不阴城的风暴。

使臣府。

殷戈止起身，像是做了一场不太美好的梦，他茫然地看看屋子里，只有他一个人。

"观止。"

"属下在。"门外的人应声进来，笑道，"主子醒了？要用早膳吗？"

有饭菜的香气飘进来，闻着跟往常的不一样，殷戈止挑眉："她来了？"

“这您都能猜到？”观止惊讶地吸了口气，看了看门外，“风月姑娘今儿一大早就过来了，说怕您没胃口，来给您做早膳。”

有这么好？殷戈止抿唇，起身洗漱更衣，然后坐到了桌边。

“公子。”有小妖精端着饭菜，一扭三摇地跨进门来，朝他笑得甜甜的，“奴家今儿手更灵活了，亲自下的厨，您快来尝尝。”

看了看她依旧包得跟粽子一样的手，殷戈止道：“你也不怕骨头愈合不好，手以后变形？”

“这点小事，哪有给您做饭来得重要啊？”咬唇放下盘子，风月道，“您是奴家的天，是奴家活着的依靠，当然要事事以您为先了。”

这一张嘴，说起哄人的话来简直是一套一套的！殷戈止轻哼，扫了一眼菜色，瞧着不错，他便提了筷子，淡淡地问了一句：“有事？”

“自然。”正经了些，风月道，“太子殿下昨儿来找奴家，告诉奴家三司府与赵麟都尉颇有来往。”

筷子一顿，又若无其事地继续夹起菜，殷戈止道：“还有呢？”

“太子殿下谨慎，未曾多言，想来是要看看奴家的本事。”在他旁边坐下，风月瞅着他，“不过这消息倒是有用，奴家原本一直就想不明白一件事，有此消息，倒是能解释得通。”

殷戈止吃着饭，眼神示意她继续说。

“按理说军营将领之家，向来清寒，就算收些贿赂之类，也不足以让赵悉挥金如土。然而赵大少爷在梦回楼赏了诸多恩赏不算，还高价赎了何愁。金妈妈敲了他一笔，要价两百两黄金，他竟然也拿出了手，还给的是金锭子，不是银票。”风月手指轻轻敲着桌子，眼里泛着粼粼的光，“这般的豪迈，钱从何来？但若说赵家与三司府关系不错，那就解释得通了。”

三司府乃金银之地，虽然山稳河表面上两袖清风，但管账的，少有不偷油。看把朱来财都养成了大胖子，那三司府的油水自然是不少。

用完膳，殷戈止放下碗筷，没对她的话发表什么看法，倒是慢吞吞地说了一句：“你既然来了，那不如随我去廷尉府大牢一趟。”

廷尉府大牢？朱来财？风月甩着帕子就笑：“好。”

斜她一眼，目光落在她的红纱衣上，殷戈止皱了皱眉。

半个时辰之后，穿着良家妇女装的风月就跟着殷大皇子，一起到了廷尉衙门。

安世冲在门口等着，见他们来，便行礼：“师父。”

“早课练了？”殷戈止问。

风月想，这样的师父真是太不和蔼了，一来就问人家功课。

但是安世冲一点也没恼，反而十分高兴地道：“练了，按照师父教的，受益良多。”

“甚好。”微微颔首，殷戈止抬脚往衙门里走，顺带回头瞪了还在发呆的风月一眼。

风月回神，立马提着裙子跟上去。

“世子来了？”衙门里有人恭迎，朝着他们就行礼，“大人今日不在，吩咐小的招呼各位。”

“不用太麻烦，我们来看看人。”安世冲道，“三司使府上的朱来财已经移交过来了吧？”

“是，就在牢里，各位随小的来。”衙差躬身道，“大人一接着案子便让司法连夜审问，今日一早已经定案，犯人已经关进了死囚房。”

殷戈止很是欣慰：“真不愧是廷尉府。”

安世冲笑道：“廷尉大人公务繁忙，遇见这种证据确凿的案子，自然不会拖延太久，师父可以放心了。”

风月跟在后头，心想你师父才不会放心呢，他肯定还准备了刀山油锅，要送给敢害他的人，绝对不会让他只被斩首那么简单。

昏暗的牢房里，朱来财暴躁地走来走去，铁链拖得哗啦作响。

他不明白自己为什么会在这里，他可是三司府上的账房啊！有大人罩着，做的又是大人想做的事情，按理说就算被指证了，可区区妓子的证词，怎么可能就定他的罪？就算有殷戈止撑腰……殷戈止算个什么？质子罢了，还能拧得过三司使的大腿？

大人说过会救他的，他等着，没等来释放，却等来关死囚房？

外头到底发生了什么？

“哗——”木栅栏上的铁链被人打开了，朱来财惊恐地回头，就见梦回楼的风月姑娘掌着灯进来，朝他微笑：“大人。”

瞳孔微缩，朱来财吓得连连后退，靠在墙边道：“你……你是人是鬼？”

“大人说笑，奴家又没做错什么，也没定罪，怎么会变成鬼呢？”跨进牢房，风月道，“这不是听闻大人要被斩首了，所以来看看吗？好歹收了您的银子，也该送您一程。”

斩首？朱来财瞪眼，脸上的横肉直抽搐：“不可能，我怎么可能被斩首！”

莫名其妙地看他一眼，风月指了指木栅栏外头挂着的木牌，上头是一个血红的“死”字。

“您还不知道吗？三司使大人最近抱恙，听闻在家里养着，不见任何客人呢。连廷尉大人派人去取证，他都说您下毒的行为与三司府无关，任凭廷尉大人处置。所以今儿一早，您就被判斩立决，半个月之后行刑，三司府无异议。”

怎么会这样？朱来财摇头：“你一定是骗我的！”

“奴家骗您有何益处？”撇撇嘴，风月放下手里的食盒，“奴家不过是念恩来看您，知会您一声外头的情况罢了，您要是不爱听，那奴家就走了。”

说罢，她转身就退了出去。

四周恢复了黑暗，朱来财跌坐在墙边，嘴里还在喃喃：“不可能的，不可能……”

可仔细想想，大人要是当真想救他，他怎么可能还在这里待着呢？谋杀质子未遂而已，那质子无权无势，谁会帮他？就算太子想与大人作对，只要他咬死不认，应该也是有一线生机的。

然而他已经被判斩立决了。

回想起自家大人的行事作风，朱来财终于不得不面对一个事实——他可能是被自家大人抛弃了，为什么呢？他这样忠心，难不成就因为获罪，大人连救他也懒得救吗？

人在黑暗的环境里很容易胡思乱想，他越想越觉得糟糕，殷戈止就在暗处看着他，看着他挣扎痛苦，最后发出一声崩溃的吼叫：“啊——”

差不多是时候了，拂了拂衣袖，殷戈止转头对旁边的安世冲道：“你去这衙门里四处走走，让人带着认路吧。侯爷说，廷尉大人待你如亲生，你也该熟悉一下这地方，以后带礼上门，好生请个安。”

有道理，安世冲点头，拱手就道：“那师父等会儿在侧门稍候，徒儿与您一起回去。”

“好。”

一身正气的少年走得毫不犹豫，看得风月直叹息：“也太老实了，都不问问您为什么不走。”

斜她一眼，殷戈止伸手捏了捏她叽叽呱呱的嘴，示意她安静，然后才往那牢房而去。

“这位官爷。”风月笑眯眯地拉着狱卒的袖子，“奴家也给您带了些点心，那人时日无多，还想请官爷多照顾。”

说着，她就把人拖出去吃点心。

牢房里安静下来，殷戈止无声无息地走到朱来财面前，像夜半吃人的鬼魅，他的脸隐在阴影之中，只一双眼睛微微泛光。

朱来财颓然地抬头，一看见他的脸，当即就尖叫出声。

然而，死牢里每天瞎嚷嚷的人实在太多了，任由他叫破喉咙，外头也不会有人来。

“你为何这般冲动？”居高临下地看着他，殷戈止道，“只不过在梦回楼里遇见我，又知我点了风月侍候，你就急于要毒死我？”

害怕到极致，反而是无所畏惧了，朱来财喘了几口气，恼怒地道：“不急着毒死你，难道还放你走吗？你那府邸滴水不进，自然还是在梦回楼里杀你简单。”

“有道理。”殷戈止微微颔首，道，“但是你失败了，并且我没死，你要死，可知为何？”

还能为何？朱来财冷笑：“殿下求助了太子，太子要奴才死，那奴才也只有死。”

“不对。”殷戈止摇头，“要你死的，不是太子，毕竟我没大碍，养了两日不到便已恢复。”

不是太子还能是谁？朱来财抬头看他，眼里满是茫然。

殷戈止微微弯腰，目光深沉，盯着他一字一句地道：“你手里的东西可不少，一旦泄露，你家大人可能乌纱帽难保，甚至丢命。你说，以你家大人谨慎的性子，这么好的机会，他会不顺势杀了你？”

心里一凉，朱来财哑然。

他刚刚已经想到了这种可能，但是当这话从别人嘴里说出来的时候，他依旧觉得心凉。

这么多年的效忠啊，他暗地里帮大人抹平了多少账，瞒下多少秘密，连梦里都不敢说。现在，大人却因为自己知道得太多，要将他灭口。

“殿下来此，是落井下石？”想通了其中关节，朱来财靠着墙壁苦笑，双眼微微充血。

“我何必落井下石？”眼里陡然多了些慈悲，殷戈止语气缓和，像一阵和煦的微风，霎时吹散了牢房里的颓靡之气，“要害我的，是你背后的人，你只不过是替人做事，替人送死罢了。

“只是我倒是有些同情你，儿子才五个月大，就得没了父亲。”

朱来财心里一紧，慌张地抬头看着他：“殿下？”

“别紧张啊，我只是替你觉得可惜而已。”殷戈止温和地道，“你儿子那般可爱，穿着红色的虎头鞋，睡在奶娘背上，连话都不会说，还没开口喊你一声爹呢。”

朱来财浑身发抖，瞪大眼看着他：“殿下，奴才就算有罪，但也不至祸连家人啊！”

“你慌什么？”殷戈止道，“我是那种心狠手辣的人吗？”

不是吗？朱来财咬牙，手撑着地跪好，“砰砰”地朝他磕了两个头：“殿下若有需要奴才的地方，尽管直言，莫要牵连奴才子嗣！”

“虽然我没有要害你子嗣的意思，”殷戈止站直身子，一本正经地道，“但大人既然想帮我的忙，那便却之不恭。”

昏暗的牢房里，铁链因为人的颤抖而哗哗作响，殷大皇子半垂着眼帘看着面前的人，目光里满是怜悯。

站在牢房门口拖着狱卒的风月，冷不防觉得一阵妖风从里头吹出来，激得她背后一个寒战。

回头看了一眼，没什么异常，她敲敲自己的脑袋，继续朝旁边的狱卒笑：“官爷多吃点，奴家亲手做的呢。”

被这无边的美色迷晕了头，狱卒傻笑，眼睛动也不动地盯着她，手捏着糕点直往嘴里塞。

殷戈止出来的时候，看见的就是这副傻子和妖精两两相望的场景。

“公子。”看见他出来，风月笑着行礼。

扫她一眼，殷戈止伸手扯着人就走，面无表情地道：“完事了，去外头等世冲。”

“哎，好，但是……”风月步子踉跄地跟在他后头，咬牙笑道，“奴婢又不是风筝，您这么扯着跑也飞不起来，不如放了奴婢自己走？”

“你走得太慢。”

慢？风月不服气了，她放弃莲花小碎步，扯起裙摆就飞奔，一眨眼便冲了出去：“谁慢了！”

带起的风吹得殷戈止墨发飞扬，刚成了事，心情不错的殷大皇子看了一眼前头的影子，提一口气，身形一闪便追了上去。

“还挺能跑。”

凉凉的声音，像冰块儿一样，带着点轻蔑，砸在狂奔的风月头上。

她愕然侧头，就看见有人衣袂翻飞，潇洒万分地跑在她旁边。那人斜着眼睛：“平时那一扭三扭的走路姿态，是装的？”

风月顶着风咧嘴：“哪能是装的呢？什么时候做什么事，都是有规矩的，奴家按照规矩来而已。”

“是吗？那现在你可以不用跑这么快。”

“奴家没跑，奴家这是走得快！公子莫非是体力不支，跟不上？那奴婢拖……不是，奴婢可以扶着您走。”

殷戈止抿唇，看了她一眼，当真伸了手过来。修长的手指，微微粗粝的掌心，看得她心神微动。

执子之手……

拖着就走！

二话没说扯过他，风月努力跑得快点，争取也把他扯得个趔趄什么的！

然而，事实证明她还是太天真了，一抓住她的手，殷戈止眸子里就闪过一丝冷笑，接着他没再隐藏实力，加快速度把她拖成了一道亮丽的残影。

安世冲正在侧门等着，冷不防就觉得有什么东西从门里冲出来。

“让开！”拉着随从一起躲避，捂了口鼻挥开漫天的烟尘，安世冲皱眉看向尘土滚滚而去的方向，“发生什么了？”

眼尖的随从一脸惊愕地道：“殷殿下拉着个丫鬟奔……私奔了？”

约好在侧门等，却私自跑走了，的确可以说是私奔，但安世冲总觉得哪里不对劲。他摸了摸下巴，想了一会儿才道：“罢了，看起来师父是有什么急事，咱们先走吧。”

“是。”

三月底的微风轻拂杨柳岸，河水潺潺，杨柳依依，风景独好的柳树下，有黑衣公子长身玉立，目光温和地看向地上趴着的青葱少女，和蔼地问：“累吗？”

废话，都趴在地上吐舌头了，你说累不累？风月气得牙都要咬碎了，颤颤巍巍地挽了挽自己凌乱的发髻，深吸一口气，然后抬头冲人家笑：“不累。”

恍然点头，殷戈止道：“那再走会儿？”

“您自己走吧。”风月捏紧拳头，假笑道，“奴家想看看风景。”

殷戈止往柳树上一靠，道：“不会服软之人，往往都容易被打断骨头。”

这句话是调侃她的，分明就很累，撒个娇就完事了，还偏生跟他犟。

然而，很不巧，风月就是个被打断过骨头的人。一听这话，她脸色顿变，眼里恨意乍现，凶狠得殷戈止都吓了一跳。

“怎么？”

不能暴露，深吸一口气，风月在心里一点点地安抚自己，不能太激动，人家这话说得没错，本来就是这么个道理，她就是不会服软，所以这一双手才成了现在这样。

她僵硬着转移了视线，看见后头有动静，连忙顺势恼恨地道：“有人在打人！光天化日的，太过分了！”

被她刚刚的眼神震慑到了，殷戈止看了她好一会儿，才转头顺着她指的方向看过去。

的确有人在打人，看模样是个农夫，提着扁担凶神恶煞地在往一个姑娘身上砸，旁边众多围观的百姓，见状都上去帮忙拉扯。

那姑娘已经是头破血流，看起来十分凄惨，可农夫犹不解气，还想继续打。

普通的百姓斗殴，殷戈止是没什么兴趣的，风月也没精力多管闲事，她只想转移一下这位爷的注意力，让他忽略一下自己刚刚不妥的表现。

谁知道，就在风月爬起来准备换个话头的时候，一声娇喝穿透整个河岸："住手！"

声音实在熟悉，引得殷戈止又把目光放了回去。

易掌珠带着丫鬟冲进人群，看了看那流血的姑娘，又看了看行凶的农夫，怒道："都没有王法了吗？想当街杀人？"

一众百姓都是一愣，大家打量她两眼，见她衣着贵重，于是纷纷没吭声。

流血的姑娘立马躲到了易掌珠身后，哽咽着道："救命啊！"

得了，易大菩萨都来了，哪有不救的道理？风月觉得这事儿已经可以算是解决了，结果一转头，旁边的人不见了。

再一看，嘿，人正往人家姑娘的方向走着呢，刚刚跑那么远，腿都不软一下的。

风月眯眼，抱着胳膊看殷戈止走到那易大小姐身后，语气比什么时候都温柔地道："掌珠，你为何在这里？"

正准备给人主持公道的易掌珠一看见他就笑了，连忙拉他过去，道："我刚好路过，看见这边出事了，就来瞧瞧。"

说罢，她转头就问那农夫："你做什么？"

农夫满眼委屈，狠狠地瞪着她身后的姑娘道："这是我家刚娶回去的媳妇，她将我六十岁的老母亲害死在了病床上！我正拉她去见官，谁知道她说我娘活着浪费粮食，死有余辜！我这才动手……"

众人听得愕然，易掌珠倒是皱眉道："就算她不对，你也不能动手啊。再说，她为什么要害你娘亲，不问问清楚就送官？你们可是夫妻！"

风月听着，嘴角忍不住抽了抽。

殷戈止倒是一脸镇定，完全不觉得易掌珠说的话哪里不对，反而一副护花使者的模样站在她身后。

因着他在，易掌珠的底气更足，她皱眉看着那农夫就道："再说，你娘亲已经没了，还要失去个媳妇儿？哪有这样做事的？家务事就回家去解决，在街上打人算什么本事？”

“就是啊，哪有男人打女人的。”围观群众纷纷附和。

背后躲着的姑娘也哭得更加委屈：“他娘亲都病得下不了床了，不能说话不能动，屎尿都要人伺候，还要吃饭。家里粮食本来就少，哪里养得起……”

易掌珠回头教训她：“就算如此，你也不该用这样的法子，以后可不能这样了！”

姑娘哽咽，点头。

这才真是开了眼界了！风月咋舌，心想那农夫要是打死了这姑娘，姑娘的娘家是不是也不能告状啊？毕竟女儿都死了，总不能还失去个女婿吧？

闺阁里养起来的姑娘是不是脑子长得跟她这种吃黄沙长大的不太一样啊？农夫打人有错，那姑娘明显心更毒，不送去见官，还要人家丧母的农夫原谅？

见两人都不吭声了，易掌珠觉得事情已经解决，目光慈悲地往四周扫了一眼，正想让这两人回家去，结果就看见个丫鬟模样的人站在不远处翻白眼，模样瞧着有点眼熟。

“风月姑娘？”

被看见了，风月立马捏着手放在腰间然后低头屈膝：“易小姐。”

殷戈止扫了风月一眼，眼里又带了嫌弃，却还是跟着易掌珠走到她面前，睨着她这装模作样的姿态。

“你怎么也在这儿？”易掌珠上下扫了她一眼，惊讶地道，“从良了？”

想起孙力，风月皮笑肉不笑，看了殷戈止一眼，没吭声。

殷戈止淡淡地道：“我府上缺个做饭的丫头，她时常去帮忙。”

他给她赎身了？易掌珠皱眉，心里顿时很不是滋味儿。看了风月一眼，她拉着殷戈止走到旁边，低声道：“殷哥哥，你缺人做饭，找谁不行，找她做什么？”

“她饭做得好吃。”

“我府上的厨娘，肯定比她做得好吃！”易掌珠跺了跺脚，道，“我有点不喜欢她，殷哥哥别跟她走太近。”

“嗯？”殷戈止回头看了风月一眼，颇有兴趣地问，“你不喜欢她何处？”

皱紧了眉，易掌珠道：“妖里妖气的，不太正经，又喜欢勾搭人，还没什么廉耻之心。这样的人，在殷哥哥府上，也只会给你丢人。”

眸色微动，殷戈止没说话。

看神色就能猜到这俩人在嘀咕什么了，风月撇嘴，突然来了点兴趣。她扯了扯齐胸的衣襟，捆紧了束腰的腰带，然后甩着帕子贴到殷戈止身边，声音打着弯儿娇嗔：“公子，咱们是不是该回府了？奴家晚上还要好好伺候您呢。”

此话一出，易掌珠脸立马青了，她瞪眼看着风月，活像看个妖怪。

殷戈止面色不改，一言不发，任由风月扭着身子贴着他。

他没反应，易掌珠的反应可就大了，她涨红了脸，伸手指着风月：“你……这可是街上！”

“街上？”风月挽着殷戈止的胳膊，头靠着他，一脸理所当然地道，“街上又怎么了？奴家是公子的人。”

他的人？易掌珠气极反笑：“可是过了门了？”

“那些虚名，奴家向来不在意，只要能陪在公子身边，奴家可以什么都不要。”配合台词抬头，风月深情款款地看着殷戈止，“只要公子心里有奴家。”

“不要脸！”易掌珠气得骂了一声，从小学的贵门风范都要丢尽了，委屈万分地看着殷戈止，“殷哥哥你说句话啊！”

“时候不早了。”殷戈止说话了，看着她道，“早点回家，不要总是在街上晃，若是有事，派人来知会我一声。”

字字句句都是对她的关心，易掌珠缓和了神色，有些得意地看了风月一眼，可后者压根没看她，就黏着殷戈止，眼里满是爱慕。殷戈止走，她就亦步亦趋地跟着走，看起来可恶极了。

“殷哥哥！”

大概是走得远了，殷戈止没听见，也没回头，只对还挂在自己身上的人道：“你长了腿的，自己走。”

全身重量都放在他身上，风月舒服地当个面团，软绵绵地道：“公子英俊潇洒，气度不凡，让奴家瞧着走不动路了嘛！”

易掌珠黑了脸，跺脚扭身就跑。

“小姐！”点钗跟在她后头，连忙安抚，“您跟个丫鬟争什么啊？瞧她那下贱样儿，哪里值得您生气？”

“我能不气吗？她贴着殷哥哥，殷哥哥还没拒绝。”易掌珠眉头紧皱，“就算我不能与殷哥哥厮守，可也不能看着他着了别人的道啊！”

“您要想弄走她，法子多得是，何必气坏自个儿？”点钗道，“上回是您太急切了，没选对法子，所以留了后患。这次交给奴婢吧，奴婢定然不会让她好过。”

易掌珠停下步子，回头：“真的？”

“奴婢一定办到。”

气消了些，易掌珠抿唇道：“我也不是非跟她过不去，只是她那样的人，哪里配得上殷哥哥？”

“主子说得对，您这是为殷殿下着想。”

点点头，易掌珠平缓了心情，端庄地继续往前走。

“您喜欢易小姐？”走了一路，挂在胳膊上的“面团”终于开口问了一句。

殷戈止目不斜视，淡淡地答：“她挺有意思。”

“是挺有意思的。”风月点头，“菩萨心肠，分外善良，就是善良总没用对地方，看起来脑子不太好。”

殷戈止眉梢微动，侧头盯着她：“易大将军的嫡女你也敢诋毁，胆子不小。”

“实话实说，公子要是怪罪，那奴家认了。”风月松开他的手，道，“不过这段感情想来也没什么好结果，公子这般聪慧，可惜却是性情中人。”

不知道为什么，听她这阴阳怪气的话，殷戈止觉得心情甚好。到了使臣府，他甚至亲手给她搬了凳子，让她坐下继续说。

风月却不说了，看了看天色，撇嘴道：“奴家也该回去了，今日梦回楼重新开张，怎么也该去热个场子。”

殷戈止微微颔首，跟着她一并起身往外走。

风月："您去哪儿啊？"

"你不是要去热场？"殷大皇子施施然地道，"我去捧场。"

风月："……"

您去照顾好易大小姐就好了，还捧什么场啊！

心里骂着，风月脸上却还是得带着微笑朝人家行礼："谢公子厚爱。"

由于殷戈止不计前嫌地往梦回楼送礼，朱来财的案子又已经判决，梦回楼总算是逃过一劫，重新开张。金妈妈一早就跟风月叮嘱过，要好生准备，晚上最好能跳支正经点的舞，顺便挽回一下她自己的名声。

名声这种东西，由于没什么用，风月是不看重的。但为了给梦回楼擦招牌，她还是准备了一套正经的红色舞裙，绾了高高的发髻，插上金钗，在一楼后头的房间里等着。

殷戈止已经在大堂里坐着了，大概是因为今儿事情顺利，这位大爷心情不错，往他桌边凑的姑娘都没被冻走，反而是笑吟吟地端茶递水。那人也不拒绝，一身正气地享受着。

"真是好不要脸！"

哎？风月眨眼，这话是她想说的没错，可声音听着怎么不太对劲啊？

伸出脑袋往门外看了看，风月就瞧见一身男装，细皮嫩肉的易大小姐，正盯着殷戈止身边的姑娘，鼻子下头的假胡子一翘一翘的。一双杏眼水灵得，是个人都看得出她是个女的。

然而，大概是给的银子不少，金妈妈竟然没拦着她，只喊了个小厮跟着，让她随意四处游荡。

"男人都喜欢这种女人？"易掌珠问了旁边的点钗一句。

点钗脸色不太好看，自家主子何等身份啊？怎么能来这种地方！但主子要来，她拧不过，只能祈祷没人能认出她们。

"奴婢不知，但咱们快找个位置坐下来吧，许是有表演之类的。"

易掌珠看了看前头的台子，突然来了点兴趣，问："她们是不是要弹琴、跳舞之类的？"

"大概是吧。"

看了殷戈止一眼，易掌珠转头就往风月所在的房间走过来。

风月挑眉，立马拿扇子挡了脸，躲在角落里去。

屋子里有不少别的姑娘，都在紧张地准备着，冷不防进来个男不男女不女的人，朝着她们就伸手："来张古琴。"

旁边的小厮吓着了，连忙道："客官，您不能进来这儿，这里都是姑娘……"

"有银子还不能进来？"易掌珠皱眉，旁边的点钗无奈，连忙往那小厮手里塞了锭银子。

大概是银子分量足，小厮也就没管了，任由她钻去后头挂着很多衣裳的地方。折腾半晌后，里面变成了个清秀佳人出来。

老实说，高门的姑娘气质就是不一样，哪怕穿一身绿色纱衣，那也很贵气。只是这行为太过莽撞，一屋子的姑娘看她的眼神都不太友善。

易掌珠没在意，她抱起旁边不知是谁放着的古琴，便准备出去。

"各位。"金妈妈站在台上，笑得灿烂，"咱们梦回楼重新开张，姑娘们为了庆祝，今日都拿了压箱底的本事出来，还望各位以后依旧来咱们这儿捧场啊。"

这世上永远不缺好色之人，吓走了一批，又来了一批，恩客们扯着嗓子叫唤："金妈妈快放美人儿出来啊。"

"是啊是啊，花魁被人赎了，可要找点更好看的姑娘来，不然咱们看谁啊？"

金妈妈一笑，甩着帕子道："各位少安毋躁啊，姑娘们马上就上来。"

说着，她转头朝风月这边使了个眼色。

抱着胳膊靠在门边，风月本来是要第一个上去的，现在她也没心思了，就想看看旁边这易大小姐要玩什么花样。

被人捧在掌心真是幸福啊，多少姑娘做梦都想跳出这火坑，她倒好，自己送进来了。

见没人动，易掌珠自然就先动了，任凭点钗怎么劝都不听，拢了面纱就跨上了台。

金妈妈一愣，仔细看了看这张脸，吓得连忙跑到风月跟前，指着台上道："那是怎么回事啊？"

"妈妈莫慌。"风月道，"咱们这儿可没签她的卖身契，自愿来热场，咱们也不能推辞。"

"我倒不怕她热场，可她要是砸场子怎么办啊？"不知道易掌珠的身份，金妈妈愁得直皱眉，"好不容易活过来，可不能死在这么个来路不明的丫头手里。"

"放心吧。"风月道，"贵门之女，打小都是琴棋书画样样精通的，她砸不了这场子。"

只是，被人宠坏了的小姑娘，做事不分轻重，这么贸然地来青楼的台子上表演，实在不合规矩。不过既然人家都不介意，她这个幕后东家更是不用着急。

风月转头看向殷戈止，那位大爷已经发现了易掌珠，正皱眉瞧着，神色不悦。

易掌珠是打定主意让他瞧瞧妓子是多上不得台面，所以没管其他，她手一落，流畅的琴声倾泻而出，回荡在整个梦回楼。

下头的人听得愣怔，再一看那姑娘身段和眉眼都不差，当即便掌声如雷。

如厕回来的断弦找不到自己的古琴，正纳闷，就听见了这琴声。她脸一黑便站在风月面前问："你那客人又来砸我场子了？"

"不是他。"风月笑眯眯地道，"你自己看。"

断弦疑惑地看过去，就见四座的客人表情痴迷，台上一清秀佳人手轻扬，琴声飘逸，很是动人。

一曲终了，掌声雷动，叫好声不绝于耳。有认出她来的，偷偷惊讶地讨论，没认出来的，便大胆地上前问价。

金妈妈擦着汗水，上台小声问："姑娘来挂牌？"

"不是。"傲慢一笑，易掌珠道，"只是听闻这儿的姑娘多才多艺，所以来试试罢了。"

金妈妈脸色一变，道："姑娘，咱们这儿是做生意的，可不能由着您这般胡闹。"

"做生意？"易掌珠冷笑，起身看向台子边站着的一群姑娘，义愤填膺地道，“你收钱，却要这些个无辜的姑娘为你卖皮肉，算是什么正经生意？今日我就算是砸了你这地方，你能如何？”

众人愕然，有些不明白情况。殷戈止倒是站了起来，面无表情地道：“闹够了就出去。”

一听他这话，易掌珠委屈得很，她又不是来做坏事的，凭什么让她出去？

“我不，我要解救这些无辜的少女！”脖子一横，易掌珠瞪着金妈妈道，“你要么放了她们，要么，我就封了你这楼！”

年纪不大，口气不小，金妈妈皮笑肉不笑，睨着她道：“姑娘，咱们这儿的人都是签了卖身契的，闹到官府去，咱们也不理亏，楼也封不了。您要我放人，那不如替所有的姑娘赎身？”

易掌珠愕然：“赎身？”

“她们来这儿，都是收了我的银子的，要想出去，自然要赎身了。”瞧着表演没法儿继续，金妈妈冷哼一声，当即扯着易掌珠下了台，到旁边拿了算盘来打，“这儿的姑娘卖身的银子都是一百两，加上丫鬟，一共一百个人，一万两银子，姑娘要是拿出来，妈妈就撕了她们的卖身契。”

一万两？易掌珠脸都吓白了，怒道：“你这是抢钱！本就做的是伤天害理的事情，还好意思问我要银子？”

“您要来做善事，可我又没理由陪着您做善事，生意人都是要谈钱的。”金妈妈哼笑，“不然你动动嘴皮子，我就得损失那么多银子，凭什么啊？”

“你……”易掌珠当真是怒了，“我做善事这么多年，头一次遇见这么不讲道理的。果然这地方出不了什么好人！”

“嘿！”金妈妈也怒了，她做生意这么多年，也是头一次遇见这么不要脸的，敢情别人的银子都是天上掉下来的不成？

金妈妈正想再争，背后的风月却来拉了她一把。

“金妈妈先上去。”喊了后头的人一声，风月笑道，“妈妈别生气，这位姑娘只是不懂规矩。”

看见她，易掌珠微微一愣，接着眼睛就亮了：“你没在使臣府？”

冲她一笑，风月唇红齿白地道：“晚上才回去。”

易掌珠脸色顿沉，道：“这下头有头有脸的人不少，你为何非要缠着殷哥哥？”

“喜欢您的人也不少。”风月笑道，“您又何必只盯着他不放？”

“我……”

气不过，易掌珠转头就去看殷戈止的方向，结果他的位置上早就没人了。

人呢？

“主子。”点钗小声道，“殷殿下已经走了。”

走了？！易掌珠皱眉，立马扔了古琴就往外追。

众多恩客还等着她重新上台，谁知道那绿色的影子径直往外走。不少恩客追着她出去，看热闹的也跟着起哄，梦回楼的大堂瞬间便冷清下来。

“真是好本事！”捡起地上的琴，断弦气得直哆嗦，“耀武扬威的来当好人，又莫名其妙地走了，这算个什么！”

算个什么呢？风月想了想，实在想不到个确切的形容词，干脆作罢，提了裙子上楼去。

准备好的舞是没法跳了，那这一身装束无用，穿着还重，先脱了再说。

关上门，风月径直走到屏风旁边，麻利地扯自个儿的腰带。

“主子……”灵殊站在门口，表情古怪地喊了她一声。

“嗯？”伸出脑袋看她一眼，风月道，“你家主子脱衣裳呢，能不能把门关上啊？”

灵殊后知后觉地关上门，刚想说点什么，转头一看自家主子这动作快得，已经把广袖上襦脱了，白生生的手臂和肩膀露出来，和着胸前一抹艳红裹着的弧度，看起来诱人得很。

灵殊回过神摇摇头，连忙跑过去扯了扯主子的裙摆：“您看那边！”

嗯？风月抬头，顺着她指的方向看过去。

有人优雅地端着茶坐在角落里的椅子上，玄衣与暗处浑然一体，只一双没有波澜的眼睛，安静地看着她。

风月吓得往后跳了一小步，跟看妖怪似的看着他：“您怎么也不出个声的？”

然后想想刚刚下头发生的事儿，风月又问一句：“不是走了吗？”

看易掌珠追得那么起劲，他怎么着也该在外头停下来等佳人追上，然后黑着脸一顿凶，凶得佳人泪水涟涟之后，再叹一口气把佳人抱进怀里柔声安慰。这才是对付女人的正确方式啊！

“走得快了些，从前门绕到后门，上来喝口茶。”安静地将她从头看到脚，殷戈止道，“你不跳舞了？”

“怎么跳？”她撇嘴，“下头的客人都被您的易小姐带走了，跳了也没人看。”

她料到易大小姐弹琴不至于砸场，却忘记考虑她这个人，场子终究还是被砸了。可惜了准备了许久的一群姑娘，明日梦回楼不知又会是个什么境地。

角落里的人起身，一步一步地走到她面前。看了一眼屏风上挂着的广袖襦，他伸手取了，展开，搭在了她肩上。

风月一愣，不解地抬头。

屋子里还没点灯，这人的轮廓却更加清晰，他凑近她，低声道：“现在跳，我看。”

温柔的声音，听得风月心里一痛，她下意识地就转过身，穿好衣裳，点头：“好。”

灵殊看得脸红，蹦蹦跳跳地出去了。殷戈止在桌边坐下，抬头想点灯，顿了片刻，又松了手。

外头月光正好，从敞开的窗户倾泻进来，照得软榻上一片朦胧。

深吸一口气，风月脱了舞鞋，顺手取了妆台上的两串儿铃铛缠在脚踝上，然后捞起舞裙，轻盈地跳上软榻。

月色皎皎，照得大红的舞裙一片柔光，窗外是千家红灯和丝竹声，随意和了段远远飘来的曲子，风月起势，左足尖点右膝，手上下合于右耳侧，腰肢款摆，媚气横生。

伸手给自己倒了茶，殷戈止淡然地看着，却见眼前这人舞起之时如战场旌旗，随风猎猎，颜色鲜活。分明是风尘里的妖精，但隐约间又瞧着像沙场里喋血的金戈。

铃铛声响，杀伐四起，鲜血飞溅！

她舞得悲壮，像力竭知必战死的将军，背水一战，突出重围，一身艳血却淌满了山河。滚烫的红色洒在蝴蝶身上，红色的蝴蝶挣扎着，振翅欲飞，翅膀破碎，却还是飘零地落在了水里。

殷戈止本是调戏她，想看她千娇百媚的模样，没想到她跳的却是这样的舞，看得他心口莫名一窒。恍然间他想起了曾经的战场，想起那些在身边倒下的身影，和夕阳下有人用力将旌旗插在澧国边疆的高岭。

蝴蝶难飞，那一抹艳色却又再起，像是为了绝代的佳人转世，她步履盈盈，眉眼清晰，手拢广袖，慢慢朝他走过来。

铃铛声变得缓和，她轻轻迈一步，才若有似无地响一声，像猫爪子一般挠在人心上，令人莫名地难耐。

殷戈止回神，眼神复杂地看着她。

广袖襦落地，雪白的藕臂往他肩上一搭，她俯身下来，舔着嘴唇风情万种地问："公子，想吃点心吗？"

喉结微动，殷戈止声音低哑："有甚点心？"

低头侧着吻上他，唇齿之间大胆厮磨，她笑得多情，指尖划过自己的眉眼，辗转之间低喃道："自然是美人酥了。"

月光醉人，殷戈止跟着风月滚到那软榻上去，被她小鸡啄米似的吻着，一时间没能回过神。

今日，他算是来收服人心的，既然决定要合作，那她，最好对他死心塌地才好。本就说仰慕他的人，降服起来应该更加容易。

但，怎么会变成现在这样呢？他像是已经把她捏在手里了，却又像什么也没捏住，脑海里反而全是翻飞的红色舞裙，以及蛊惑人心的铃声。

殷大皇子御女无数，尝过千百种女人的滋味儿，却只对两个人有过这般感觉。

来不及细想，月光下的妖精勾引着他往无边的暗流里沉，他的脑子努力想思考点什么，但到最后，终于是什么也想不到，他只想伸手撕了她的舞裙。

第十四章

莫名的情绪

寂静的不阴城，有缠绵之音，也有惊骇的尖叫。

易掌珠不知道自己在往哪儿跑，殷戈止早就没了影子，她身后全是梦回楼出来的恩客，等好不容易甩开，结果她却迷了路。

街上人烟稀少，点钗着急地道：“小姐，咱们得找人问路，快些回去。”

“你不说我也知道，但现在去问谁？”易掌珠有些烦躁地扯了扯裙子，正要再抱怨两句，冷不防地觉得背后一凉。

一把刀横空而来，往她手臂上一划。

“啊——”惨叫声响彻整条街道，点钗吓傻了，回头看着蒙面人，她的腿都打哆嗦。

易掌珠只觉得疼，瞧着胳膊上还渗血了，当即就道：“将军府的人你也敢动手，不要命了？”

蒙面人冷笑一声，拔刀又来。易掌珠这才发觉人家当真是来杀她的，瞬间吓得魂飞魄散，转身就跑！

“救命啊！救命啊！”

两个女子跑得一点也不快，但身后的人就这么不紧不慢地追着，时不时又给易掌珠来一刀，划破她的衣裳。

从小被人捧在手心里的大小姐，哪里受过什么伤？她当即就觉得自己要死了，叫得更加惨烈，脸上涕泗横流。

就在她们跑得力竭几乎绝望的时候，旁边突然有一队护卫冲了出来，大喊一声："什么人？！"

蒙面人见状，立马转身消失无踪。

易掌珠几乎要晕过去了，跌坐在地上，捂着手臂哭得惨兮兮的："救我……"

"易小姐？"护卫里有人认出了她，连忙道，"您怎么来这儿了？"

易掌珠抬头看了一眼旁边府邸的牌匾——南宫府。

南宫家啊，重重地松了口气，易掌珠放心地晕了过去。

第二天一大早，风月睁眼，就看见观止满脸通红地背对着床站着，小声喊："主子。"

殷戈止睡得正好，手搂着风月柔软的腰肢，不愿意睁眼。

低笑一声，风月道："你家主子醒了。"

旁边的人不悦地睁眼，瞪了瞪她，然后慢慢撑起身子："怎么？"

听见自家主子的声音，观止终于松了口气，连忙道："出事了，昨儿晚上易大小姐在城中遇刺，太子一大早便出宫去将军府了。"

风月一愣，就见旁边的人飞快起身。下床更衣之后，殷戈止便道："过去看看。"

门打开又合上，屋子里瞬间安静下来。风月挑眉，低头看了看自己，又看了看那头也不回的人，心想，这关系怎么还是妓子与恩客啊？她昨儿跳得那么辛苦，关系都没点改善的？

她撇撇嘴，裹了衣裳下床，打开房门，就听得外头几个姑娘又在聊天了。

断弦哼笑道："没见过那般不要脸的大小姐，多尊贵的身份啊，却自己跑出来送死。"

"人家养在深闺里的，不知道世间险恶。"金玲撇嘴，"可怜的还是下头的人，瞧瞧这大清早的，衙门闹得是沸沸扬扬，护城军恐怕也得被问责。”

护城军？

心里微动，风月转身，就看见打扫房间的大婶笑眯眯地对她道：“姑娘，要清扫吗？”

朝她点头，看着她进自己的房间，风月等了一会儿，等她出来之后，她便径直进门，打开柜子翻了字条来看。

“太子有意问责护城军，已经动手。赵麟家财甚多，来路不明，有账本在书房挂画后的暗格内，奴不得近。”

何愁不会武功，又没人相助，能在这么短的时间内打探到这么多消息，已经很厉害了。

风月想了想，烧了字条，换了一身干净的衣裳，拎过灵殊来道：“我打算去拜访一下何愁姑娘，你好生在这儿守着，要是有人来找，只管告诉他们我的去处。”

“好。”灵殊点头，天真地塞给她一盒点心，“拿这个当礼物吧。”

郑重地应了，风月出门，一路把点心当早膳吃掉，然后去旁边的瓷器铺子买了个不大不小的摆件，抱着就往都尉府去。

都尉府这种地方是一向不好进的，不过门房很是懂事，一听她来找何愁，立马就去传话了。没一会儿便有丫鬟引着她进门，一边打量她一边道：“何愁姑娘不是无亲无故吗？您是？”

瞧这丫鬟目光不是很友善，风月笑了笑：“我是梦回楼的人，承蒙姑娘照顾，也念她无亲无故，所以来看看。”

丫鬟眼里瞬间多了些鄙夷，勉强笑着，引她到了个路口，便道：“奴婢还有别的事情，您自个儿往前走几步，瞧着个院子，进去就是了。”

风月挑眉：“你不是何愁姑娘的丫鬟？”

朝她行了一礼，那丫鬟看起来连多说的兴趣都没有，转身就走了。

风月咋舌，抱着盒子看了她的背影一会儿，便按照她指的路走。

这都尉府看起来是不大，可谁知进来之后别有洞天，高楼连苑起，气派不凡。

可再往前两步，是个看起来就很陈旧的院子，院门半开，连个家奴都没瞧见。

“何愁姑娘？”

风月站在门口喊了一声，里头好像有点动静，她等了一会儿，就看见何愁自己出来了。打量她两眼，何愁眼里有惊讶之色：“风月姑娘？”

“我来看看你。”风月笑着走过去，将盒子放在她手里，“这是礼物。”

这个时候来看她？何愁抿唇，垂着头道：“我的境地可能没有你们想的那样好，来找我帮忙的话，恐怕帮不上什么。”

“姑娘误会。”风月摇头，“我只是受人之托来拜访姑娘，顺便在这院子里走走。”

微微一愣，何愁看向她。

面前的人笑得别有深意，像是知道她在做什么，从而来与她接头的。

何愁心里松了松，微笑着道：“原来如此，那咱们且出去走走。”

说完，何愁放了手里的盒子，拉着她出门。

“姑娘委屈了。”走在小道上，风月低声道，“很辛苦吧？”

“日子不太好过，可也有个盼头。”知道风月是自己人，何愁的态度就好多了，她温和地道，“你瞧这院子，富丽堂皇，里头定然藏着不少的秘密。我被人薄待是情理之中的事情，到底是出身低贱。可也正因为低贱不懂规矩，冲撞之下，我还能瞧见些事情。”

风月点头正想夸她，就看见了她脖子上青紫的掐痕。

“姑娘？”吓了一跳，风月瞪眼。

何愁一愣，顺着她的目光摸了摸，低声道：“没什么要紧，受了点为难，但还活得下去。”

这样的高门大院里，进了个青楼的狐狸精，日子自然难过。加上赵悉是个喜新厌旧的，一冷落她，她就只能任由其他姨娘欺负。

男人就是这样，朝三暮四，永远喜欢新鲜的女人，宠你之时什么话都能说出来。不宠了，也就没心思管你死活了。

风月皱眉，神色看起来有点阴鸷，把何愁吓了一跳，她连忙道：“没什么大碍，你不用太紧张。”

“嗯。”闭了眼，风月缓了口气，再睁眼，她又笑得妩媚，“这府里，咱们能随意走动吗？”

“自然是不能的，书房那一块及前院都尉的居所，都不能去。”何愁道，

“只能在后院里逛，上次我装傻硬闯进去，只听见些关于账本之类的话。我从半开的窗户里瞧见机关，之后就被赶出来，还受了顿家法。”

“辛苦你了。”风月道，“帮我个忙吧，我有法子光明正大地进去。”

都尉平时都是不在府里的，这府邸也没有将军府的守卫那般森严，难度小了很多。

何愁点头。

赵悉从自家老爹那儿挨了顿骂回来，不高兴极了，他一路走一路骂：“城里出事与我何干？他干什么把气撒我身上？”

旁边的奴仆躬身道：“老爷也是一时气急，公子别生气，不如去何愁姑娘的院子里，舒坦舒坦？”

妓子出身的姑娘，床上功夫都不错，比那些个正经家出来的欲迎还拒、犹犹豫豫的姑娘讨他喜欢多了。不过何愁他玩腻了，要发泄，也该找点新鲜的。

他正想着呢，就瞧见前头路上站着两个人。

何愁依旧是那副温和的模样，像一盆君子兰，初时他觉得舒坦，可看久了，到底是没花好看。赵悉摇头，正打算转身，却听得她喊了一声：“少爷。”

赵悉下意识地回头看一眼，就见她旁边的姑娘也转过脸来，一脸好奇地看着自己。

容色艳如海棠，身段窈窕诱人，这不就是梦回楼的风月姑娘吗？听闻她一直被大人物包场，今日怎么会到这儿来了？

色心顿起，赵悉笑着走过来，看着风月道：“有客人？”

何愁颔首：“风月姑娘素来与妾身交好，今日得空，便来看看妾身，若有冲撞之处，还望少爷莫怪。”

“哎，这有什么好怪的。”看着风月，赵悉道，“既然来了，就好生坐会儿吧。”

“这……”何愁有些为难，偷偷拉了拉赵悉的袖子，低声道，“风月侍候的都是大人物，去的府邸也都分外光彩。妾身那院子有些杂乱，还未收拾妥当，不知少爷可否帮妾身拖着她，让妾身回去收拾一二，好歹别丢了都尉府的颜面。”

瞧她这一脸紧张，也能猜到女儿家之间的明争暗斗，赵悉了然一笑，点头道：“好。”

于是何愁就对风月道：“你先跟着少爷四处走走，我去拿点东西。”

风月一脸天真地应下：“好，我正好想看看这都尉府，瞧着都觉得气派。”

看着何愁走了，赵悉笑着站在风月身边：“姑娘想看，那就随我来，这府邸里最气派的地方，自然是在前院。”

说着说着，他的手就搭上了风月的腰。

风月一顿，侧头轻飘飘地看他一眼，那小媚眼一抛，酥得赵悉打了个哆嗦。他眼里的欲望就更直接了：“咱们去我的院子里坐坐？”

咬唇揉手帕，风月拿开他的手，凑近赵悉耳侧，娇声道：“院子里有什么好坐的？不就是一张普通的床榻？少爷要玩，就该玩刺激的。”

“哦？”眼里兴奋之色更浓，赵悉问，“姑娘想在哪儿玩？”

“上回去一户人家，瞧着家规严明，但那位恩客喜欢刺激的，就带着奴家在他那刻板的父亲的书房里……那张紫檀木的桌子，很是冰凉。”

媚声媚气的几句话，听得赵悉咽了口唾沫，眼里都泛了红：“姑娘当真是世间难得的尤物，怪不得那样多的贵人都拜倒在姑娘裙下。”

“少爷也想试试？”风月眨眼，伸手勾了勾他的腰带。

这一勾，赵悉魂都没了，立马带着她飞快地去了赵麟的书房。门口有护卫拦，他一脚就将人踹开：“我来读书的，你们也敢拦着？”

护卫一脸铁青，心想您带着个姑娘来读书？不过下不与上争，护卫还是识趣地躲开，任由赵悉一把将门推开。末了赵悉还回头道：“不管听见什么声音，你们都别进来。”

“……是。”

风月含羞一笑，跟着他进门，门刚一关上，她就被他压住了身子。

“公子急什么？”嗔怪地推开他，风月扭着腰就往里头走，看了一眼那书桌，朝赵悉使了个眼色。

赵悉狂喜，跟着便过去，然后就被风月压在桌上。

美人儿妖媚万分，扯着自个儿的衣襟，手里的香帕带着好闻的气息，在他脸上若有若无地扫。

赵悉痴了，张口就去咬她的帕子，捏着人的腰就想轻薄。

这手感美得跟梦一样，恍惚间，赵悉觉得很困，心想难不成自己当真是做梦了？

风月笑眯眯地看着他，看着他眼皮沉重的模样，问了一声："奴家的温柔乡美吗？"

"美……"话没落音，赵悉手上就先没了力气，最后垂在桌边，晃悠了两下。

站起身子，风月看了外头一眼，飞快地找到墙上的挂画。她琢磨了一下机关，拧开之后，将里头的东西一股脑地塞进兜肚里，又转头扯了赵悉腰上挂坠的一根丝穗，挂在机关之上。

现在得离开这儿，风月微笑，伸手就将赵悉的衣裳扒了，然后扯乱自己的衣裳，捂着嘴"嘤嘤嘤"地打开门。

外头的护卫一愣，就对上一双委屈至极的眼。

这一双眼欲语还休，像是受尽了委屈和羞辱，主人不堪承担，羞愧跑走。

知道自家少爷是什么性子，护卫也就没拦，装作什么也不知道的样子，还把门带上了。

风月一路跑出去，坐在都尉府的门口放声大哭，引来不少人的围观。

围观百姓指指点点，说这又是谁家的姑娘啊，一看就是被欺负了，都尉府大门大户的，这姑娘被欺负了只能在门外哭，真是可怜。

风月哭得极其逼真，鼻涕都往衣裳上抹，要的就是四周百姓都瞧见，到时候好给她一条生路。

然而，事情出了点意外。

有人越过人群，一把将她拉上了马车。那人脸色不太好看："风月姑娘，这是怎么回事？"

叶御卿！

吓得打了个嗝，风月眨眨眼看着他，又看看马车里的另外两个人。

殷戈止神色阴鸷，易掌珠一脸惊讶。

今儿这是吹的什么妖风，把这三个人吹一起了？

抹了抹眼泪，风月低头：“见过两位公子、易小姐。”

易掌珠下巴半晌才收回来，看了看她这衣衫不整的模样，皱眉：“你这是上门找生意来了还是怎么的？”

这话说得有点难听，叶御卿都侧头看了她一眼。

易掌珠浑然未觉，只盯着风月，等她回答。

一点没觉得难堪，风月倒是惊讶地看了看她，然后夸奖似的道：“没想到易小姐只是去梦回楼弹了首曲子，就连咱们这行的生意都了解了。”

去梦回楼弹曲子？叶御卿皱眉：“珠儿？”

易掌珠惊白了脸，连忙摇头：“我没有！”

可一看殷戈止还在旁边，易掌珠当即就羞红了脸，低着头不吭声了。

“今日来此，倒不是做生意的。”风月抿唇，拢了拢衣裳，“是来看看何愁姑娘，毕竟都是梦回楼之人，我想来看她过得如何。不承想遇见了赵家少爷……”

神色陡然委屈，风月咬唇，没再吭声了。

这是装给叶御卿看的，毕竟这人温柔体贴，对她可比殷戈止疼惜多了。

果然，叶御卿当即便道：“赵家少爷一向跋扈好色，没想到在自己府上更是不加收敛。”

易掌珠撇嘴，小声道：“风月姑娘是妓子，又不是什么良家闺女，送上门去，人家轻薄了不也就轻薄了，难不成还寻死觅活的？”

垂了眼帘，殷戈止颔首：“掌珠说得有理。”

本来其实也是这个道理，但这对狗男女一唱一和的，风月心里就不太舒坦了。她嗤笑一声便道：“也是，在大小姐看来，咱们这些卖身的姑娘随便谁要欺负都是不能反抗的，谁让咱们本来就是卖的？”

“你还算有自知之明。”易掌珠撇嘴。

殷戈止一声不吭，别开了头没看她。风月一顿，正想说这贵人的车她也坐不起，不然就下去吧，谁知道叶御卿突然道：“停车。”

缓缓行驶的马车停了下来，叶御卿板着脸便下去，转身掀开帘子，看着风月道：“下来。”

风月一愣，跟着下去，尴尬地笑了笑：“不用殿下赶，奴家自己也不想坐的。”

话没说完，手就被人牵住了，叶御卿侧头看着她，眼里满是心疼：“不想坐就不坐了，旁边有个胭脂铺子，你脸上狼狈，不如过去洗洗脸。”

他的手心温热，握着她冰凉的手，一阵暖意就直冲人心口。风月眨眼，有些意外，呆呆地被他牵着走，都忘记了反抗。

“这……”车上的易掌珠不高兴了，她捂着自己包得很厚的胳膊，皱眉道，“不是说来给珠儿讨公道的吗？怎么又跟她走了？”

说着她转头想跟殷戈止抱怨，却被他阴沉的脸色吓了一跳：“殷哥哥？”

周身气息微敛，殷戈止面无表情地道：“殿下未免有些不像话。”

“可不是吗！”易掌珠道，“说是想娶我，可也没少跟别家姑娘往来。如今更是好，我还伤着呢，他就带着个妓子走了！”

掀开帘子看了看那两人的背影，易掌珠又皱眉道：“太子哥哥不会是喜欢上那人了吧？”

“何以见得？”身后的人淡淡地问了一声。

易掌珠不悦地道：“太子哥哥平日虽然也温柔，可很少碰别的女人的，这倒是好，都牵上手了。”

马车里沉默一片，殷戈止侧头，从车窗的空隙里看了外头的都尉府一眼。

风月洗了脸，用叶御卿刚买的胭脂上了妆，然后笑眯眯地朝他行礼：“多谢。”

深深地看她一眼，叶御卿凑近她，低声道：“按道理说，我是该利用你这楚楚可怜的样子劝说殷戈止，让他尽快对都尉府下手的。”

风月挑眉，心想这算盘要打歪啊，殷戈止那种心思深沉的人，怎么可能因为她就听别人的话，打乱自己的步调？

结果面前的人突然笑了一声，不知道是笑她还是笑他自己。叶御卿扇子一展，又挡了半边脸，只剩下一双幽深的眼，声音低沉地道：“可是，他还没心疼，我倒是先心疼了。”

心里一震，风月抬头，诧异地看着他。

叶御卿伸手挡了她的眼睛，叹息：“罢了，今日我心情不太好，咱们不做别的，回去看你跳舞如何？”

犹豫片刻，风月颔首：“好。”

她怀里的东西，得尽快给殷戈止，不过现在既然给不了，那就先放回梦回楼去。

“小姐，殿下先走了，说有要事。”随从走到马车边禀告。

易掌珠一听就气笑了：“要事？我伤得这么严重，他还有别的要事？”

随从低头不敢吭声，易掌珠边笑边掉眼泪：“没见过这样的人，口口声声说想娶我，却又这样对我。”

“好了。”旁边的人淡淡地道，“他要忙，那这都尉府，咱们进去便是。”

一听这话，易掌珠心里才舒坦点，她泪眼模糊地看着殷戈止：“还是你对我好。”

眼帘半垂，殷戈止道：“你在城中被刺，近来也发生过有人城中被掳，还能安然出城的事。都尉府失职严重，定然该给个交代。”

有他这话，易掌珠分外安心，直接让车夫去都尉府敲门。得知赵都尉不在府上，二人便直往当朝太尉府上而去。

回到梦回楼，风月更衣，藏好东西之后，她便给叶御卿倒茶，然后问：“您想看什么舞？”

叶御卿低笑：“你喜欢跳什么，就看什么。”

歪着头盯着他笑，风月道：“您太宠着奴家了。”

“你这般好的女子，再怎么宠也不过分。”展开扇子，他道，“只可惜红颜多磨难，你这日子并不安生。”

低笑一声，风月道：“日子不安生也好，活得有滋味儿。”

“竟然是这么想的？”叶御卿挑眉，“我还想替你赎身，将你送去使臣府，过点好日子。”

微微一顿，风月连忙道：“此举不妥。”

“怎么？”

去使臣府，她还怎么接收各方消息啊？在殷戈止的眼皮子底下，那肯定是要被摸透所有人脉关系，然后失去价值被抛弃的！

风月咧嘴一笑，一本正经地道：“男人嘛，妻不如妾，妾不如偷，奴家在这梦回楼，还能让他多惦记些。送上门去喂了个饱，那就不管用了。”

叶御卿愕然，愣愣地看她，突然笑了出来：“还有这种说法？你倒是看得通透。”

“唯熟练尔。”风月惆怅地叹息，然后卖乖似的道，“上次您交代的事情，奴家已经做了，就是不知可有作用？”

笑着颔首，叶御卿道：“他如今肯帮我了，又有你助我一把，事情自然会很顺利。风月，你的作用，可比你想象中的大多了。”

与其说是她在帮叶御卿给殷戈止吹风，不如说是殷戈止借着她这个台阶，下去了太子的场子里。亏得太子还以为自己得手了，殊不知，殷大魔王在背后磨刀，不知道磨得多开心。

低头行礼，风月道：“奴家惶恐，还是给殿下跳一支舞吧？”

正要应下，门口的冯闯就低声道：“主子，易大小姐他们去了太尉府。”

太尉府？叶御卿一顿，有些不耐烦：“不是都说了改日再去吗？”

冯闯叹息：“没人敢拦着大小姐。”

殷戈止也不拦？！

揉了揉太阳穴，叶御卿道：“他是存心不让我安生。”

“殿下中途离开本也不是太妥当。”风月柔声道，“既然还有事，那殿下就先去吧，免得委屈了易小姐。”

“我是看你受委屈了，才说改日再论那事的，反正证据还不是很全，现在去也不会有太好的结果。”叶御卿长出一口气，起身无奈地道，“但看起来，珠儿是不愿意等了，如此，我也只能过去一趟。”

“您慢走。”

不情不愿地跨出门，叶御卿边走边扇风，努力让自己冷静点。

命这东西，他是不信的，每次来了这儿都得走，一定是个巧合！

可是，当真只是巧合而已吗？

太子殿下眯着眼睛想了一路，在到了太尉府看见殷戈止之后，他终于定了心。

一定是个巧合，因为眼前的殷戈止，正分外严肃地看着他道：“掌珠受了重伤，殿下何以半路而走？”

重伤？看了一眼坐着的易掌珠，叶御卿很想说，她这点皮肉伤，真的不用太大惊小怪，风月骨头碎了不也活蹦乱跳的？

但是想想立场，他还是满脸愧疚地看着易掌珠道："是本宫的错，易大将军走时将珠儿托付给本宫照看，没想到却出了这样的事。"

出了这样的事就算了，他还跟别人跑了！

易掌珠委屈极了，捂着胳膊眼泪唰唰地流。

叶御卿只能低声哄着："本宫一定让他们将刺客捉拿归案，你先别哭了，可好？"

孟太尉走出来，看见的就是这么一副哄小女孩儿的场景，当下便觉得有些胡闹。他这是太尉府，统管所有烨国军事之所，不是什么敞开门的衙门，哪里容得人来这般哭喊的？

不过瞧着是当朝太子，又带着易大将军的掌上明珠，孟太尉还是上来行了礼："殿下亲临，不知所为何事？"

叶御卿转头看着他，叹息道："城中贼人肆虐，已经发生多起刺杀绑架之事，护城军失职，本宫奉父皇之命，来问太尉要个闻风令。"

闻风者，听民声疾苦之意也，作为令，则是监督之用，但凡发现所督之人有玩忽职守或贪赃枉法之行为，令出废官，收押大牢候审。此令多用于三公繁忙，下头却意外频发之时，作震慑之用。

太子直接问责守城军，未免太过针对，会引人非议。但来要个牌子，还是情理之中的事情，毕竟他一心想娶的易大小姐受伤了，自然会殃及池鱼，同护城军过不去。

孟太尉很忙，觉得不是什么大事，那就允了吧，于是他让人拿牌子出来给他。

叶御卿接了牌子，转头就放在了殷戈止的手里。

"这……"孟太尉这才注意到旁边一团黑的人，吓了一跳，下意识地就后退几步，心有余悸地道，"太子要这位……去督查护城军？"

"还有比他更合适之人？"叶御卿挑眉，笑着道，"殷殿下身上没有任何一方的利益牵扯，最是公平公正，太尉觉得呢？"

有道理，孟太尉点头。虽然这人对他来说像噩梦一样，但眼下他为质，一不怕强权，二不怕暗杀，实在是很适合去督查。

“殿下英明，那老臣就先告退了，还有军务要处理。”

“太尉慢走。”叶御卿颔首，等人走得没影了，才一脸宠溺地看着易掌珠道，“交给你殷哥哥了，放心了吧？”

易掌珠抿唇，点头：殷哥哥是不会让她吃亏的！

“如此，那在下先走一步。”殷戈止很是严肃地道，“此事，定然会给将军府一个交代。”

“好。”叶御卿很欣慰，看着他的背影，忍不住感叹，“你殷哥哥当真是心疼你，刚拿到东西，就迫不及待地替你出气。”

脸上微红，易掌珠轻哼道：“可不是吗？比您对珠儿上心多了。”

“不高兴了？”叶御卿低笑，轻轻捏了捏她的脸颊，打趣道，“那本宫带你去宫里玩玩，顺便给母后请个安，如何？”

“受伤了，不想动。”易掌珠撇嘴，“回府去歇着最好。”

“好，都听你的。”宠溺万分，叶御卿扶起她便往外走。

出了太尉府，殷戈止面无表情地上马，直奔梦回楼。

风月正跷着腿嗑瓜子，她嘴皮一翻，很用力地朝门口吐着壳。所以，当殷大皇子打开门进来的时候，一片可爱的瓜子壳就飞到了他脸上，带着晶莹的液体，粘住不动了。

殷戈止冷笑了一声，看着里头那不怕死的人。

风月吓得浑身毛发倒竖，立马上来拿帕子给他擦脸，然后嘿嘿嘿地笑道：“不知您要来，冒犯了，冒犯了哈。”

殷戈止浑身的气息都不太友善，转身直接将要送茶进来的灵殊关在了外头，别上了门闩。

风月咽了口唾沫，赔笑：“怎么了？出什么事了吗？”

“你去都尉府做什么了？”冷冷的声音，半点感情也不带，殷戈止看着她问。

说起这个，风月立马邀功似的捧了个黄梨木盒子出来，递到他面前道：“这个，有用。”

殷戈止微微一顿，伸手接过来，打开看了看。才翻开账本扫了两页，他就合上了。

“只是为了这个？”

什么叫“只是”啊？风月咬牙：“这账本很重要的，完全可以用来定赵都尉贪污之罪，还能咬三司府一口，一箭双雕，全在此招！难道还不够吗？”

“所以，这么重要的账本，你是用什么法子拿到的？”盯着她脖颈间看了看，殷大皇子懒得掩饰了，他浑身都是不悦的气息，步步逼近她。

咽了口唾沫，风月道：“自然是用女儿家能用的法子了，赵悉好色又荒唐，奴家就是想试试能不能迷惑他，结果还当真成了。”

“哦？”殷戈止伸手慢慢抚上她的脖子，眯眼，“你本事倒是不小，脸也是真的不要，送上去给人家轻薄，还好意思坐在人家门口哭？”

这话比易掌珠说的还刺耳，风月皱眉，抬头看他：“公子觉得，拿了账本回来不算功劳，倒是奴家装腔作势比较可恶？”

“不是可恶。”殷戈止伸手摩挲着她脖子上的痕迹，压低了声音，字字句句如针如刺，“而是你用这样的身子再来伺候我，我会觉得非常恶心。”

风月脸色微白，飞快地闭着眼睛消化了好一会儿，才笑道：“从您点奴家侍候那一日起，便知道奴家不是什么干净的人，现在才觉得恶心？”

“妓子也有不失风骨之人在。”殷戈止盯着她，眼里当真是恨，他一只手紧握，另一只手钳住她，低声道，“可你，委实下贱。”

“哈哈。”风月没忍住，乐了，她媚眼一横，瞧着他道，“喜欢有风骨的妓子，您大可以去其他姑娘那儿，来奴家这儿受什么气啊？奴家就是整个楼里最贱的一个，您头一天不就该看出来了吗？

“试问脱衣舞，几个人敢跳？奴家敢啊！见高踩低的事儿，谁敢放在明面儿上做？奴家也敢啊！都是残花败柳的身子，给一个人上是上，给一群人上也是上，能换来东西的时候，奴家还要守身如玉不成？”

说到最后一句话，眼睛到底是红了，风月眼里笑意更凉，伸手就扯开自己的衣襟，看着他道：“您不是也最喜欢奴家的身子了吗？脏了就不喜欢了？别人可没奴家这般了解您的身子，没奴家伺候得好！”

手收紧，殷戈止头一次觉得暴怒，他眼里微微带血地看着她，再用点力，都能直接掐死她。

“您……可别忘记奴家是给您做事的。”呼吸困难，风月依旧在笑，抓着他的手道，“掐死奴家……往后这种重要的东西，可就没人用身体给您换来了！”

“滚！”殷戈止捏着她狠狠往旁边一扔，怒不可遏，万年冰封的脸上，难得地裂了巨大的豁口，情绪全数喷薄而出。

他不知道自己怎么会生这么大的气，等反应过来的时候，那抹红色的影子已经在地上滚了几滚，狼狈地扶着床了。

是妓子啊，他一开始点她就知道她是妓子，也不是处子之身，不知道跟多少人缠绵过，也不知道对多少人说过很爱慕他之类的话。他是冷眼看她的，看她婀娜多情，看她妖媚迷人，看她跟蛇一样缠着自己，吐着信子求欢。

这样的女人，他不会放在心上，就是利用而已。

可是当真发现她这般自甘下贱的时候，他心口竟然堵得难受，更是暴怒难当，不知如何是好。

殷戈止突然就很想上阵杀敌，这股子火气，怕是只有杀人才能平息。

“咯咯咯。”即便浑身都疼，风月也还是笑得贼欢，她的狐眸睨着他，像是发现了什么不得了的事情，欣喜地道，“殿下竟然会为奴家发这么大的火，真是让奴家受宠若惊啊！”

怒火微消，殷戈止闭眼，狠狠抹了把脸，平静了下来。

不对劲。

这女人一定是会什么妖术，他这样的状态，很是不对劲。

风月笑眯眯地靠在床脚边，看着那人冷静下来，然后开门离开。她的身子痛，但是心里很愉悦。

堂堂殷大皇子，竟然会对个卑贱的妓子动感情，哎呀呀，真是难得一见，可喜可贺。

作为那个妓子，风月觉得，要勾引殷戈止其实也没有她想的那么难啊，瞧瞧，这不就上钩了吗？当年她多纠结啊，陪人家睡觉陪人家聊天，小心翼翼地藏着自己不让人家发现，到头来什么也没有得到。

如今好了，不过是跳跳脱衣舞，陪他睡睡觉，这人竟然便在意她了。

笑着笑着，风月就觉得脸上有点痒，她伸手一抹，水淋淋的。

瞪眼看了自己的手一会儿，风月扯了衣袖抹了把脸。

有啥好哭的，她还活着呢，比起那么多长眠于地下之人，她还能说会动，做什么要浪费宝贵的情绪在这种滑稽的争吵上头？

殷戈止吵，那就是他输了，要做大事的人，竟然还这么婆婆妈妈的，一点也不像横刀沙场的大魔王。他要继续这样下去，那她大不了当真帮太子，反正都是要成事的，只是太子未必会置易国如于死地而已。

风月撑着床弦站起来，揉了揉身上摔疼的地方，看了一眼桌上。

还好，他把黄梨木盒子带走了，没有气得不管不顾。

这东西，要是不能很快地把都尉府解决了，那她可能就会先被赵悉弄死。毕竟就她一个外人进过人家书房，要是发现东西丢了，赵家肯定第一时间来找她算账。

想了想，捂着腰眼，风月打开门喊了一声灵殊，道："咱们去买绿豆糕啊！"

灵殊急忙窜进来扶着她，上下打量了一番，道："您还有心情吃绿豆糕！方才好大的动静啊，那位公子冲您发火了？"

风月若无其事地摇头，认真地道："他大概是家里有什么丧事，所以心情不好，你不必在意，我又没伤着。走吧，既然没客人，咱们就去吃东西。"

是这样吗？半信半疑地看着自家主子，灵殊捏捏她的手臂，又捏捏她的腰："当真没伤着？"

她方才明明听见有人摔了的声音。

"没有啦，好端端的。"打掉她的手，风月笑眯眯地往外走。

灵殊被风月拉着，飞快地从后院狗洞爬出去到了郑记糕点铺。一路上灵殊都觉得哪里不对劲，可具体是哪里她又说不上来。

主子跑得很快，虽然脸上是笑吟吟的，但好像……有点紧张？

光天化日的，紧张什么？

"啊呀！"一到糕点铺的门口，风月就狠狠地摔了一跤，骨头磕地，吓得旁边的路人都连忙过来问："没事吧？"

动静这么大，郑记老板娘自然是出来了，她关切地道："姑娘这摔得有点狠啊，进来歇会儿？"

“有劳。”朝她一笑，风月扶着灵殊的手缓缓站起来，一瘸一拐地往铺子里走。

铺子里有不少在用点心的人，看着风月这摔得灰头土脸的模样，他们也没多在意，只觉得老板娘心好，还让她上楼洗漱一番。

心好的老板娘笑眯眯地让灵殊去打水，然后关上二楼的房门，神色顿变：“出什么事了？您竟然亲自来？”

揉了揉膝盖，风月道：“时间紧迫，找些弟兄去把何愁捞出来，要赶在赵都尉回府之前。”

看看外头的天色，郑氏皱眉：“这……”

“不用顾虑太多，捞出来就出城，去城外的小村子里躲躲风头。”风月伸手递给她一张银票，道，“立马做，不要犹豫。”

“是。”主子都这样吩咐了，郑氏自然不能多说什么，下楼就让人去传信。

于是黄昏时分，赵麟回府发现书房有异，找了赵悉盘问的时候，何愁已经坐在出城的马车上了。

“风月姑娘怎么办？”她皱眉问了旁边的人一句，“此事，怕是要牵扯梦回楼。”

“你放心。”旁边的人安抚她，“少主机敏，自然会有办法的。”

少主？微微一愣，何愁讶然：“什么少主？”

意识到可能说错了话，旁边的人连忙找补：“我是说，少主会替梦回楼想办法的。”

这样啊，何愁颔首，没再多问。

第十五章

难讨好的人

收拾好自个儿的风月带着灵殊，很不要脸地翻墙进了使臣府。

暗处的刀几乎要挥到她们的脖子上了，可看清脸，刀又犹豫了，顿在半路没动。

于是风月就以迅雷不及掩耳之势拖着灵殊冲进了客院。

主院的殷戈止正在做事，就见观止小心翼翼地来禀告：“主子，来客人了。”

“不见。”翻看着手里的账本，殷戈止头也不抬，“门关上，就说我病了。”

“可……”观止干笑两声，硬着头皮道，“人已经在客院住着了。”

有这么大胆子的人，全不阴城也数不出几个来！“啪”地合上账本，殷戈止抬头，目光很是不善：“她来做什么？”

“听闻，护城军都尉府正在搜查贼人，说是府上丢了东西，直接将梦回楼围了起来。”观止道，“风月姑娘大概是来避难的。”

避难？扫一眼桌上的账本，殷戈止冷笑。

她是觉得，赵都尉比他还可怕吗？避到他眼下来？

殷大皇子其实已经反省过自己了，情绪冷却了不少，但有人这么送上门来，他还是觉得暴躁，放好账本就起身去客院看。

风月浑身都疼，本来被他摔一下已经很惨了，自个儿又摔，膝盖上破了皮，弯都弯不了，她只能跟具尸体似的横在床榻上，打算等人来发火的时候，使个苦肉计。

脸是什么东西啊，只要能保住她这条命，来刚骂了她的人这儿摇尾巴算个啥，真逼急了，她什么都做得出来！

她刚握拳给自己打气，就听见外头的脚步声。风月立马闭眼，躺在床上“哎哟哎哟”地叫唤，顺带掐了一把目瞪口呆的灵殊，让她回神。

小丫头片子不愧是跟她混的，机灵劲儿十足，立马趴在床边就哭：“主子啊！您怎么这么惨啊！”

虽然喊得一点也不走心，但是风月觉得可以将就，配合她凄厉的声音，表情更加痛苦。

殷戈止推门进来，看见的就是这么一幅哭丧似的画面。

眼帘微微一垂，他走到床边，看了一眼上头半死不活的人，冷声道：“想死也别死在我的院子里。”

风月虚弱地睁开眼，缓缓抬手，眼里含泪地看着他：“公子就这般无情吗？奴家为公子，肝脑涂地，死而后已，公子连一丁点怜惜都不肯给奴家？奴家……咳咳，浑身都是伤。”

殷戈止眼里满是嘲讽，道：“你这样的人，手骨碎了都能忍着疼，这点皮外伤，就躺在这里动不了了？”

风月暗暗咬牙，在心里骂了自己一句，怎么就忘记装柔弱了？顶着伤瞎蹦跶什么啊？现在好了吧，苦肉计都不管用了！

不过，她知道一出这使臣府的大门，自己就不会有好果子吃，所以这戏再难，那也得演！

“奴家……毕竟是弱质女流。”声音越加虚弱，风月满脸委屈，泪水一条条地往脸上淌，“眼下性命有危，公子难道就不施以援手吗？”

施以援手？想起她那可恶的样子，殷戈止冷笑，伸手就将她从软榻上扛起来，一点也不犹豫地往外走。

“哎哎？喂！”风月瞬间活了过来，连忙挣扎，“别啊，公子！殿下！

有话好好说！”

“别让我看见你，要是这点事都要靠我护着，你不如死了干脆。”殷戈止声音冰冷，带着震动传过来，听得风月撇了撇嘴。

“奴家无权无势，不靠您护着，还靠谁护着？”

“你还可以去勾引赵悉。”

我去你的！磨了磨牙，她觉得既然装柔弱没有用，那趁着还没被扔出去，就好好说话吧！

“公子，奴家出来的时候，已经被徐家赎身。”风月语气陡然带笑，又是一副妖媚模样，挂在人肩膀上，媚声媚气地道，“现在是您的人了，就算您扔奴家出去，赵都尉问起来，奴家也会说是您让奴家去偷的东西。”

脚步一顿，殷戈止伸手就将她扔在地上，然后居高临下地看着她：“威胁我？”

“奴家不敢，保命而已。”风月赔笑，“不管怎么说，咱们现在都是一条船上的人，扔奴家出去喂狗，您也不会脱了干系。不如还是好生坐下来谈谈？”

“你凭什么跟我是一条船上的人？”殷戈止嗤笑一声，很是不屑，“不过投诚于我，就想与我共存亡？”

早知道这人心狠手辣，风月觉得，还好自己留了后手。

“恕奴家冒犯。”笑着颔首，风月盘腿坐在地上，一脸无赖样地看着他，“公子现在只能与奴家共存亡了。”

跟看笑话似的看着她，殷戈止抱了胳膊，示意她说下去。

清了清嗓子，风月道：“首先，您在梦回楼经常点奴家侍候的事儿，有心人稍微打听一下就能知道。再者，安国侯府的寿宴上，徐家少爷说了，我是他送您的丫鬟，此事，太子也知情。也就是不管怎么说，明里暗里，奴家都是您的人。

“区区妓子，谁能信没有您的指使，奴家能做出偷人账本的事情来？到时候奴家被抓，您不救，那奴家肯定只有招供了，说您图谋不轨，想拔除易大将军的爪牙，您表面上与易府交好，实际却是一心想复仇！您说，有这样的供词，烨国的人，会不会对您生戒心？”

眼神陡然一凛，殷戈止缓缓蹲下身子，俯视她：“你在逼我杀了你？”

“杀吧。”无所谓地耸肩，风月道，“杀了奴家，奴家背后的关系网会将奴家想说的话，传遍不阴城每一个角落。”

这该死的！殷戈止握拳！

弱质女流，当真是弱质女流？他活了二十多年，从未有人敢这样威胁他！更可恨的是，这威胁他还必须得受！

同是澧国人，她能猜到他的心思，靠蒙的也能猜中一二，然后玉石俱焚。她死了，他也别想继续谋事。

“你这样的，也算得上澧国人？”

这语气平静却又带着恨，听得风月抬袖笑得更欢，眼睛都弯成了月牙：“奴家是浮萍，没有根的。”

谁不曾爱国如命，可满门的热血都凉在了斩首台上，还说什么澧国人？

澧国对于她，现在什么意义也没有。老头子固执坚守的忠国魂，她就是半点没继承，怎么的，咬她啊？

嫌恶地看着她，殷戈止眼里风起云涌。

风月知道，被他恨上的人都不会有什么好结果，不是不报，时候未到。现在他受她威胁，以后等威胁不到的时候，他定然会让她尸骨无存。

也好，连死都不用自己动手。

“你这股子胆大和不要脸的劲儿，倒的确可以为我所用。”半晌之后，殷大皇子开口了，他语气平静下来，像是什么也没发生过一样，只用打量货物的眼光看着风月，半讽半嘲，“这么拼命地想活下来，我护你也未尝不可。”

风月松了口气，眨巴着眼道：“如此，那奴家就谢过殿下了。”

“不用谢。”他道，“既然你很能干，那有任务，我便都交于你，要我护着，你也该体现自己的价值。”

“奴家明白。”风月笑眯眯地颔首，又抬头朝他抛了个媚眼，“床上的价值，也可以继续体现。”

嗤笑出声，殷戈止伸手，捏着她的下巴道：“不必了，我嫌脏。”

话没落音，手指上竟然觉得滚烫。

微微一顿，殷戈止皱眉，下意识地伸手摸了摸她的脸。

当真是滚烫，跟烧着了的炭火似的，他还当她这白里透红的脸是胭脂用多了，原来是发高热了。

“嫌脏您还摸？”撇嘴自己站起来，风月道，“那奴家也省事了，最近外头风声紧，在赵都尉落马之前，奴家就在您的羽翼下待着了。”

说罢，她转身就朝客院走。

“喂。”殷戈止捏了捏手，皱眉道，“你还走得动路？”

风月一顿，眨眼：“哎呀，忘记装柔弱了！”

不过回头看他一眼，想了想，她笑道：“装柔弱也没用啊，您也不信奴家是个弱质女流，那还是不用演了，累得慌。”

殷戈止张口欲言，又咽了回去，看着她那若无其事的样子，别开了头。

她自己都不觉得有问题，那他又何必在意？

转头看一眼旁边，那水灵灵的小丫鬟在看戏似的，半晌没回过神，大概是想不明白他们刚刚说的是什么意思，所以她连自家主子都没去扶一把。

这么小的丫鬟，也能用来伺候人？轻哼一声，殷大皇子头也不回地往主院走。观止老实跟着，小声说了一句：“也好，至少不用吃我做的饭了。”

想起那些带着澧国家常味儿的饭菜，殷戈止起了慈悲之心，转头吩咐道：“请个大夫回来吧。”

“嗯？”好奇地看着自家主子，观止问，“请回来？”

“检查一下她身上有没有什么病，别传染了。”板着脸，殷戈止一本正经地道。

想想好像有道理，观止点头，立马去办。

赵麟的人在梦回楼没抓到人，反而是冲撞了不少达官贵人，于是在得知风月已经被人赎身之后，赵麟便只能放过梦回楼，回去把赵悉狠狠打一顿。

赵悉挨了打，自然想找何愁发火，谁知道何愁的院子早已经空了。

果然是色字头上一把刀啊！赵悉悔得肠子都青了，连忙卖乖哄自家老爹开心，他用功读书，努力练武，费了老大的工夫，终于让赵麟脸色稍微好看了点。

然而，殷戈止却在这个时候，拿着闻风令上门，面无表情地暂停了赵麟的职务，关在府里候审。

大难临头，来的又是完全对付不了的殷戈止，赵麟气极也怒极，拿着棍子就将赵悉打了个半死，还是当着殷戈止的面。

殷大皇子神色温和地瞧着，甚至还让观止上去拦了拦，自己则赞许地道："赵少爷大义灭亲，是天下人的典范，赵大人何必苛责？"

此话一出，赵麟打得更凶了！典范什么啊！灭的是他！

于是哀号之声响彻整个都尉府，众人都不忍心看，只殷大皇子坐在椅子上，看得饶有趣味。

风月发高热了，大夫说她是手上的伤没好好养着，药没及时换，再加上过度操劳，所以病了。

来殷戈止面前回禀的时候，大夫眼睛都瞪圆了，说："老夫从医十几年，头一次看见姑娘家发那么严重的高热，还活蹦乱跳的，手上的伤应该很疼，但她本人好像也不在意。"

殷戈止冷笑着回答他："那不是人，是个妖精，自然不会觉得难受和疼。"

大夫恍然："怪不得长得那般好看。"

然后他就被观止请出去了。

使臣府很大，一年多以来一直只有他跟观止，所以很空。但现在多了两个人，不知怎么的他就觉得突然热闹了起来。

他查赵麟，早上要出去，风月准备好早膳，她烧也没退，红着脸还冲他笑嘻嘻的。

晚上回来，她点着院子里所有的灯，扬言是太黑了觉得害怕，并且还给他留了晚膳。

先前风月还知道找人代劳，现在手好了一点，她还自己掌勺，做的菜很合他的口味，着实让他消气不少。

于是这天晚上，坐在桌边用膳的时候，殷戈止看了一眼风月，伸手摸了摸她的额头。

"你没吃药？"

风月眨眼，嗓音很是沙哑，语气却还是活泼的："吃了啊！"

“那为什么都三天了，高热还没退？”

这是关心她了？风月心里激动得呀，这几天她一直努力讨好这位大爷，争取别太快弄死她，皇天不负有心人，殷大皇子也不是特别记仇啊，这不，还知道问她吃没吃药！

“昨天晚上退过的，灵殊一直拿水给奴家擦身子呢。”脸上笑得跟朵花似的，风月道，“就是下午的时候，不知怎么的又烧起来了。”

斜她一眼，殷戈止道：“大夫说，高热一直不退，人会变成傻子。”

这么严重？吓了一跳，风月立马扔了碗，扯着嗓子就叫：“灵殊！药！”

灵殊端过药来给她，看她一口气喝完，才松了口气：“主子终于肯老实吃药了。”

旁边的目光一凉，风月一把就捂了灵殊的嘴，然后冲人家笑：“嘿嘿，这丫头胡说呢，奴家平时吃药也很老实。”

灵殊无辜地眨眼，扯开她的手，道：“您既然吃了药了，那奴婢晚上能出去一趟吗？”

嗯？风月转头看她，好奇地问：“去哪儿啊？”

旁边的观止突然猛烈地咳嗽起来，然而天真单纯的灵殊没察觉，张口就道：“观止说等你们睡下了，就带我去看看月亮，他说外头的月亮跟使臣府的不一样，可好看了。”

殷戈止：“……”

风月：“……”

脸色唰地就白了，观止连忙摆手：“主子，您听我解释。”

“听你解释？”不等他开口说下去，风月飞起一脚便将他踹了出去，“敢动我的丫鬟！活得不耐烦了？”

瞧一眼她这出腿的力道，殷戈止唏嘘。

外头传来观止痛苦的声音：“冤枉啊……属下当真只是想带她看看月亮。”

“看你大爷！”风月怒道，“我家灵殊才十二岁，你要不要脸啊？”

“你都不要脸，还指责别人？”慢悠悠地夹了菜，殷戈止道，“他们自己的事，自己会处置，你管那么宽做什么？”

她管得宽？风月咬牙，跑回桌边坐下，瞪眼看着他道：“您是养猪的，奴家是种白菜的，敢情猪拱了白菜，您还嫌奴家管得宽？”

看了一眼外头慢慢爬进来的“猪”，殷戈止抿唇不语。

灵殊拉着风月的袖子摇了摇，小声道：“主子，奴婢已经长大了，您不用这样担心的。”

拎起她左右看了看，风月笑眯眯地问：“哪儿大啦？”

小脸一红，灵殊挣扎：“主子！”

“要去看月亮也不是不行。”风月龇牙，指了指观止，“但是他跟你说了什么，你统统都要回来告诉我。”

“好！”灵殊立马答应，“这有什么难的！”

观止：“……”

这丫头，委实太单纯！

“好生用膳。”殷戈止道，“晚上怀祖和世冲要过来，我要授课。”

“是。”转脸颔首，风月端起饭碗就继续扒，扒完一碗还添一碗。连续吃了三碗，她才放下筷子，等着他吃完好收拾。

惊愕地看了一眼她的饭量，观止小声道：“您吃这么多，怎么也不长胖啊？”

殷戈止道：“她活动得多。”

姑娘家，能有什么活动？观止和灵殊都一脸茫然，只有风月笑呵呵地红了脸，壮起胆子踩了旁边这人一脚。

殷戈止冷冷地看着她，看得人把蹄子收了回去，乖乖地端坐着。

殷戈止要授课，风月闷着就无聊了，这几日她都不打算做事，于是就只能在院子里找乐子。

“这儿空得慌。”指了指客院的庭院，风月道，“该种点花。”

灵殊点头：“对啊，可是这院子除了咱们也没人住，那位公子肯定是懒得打理。”

“闲着也是闲着。”风月道，“去弄点来。”

弄？灵殊眨眼：“怎么弄啊？咱们可没带银子出来。”

恨铁不成钢地看她一眼，风月拎着人就出了使臣府，指着牌匾给她看：“这不是银子吗？”

于是，一个时辰之后，天色尽暗，殷戈止刚收了招式，打算再指点两个徒弟一二，就见观止满头大汗地跑进来，着急地冲他比画。

殷戈止不动声色地转头，道：“你们两个再练习几遍，为师去喝杯茶。”

“是。”安世冲和徐怀祖听话极了，在庭院里拉开架势就继续练。

走到观止那边，殷戈止看他一眼，就听得他道：“主子，风月姑娘刚刚上街，买了很多东西回来。”

买东西？殷戈止道：“她倒是有闲心。”

“可是，账单全送到咱们这儿了！数额还不小，不结的话，恐怕不好看。但要是结了，属下担心被人逮着说事。”

质子的月钱是朝廷给的，不少，但也绝对不够挥霍，他府上要是突然开支多了，又正是人家烨国在查贪污的风口浪尖，定然是会被人当把柄抓着的。

想了想，殷戈止回头，温和地喊了一声：“怀祖。”

正在挥刀的徐怀祖听见，立马跑过来笑问：“怎么了？”

“门口有人收账，你替我拿银票出去给他，观止还有别的事要忙。”

观止一愣，看了自家主子一眼，立马装作很忙的样子，在旁边活动了一下筋骨。

不疑有他，徐怀祖接过银票就往门口走，付清了账再继续回去练刀谱。

“主子。”客院里，灵殊跑回来道，“好神奇啊，您怎么知道观止不会出去付账？是拿刀的那个公子出去给的。”

正在摆弄东西的风月头也不抬：“因为这账单，使臣府给得起也不会给，那么狡猾的人，肯定又拿徒弟当幌子。”

她买东西的时候就没省着，反正殷戈止给得起。别人不知道，她却晓得，这人从进不阴城开始就没闲着，蛰伏一年，也没少经商养自个儿的手下。安居街附近不少的店铺可都是在干将名下的，据干将说，殷戈止开的店不少，挂的都是一众暗卫的名，谁去查也查不出什么猫腻，但钱肯定大部分是进了他自己的口袋。

就这经商的头脑，还当什么大皇子啊，努力努力，过个几年说不定就成烨国首富了呢。

看她忙活着，灵殊也不多问了，蹲下来帮忙，顺便摸了摸自家主子的额头。

烧退得差不多了，其实主子不该这么操劳，该继续歇着的，可她脸色虽白，人却精神得很，让人想担心也不成。

手上包着的东西都拆掉了，大夫说愈合得差不多了，只是还不能用力。于是风月就伸着爪子指使灵殊：“这个放这儿，另外的，等会儿搬去外头摆。”

府里的石灯太少了，主院就两个，门口进来的路上两个，其余的地方都没有。于是除了花草之外，风月跟石匠定了十几座灯，第二天一大早就送来了，还帮着摆放在了院子四处。

殷戈止冷眼瞧着，脸色不太好看地问她：“你想做什么？”

回头朝他一笑，风月道：“奴家这不是看您的院子太空旷冷清了吗？所以弄点东西回来摆着，您瞧着也舒心。”

这么多乱七八糟的东西，哪里瞧着舒心了？殷戈止不悦：“别自作主张。”

“哎呀呀，您等着就好了。”风月道，“先来帮帮忙啊，府上奴仆太少了，就观止和灵殊两个人，要弄好久呢。”

不情不愿地被她拖着走，殷戈止侧头，就见自己的庭院里已经种上了一圈儿花草树木，正值春末，迎春、山茶、瑞香等花开得姹紫嫣红，被水绿色的叶子衬着，分外有生气。冰冷的房屋像是鲜活了过来，瞧得他头疼。

还是什么都没有更干净点。

主院道路的两侧放了四座石灯，看着就很累赘，前头这疯子还觉得很高兴，拉着他去看观止和灵殊摆放其他的石灯。

或者说，是灵殊在旁边喊加油，观止一个人扛石灯。

这些石灯都是四角飞檐的造型，中间四空，罩了薄纱，挺好看是没错，但是摆那么多，真的有必要吗？

“主子！”观止苦着一张脸，道，“奴才要扛不动了！”

风月微笑，挽着殷戈止的手道：“身为武士，就应该多锻炼，就当练功了。”

谁要这么练功啊！观止想哭，抬头看见风月脸上那跟自家主子整人的时候如出一辙的表情，他连哀号都号不出来了。

从某个方面来说，这风月姑娘跟自家主子真是配啊，一个阴险无耻，一个无耻阴险！

殷戈止瞧着，淡淡地说了一句："你是不是把这儿当自己家了？"

风月不要脸地点头："是啊！有您在的地方，就是奴家的家！"

斜了她一眼，殷戈止道："可以，你有用一日，这里就可以成为你的家一日。"

但没用了，这儿可能就是你的葬身之地。

虽然这话没说出来，但风月也听出来意思了，只是她毫不在乎地笑着，不当回事，只在心里想。她还以为这人态度和缓下来，就是原谅她的意思了。谁知道殷大皇子也是演戏界的高手，她在人家心里拧的疙瘩，恐怕不是这样讨好就能消了的。

任重而道远哪！

"护城军都尉贪污一案，牵扯了三司府，朱来财已经招认与赵麟多有金钱往来，证供都已经上交给了太子。"转了话头，殷戈止平静地陈述了一下这两天发生的事情。

谈正事，风月就拉着他到了旁边的凉亭里，拿了新买的茶具出来给他倒茶："也就是说，赵麟很快能伏法？"

"不。"殷戈止摇头，"他背后关系甚多，太子那边遇见的阻力应该不小。别的不说，将军府麾下的一众武将，就都会为他求情。"

风月一顿，看了他一眼："那赵麟，是易将军的人？"

"朝中武将，一巴掌拍下去，十个有八个是易将军的人。"殷戈止道，"不然你以为，太子为何那般忌惮，着急地要趁着他不在国都，替换自己的势力上去？"

护城军都尉之职是个好差事，风月想得到太子对这个位置有想法，但是……

"您也说朝中武将十有八九是易将军的人，那空下来的位置，换谁上去？要是换没什么本事的人，那恐怕不能服众。可要换有本事的……太子哪儿来的人啊？"

深深地看她一眼，殷戈止吐了五个字："他没有，我有。"

微微一愣，风月反应过来了，她猛地一拍大腿，疼得自己倒吸凉气：

“你徒弟！”

安世冲和徐怀祖可算是太子送给他的徒弟啊，校场上的话也不是白说的，几大世家都明白情况，还暗自恼恨着太子呢。现在有武将的肥缺，那肯定是安世冲和徐怀祖上啊，两人出身高贵，本事也不小，又有殷戈止护航，怎么瞧都是名正言顺的。

他们不是太子的人，最听的也是殷戈止的话，可是眼下这样的情形，也只有用他们。

突然觉得这人真是下了好大一盘棋，不知道是从何时开始落子，等人反应过来，都已经身在棋盘之上了。

咽了口唾沫，风月讨好地过去捏了捏他的肩：“公子渴吗？”

“不渴。”

“那……要吃点东西吗？”

殷戈止瞥她一眼，道：“你不用刻意奉承我，你要做的，只是做好你该做的事情。”

被看穿了啊？风月干笑两声，收回爪子，站得笔直地看着他问：“有事需要奴家效劳吗？”

“我需要弄点动静出来，让这几个人自顾不暇，别再管赵麟。”放了张名单在她面前，殷戈止问，“认识这些人吗？”

扫了一眼上头的名字，风月伸手在上头划了划：“周臻善、冷严，这两位倒是认识，但最后这个名字，奴家未曾见过。”

看了一眼她指着的名字，殷戈止道：“房文心，禁军副统领，此人一向在宫中，鲜少外出，你没见过也是正常。”

所以，没见过，又是在宫里的，她怎么去吓唬人家啊？啊！难不成装鬼飘进宫啊？

“这人不用你管，剩下的两个，你可有对策？”看她一眼，殷戈止问。

对策吗？风月敲了敲桌子，笑道：“为将者，罪不过贪污与泄密，泄密之事奴家未闻得风声，但买卖官职收受贿赂之事，多多少少都该沾染了些，以此诈，必中。”

“没有证据，你想诈这些个久经沙场的老将？”殷戈止嗤笑，“想得简单。”

“做不做得到，是奴家的事情。”风月微笑，“公子不必为奴家操心。”

谁要替她操心？不过是怕她坏事而已。

别开头，殷戈止道：“既然如此自信，那你且去办。”

“是。”笑吟吟地行了礼，风月转身，带着灵殊就出了使臣府。

“她在府里，可有与人往来？”看着她的背影，殷戈止问了一句。

旁边的观止摇头：“这些天风月姑娘除了摆弄院中装饰，再也未做过别的事情。”

够谨慎的啊，殷戈止忍不住轻轻拍手：“观止，你见过这样的女人吗？”

观止摇头，想了想又有点茫然地问：“什么样的女人啊？”

“她这种嘴上说爱慕你多年，实则对你诸多防备，又肆意与他人纠缠的女人。”微微合眼，他眼里神色黯淡，看着外头新栽的树道，“来路不明，手段颇多，目的不纯。”

听起来很危险啊，观止道：“您知她有诸多不好，又何必再让她做事？”

“有能者，不用白不用。”收拢了手，殷戈止垂下眼帘，“她狠到能用自己的身子做筹码，那我又何须怜她？”

看了他一眼，观止忍不住道：“主子，有件事属下不知有没有说的必要。”

“不知道有没有必要就是没有必要。”殷戈止道，“别说了。”

“……可是，您先前那般生气，是不是因为风月姑娘给赵悉献身？”观止道，“可赵悉说，他压根就没怎么碰着风月姑娘，他刚进书房就晕了过去，什么也不知道了。”

殷戈止身子一僵，抬头看着他道：“你已经闲到连这种小事都查了？”

“也不是属下专门查的，是赵悉在跟赵麟解释的时候，咱们的人听见的。”观止道，“风月姑娘很聪明，时机也刚好，她趁着赵麟不在府上就冲赵悉下手，而且是有备而去，还带着迷药，所以东西到手很是顺利。”

殷戈止冷笑一声，抬眼看他：“若是没碰着她，那她脖颈上的痕迹是哪儿来的？赵悉的推脱之辞，你也信？”

观止挠头，不知道该怎么说了。

屋子里安静了一会儿，他以为这事儿就这么算了，也不必再讨论，但没想到，自家主子又开口了，语气还有点古怪：“再说了，她要是没献身，何必把话说得那般难听？”

是她自己说的，给一个人上是上，给一群人上也是上，能用身子换东西的时候，她为什么要守身如玉！这种话，要不是当真做出来了这种事，谁会骂自己骂这么狠？

观止尴尬地扯了扯嘴角，犹犹豫豫地道：“属下当时是在门外听着的，也不知道您二位到底在吵什么，不过就属下听见的而言……主子，是您先把话说得很难听的。”

是吗？

殷戈止皱眉，安静地回忆了一会儿，沉默了。

“其实您若是只把风月姑娘当个助力，那她怎么做的您完全不用在意，可您偏偏生气了，气得还不轻。”摸摸鼻梁，观止道，“属下想提醒您很久了，主子，您挺喜欢风月姑娘的，既然喜欢，那就别总是欺负人家啊……”

“我欺负她？”殷大皇子语气不屑极了，“你哪只眼睛看见我欺负她？”

是看不见，欺负的时候都关了门的！观止叹息：“属下也不是要干预主子的感情之事，但……风月姑娘瞧着也不容易，既然是利益相同，她也没有叛您之心，那您可以宽容些。”

宽容吗？他一向挺宽容的，没有苛责过谁，只是最近……可能是事情太多了，他的脾气暴躁了些，说话也不是很温柔。

自己本是打算好好对她，让她对自己死心塌地，甘愿效劳的。被这点小事一打岔，他倒是忘记这初衷了。

微微有些懊恼，殷戈止起身，正想说把风月叫回来，那差事有些难为她了，结果就听见外头有人敲门。

观止连忙去看，却听得人说：“传太子殿下口谕，请殷殿下往北门外茶棚一叙。”

太子？观止回头，就见自家主子已经走了出来，拱手应了一声：“好。”

如今与太子关系不错，观止也没多想，拿了佩剑便要陪主子出去，却听得他道：“你留下。”

府里还有个灵殊呢，风月出去是不会带她的，那小丫头没人看着，定然是在府里横冲直撞，万一撞出什么东西来，那就不好了。

了然地点头，观止应下，就看着自家主子跟着传信的人上马，很快便跑得没了踪影。

风月回了一趟梦回楼，金妈妈一瞧见她便将她拉到小黑屋里，瞪眼道："您可小心点！不少人在找您呢！"

"我知道。"朝她一笑，风月道，"有人护着我，我倒是不担心小命不保。"

"你说殷大皇子？"金妈妈直摇头，"我收到风声，最近他得罪的人不少，又是个没权没势的质子，有人想对他下手。"

风月笑意一僵，想了想，道："他武功极好，一般人对他下手，都讨不着什么好。"

"所以你更该小心。"金妈妈道，"柿子还挑软的捏呢！"

不对殷戈止下手，那就是对她下手？风月轻哼，她这来无影去无踪的，谁能堵着她？

然而，事实证明，人不能太自信。这话她还没说出来呢，小黑屋的门竟然就被人一脚踹开了！

风月抬头，瞧着那穿着常服但表情很是不友善的一群人，咧嘴笑了笑，往金妈妈手里塞了个东西，挡在她面前朝这群人抛媚眼："大爷，来玩的吗？"

一群大爷并没有理会她，上来就将她架住往外拖！

"哎哎哎，有话好好说，你们轻点！"咋咋呼呼地闹开了，风月扯着嗓子就喊，"光天化日啊！强抢良家……呸，强抢妇女了啊！"

楼里的人瞬间都跑出来看热闹，连打杂洒扫的大婶都出来看了，看着风月被带走，她们提着簸箕就出了门。

大概是因为她太吵了，这一群士兵拿了布条塞了她的嘴，于是风月只能瞪眼看着他们。

赵都尉明明已经被软禁了，可竟然还能派人出来抓她，殷戈止说得没错，这人背后的势力当真不小。

会被带去天牢吗？还是谁家的私牢？她一路都在想，没想到这群人竟然直接架着她从北门出去了。就在一群北门守卫的眼皮子底下，这些人捆着她，直直地出了城。

回头深深地看了北城门一眼，风月啥也不想说了，她只想给那些守卫竖个大拇指：厉害啊，都不用盘问一下的！

不过，这些人带她出城门做什么？

天色莫名地阴沉下来，风月到树林里的时候，就看见很多人围成一个圆，气氛凝重。

开篝火会啊？所以绑她来是想让她围着火堆跳个舞？早说啊，她自己就能过来。

嘴上的布条被扯了下来，旁边一个凶神恶煞的人喝道："喊他一声，不然杀了你！"

明晃晃的刀子就架在脖子上，风月连忙道："喊谁啊？你们总得让我看清楚再说啊！"

圆圈空出来一个缺口，她抬眼便看见一群人围着的不是篝火，是殷戈止。

"您也在这儿啊？"风月惊喜地道，"好巧哎！"

殷戈止："……"

这蠢得要命的女人，不是自信满满地说一定会把事办好的吗？结果事没办，人倒是被人抓过来了？

笑着笑着就觉得气氛不对，风月眨眼，看了看殷戈止，又看了看自己旁边那个头目模样的人，小声问了一句："大哥，什么情况啊？"

那头目没看她，手里的刀横在她脖子上，沉声冲殷戈止道："你若是再抵抗，那她就先死。听说，阁下对这小美人儿很是宠爱。"

"你听错了。"殷戈止淡淡地道，"就算杀了她，我也不会如各位所愿。"

风月一听就知道是什么情况了，她当即恨铁不成钢地道："你们傻啊？这么多人还怕他一个不成？打他啊！双拳还难敌四手呢！蚂蚁多了还咬死象呢！"

头目一愣，看看殷戈止再看看风月，心想不对劲啊，这怎么看也不是传闻中的奸情深厚，倒更像是见着杀父仇人似的。

"哎呀，你说你们大男人打架，绑我一个弱女子来有什么用啊？传出去不是让道上的人笑话吗？”似怨似嗔地看他一眼，风月道，“大哥，听我的，你们八个人攻他左边，八个人打他右边，剩下的人包抄，就算他是妖怪，那也能弄死！再不行加点弓箭暗器什么的！”

重重包围之中的殷戈止黑着脸道：“你主意出得还挺快。”

“过奖过奖。”朝他做个鬼脸，风月哼笑，“能弄死您，奴家还能多出点主意。”

“别让我逮着你，不然你脖子上的东西别想要了。”

“来啊，打我啊！”风月翻了个白眼，表情很是欠揍，“可惜您今儿得比奴家先死！”

听这一来一往的话，头目彻底傻眼了，他一度怀疑手下的人是不是绑错了。

然而，来不及多想，那头的殷戈止当真怒了，他直往风月的方向冲，看起来当真是要打死她。

小美人吱哇乱叫，跺脚道：“大哥！保护我！”

旁边的头目下意识地就喊：“拦住他！”

拦得住吗？风月微笑，很是放心地看着殷戈止夺人兵器，然后跟切白菜似的切着这群人。

江湖杀手与战场上的将军是有差距的，殷戈止向来习惯以一敌百，江湖人士更习惯的却是单打独斗，所以双方一对上，人多的这边反而束手束脚。

殷戈止很兴奋，像当初在望乡楼上一样，一看见鲜血，他整个人就像是开了刃的剑，兴奋得颤抖。他一刀捅人心脏，抽出来的血洒在脸上，眼神就更加炙热。

风月很喜欢这样的眼神，不过站在他对面被他这样扫着，她还是有点心惊。于是她就扯着旁边那大哥的衣裳，颤颤巍巍地道：“你们行不行啊？他要冲过来了！”

头目也很慌张，他知道殷戈止不好对付，所以带了三十多个弟兄，心想就算很难打，怎么也能堵死他吧？

谁承想，那重重包围之中的人竟像是不会累一样，力道贯通刀身，腰斩数人。场面顿时恐怖得如十八层炼狱，看得他都忍不住侧头打了个冷战。

旁边的姑娘显然是吓傻了，看见这么血腥的场景，她居然没什么反应，只抓着他可怜兮兮地道：“这怎么办呀？”

水汪汪的眼睛无辜地眨着，风月小嘴一撇，语气里满是撒娇：“奴家还不想死，嘤嘤嘤！”

头目微愣，抹了把嘴就将她护在身后。凭着男人最后的骨气，他硬声道：“你先走！这里有我们顶着！”

感动地看他一眼，风月道：“大哥，你们小心啊！”

然后她提着裙子就往后狂奔！

衣裙猎猎，跑起来像翻飞的蝴蝶，风月没敢回头，因为四周有人好像反应过来了，他们疑惑地问了一句：“咱们不是绑她来的吗？做什么要护着她让她先走？”

“对啊！”那头目一拍脑门，也反应了过来，他扭头朝她的方向喊了一声，“站住！”

傻子才听话呢！风月哼笑，跑得贼快，卷起满树林的枯叶，纷纷扬扬的。

殷戈止嘴角带了抹笑，杀戮之中难得心情也很好。他挥刀抹了面前三个人的脖子，然后踩着后头的人腾空而起，直往风月这边追。

一众贼人就看着那黑衣大魔王朝那红衣小姑娘追去，手里大刀红得跟她身上的裙子一样。到她身后，那大刀高扬，对准了她的脑袋。

想起刚刚这位爷说的话，头目惊呆了，连忙让人别追，然后他一脸惋惜地看着那可怜的姑娘。

要死了吧？可惜了一张倾国倾城的脸！

然而，刀是落下了，却是落在了地上。殷戈止伸手一捞，直接将狂奔的风月捞进怀里，然后带着她继续狂奔。

这人跑起来可比她快多了！大大地松了口气，风月咧嘴一笑：“奴家真是太聪明了！”

聪明？斜她一眼，殷戈止勾着嘴唇道：“我看你是胆大包天。”

“冤枉啊，权宜之计。”也没抬头看他表情，风月抓着人的衣襟急忙解释，“不那么说的话，奴家早就被他们宰了。”

“你怎知你一定会被宰？”

“不然呢？”偷偷翻了个白眼，风月道，“难不成您还会为了奴家，受人威胁？”

“倒是有自知之明。”殷戈止搂紧了她，回头看了一眼，道，“下次出来带点人，再被人抓着，可能就没这么好的运气了。”

瞧着前头的北城门，风月放下了心，笑着打趣：“您是要奴家带着观止出来吗？要是带灵殊，那可能更要添一条无辜亡魂。”

“可以。”

可以？！

她本是随口说说，他还当真要把自个儿的随身护卫给她不成？风月愕然，抬头看了看殷戈止的下巴，突然觉得看不太明白这个人。

“站住！”刚要进城门，守城的卫兵竟然直接将他们拦下了，沉声道，“满身血腥，请跟我们走一趟。”

风月一顿，下意识地就道：“他刚去城外杀猪了，这身血一点也不奇怪。”

用看傻子的眼神看着她，殷戈止冷声道：“你不能想点别的说法？”

杀猪一点也不帅！

风月瞪他！这都什么时候了，还考虑帅不帅？

“形迹可疑，带走！”卫兵一挥手，城门下十几个士兵就统统围了过来。

反抗贼人还能说是自卫，但是要反抗这些人，那就是与官府作对了。

殷戈止叹了口气，将怀里的人放下来，低声道：“是祸躲不过。”

“没关系。”靠在他胸前，风月低声道，“不会有事的。”

她哪里来的自信不会有事？殷戈止抿唇，不过也不慌张，见四周卫兵不敢上前，便道：“要去哪儿？指个路。”

卫兵抿唇，觉得抓人都不上前押着，实在是不合规矩。但……看一眼这人的眼神，以及身上浓厚的血腥味儿，他们觉得，不合规矩就不合规矩吧，能把人带走就不错了。

于是北城门就出现了这样的场景——黑衣、红裙的两个人一起走着，四周都是卫兵，拿着长戟对着他们，颤颤巍巍地引着他们往前走。

“这好像不是去京兆衙门的路。”风月笑着说了一句，“要去哪儿啊？”

殷戈止停了步子，四周的人顿时紧张，卫城将领道：“问那么多做什么？带你们去问罪，自然有问罪的地方。”

“如果没记错，护城军都尉赵大人还在软禁期间。”风月眨眼，“你们上头，还有谁能问澧国大皇子的罪啊？”

“……”卫城将领回答不上来，眼神慌张得很，额头上甚至都出了汗，看起来很是没有底气。

这样的表情，是个人都知道有问题，不能跟他们走。然而殷戈止竟然若无其事地道：“继续带路。”

看他一眼，风月笑着，用眼神道：您要找幕后之人，自己去就好了，奴家不想去。

殷戈止淡然回视：一条船上的人。

我呸！就算是一条船上的，也不能拉着她一起跳海啊，他会水，她又不会！到时候出什么意外，倒霉的不全是她吗？

看了看她这贪生怕死的小人模样，殷戈止深情地搂住了她的腰，低声道：“别怕，有我。”

有你才更可怕好吗！风月撇嘴，只觉得腰上的手硬如钢铁，压根没办法挣脱，于是她还是认命了。

一群人围着他们到了家镖局，二话没说就让他们进去，关上了门。

镖局的院子里四处都是兵器，还站满了穿着盔甲的人。台阶上头，有人戴着铁质的面具，看着他们一步步走过去。

“周大人。”殷戈止道，“请在下来此，可是有事？”

周臻善一愣，伸手摸了摸自己脸上的面具，惊愕地道：“你怎么知道是我？”

“赵大人被囚，能调动护城军的，自然只有您这位护城军统领。”殷戈止道，“就是不知大人有何吩咐？”

风月看得直摇头，心想这也太好诈了，一诈就露馅，果然不是每个武夫都像殷戈止这样老奸巨猾的。

“……话说到这个份上，那也没退路了。”长长地叹了口气，周臻善道，“你与赵麟无冤无仇，何必非咬着他不放？他也曾是易大将军的左膀右臂，你既然那般尊敬易将军，那何不高抬贵手？”

先兵后礼，这一套殷戈止是不吃的。抬眼看了他一会儿，殷戈止直接道："太子吩咐，不是他死，就是我被囚。关乎自己利益，在下顾不得其他。"

他这是在撒谎，太子哪里舍得囚他？不过风月知道，眼下这情形，为了避免对方一直拿易大将军施压，他也只能这么说了。

果然，周臻善再也打不了什么人情牌，毕竟人情是人情，危及自身了，那谁的人情都不该给。

于是他直接道："那就得罪了。"

不肯放过赵麟？没关系啊，杀了殷戈止，太子一时间肯定无暇顾及其他，那赵麟之事，定然能有回旋的余地。

他在这镖局之中布下天罗地网，今日殷大皇子死在这里，外头绝对不会有人知道，更不可能有人来救他。

周围杀气顿起，殷戈止叹息，低头看着风月道："这些人为什么总是喜欢动刀动枪的？"

干笑两声，风月直往他怀里缩："奴家一介女流，就靠您多护着了。"

有眼力见儿，知道他怀里是最安全的地方。殷戈止突然觉得风月真是很省心，一点也不给他添乱，不像易掌珠。

他很清楚地记得，有一次易掌珠与他外出，遇见贼人，她第一反应就是扭头跑，横冲直撞地往人家刀口下头送。被绑了吧，她还一直喊他救命，他想装作不在意她，都被易大小姐搅和得一塌糊涂。

最后，他负了伤才保了两个人的命，易掌珠还一直怪他，说他说了狠心的话，不顾她性命。

同样是女人，差别为什么这么大呢？

想着想着就勾了唇，殷戈止抬眼，搂紧怀里的人，语气愉悦地朝前头道："请多指教。"

前头举着大刀的士兵猛地扑了过来，与此同时，院子里机弩皆动，破空之声不绝于耳！

这场景实在很可怕，然而风月闭着眼躲在人怀里，啥也不知道，特别安心。

穿着盔甲的士兵可没有那么好杀，穿梭在箭雨刀枪之中，殷戈止难得表情凝重。他看一眼周臻善，越过面前的阻拦，就直冲他而去！

周臻善没反应过来，自己面前明明有三层护卫，怎么就突然被人抓到了手里，脖子上还横了一把长剑？

“我死可以。”殷戈止道，“周大人陪葬如何？”

好一招擒贼先擒王！风月忍不住伸出爪子鼓了鼓掌。

周臻善脸色很难看，眼珠子乱转着，犹豫不决。殷戈止很有耐性地等着，却不承想，镖局的大门“砰”的一声被推开，更多穿着盔甲的人冲了进来。

看清楚为首之人，周臻善眼里猛地迸发出希望之光：“太子殿下！”

风月顺着看过去，就见叶御卿捏着扇子，神色凝重地朝这头而来，后头的禁军将院子里所有的人尽数钳制，一场杀戮就这样戛然而止。

“殿下。”走到殷戈止身边，叶御卿问，“出了何事？”

“您瞧这满院的杀戮，难道看不出来？”殷戈止淡然地道，“不过周大人有些失算，竟然让太子殿下得到了消息赶来，就算能杀了戈止，您恐怕也免不得被株连九族。”

周臻善也不知道太子怎么会来这里，不过眼下自己性命垂危，他实在顾不得许多，张口就道：“殿下，卑职岂敢有此等想法！分明是殷殿下大肆杀戮，还不接受卑职审问，妄图杀了卑职……您看，剑还横在卑职脖子上呢！”

叶御卿挑眉，正想再问，却听得旁边的风月“呸”了一声。

“当官的说话都这样不要脸的？先前分明是你说要殷殿下不管赵麟之事，他没同意，你直接就让这满院子的士兵杀人，还用暗器！现在事情败露，你竟然反咬一口？”

蹦蹦跳跳的红裙子，很是愤怒的模样，看得叶御卿忍不住轻笑了一声。

这么严肃的场面，太子殿下还能笑？周臻善难以置信地看了他一眼：“殿下，您先救卑职啊！”

“少安毋躁，先把这院子里的乱贼都押下去吧。”叶御卿回头。

下头的禁卫齐刷刷地应了一声：“是。”然后他们就手脚麻利地将周臻善的人带了出去。

“本宫有一事不解，还望周大人赐教。”转眼看着他，叶御卿温和地问，

“您怎么敢这般对澧国的皇子？”

额头上冒了冷汗，周臻善眼珠子乱转，吞吞吐吐地道：“卑职……”

“他以为我死在这地方，不会有人发现。”殷戈止道，“这镖局四周无人，若是今日在下不幸当真中计，尸首就可以直接运送出城，旁人找都找不到。”

脸色一白，周臻善的眼里终于出现了恐惧，他看了看殷戈止，身子微微发抖：这个人……这个人怎么什么都知道啊？

“哦？”叶御卿转身环顾四周，恍然点头，“原来如此，倒是准备周全。”

说着，他走到周臻善身边，伸手捏着殷戈止的剑尖，笑道：“到底是朝廷重臣，殿下手下留情啊。”

风月皱眉：“太子殿下，您要放虎归山？”

周臻善今日要是得以逃脱，以后遇见殷戈止，那肯定是一刀捅他心口，绝对不废话也不犹豫。留此大患，还让不让人睡安稳觉了？

殷戈止倒是没异议，缓缓地将剑拿开。

周臻善松了一大口气，站在叶御卿身边，惊恐地看着殷戈止，然后小声道：“太子殿下，此人武功实在高强，您身份贵重，也该多当心他才是。”

“当心他做什么？”叶御卿笑得灿烂如骄阳，展开扇子，看着他道，“本宫可舍不得杀他。”

尴尬地笑了笑，周臻善低头，心想不管怎么样吧，今日他这小命算是保住……

还没想完，心口就是一凉。

有那么一瞬间，周臻善觉得自己今天是在做一场噩梦，他好不容易从一场噩梦里醒过来，又掉进了另一场。

他不敢呼吸，也不敢去感觉自己的心口，只觉得有鲜血喷涌而出，湿了旁边这人绣四爪银龙暗纹的锦袍。

风月看傻了眼。

叶御卿依旧是笑着的，只是眼里神色冷冽如冰，手里的匕首尽数没入周臻善的心口，语气却还是那般温柔：“舍不得杀他，那就杀你吧，总不能让墙角里那些准备好了的箱子派不上用场。”

“太……太子……”眼里满是不甘，周臻善挣扎着道，“卑职……是护城军统领！”

他可是统领啊，这护城军皆归他管，他一死，岂不大乱？

“护城军统领是个好位置。”叶御卿笑道，“本宫会替大人善后的，不必多虑。”

说着，他手上猛地用力，风月都能听见血肉迸裂的声音。周臻善瞳孔一缩，接着便目光涣散，倒了下去。

鲜血遍地，殷戈止嫌弃地搂着风月退后一步，道：“殿下真是心狠手辣。”

风月跟着点头，点完她才发现不对劲，哆哆嗦嗦地侧头看他一眼。

您哪来的立场说人家心狠手辣啊？！

拿出帕子擦了擦手和衣襟，叶御卿勾唇：“以他之道，还施他身罢了。既然这局都已经设好，咱们不用也是浪费。”

外头有禁卫进来，叶御卿吩咐了一声，那人便麻利地将周臻善的尸体装进镖局的箱子，而后将地上的血迹打扫了个干净。

第十六章

女人真麻烦

“哎呀呀，这可真是，还以为风月只是求救，谁知道还给本宫送这么一个大礼。”转头看向风月，叶御卿摇着扇子就笑，“真是惊喜。”

风月嘴角抽了抽，朝他屈膝：“功不敢乱邀，奴家当真只是因为被抓，求救而已。”

在梦回楼的时候她就将太子上次给的印信塞到金妈妈手里了。金妈妈聪明，自然会搬救兵，只是中途耽误得久，等叶御卿过来的时候，她都到了第二道鬼门关了。

要不是殷戈止，她今儿早死两回了。

看她一眼，殷戈止淡淡地道：“在下还疑惑太子从何而来，原来是来英雄救美，与在下无关。”

“哎，话不能这样说。”叶御卿走过来，站在殷戈止面前道，“能同生共死就是缘分，既然有缘，咱们不如一起去用个午膳？”

风月“呵呵”地笑着，心想不愧是皇室中人啊，睁着眼睛说瞎话的本事就是高超。他分明就是来收了个尾，同生是生了，哪里就共死了？

殷戈止垂首思索，心理活动跟风月差不多，却还是应道：“好。”

两个满手鲜血的人，互相彬彬有礼地拱手，然后便齐齐地往外走。

风月很不想跟着去，这豺狼对虎豹，她命这么薄，肯定是不围观最好。然而，这两个人走了两步，都转过头来看了她一眼。

恩客都走了，你留在这儿干啥？

换上谄媚的笑意，风月提着裙子便风情万种地扭腰跟上去，挂在殷戈止的胳膊上，做一个美丽的花瓶。

不过，这两人走路也不说话，实在尴尬，于是“花瓶”风月还得张口调节气氛：“殿下怎么知道咱们在这儿的？”

叶御卿笑道：“路上一打听，不少人都指路，说一群人围着一男一女往这镖局而来。能闹出这么大动静的，可不只有你们了吗？”

想想也是，那阵仗，走再偏僻的路过来，定然也会有不少目击者。

“咱们去哪儿用膳？”

“望乡楼。”叶御卿道，“不阴城第一高楼，上头的酒菜不错。”

看他一眼，殷戈止道：“殿下这样的身份，总在民间游荡，略有不妥。”

“此话，司马宗正已经在本宫的耳边念了八百回了。”无奈地摸了摸鼻梁，叶御卿叹息，“可本宫觉得，君立于民，总不能独居宫中而治，不闻百姓疾苦。父皇多病，那只有本宫为君分忧，多在民间走动了。”

风月看着他，好奇地问了一句：“不阴城这般不安全，殷殿下都频频遭遇刺杀，殿下当真不为自己的安全考虑？”

看她一眼，殷戈止没吭声。

叶御卿摇着扇子笑得镇定自若：“既然敢出来，本宫自然是带足了人手。”

瞧着殷戈止的表情，风月恍然大悟。

要是能宰了他，那殷戈止肯定会动手，但他都不能动手的话，那就说明，叶御卿身边的护卫十分恐怖。

“嘿嘿”地笑了两声，风月道：“奴家想吃烧鸡。”

“好。”颔首应她，叶御卿引着二人到了地方，进了间厢房，点了菜便关上了门。

“护城军统领失踪，都尉获罪。”轻轻敲着桌子，叶御卿道，“殿下觉得，这两个位置上，放什么人最为合适？”

明知故问啊，风月低头喝茶，心想又到了“两只狐狸鸣翠柳，一串心计上青天”的时候了。

殷戈止不动声色，颇有闲人气质，他淡淡地道：“贵国之事，在下不宜插手。”

“只是建议而已，权当你我朋友谈心。”

谁谈心谈国家大事啊？风月撇嘴，夹了一块冷盘上的肉，塞进嘴里闷头嚼。

殷戈止道：“既然正统领没了，那副统领升职，合情合理。都尉之职，朝中也有不少青年才俊。”

怎么套这人都不上钩啊，叶御卿微恼：“殿下就没想过为自己的徒儿谋些好处？”

“我能收他们为徒，就是他们的好处。”目光平静地看着他，殷戈止道，“至于其他的东西，他们有本事就自己争，没本事，那就接着等。”

你来我往的，话都是绕着弯子吐出来。风月低着头撇嘴。

桌上这两人，一个想引诱对方欠自己人情，一个置身事外想让对方自己跳坑，都不是什么省油的灯。跟他们吃饭，会不会消化不好啊？

“风月，你觉得呢？”

风月正想着呢，叶御卿就笑眯眯地问了她一句。

一口水呛在喉咙里，风月抬头就装傻大姐：“啊？”

“你应该也见过安家少爷和徐家公子。”叶御卿道，“你觉得他们如何？”

我觉得你们男人说事情还要把我一个弱女子牵扯进去，实在是丧心病狂！

风月很想这么说，然而她没这个胆子。眨巴着眼看了看叶御卿，又看了看旁边的殷戈止，最后她还是傻笑：“奴家觉得，安家少爷和徐家公子，都是相貌堂堂，玉树临风！”

喝茶的手微微一顿，殷戈止难得看她的眼神里没带嫌弃，反而带了点赞赏。

叶御卿哈哈大笑，边笑边摇头：“谁问你长相了？”

“问别的，奴家也不知道啊。”风月撇撇嘴，一脸无辜。

这单纯耿直的回答，倒让他不知怎么接。叶御卿叹息，看了看对面那稳如泰山的人，最后还是只得自己开口：“本宫是觉得这两人颇有潜质，又是殿下的徒儿，若是委以重任，必定不会辜负本宫期望。”

殷戈止道：“殿下三思，此二人在下尚且无法管教服帖，恐怕不是轻易肯依附之人。”

“瞧你这话说的。”叶御卿摇头，“本宫选人，自然是为保家卫国，谁要他们依附？”

他会瞎说，自己就不会吗？安世冲和徐怀祖分明是对他言听计从，还无法管教服帖？当自己三岁小孩儿呢！

至于依附不依附的，师父在他这边，那徒弟肯定跑不远。

“殿下决定吧。”殷戈止道。

“好。”合扇而笑，叶御卿转头让人上菜上酒。风月早就饿了，一看见菜上来，她就眼巴巴地盯着叶御卿。

桌上尊者先动筷，其余人后动。

叶御卿没注意她，只盯着外头感叹：“大雨将至，整个不阴城一片迷蒙之色，看得人心生凄惶。”

殷戈止道：“殿下居高处，顶庙宇，踩金履，有何可忧？”

长出一口气，叶御卿忧国忧民地道：“本宫居高，四海却低。有人贪念太过，殃及无辜，牵扯人命，这腥风血雨，不知几时能休。”

“殿下将来会是个体谅百姓的明君。”

“过奖，父皇尚安在，本宫不过是尽己之力，但求天下安稳罢了。”

这对话若是被文人听见，大概是要写三万字的颂章，将叶御卿从头发丝儿吹捧到指甲盖。这间小小的厢房，因为这两座大佛的存在，也仿佛被镀上了一层金光。

然而，风月还是很饿，忍无可忍之下，她终于小声地开口：“不好意思，打断二位一下，菜要凉了。”

从大义大忠的情绪里拔出来，叶御卿看向她，忍不住笑了，他提筷夹了菜放在碗里，然后问：“饿了？”

没吭声，等殷戈止也下筷之后，风月直接用行动回答了他：饿疯了！

一大桌子菜，什么东西都有，她吃得那叫一个风卷残云、片甲不留！

叶御卿还好，本来他在宫外就不怎么吃东西，但殷大皇子还想吃呢，结果殷戈止刚朝烧鸡伸筷子，“唰唰唰”一阵残影，鸡全剩了骨头。再看一眼鸽子汤，好家伙，肉全卷进了风月的嘴里。等他好不容易动作快点夹着点炒蛋，旁边那筷子“咻”地一下就飞过来，惊得他一下都脱了筷。

深吸一口气，殷戈止放了筷子，侧头看着风月：“你是几辈子没吃过东西了？”

狼吞虎咽之中，风月口齿不清地道：“奴家这是帮二位殿下试菜呢，嗯！这个鸡蛋没毒！”

废话，都被她吃完了，有毒也进不了他们的嘴里啊！

本来也不是很饿，但是不知道为什么，看她吃得这么欢，殷戈止头一回觉得馋了。他忍不住叫了店小二，再添几个菜。

心疼地看着风月，叶御卿道：“殿下可是饿着她了？”

殷戈止面无表情地摇头：“与在下无关，她在寒舍一顿也吃得不少。”

岂止是不少，简直比猪吃得还多！

饶有兴致地看着风月，叶御卿道：“吃得多是福气，看着她这胃口，本宫都觉得饿了。”

一桌子残羹剩饭换下去，又端上来一桌新的，风月吃爽了，终于想起了还有个东西叫“矜持”，于是她捏了帕子出来笑呵呵地掩唇道：“这家菜味道的确是不错，奴家全部试过了，两位殿下现在可以放心品尝，有什么问题，也是奴家先遭殃。”

为什么能把控制不住自己嘴馋的行为，说得这么大义凛然呢？嫌弃地看她一眼，殷戈止抿唇，重新拿起筷子，头一次认认真真地吃了两碗饭。

叶御卿也拿起筷子，优雅地品尝起菜色，末了颔首：“当真是味道不错，价钱也公道，怪不得起了十层楼，实乃民间酒楼之表率。”

“殿下所言甚是。”殷戈止道，“不如题个字放在这里吧。”

风月挑眉，心想原来殷大皇子无聊起来也会做这种跟自己半点关系也没有的事情啊，大概是劫后余生，心情不错？

但是，等太子提完字，掌柜的千恩万谢的时候，她才想起来一件事。

这望乡楼幕后的大东家，可不就是殷戈止吗！挂在另一个暗卫名下的，干将还特意提过，说这一处生意最好。

被蒙在鼓里的太子殿下什么也不知道，他提完字用完印，兴高采烈地就拉着殷戈止，让他去成衣店里换身衣裳，然后去校场看看两家少爷。

跟在他们后头，风月连连摇头，太子单纯，太单纯，殷戈止这种人，绝对不会花力气做对他自个儿没好处的事情！

“风月。”

“啊？”回过神，风月抬头就看见叶御卿指了成衣店里挂着的一件胭脂色的袍子，笑道：“这件应该很衬你。”

更完衣出来的殷戈止看了一眼，眼里也有赞同之色。

反正是陪大爷们逛，她又不用给钱！这么一想，风月笑眯眯地就拿着衣裳进去换了。

这店铺大概是因为衣裳贵，前堂里除了他们便没别人了，于是叶御卿开口道：“赵麟一案，朝中众多重臣向本宫求情，父皇的意思，是要顺众意。”

“那殿下之意呢？”殷戈止眼也不抬地问。

“官是有众。”叶御卿微笑，“民之众，则更广矣。”

赵麟贪污之事已经传遍整个不阴城，百姓之中，不乏受过其府上之人蛮横欺压者。只要制造汹汹民意，那重臣再重，也重不过天下百姓。

殷戈止颔首：“殿下英明。”

正说着呢，门外冷不防传来一声娇唤：“殷哥哥、殿下！”

前堂里两个人都是一愣，下意识地齐齐转身面对门口。

易掌珠惊喜地看着他们道：“你们怎么会在这儿？也来买衣裳吗？”

想起掌珠不太待见风月，叶御卿生硬地笑：“是啊，路上偶遇殷殿下，便一同来买件衣裳。”

“嗯。”殷戈止配合地点头。

易掌珠有点惊讶，左右看了看他们，道：“没想到你们关系变得如此亲密。”

还一起逛街？

“不过正好啊，掌珠也想买点衣裳，你们不如来替我看看？”揉了揉帕子，易掌珠欢喜地在铺子里挑选起来。

看了一眼店铺里唯一的一处更衣之所，叶御卿笑着拦住易掌珠：“先去别家看看吧？这家咱们看过了，没什么好看的。”

“不会啊，我先前还定做了一套胭脂色的袍子，很好看的。”易掌珠边找边道，“掌柜的，挂哪儿了？”

掌柜的尴尬地笑了笑，看了一眼叶御卿，后者使劲摇了摇头，于是他只能硬着头皮道：“还没到货呢，小姐不如再等一天？”

“不是说好的今日到吗？”易掌珠皱眉，叹息了一声，她正想说算了，再等等也可以，结果就感觉大堂里微微一亮。

啥也不知道的风月穿好了袍子，东扯扯西扯扯地出来，低着头嘀咕道：“这裙子也太复杂了些，像是礼服，根本不能作常服啊。”

说时迟那时快，殷戈止反应极快，飞身过去一把就将风月扑回了更衣的隔间！

易掌珠回头，就只看见一片儿胭脂色的袍子，忍不住皱眉：“方才是谁在说话？”

叶御卿拉着她便往外走：“没谁，不过既然袍子还没到，那咱们去别的地方看看？”

甩开他的手，易掌珠皱眉看了铺子里一眼：“殿下当珠儿是傻的吗？是不是有人穿了我定做的袍子？”

“没有没有。”掌柜的连忙道，“刚刚那姑娘穿的是杏红色的裙子。”

她眼花了？扫了那隔间一眼，易掌珠问：“殷哥哥呢？”

“他有事先走了。”

走得还挺快啊？易掌珠撇嘴，心情突然不太好，便道：“不在这儿看了，太子哥哥，今晚有花灯会，您陪珠儿去瞧瞧吗？”

外头站着的冯闯闻言，连忙拱手：“易小姐，殿下黄昏之前必须回宫。”

“春末夏初了，三个月一次的花灯会，太子哥哥都不陪珠儿？”易掌珠撇嘴，“大不了跟皇后娘娘回禀，就说是珠儿强留了太子哥哥。”

话说到这个份上了，叶御卿也不好推辞，点头道：“好，那本宫先陪你四处走走，等到了时候，就去看花灯。”

“嗯！”易掌珠这才笑了，拉着叶御卿就往外走。

成衣铺的隔间里，殷戈止低头看着抵在墙上的这人，眼神微微有点炙热。

这件衣裳美艳绝伦，海棠花从肩膀开到了衣摆，齐襟的领子露出一片儿雪白的肩，大红的丝缎儿从胸前勒着的带子上一路垂下去，缠绵在她半弯着的膝盖上。

这隔间不大，有些闷热，风月清晰地看见眼前这人的喉结上下动了动。

“外头出什么事了？”嘿嘿地笑了一声，她开口打破了诡异的气氛。

垂着眼帘看她，殷戈止轻声道：“你穿的是易大小姐定做的衣裳，她方才就在外头。”

一阵凉意直冲背心，风月打了个寒战，连忙道：“那奴家马上换下来。”

“嗯。”殷戈止点头，然后伸手，很是熟练地扯开她胸前的绳结。

风月愕然，转头看了看这周围，又看了看面前这人长长的睫毛。

咦，男人的睫毛怎么能这么长！平时她还没发觉，凑近了才看见，比她的睫毛还好看。

不，这不是重点！重点是这是外头啊，人家还要做生意的！

一个激灵回过神，风月连忙去压殷戈止的手，后者却见招拆招，打太极似的将她的双手钳制得死死的，然后低头就咬开那薄薄的衣襟。

“公子。”风月一脸严肃，眼睛往那没有门闩的门上扫着，声音微微发颤，“虽然奴家不要脸，但您这身份，不能也不要脸啊！”

“嗯。”殷戈止点头，下巴轻轻蹭着她脖颈，然后张口跟狗一样地咬她！

轻轻“嘶”了一声，风月眼泪都要出来了：“要脸就不要在这里啊！”

“他们马上就打烊了。”

大白天的，外头在街上晃悠的人那么多，做生意的打什么烊？骗鬼呢！她挣扎起来，躲着他这作恶的手，气得脸颊一鼓一鼓的。

眼里染了点笑意，殷戈止抬头，张口就含住她的唇瓣。

耳鬓厮磨，风月一张口就会被他堵回去，伸手就被他十指相扣，抬腿就被他以腿压腿，综合各个方面的战斗力来看，她无疑是完败。

悲愤不已之时，外头传来了掌柜的吩咐伙计的声音：“时候不早了，关门吧，咱们去酒楼吃饭。”

“好嘞！”伙计高兴地应着，然后就一块块地把门板抬出来拼着关上。

风月傻眼了，都忘记了抵抗，她听着外边的动静，瞪眼看了看面前的人。

"您……"

"他们自己觉得该关了，与我没什么关系。"

身子被他裹着衣裳一起抱起来，风月呆呆地想，怎么就这么巧呢？

背后一片冰凉，风月想，这大堂里的桌子也不错啊，竟然是沉香木的。

衣裳都散开，有人覆上来，炙热的身子烫得她一个激灵。

等等？等等！回过神看着身上的人，风月抵着他胸口就道："您不是嫌奴家脏吗？"

动作微微一顿，殷戈止低头，在她唇上狠狠咬了一口。

痛得嗷嗷直叫，她撇嘴："话是您自己说的啊，说以后不要奴家伺候了。这会儿……这个样子……对吧？万一脏了您的身子，事后是不是还得找奴家算账？"

心口莫名一疼，殷戈止微恼："你这张嘴，能不能说点好的？"

"好的是什么？"风月歪着脑袋看着他，笑靥如花，"奴家不太明白。"

殷戈止略微有些狼狈，不吭声了，直接以行动回应她。

不阴城里最热闹的长宁街上，一家位置极好的成衣铺却关着门，来往的百姓都奇怪地往这边看上一眼，想着掌柜的是不是有什么事，这个时候不做生意？

街上车水马龙，人声鼎沸，隔着一块门板，里头却是香风旖旎，春光无限。

大概是外头的声音太刺激了，这一番缠绵倒是比以往都更激烈，殷大皇子将自己说过的话吃了回去，并且一点都不觉得羞愧。

风月抿唇，她觉得很奇怪，这人分明什么都没说，四周也是一片黑暗，她压根看不清他的表情，但动作之间，她仿佛感受到了他的歉意。

什么玩意儿？歉意还能这么传达的？！

不过，能重新接受她，那就是好事，她没法儿跟他说什么委屈不委屈，公平不公平，两人本也不是一个地位上的人，她本也不是在痴什么儿女情长。

这位爷高兴就好。

黄昏时分，街上更是热闹，成衣铺的门被人打开，有两人若无其事地从里头出来，融入了熙攘的人群。

换了一身浅色的衣裳，风月叹息：“您可真是会选地方。”

刚好他们需要换衣裳，刚好店里全是衣裳。

面无表情地走在她旁边，殷大皇子心情不错，难得地没有呛她两句，只看着四周挂灯的百姓，问了一句：“这是什么？”

作为在烨国待了三年的老前辈，风月立马解释：“花灯节，每个季节更换的时候就会举行一次，说是为了祈福，愿下个季节无天灾。”

澧国也有花灯节，但花灯是各种不同形状的，并且每年只有一次。烨国的花灯却都是一个荷花样式，有挂在屋檐下头的，有提在手里的，也有在河里漂着的。

“您想看看吗？”风月问。

殷戈止嫌弃地摇头，道：“我要回去了。”

“那慢走啊。”风月甩着手帕就朝他挥了挥，道，“奴家留下看一会儿。”

殷戈止：“……”

上下扫她两眼，他道：“你一个人看？”

“一个人看，看着看着就会变成两个人的，您完全不用担心奴家。”眼睛盯着人群里的某一处，风月道，“奴家晚上会回去的。”

谁在意她回来不回来？殷戈止皱眉，想留下吧，似乎太给她脸了。想回去吧……这个时候回去做什么？

气闷地想了一会儿，殷大皇子转身就去了旁边的茶楼。

朝他的背影行了礼，风月扭头便拨开人群，去了那边卖花灯的小摊边。

“老板娘，买盏花灯。”

和善的老板娘看了她一眼，从摊子下头取出盏灯来给她：“姑娘好颜色啊，拿着这花灯，更是光彩照人，定然能得个好夫婿。”

“借您吉言。”风月笑着点头，递了铜板过去，接了花灯并着一张压在花灯底部的字条。

老板娘掩唇一笑，指了指人群那头，道：“今儿人可不少呢，您不如去那边看看？”

“好。”风月应了，捧着花灯走着。手拆开字条，趁着人群拥挤，她飞快地看了一眼，然后便撕碎了，纸零零散散地撒在地上。

"瞧瞧，今年的姑娘还真是一个比一个水灵。"河边站着的行人笑谈道，"皇上要是再选秀，这一条河半数的姑娘，怕都是要封妃。"

"花灯节好啊，不少闺阁小姐都出来了，平时可是看不见的，多看两眼吧。"

烨国的花灯节，不知从哪一年起，因着赏灯的美貌姑娘多，烨国男儿就养成了赏灯赏美人的习惯。不少高门之人也微服乔装，混迹百姓之中，看一看民间绝色，要是有喜欢的，说不定就带回家成了姨娘。

为此，来参加花灯节的姑娘们都是盛装打扮，不管想不想做人姨娘，也都要将自己的容颜放在人前晾晾，若是追求者甚多，将来要选夫婿，媒婆也能有个说辞。

风月从人群里穿梭而过，她走到河边，看了一眼满河的花灯，脸上露出为难之色。

"这位姑娘，可是忘记带火折子了？"旁边立马有人笑道，"在下带了，姑娘可要用用？"

一听这话，不少人抬头往这边看，只一眼，大家就纷纷惊叹："这个倒是比那些都好看！"

于是没一会儿，风月周围就围了不少的人，动静挺大，旁边茶铺里坐着喝茶的人也看了过来。

人群包围之中的姑娘显得有些慌张，她小声说着什么摇着头，四周的男子却没有想让她走的意思，起哄的示爱的，将那姑娘弄得面红耳赤。

眯眼看了看，冷严道："还真是没见过的好颜色。"

旁边的随从连忙道："您要是喜欢，那小的请她来喝会儿茶？"

见他没反对，随从跑得飞快，他径直推开周围的小伙子，朝着风月拱手："姑娘，我家大人在旁边的茶肆，敢问姑娘可要喝杯茶？"

感激地看他一眼，风月点头："好啊。"

四周的人都不太高兴，可看一眼这随从穿的衣服料子，也没敢多说话，众人依依不舍地四散开去。

进了茶肆，风月先朝坐着的人行礼，十分端庄地道："谢大人解围之恩。"

福礼标准，衣裳料子也好，一看就是好人家的小姐。冷严微笑，示意她坐下：“萍水相逢就是有缘，姑娘可愿赏脸？”

风月犹豫了片刻，揉着帕子道：“小女子跟丫鬟走散了，待会儿要早些回家的，大人之恩，小女子铭记于心。”

家里管得还挺严？冷严更有兴趣了，放下杯子盯着她看了一会儿，道：“敢问姑娘家住何处？”

诧异地看他一眼，良家妇女风月回忆了一下易大小姐的风姿，立马强行羞红了脸，然后小声道：“大人问这个做什么？”

似嗔似慌，声音软绵绵的，听得冷严很是受用。毕竟是而立之年就稳坐太仆之位的人，自认为英雄就该难过美人关，所以遇见美人，他当下也就不防备了，打趣道：“小姐这样的绝色，府上定然是钟灵毓秀之所，我想去看看，沾点儿仙气儿。”

你说要是殷戈止或者叶御卿那种相貌堂堂的人说这种话，那会觉得人家风流幽默，但是面前这位……眼角下垂，眼袋深厚，声音里都透着一股虚，一看就是纵欲过度之人。冷严吐出这样的句子，连隔壁喝茶的路人都觉得猥琐，忍不住用担忧的目光看了风月一眼。

多单纯无辜的姑娘啊，怎么被这种人看上了？

单纯无辜的姑娘眨了眨眼，咬着嘴唇揉着帕子小声道：“小女子家住安居街，不是什么大门大户，大人不必在意。”

安居街？那起码都是有点身份的人。冷严这个人就不喜欢那种没身份倒贴上来的风尘女子，他自认为眼光很毒，只喜欢规规矩矩的贵门之女。

这一点，方才卖花灯的那人已经写在字条上给风月了。

于是风月坐得那叫一个正经啊，就差把“良家妇女”四个字顶头上了。她端起茶来喝都跷了个兰花指，跷得冷严分外满意。

“既然如此，那姑娘不妨同我一起去走走？”看了一眼她的花灯，冷严伸手就拿了火折子给她点上，眼神分外高冷，带着傲慢和自负，施恩似的对她说了这么一句。

侧头翻了个白眼，风月转脸笑得温柔：“好，外头人多，有大人在的话，自然是最好。”

想起方才她被人围着的样子，冷严更是兴奋，带着她炫耀似的往人多的地方走。

“大人瞧着有些面熟。”风月道，“咱们是不是在哪儿见过啊？”

“要是见过你，我一定不会忘记。”高扬着下巴，冷严说着，他想了想，又道，“不过兴许是在什么宴席上，我没注意也不一定。”

“您这样一说，小女子倒是想起来了。”风月表情惊讶地掩唇，道，“您是太仆大人吧？李太师的寿宴上，小女子好像见过您一面。”

“哦？”冷严笑了，“那你的身份倒是不低，连太师的寿宴都接了邀请。”

风月莞尔，道：“您好像挺在意女子的身份的。”

“那是自然。”冷严道，“我而立之年还未立正室，就是没有找到身份合适的女子。那些个想高攀我的，我是一个也看不上。我本来对奉常家的嫡女有些兴趣，谁知道那女人爱慕虚荣，进宫去了。哼，她那模样，进宫能有什么好日子过？”

风月挑眉：“您想娶个比您身份高的人家的女儿？”

“那是自然。”冷严道，“不然我凭什么给她正室之位？”

说着，他看了风月一眼，缓和了语气道：“你长得很美，比那奉常家的女儿美了十倍不止，就算身份没她尊贵，我也可以纳你为妾。”

听这语气，她是不是还得谢个恩啊？风月失笑，手捏帕子按着眉梢，挡着脸翻了个白眼。

依她以前的脾气，遇见这种人，是肯定先揍一顿再说的！口口声声说人家高攀他，自个儿不也是想高攀女人吗？这种人都能当太仆，烨国朝廷是没人了还是怎么的？

不过现在，没了能揍人的本事，她还是得一脸感动地道：“谢大人，不过大人，恕小女子直言，您可得当心些。”

“嗯？”冷严满不在乎地道，“我有什么好担心的？”

叹息一声，风月道：“小女子在家里听见过不少关于您的事情，眼下那澧国质子手握闻风令，查得正严，您可别也陷进去了。”

一听这话，冷严神色大变，他抓着她就走到旁边人少的地方去，皱眉问：“你连闻风令都知道？”

“小女子不才，家父在朝中就职，官职不低，故而家中消息也很灵通。”风月端庄地颔首，道，“在此提醒大人，也不过是希望大人平顺，莫陷纷争。”

冷严眼神微动，想了好一会儿，突然一震：“你难道……是廷尉家的？”

他记得赵廷尉家有个美貌的女儿，先前还有人议论过，说是送进宫一定能得宠。难不成他今日运气这么好，竟然刚好碰着了？

风月微微一笑，眼神深邃，她没直说，只朝他颔首：“代家父问大人安了。”

廷尉和太仆同是九卿，官职上是平起平坐的，但廷尉手里的权力比他这个管马的人大多了，加上赵廷尉一向受人赞颂，他的女儿，怎么也能当个正室啊。

一想到这个，冷严终于正经起来，朝风月回礼之后，严肃地问：“有人去廷尉那里告我的状了？”

风月脸上有些犹豫，揉着帕子道：“这些事，本不是小女子该掺和的，但大人今日对小女子有恩，有些话，小女子便偷偷同大人说说。”

“好！”冷严凑过头来，紧张地看着她，“你说。”

脸上满是小心翼翼，风月道：“家父说，太子公正，既然看到了赵都尉的贪污之案，就决计不会善罢甘休。但朝中求情之声甚多，不少人说赵都尉在位多年，没有功劳也有苦劳，妄图保他。如此，殿下定然会连保他的人一并查，兴许还能牵出点别的事情来。

“而就在昨日，有不知名姓的人送了信件到廷尉衙门，家父一看就说，没想到太仆大人一表人才，背后也做些见不得人的事情。”

冷严脸色瞬间发白，皱眉，慌张地喊了一声：“不可能！”

他做的事情，怎么可能就被发现了？明明掩藏得很好啊！

虽然赵麟做事一向谨慎，可还是被抓出来了。这黑暗之中，是不是有一双眼睛，在盯着他们的一举一动？

但赵麟是易将军要保的人，他总不能袖手旁观吧？

“大人也不用太担心。”风月笑道，“听家父说，告发护城军统领周大人的信件更多，要审问，也是先从周大人开始，您应该还在后头。”

听着她对这么多人的官职和姓名脱口而出，冷严便一点也没怀疑她的身份。想了半晌，他问了一句：“周大人可是护城军统领啊，赵麟的案子证据确凿，到现在都没定案，你父亲打算怎么审周大人？”

“这个小女子不知。”风月摇头，“不过听说证据已经送去周大人府上，希望他自己认罪了，就是不知结果如何。”

没个结果，那他就不着急了。冷严松了口气，笑道：“多谢赵小姐，您能为我这么担心，也是我的福气。”

“大人多礼了。”风月颔首，“时候不早，我也该回府了。”

“我送你。”冷严连忙道，“顺便去拜访一下赵大人。”

“不必不必。”风月心里一跳，干笑，“家父最近忙碌，不怎么接待客人。小女子也要顾念名节，大人这么送回去，有些不妥。”

就是不妥才要送啊！冷严笑呵呵地拉了她的手腕：“小姐不用顾虑的，我的马车就在河边，去安居街很快的。”

不是快不快的问题，是她压根就不住安居街！风月咬牙，心想难不成自己等会儿还当真去敲赵廷尉府上的门？她说不定连安居街宅院的界限都进不去啊！有守卫的！

可是看这情况，压根也推辞不了，怎么办？怎么办！

人群熙攘，冷严拉着身后的“赵小姐”走得可高兴了，冷不防有人从旁边撞过来，直接撞在他手上，疼得他松了手。

“你走路不长眼睛啊！”旁边的随从上前就朝那人吼了一声。

殷戈止目光平静地看着那随从。

冷严回头，看见这张冰山一样的脸，当下就傻眼了，连忙一把推开那随从，笑呵呵地行礼：“殷殿下，这可真是巧了，您也在看花灯啊，哈哈哈。”

风月背后的寒毛都立起来了，瞪眼看着面前这人，连连使眼色。

大爷，行行好啊，别在这个时候坏她的事儿啊！这冷严可是他给的名单上要吓唬的人，她已经吓唬了一半了，不能功亏一篑！

殷戈止神色晦暗不明，盯着冷严看了许久，才道：“冷大人有礼。”

然后他转头看向她道：“赵小姐也在。”

猛地一震，风月惊讶地看了他一眼。

他怎么知道她装赵家小姐呢？难不成方才他一直在旁边跟着？骗子！不是走了吗！把她当猴戏看呢！

风月气愤不已地磨牙，低头，朝他行礼：“殷殿下。”

看了看他俩，冷严哈哈大笑：“原来殿下也认识赵小姐啊，真是好巧。”

“嗯，正好有事想跟赵小姐聊聊。”殷戈止一本正经地道，“赵小姐可否借一步说话？”

冷严也是识趣的人，一看这场面，他当即就行礼：“那在下就先走一步了。”

“大人慢走。”风月笑着屈膝，看着他一步三回头地往河边去，才转过头来冲面前的人傻笑，“嘿嘿！”

目光平静地看着她，殷戈止道：“赵小姐本事了得。”

莫名地觉得背后发凉，风月左右看看，牵了他的手就往另一边的小桥下头跑。跑到人少的地方，她才小声道：“奴家这不是为了您，肝脑涂地吗？”

桥下流水潺潺，对面有不少姑娘在放花灯，这一处因着岸边石头嶙峋，没什么人。殷戈止看了一眼她手里七零八落的灯，顺手在河里捞了一盏好的递给她。

“殿下。”风月吓得泪眼汪汪的，“奴家不要花灯了。”

瞧她这表情，殷戈止都忍不住反省了一下自己，是不是表情太凶恶把人吓着了？他分明是想夸奖她方才实在聪明，还知道用周臻善的事情给冷严下套，结果怎么的，表扬都还没给出去，就先把人弄哭了？

殷戈止低头看了一眼那忽明忽暗的花灯，缓缓开口：“去给你重新买一盏吧，那盏坏了。”

嗯？风月有点难以置信，抬头看了看面前这人。

今儿太阳打西边升起来的？这人竟然这么温柔地跟她说话？

风月还没反应过来，手就被人牵着了。跟方才冷严那种抓她手腕的粗鲁行为不同，殷大皇子牵起姑娘的小手来，那叫一个慰藉人心，他将她手里的花灯扔在河里，便引着她往桥上走。

夏日将至，薄纱单衣的姑娘们在桥上散发着阵阵芳香，本是被一群士子围着看得双颊飞红的，谁承想殷戈止一上去，含羞带怯的姑娘们瞬间来了力道，一把推开碍事的路人，围着殷戈止就瞧。

“好生英武的公子啊！不知可有家室了？”

“这位公子才称得上是玉质金相，与旁的俗物不同。”

“公子，公子？”

仿佛被八百只鸭子围着叫唤，殷戈止显然耐心不够，一把就将后头的“家室”扯到跟前，指了指。

风月反应多快啊，她勾着他脖子就在他下巴上亲了一口，然后耀武扬威地看着四周的姑娘，大有“想抢男人就来打架啊”的气势！

扼腕叹息之声顿起，姑娘们望而止步，畏惧地看了一眼这母老虎，终于是给殷戈止让出了一条路。

“殿下实在很得姑娘们喜欢。”风月忍不住感慨，“就算是生在寻常百姓家，有这一张脸，怕是也能荣登庙堂。”

殷戈止斜她一眼，道：“多谢夸奖。”

还真是半点不谦虚！风月摇头，正想说“您看看您这脸是不是跟天上的月亮一样大”呢，就看见桥对面也有姑娘围成了圈儿。

“公子贵姓啊？”

“公子好生俊俏，不知可有家室？有也没关系，不知可纳妾室？”

这熟悉的搭讪之言，听得风月耳朵动了动，下意识地就踮脚看过去。

桥头之处，叶御卿护着易掌珠，笑得温文尔雅：“在下无家室，但有佳人在侧，借过。”

这一笑，引得姑娘们纷纷尖叫，花灯会顿时都热闹了不少。风月忍不住感叹，用手肘捅了捅旁边这人的胳膊：“您瞧，男人温柔点，不是更得女人喜欢吗？”

看她一眼，殷戈止道：“你喜欢温柔的？”

“奴家喜不喜欢有什么要紧，看看易大小姐的表情就知道了。”风月道，“在您跟前，她总是一脸委屈和不高兴，可瞧瞧在太子殿下身边，她笑得可欢了。”

“是吗？”殷戈止面无表情地哼了一声，抬脚就朝那头走。

易掌珠正笑着呢，不经意地一侧头看见了殷戈止，当即便皱眉，喊了一声：“殷哥哥？你怎么在这儿？”

殷戈止没吭声，回头看了一眼桥上。

易掌珠顺着看过去，就见风月冲她笑得分外甜美：“易小姐，真巧。”

易掌珠脸色微变，很是不悦，转头看着殷戈止道："殷哥哥想来看花灯会，与咱们一道不是很好？做什么喊她来陪着？"

殷戈止抬眼，朝叶御卿拱手，而后道："有殿下在此，在下就先告辞了。"

"哎！"易掌珠连忙伸手拉住他，咬唇，看了叶御卿一眼，小声道，"太子哥哥都知道陪我，你怎么就不知道？前头还有不少有趣的东西呢，你当真就走了？"

四周的人听得这叫一个羡慕啊，今儿晚上就瞧着这么两个美男子了，结果都是这姑娘裙下的？

叶御卿微微不悦，脸上虽然还是带着笑意，但风月看得出来，易掌珠这行为明显很不给他面子。但他习惯了笑，稍微不长脑子的，就当真会以为他脾气好，能包容。

不长脑子的易小姐就在他面前继续留殷戈止："太子哥哥走得也累了，剩下的东西，你陪我去看吧？"

回头看了风月一眼，殷戈止眼里有那么点炫耀的意思。

更喜欢温柔的？嗯？

幼不幼稚啊？啊！风月磨牙，面儿上还得朝人家露出一个赞叹的表情，心想这殷大皇子一定是打仗打傻了，这点小事，跟她争什么争啊，她就觉得女人该喜欢温柔的男人，怎么了！

叶御卿摇着扇子，笑得有那么点落寞。风月想着，反正同是天涯沦落人，逛个灯会成不成？

于是看着殷戈止跟易掌珠抬脚走了，她便蹦蹦跳跳地跑去叶御卿身边，笑眯眯地道："公子，买花灯吗？"

叶御卿看她一眼，问："你卖花灯？"

"不。"风月伸手指了指那边卖花灯的铺子，道，"奴家是想说，您要是买花灯的话，替奴家多买一盏呗？"

叶御卿忍不住失笑，道："你可真是……这里的花灯，不都是要男子主动给女子的吗？哪有人张口要的？"

眨眨眼，风月伸手指了指自己。

哪有人张口要？我啊！

眼里的积郁顿时散开，叶御卿笑得眼里亮晶晶的，带着她就往花灯铺子走，一边走一边道：“你可真是个宝贝。”

“过奖过奖。”

易掌珠正在问殷戈止为什么总跟那妓子搅和，一回头鼻子差点气歪了：“太子哥哥！”

四周嘈杂，她这点声音自然传不过去，只叫得旁边的殷戈止回头看了一眼，眼神冷漠。

“殷哥哥，你们都是怎么了！”易掌珠恼了，跺脚道，“看人的眼光什么时候变得这么差了？风月姑娘长得是不错，可一点本事也没有，跟个花瓶似的，你们喜欢她什么？这样捧着带着的？”

殷戈止收回目光，看了易掌珠一眼，转头道：“女人能长得好看，也是一种本事。”

易掌珠被他这话一噎，涨红了脸，看着他问：“殷哥哥是觉得珠儿没有风月姑娘长得好看？”

“我没有这样说。”

“那你是什么意思？”易掌珠眼眶都红了，道，“这话说出来，不就是这个意思吗？指责珠儿心胸小，见不得人家比珠儿好看？”

殷戈止：“……”

他真的只是说了一句实话，她为什么要理解出这么多的意思来？

殷戈止有些头疼，继续往前走，看着四处的花灯，不再开口。

女人小性子上来的时候，不开口就是大罪过！易掌珠站在原地，看着前头那人的背影，直接就哭了：“你一点也不关心我！”

四周的人纷纷看了过来，殷戈止停了步子，很是头疼地转身看向她：“要如何关心？”

她抬头看了一眼叶御卿和风月那边，叶御卿正拿了一盏花灯给她，风月笑得甜美万分，接了花灯就朝他行了福礼。

人家怎么就那么郎情妾意的？凭什么她和殷戈止就不行？

易掌珠抿了抿唇，红着眼睛道：“你看，太子哥哥给风月买花灯了。”

头都懒得转，殷戈止淡淡地道：“嗯。”

嗯？！然后呢？不该也给她买一盏吗？“嗯”一声就完了？易掌珠瞪眼看着他，又指了指旁边：“那里有卖花灯的，咱们不如去看看？”

殷戈止顺着她指的方向看了一眼，道："人太多，你想买的话就去吧，我在这里等你。"

易掌珠："……"

桥头边，叶御卿正笑风月一句"人面灯花相映红"，就听得易掌珠带着哭腔的声音在后头响起："太子哥哥，我不要同他逛了！"

风月抬头，便见易大小姐哭得梨花带雨的，万分委屈地道："咱们走吧！"

叶御卿挑眉，看了一眼远处负手而立的殷戈止，忍不住小声对风月道："殷殿下怎么这般厉害？珠儿很难得气成这样。"

风月拿花灯挡着脸，小声回他："以奴家之见，殷殿下虽不温柔，但对易小姐的态度绝对不差。所以，她多半是自个儿气着了自个儿。"

易掌珠正生气呢，却见面前这两人交头接耳的，说的话她都听不见，当下更气，看了太子一眼，跺脚就道："罢了！这里也没什么好看，我自己回去了！"

"珠儿！"姑奶奶生起气来不好对付，叶御卿连忙拦着她，赔罪拱手，"是我错了，要逛就继续逛吧，我陪着你。"

易掌珠委屈得很，看他一眼，又看看后头的花灯铺子。

叶御卿就比殷戈止懂女人多了，当下便让人再买一盏花灯出来，递到她手里："走吧？"

气消了些，易掌珠抿唇，看了看旁边的风月，擦了眼泪道："不好意思啊，你去继续陪着殷哥哥吧，我同太子哥哥先走了。"

有身份就是好啊，在两个皇子之间无缝切换，都不用考虑一下旁人感受的！

不过幸好风月也没什么感受，见易大小姐拉着太子走了，她就捧着花灯等殷戈止走过来。

殷戈止漫步过来，看了一眼她手里的花灯，道："挺好看的啊。"

"啊？"风月眨眨眼，认真感受了一下这人平静语气下的阴阳怪气，立马将手里的灯往旁边跑跳的小孩子手里一塞，然后仰着脸朝殷戈止笑，"这盏不是很好看，公子再给奴家买一盏呗？"

对付殷戈止这种闷得要命的男人，跟他绕弯子没用，就得不要脸地说出来，越不要脸，他越觉得爽快。

这不，话一说完，殷大皇子抬手，便亲自给她取了店铺门口挂着的花灯下来，顺手给了小贩碎银，然后斜睨着她道："赏你的。"

"谢公子赏！"风月屈膝，看着手里的花灯，笑眯眯地凑在他旁边道，"赏都赏了，公子不如陪奴家去河边放了它？有始有终嘛。"

看了一眼河边，殷戈止皱眉："人太多了。"

"那咱们去人少的地方啊。"风月踮脚，扫了一眼这护城河两岸，指了指远处灯光稀薄些的地方，"那里就可以。"

女人真是麻烦！殷戈止很不耐烦，抬眼扫了扫这护城河，但还是陪她走过去。

就在他们挪动的时候，河岸边的人更多，姑娘们排着队放灯，前头的人磨磨蹭蹭的，招了后头的人骂。有不小心的，还打湿了裙角，吵吵嚷嚷的，很是让人不愉快。

殷戈止脸都黑了："这灯，必须放？"

风月眨眼，一本正经地点头："是啊，祈福嘛，不放会不吉利的！"

殷戈止站在桥上，想了片刻，接着搂着风月纵身一跃，直直地往河水里坠去！

衣袂飘飘，河岸两边都是一阵惊呼，风月也吓了一跳。她一只手抱着花灯，另一只手牢牢地抓着这人的腰带，瞪大眼看着他。

殉情啊？她还不想死呢，再说了，就算是死，也一定要离他远远的啊！

眼瞧着接近水面，殷戈止反手勾了桥栏上垂下来的红绸，缓缓止住了下落之势。风月只觉得一股子力一扯，接着她就堪堪悬在了水面上。

"……公子啊。"咽了口唾沫，她抖着声音道，"您早说要这样放花灯，奴家真的可以选择不放的。"

"不是要祈福？"殷戈止冷声道，"快点，点灯。"

水面上不少燃着的花灯在漂荡，风月深深地看了殷戈止一眼，松开了抓着他腰带的手。她拈了花灯里的蜡烛出来去旁边的灯上借火，然后将蜡烛摆回去，连着花灯一起，轻轻放在了水面上。

一阵风吹过来，河上星火点点，月亮从清澈的水里探头，眨眼看着桥上那一对吊着的人。

周围的人都惊呆了，好半晌才找回声音，七嘴八舌地议论起来。有热心肠的，连忙去拉绳子想把两人拉上来。

风月咯咯直笑，眼里满是烛光，抬头看着殷戈止道：“殿下，咱们这很像猴子捞月。”

殷戈止给了她一个冷漠的眼神：“你是说我不该搂着你的腰，该把你倒挂起来，捏着你的脚踝？”

“别别别！”她立马摇头，“奴家就是打了个不是很准确的比喻，您别照着来啊！”

哂了一声，殷戈止一扯那红绸，借力直接飞上桥面，身姿潇洒，衣袂飞扬。

落地的感觉分外踏实，风月想，今晚上算是赚着了，毕竟这位爷平时不做这么无聊的事情的，肯陪她放个花灯，就算方式可怕了点，那自己也该感恩戴德。

于是她转头就朝他拜了拜：“多谢公子。”

对她这样的态度，殷戈止觉得很满意：“回去吧。”

“嗯！”

一前一后地下桥，顶着围观百姓的炙热目光，两人都心情不错地往使臣府走。

易掌珠心情很差，她站在河边，手里还拿着花灯，眼泪又要掉下来了。

为什么啊？她想不明白，她哪里比那妓子差了不成？为什么殷哥哥能给她买花灯，陪她放花灯，却连陪她去花灯铺子都不行？

“太子哥哥。”易掌珠转头，委屈地问叶御卿，“殷哥哥是不是不喜欢我了？”

叶御卿沉默地看她一眼，依旧笑着道：“殷殿下那般的人，不适合你。”

“为什么不适合？”易掌珠皱眉。

叶御卿道：“殷殿下性子偏冷，不多话，也不会主动哄你开心，给你台阶下。你性子又傲，有什么话也不愿意直说，跟他在一起，自然会不高兴。”

易掌珠不赞同地看着他，道：“你们男子若是喜欢一个女人，不就该变得温柔如水，处处体贴吗？等他变成那样，我跟他在一起也未必会不高兴。”

叶御卿闭眼。

跟易掌珠讲道理真的是很费心神的一件事，他还是想回宫去跟母后请安。

大概是今天经历了太多的事情，风月累得刚在主院坐下就睡着了。殷戈止瞧着，很是嫌弃：“你可真没戒心。”

没戒心的人睡得四平八稳，灵殊小心翼翼地看他一眼，想叫醒自家主子，把她扶回客院去。谁承想，她刚伸了个爪子出来，就被观止连人带手一起抓着拖了出去。

“哎哎，做什么？”灵殊气呼呼地看着观止，跺脚，“我要带我家主子回去歇息啊！”

“不用了。”观止笑得诡异，“我能感觉到主子心情极好，你家姑娘睡在主院也没什么大碍。”

哪里感觉出来的？灵殊很茫然：“我怎么感觉不到？”

“乖，你还小。”观止摸了摸她的脑袋，笑眯眯地道，“等你长大就好了。”

有道理！灵殊点头，决定自己回去客院歇着。

使臣府所有的石灯都亮着，院子外头看着都是一片暖橙色，院子里花花草草长势喜人，饶是被月光照着，也没有半点凄凉之感。

观止感慨了一下，瞧了瞧主屋，他打了水放在外头，便也去歇下了。

风月做了个梦，她梦见自己在漆黑的房间里，头顶上是红纱帐，有微微的暗光。

旁边坐着的人在低低地跟她说话，他说：“等下一场仗打完，我跟父皇提一提立妃之事吧。”

“立妃？”风月没开口，却听得见自己伪装出来的声音，自己怪里怪气地问他，“殿下欲立何人为妃？”

“从前觉得，女子要温良恭顺，知礼仪，安后院。”他道，“现在觉得……活泼些的，也可以。”

活泼些的？风月想，她也很活泼啊，只可惜当不了他的妃子了。太后指了她跟镇国侯家世子的婚事，再过半年就得完婚，她反抗也没用。也就是因为这样，她才躺在了这里。

封明那浑小子想娶她，她先给他戴顶绿帽子吧！到时候婚事吹了，她就不用被关在院子里绣花啦，哈哈哈！

“你笑什么？”旁边的声音陡然变得紧绷，“我说的又不是你。”

“嗯？”她回神，伸手就搂着这人的脖子，“吧唧”一口亲在他的唇上，捏着嗓子道，“没什么，我只是很喜欢殿下罢了。”

屋子里安静下来，旁边的人好像瞬间消失了，接着屋子里灯光大亮，亮得她惊慌地闭上了眼。

“喜欢我？”殷戈止面无表情地看着她，眼里满满的都是嫌弃，“你这样的人，拿什么喜欢我？”

心口一窒，风月愣怔地看着他。

他穿了皇子的绣龙锦袍，站在监斩台上，居高临下地看着她：“关氏通敌叛国，罪连九族，今日斩首示众，以儆效尤！”

关清穆昂首挺胸地跪在她旁边，一身风华不减，一字一句朗声道：“谢主隆恩！”

刀起，头落。鲜血飞洒在这肮脏的刑场，扑了人满脸满身。

“二哥！”喉咙里压着这一声喊，关清越却怎么也喊不出来，只觉得眼前变得一片血红。

关清穆倒下了，菱儿也倒在了他旁边，就算没了脑袋，两人的身子都还靠在一起，血流出来，融成了一处。她张大嘴想呼吸，却被铺天盖地的血腥味儿呛得咳嗽。

刽子手的刀比战场上的人的刀还快啊，她跌跌撞撞地起身，想护着左边的四妹，右边的二娘头就落了地，想护着前头关家最小的少爷，后头的奶娘便又闭上了眼。

她在这刑场上奔走，却什么也挡不住，痛得全身发抖！

老头子呢？那满嘴说着忠君报国的老头子呢？家里人都要死了啊，他去哪里了？

愣怔了半晌，风月想起来了，关苍海畏罪自尽于天牢，念其功勋，圣上准其全尸入殓。

哈哈哈……全尸入殓，谢主隆恩，谢主隆恩啊！

仰天长笑，笑得眼睛充血，她抬头看着监刑台上站着的人，手捏得发白，终于是拔了旁边护卫的刀剑，猛地朝他心口捅过去！

“风月！”站在那边的人皱眉喊了她一声。

四周场景涣散，风月浑身大震，睁开了眼，眼里依旧血红一片，恨意凌天。

被她这眼神看得一惊，殷戈止莫名其妙地看着她：“做噩梦了？”

噩梦？眼里迷茫了好一会儿，风月看清了四周，慢慢坐了起来，缓了许久才闭眼笑道：“是啊，奴家做了好可怕的梦啊。”

“梦见什么了？”殷戈止皱眉。

屋子里就他们两个人，再没了别的气息，有那么一瞬间，风月很想拔了头上的钗子，直接捅进他的心口！

然而，低头看了看自己还未痊愈的手，她睁眼，笑得活泼可爱地答他：“梦见家里人全死啦！殿下从天而降，救奴家于水火，带奴家报那不共戴天之仇！”

眼神深邃地看着她，殷戈止道：“会的。”

“那奴家就等着。”转头看了一眼外头已经大亮的天色，风月道，“哎呀，该给您做早膳了，奴家先告退。”

白鹭
成双

BAILU
CHENGSHUANG

桃花折江山

番外

番外

沈在野带着桃花离开车队，马车行进得就慢上许多了。一行四个人，遇见风景秀美的地方就停下来歇脚。

站在一块大石头上，靠着身后的人，桃花看了看自己这一身平民装扮，又看了看沈在野身上的黑色袍子，忍不住道："怎么有一种咱们要归隐山林的感觉？"

"你不乐意？"沈在野挑眉。

桃花摇头："倒不是不乐意，妾身这不是为爷着想吗？那么多大事，爷当真能撒手不管？"

"与我有什么相干？"沈在野垂眸，一脸平静地道，"陛下已经能独当一面了，就算我不在，朝中众人也能帮他。"

"那……"看他一眼，桃花问，"吴国的事情呢？"

沈在野叹了口气，捏了捏她的脸："现在没什么好顾忌的了，你想知道什么就随意问，我都会回答你。"

这问题是她很早就想问了的，奈何他一直没让她问出口。桃花笑了笑，伸手就往他胸前的衣裳里摸。沈在野身子一僵，眼神微动："你这是做什么？"

桃花没理他，专心地掏着东西，终于扯了一条手帕出来。

百春花。

"吴国的习俗，男子都会在春日的时候将百春花带在身上，祈求一年平安。”桃花睨着他道，“爷果然是吴国的人。”

“你一早就知道了？”沈在野挑眉。

“蛛丝马迹太多，妾身还发现不了，就是个傻子。”桃花转头望着前头的山水美景，叹息着道，“可怜了大魏的文武百官了，至今都被您和陛下蒙在鼓里。”

“这天下，有很多种法子可以拿。”沈在野淡淡地跟着她远眺，“皇权的斗争，从来是不讲道理和正义的，能给百姓一个盛世的，就是明君，这是我的看法。”

“所以爷没法儿流芳百世。”姜桃花道，“那妾身就跟着您遗臭万年好了。”

轻笑一声，沈在野将下巴抵在她的头顶，轻轻摩挲。春风吹过来，天气好像已经开始变暖了。

再次上路的时候，桃花差点毒发，还好青苔发现了不对劲，连忙给她喂了解药，又塞了保胎药下去。

躺在沈在野怀里，桃花眉头直皱：“这个月怎么来得更早了？”

青苔红着眼道：“您太累了。”

沈在野心头闷痛，咬牙抱着她，没吭声。桃花伸手回抱着他的脖颈，低笑道：“还没死呢，你们这一个个的是做什么？”

“呸呸呸。”青苔连连摇头，“主子别说不吉利的话。”

“好，不说了。”松开沈在野，桃花问，“还有多远才到地方啊？”

“还有三日就到大魏边境了。”青苔道，“再赶两日的路，您就可以好生休息了。”

桃花点头，正想说继续上路，沈在野却道：“在前头找个宅子休息吧，她身子吃不消。”

“是。”青苔应了，与湛卢一起继续驾车。

因着她苍白的脸色，车厢里安静了许久都没说话。姜桃花不甘寂寞地爬起来，捏了捏沈在野的脸：“爷，笑一个？”

勉强勾了勾嘴角，沈在野拿下她的手，慢慢地握在自己手里。

感觉到他心情不好，桃花吧唧一口就亲在他的侧脸上，又吧唧一口吻在他的额头：“不是才说了要好生过日子吗？这日子有了您这能夹死蚊子的眉间褶皱，能过得好？”

轻叹了一声，沈在野笑了笑，将她抱在怀里：“你睡会儿吧，到了地方我叫你。”

“好。”桃花点头，乖乖地靠在他怀里睡去。

这方圆十里只有一个小镇，镇上没什么宅院，就边儿上有个看起来还不错的大宅子。青苔上前去敲门，开门的是个柔弱的妇人。一听有孕妇需要休息，妇人连忙便让开了路。

但，桃花和沈在野下车的时候，一看那妇人的脸，就傻眼了。

“太子妃？”

厉氏愣了愣，这称呼已经是许久不曾听见了，一见姜桃花那张脸，整个人就是一震，下意识地后退了两步。

“怎么了？”门里有人问了一声，见没人答他，便自己走出来看了看。一身简单的白袍，眉目温和了不少，正是当初的太子穆无垠。

姜桃花头皮发麻地看了沈在野一眼，身上冷汗都被吓出来了。

怎么就这么巧，刚好到了这里！沈在野恐怕还不知道她救了太子和太子妃，现在这账要是算起来……

“久违了。”沈在野扶着桃花看着那人，笑了笑道，“别来无恙。”

穆无垠吓了一跳，下意识地将厉氏护在身后，厉氏一愣，看了他一眼，眼神也柔和下来。

“你们怎么找到这里的？”穆无垠抿唇问。

桃花伸手就捂住了沈在野的眼睛，然后道：“我们这是不小心撞了梦境了，这就走！”

哭笑不得地拿下她的手，沈在野道：“你要挡也该早点，现在我都看见了，还有什么好遮掩的？”

穆无垠皱眉，分外觉得莫名其妙。面前这两个人，一个是要杀他的，一个是救了他与厉氏性命的，现在竟然一起出现在了他面前，是怎么个意思？

“你有什么想跟我说的吗？”沈在野看着桃花问。

桃花干笑两声，道：“就是爷看见的这样，太子没死，只是安安稳稳过普通百姓的日子了，这没什么吧？”

沈在野轻哼一声，转头看向穆无垠，眼神幽深地道："能过寻常百姓的日子，的确是好事。"

穆无垠脸色有点发青。他最开始其实是不甘心的，然而到了这里，厉氏一直劝他安心过日子，能帮他的人也统统都断了联系，无奈之下，他只能忘记前尘往事，当个平民百姓。

现在看见沈在野，他也还是有些恨意的。然而，看了看姜桃花的肚子，他皱眉："你怀孕了？"

有这么明显了吗？桃花低头看了看自己，然后应道："是啊，正在赶路，想找地方休息的，不知怎么就找到了这里。"

"进来吧。"穆无垠道，"别站在外头了。"

厉氏一顿，垂了眼眸就去准备茶水。桃花拉了拉沈在野的衣袖，后者犹豫了片刻，还是跟着进去了。

这院子是穆无垠当初给桃花买的，看起来很大，却一个仆人都没有，什么事都是厉氏在做。厉氏也变了不少，没了以前的刻薄，看起来温柔又贤惠。

桃花一度担心厉氏是不是还记恨她，毕竟她都恨得想杀了自个儿。但是目光跟她对上的时候，桃花发现厉氏的眼里没有恨意，竟然有些沧桑和无奈。

她也不过比自己大几岁而已，现在看起来却像是大了一轮，眉目间有种说不出来的愁苦。是日子过得太苦了？桃花下意识地转头看了看四周，却发现屋子里的摆件都是上好的精品，并不清苦。

厉氏放下茶杯就朝众人微微屈膝，然后便退了出去。穆无垠看了她两眼，转回头来看着他们道："听闻大魏攻赵了，你们两人倒还能这样平平静静地在一起，着实让我佩服。"

沈在野看着他道："殿下如今能这么镇定地面对我夫妻二人，也着实让沈某佩服。"

本以为他还会有很多不甘心的，对他该恨，对姜桃花或许是爱恨两全，但半年多不见，穆无垠好像已经变了一个人，变得温和又沉稳，眸子里再也没了那股子傲气和不羁。

是将往事都放下了？

扫了姜桃花的肚子一眼，穆无垠抿唇："事到如今，我再挣扎也是无用，何不看开些？"

要不是她，自己和厉氏捡不回性命，他也不会有今日这般的平静日子过。虽然有时候会怀念高高在上的感觉，但现在，一个宅子两个人，倒也清净自在，开个铺子给人打理，有银两来源，也饿不死。比起在宫里尔虞我诈，这也不失为一种逍遥。

轻轻松了口气，桃花道："殿下能这样想，余生自会安稳无忧。"

"这次我会听你的话了。"穆无垠轻笑，"以前不听，吃的亏也是太大。"

桃花跟着他一笑，看来这人已经释怀了，他们可以安心在这里住两日。

"这宅子里什么都不多，房间倒是挺多的。"穆无垠道，"你们要休息，我便让厉氏收拾几间屋子出来。"

说着，他还是有些不放心地看了沈在野一眼："如今我已经是平民，丞相不会还想算计我吧？"

"殿下多虑。"沈在野道，"沈某先前不过是帮殿下离开不适合殿下的位置罢了，如今殿下过得安稳，沈某又如何还会为难？"

瞧瞧这不要脸的，夺人家太子之位也能说得这么有道理的样子。桃花腹诽两句，朝穆无垠颔首之后，便带着青苔等人出去，找厉氏安排房间。

"妾身还有个问题想问。"走在路上，桃花突然看着旁边的人道，"爷是当真不知道妾身给太子安排退路之事吗？"

当时觉得天衣无缝，可现在回想，他看见穆无垠竟然一点也不激动，那就十有八九是一早便听见了消息。

可是，奇怪的是，按照他这种斩草除根的性子，竟然没有派人来暗杀？

沈在野勾唇，不答反问："你为什么要给他安排后路？因为他对你有恩？"

桃花一顿，眼睛眨啊眨的，犹豫了许久才道："有恩是一部分，还有点私心。"

"哦？"步子停了下来，沈在野眼神幽深地看着她，伸手抵在旁边的墙上，将她圈在臂弯里，"什么私心？说来听听？"

桃花轻咳两声，有些不自在地道："说出来爷别觉得蠢就行，妾身当时觉得爷身上罪孽太深，能替爷积点福报也是好的。"

沈在野心口微动，目光瞬间变得很柔和，带着点点星光的雀跃，看着她道：“这不是蠢，你做得很好。”

“那爷又是为什么放过了他？”也不用问第一个问题了，直接问这个原因才是。

沈在野收回自己的手，拉着她继续往前走，淡淡地道：“因为你欠了他的恩，不报心里不安，而我当时欠了你，所以为了让你心安，便放过他了。”

话说得冠冕堂皇，但其实就是沈大爷不想让她欠别的男人恩情，然后惦记一辈子。

桃花感动地点头：“爷原来还是有良心的！”

沈在野刚还正感动呢，被她这一句话说得又恼了：“你能不能说好听点？”

什么叫原来还是有良心的？敢情在她心里自己就是一直没良心的？

缩了缩脖子，桃花冥思苦想了许久，却想不出个好听的说法，看得沈在野又气又笑，一把就将她抱起来，惹得她一声惊呼。两人正打闹呢，往前走两步就碰见了厉氏。

看着他们这模样，厉氏是吓了一跳的。在她的印象里，沈在野是个高深莫测的人，跟他说话都有些让人害怕，却没想到……能有这样的一面。

“房间准备好了。”垂了眸子，厉氏道，“请跟我来。”

拍拍沈在野，示意他放自己下去，桃花几步追上厉氏，好奇地问她：“这宅子这么大，怎么不请点下人？什么都是你亲自来做？”

看她一眼，厉氏道：“我觉得挺好的，有事做，日子才不会无聊。”

其实，是因为有下人把事情都做完的话，穆无垠就更不会搭理她了，没下人挺好的，他吃饭、穿衣，做什么都是自己来伺候，每天有很多的时候会见面，说不定什么时候就当真爱上她了呢？

她不怕同他一起死，也想同他一起好好过日子，既然活下来了，她是希望他能认真看看自己、喜欢自己的。

谁知道，命运弄人，竟然在这里又遇见了姜桃花。

这人，是穆无垠命里的劫数。她本以为他可以躲掉的，没想到终究还是难逃。她是该很讨厌这个人的，然而命都是她救的，连讨厌都不能够。

她现在只有一种无力感，不管做什么都赢不了这个女人的无力感。既然如此，不如……

到了晚饭时，桃花和沈在野没看见太子妃夫妇，让青苔去找，才发现人在门口蹲着。

“穆公子这是怎么了？”好奇地看了看他，姜桃花有点意外。穆无垠蹲在门口，看起来像是没了家的孩子一样，可又有些气鼓鼓的，像在跟谁赌气。

这是个什么情况啊？

沈在野也有些诧异：“您这是怎么了？”

“她走了。”穆无垠闷声道，“说去亲戚家住了。”

“厉氏？”桃花挑眉，看他一眼，“您既然舍不得，做什么不去追？”

“我……”穆无垠有些无奈，“我追上她能说什么呢？她去意已决。”

桃花连连摇头，道：“这就是您不了解女人了，她说要走的时候，哪怕在您面前多停顿了一瞬，您都该毫不犹豫地拉住她，强硬地不让她走！”

愣怔地回头看她一眼，穆无垠问：“你怎么知道她停顿了？”

“很难猜吗？”桃花道，“一个喜欢您的女人，怎么会离开得那么洒脱？心里定然是想着您来留住她的。可您……看样子是没挽留。”

穆无垠颇为懊恼地扔了手里的石头，抿唇道：“我就是想留她的意思，她还看不出来？”

“有些话要直接说出来才行，总让人猜，别人也是很容易多想的。”桃花一本正经地道，“身为男儿，就该有话直说，喜欢哪个姑娘就明明白白告诉人家，然后把人家留住。您说您，不态度诚恳地去留，现在在这儿懊恼又有什么用？”

穆无垠有些恍然，起身就往屋子里冲，没一会儿便提了个包袱出来，对他们道：“她走了许久了，我追她回来可能会很晚，要在外头过夜了，你们两个在这宅子里自便吧。”

说罢，卷起一阵风就跑得没了影。

沈在野深深地看着他的背影，许久之后才侧头，盯着旁边的人。

感受到他炙热的目光，桃花莫名其妙地看他一眼：“怎么？”

“从和风舞第一眼见你开始，我好像就看上你了。”沈在野很是认真地道，“所以以后，你都留在我身边，莫要离开了吧。”

姜桃花心里微动，有些甜，还有些酸，她别开头，讷讷地道：“爷怎么突然想起说这个了？”

“不是你方才说的吗？”沈在野道，“身为男儿，就该有话直说。”

……倒是把这句话听进去了？

桃花失笑，摸了摸自己的脸，盯着他道：“原来爷也是个好色之人。”

“什么意思？”

“您不是说在和风舞第一眼就看上妾身了吗？”桃花道，“这第一眼，难不成不是看长得好不好看？”

沈在野顿了顿，很认真地道：“我只是觉得你装晕的样子傻得有些好笑罢了，至于容貌，倒是没看清楚。”

怎么就傻了？她当时那么机灵来着！

“你呢？”沈在野问，“你什么时候对我动的心？”

以前闷不吭声的，从来不表露心迹。这一旦说开了，倒是够直接的。桃花眼神飘忽了好一会儿，才道：“妾身不记得了。”

沈在野眯了眯眼，不高兴了：“什么叫不记得？”

“是当真不记得了。”桃花道，“先前是一直觉得您是个可以依靠的人，跟着您有肉吃，后来……就习惯了跟着您了。”

这答案可真不能让人满意，沈在野抬头望了望天，感叹地道：“原来在这感情上头，我还是输了你一局。”

先动心的竟然是他。

“有什么要紧？”桃花撇嘴，“妾身输您那么多次，您还一次都不想让妾身赢了？”

沈在野低笑一声，伸手拥住她，抵着她的额头道：“你这一次赢了，我这一辈子便都是你的了。”

桃花开心地笑了笑，伸手抱住他，微微红了眼。

这一辈子要是能更长些就好了。

穆无垠也不知道最后追上厉氏没有，这两人也不知道会是什么样的结局，总之第二天他们继续上路的时候，这宅院的主人还没回来。

“看样子没办法道别了。”桃花唏嘘，“好不容易这么有缘遇上。”

“道别有什么意思。”坐上车，沈在野拿了柔软的毯子给她垫好，低声道，

“各自都有各自的日子，山长水远，江湖不见最好。”

这一次不见，以后就当真不能再见了吧？桃花笑了笑，双手合十，真诚地祝愿这夫妻两人能和和美美过完下半生。

四人继续赶路，桃花的身子状况好了不少，一路上又是能说能笑的了，而且看见什么都觉得稀奇，一路上停停走走，倒是多花了几日才到他们想到的地方。

“这是哪里啊？”站在一个山头上，桃花看了看满山的桃树，花还没开呢。

“你跟我来。”沈在野伸手拉住她就往山里带。

桃花好奇地跟着，穿过几条小径，满心欢喜地以为会看见一处幽静别致的农家小院。

结果，她看见了一座大宅子。没错，就是那种红墙黄瓦，看起来像官邸的大宅子，巍峨地耸立在一片桃林之间。

“不喜欢吗？”沈在野挑眉，打量了那宅子两眼，“修得还不错啊。”

“爷。”桃花有点崩溃，“您不觉得在这种地方修这种宅子，很格格不入吗？”

“还好，大魏国都的行宫外头，就有这么一片桃树，桃花映着红墙黄瓦，看起来倒是好看。”沈在野很认真地道，“而且这种宅子住起来很舒服，不信你进去试试。”

桃花哭笑不得，心里很抗拒：“妾身想要个篱笆小院！”

“那太简陋了，山里湿气也重。”沈在野皱眉，“你这身子，还是好生养着吧。”

说罢，他直接将她抱起来，强行带进了宅院。

桃花选择了沉默，她怎么忘记了，沈在野不是个好官啊！要是把他的金库偷了，里头的银两怕是比赵国那几个官员加起来的还要多！这样的人，哪里肯清贫度日？

气鼓鼓地在窗户边蹲着，桃花跟只奓了毛的猫咪一样，看着窗外的桃树，闷声不吭。

沈在野捏了支发簪来插在她头上，然后道：“先吃饭。”

“这里跟相府有什么区别啊？”桃花沮丧极了，“一院子的下人，高墙大院，就是外头的环境变了而已！”

“不好吗？”沈在野道，“该有的区别都有了，这里不会有人来找我做事，也没有一院子不消停的女人，你想做什么就能做什么。”

“也不是不好。”桃花闷闷地看他一眼，伸手比划，“但妾身的想象里，这里应该有一个寻常的院落，没有别人，只有你我两人，然后早上看个日出，晚上看个日落什么的，不是很好吗？”

“主子。”青苔垮了脸，“只能有您两个人，那奴婢怎么办？”

桃花看她一眼，眯了眯眼：“你也老大不小的了，自然是该嫁人去。”

嫁人？青苔打了个哆嗦，连连摇头：“奴婢还是喜欢跟着主子。”

“你喜欢跟着就跟着吧，反正这宅子也大。”叹了口气，桃花认命了，想了想，正正经经地问了沈在野一声，“有产婆吗？”

沈在野一顿，神色微紧，点了点头道：“大魏最好的几个产婆一早就让人送过来了，这院子里大夫、医女、接生婆，什么都有。”

“好。”桃花笑了笑，“那我也就放心了。”

看了看她微微凸起的肚子，沈在野闭了闭眼，情绪瞬间就有些低沉。姜桃花却像个没事人一样，恢复了活泼的样子，开始拉着他在这宅子里四处看。

这宅子是沈在野很早之前就为自己准备的，想着总有一天能用得上。只是，这宅子外头本来是用假山石布满阵法，以阻止外人进来的，现在却变成了漫山遍野的桃花。

等春天到了，一定会很好看吧。

“爷。”摸了摸刚刚被戴在自己头上的簪子，桃花好奇地取下来看了看：“您送这个给妾身做什么？”

一支白玉簪子，瞧着有些眼熟，却格外秀气，看是羊脂白玉，就知道价值不菲。

“这是珍宝轩前不久上的货。”沈在野一本正经地道，“最贵的一支。”

哈？桃花有点没明白他是什么意思，结果抬头一看，就看见了他头上簪着的、她曾经买来送他的那一支白玉簪。

一瞬间，聪慧的桃花就明白了这是什么意思，了然地点头，抱着沈在野的胳膊就一堆好话送上去：“爷真是太有心了，妾身很喜欢！”

沈大爷听得很满意，看她的目光也温柔了不少，低声道："这一对白玉簪，算是天下独有。"

桃花心虚地点头，没好意思告诉他她以前还送过徐燕归一支白玉簪，估计这位大爷知道，就得翻了天。

不过他竟然会有这种小心思，倒是……挺让人觉得意外的。

意外又愉悦。

几人都在这宅子里安顿下来了，桃花终于过上了她梦寐以求的靠出卖色相就能混吃等死的好日子。只是，脸色也是一天比一天差了，不管沈在野寻什么方子找什么药材，她的肚子越来越大，身子却是越来越瘦。

沈在野很着急，整个人就像一头暴躁的狮子，只有守在桃花身边的时候能暂时压住脾气，温和地让她吃饭睡觉。

这天喝完药，桃花拉了拉沈在野的袖子，笑着问他："这都三月份了，桃花怎么还不开？"

沈在野脸色有些不好看，将她搂在怀里，看着外头道："大概是这山里太冷了，所以还有两个月才开吧。"

桃花点头："那我等着。"

解药的瓶子在青苔那里，沈在野一直没敢去看到底还剩多少，直到有一天醒来的时候，觉得心里疼得发紧，他才起身去问了问青苔。

青苔眼睛通红，没敢去桃花跟前伺候，看着沈在野，也只能道："爷再好生陪陪主子吧。"

瞳孔微缩，沈在野伸手拿过旁边放着的瓶子看了看。

空空如也。

五月份了，这山里却像是刚到春天一样，一阵风从窗口吹进来，带了不少桃花的花瓣。

姜桃花靠在床边看着，手轻轻捂着自己硕大的肚子，低声道："爷，可以看桃花了。"

"你这样子不能出去。"沈在野抿唇，"若是想看，我替你摘进来。"

"摘进来的有什么意思？"桃花撇嘴，"好不容易住在了桃花山，您就不能让妾身亲眼看看漫山遍野的桃红色是什么样子的？"

看了看她的脸色，沈在野很是犹豫，姜桃花却一贯有办法让他答应——抱住他，撒娇！

“好。”喉咙莫名有些发紧，沈在野将她抱了起来，手掌触碰到她身上的骨头，眼里忍不住红了一片。

“父皇给我们取名字的时候，可偏心了。”抱着他的脖颈，桃花笑道，“皇姐出生的时候，他翻了许久的书，取了‘素蘅’二字；长玦出生的时候，因为是唯一的皇子，他也花了点心思。”

“只有我，是他觉得宫里的桃花开得好，顺口取的。”

抱紧了她，沈在野低声道：“我很喜欢这个名字。”

“我也很喜欢，不为别的，就因为桃花跟我一样好看。”桃花嬉笑着说了一句，两人也刚好跨出大门，她转头，就看见了满山盛开的桃花。

“开得真是时候。”笑了笑，桃花伸手接住风吹来的花瓣，低声道，“不过，爷以后，还是换个地方住吧。”

心口猛地一揪，沈在野抱着她，半跪在地上，好半天才声音沙哑地道：“不住这里，我又能去哪里？”

“随便去哪里都好。”桃花眯着眼睛笑，“爷在这里，太孤单了。”

沈在野固执地摇了摇头，道：“离开了这里，我才是这天下最孤单的人。”

他想在这里一直陪着她，哪怕她没了呼吸，长眠于此，他也想继续陪着她。经过这么多事情两个人才在一起，他说什么都不会再跟她分开。

桃花失笑，叹了口气正想说话，脸色却是一白。

疼痛如约而至，没有解药的时候，蛊毒疼起来就如万蚁噬心，这种感觉既熟悉，又让她觉得恐惧，只能死死地抓着沈在野的手，咬牙不敢喊出声来。

这老天爷是不是也姓吕？为什么就连死也要让她这么痛苦呢？

刚开始还能挺住，但浑身痉挛起来，连着肚子一起痛的时候，桃花哭了，趁着还有力气说话，连忙把沈在野推开：“去找大夫跟医女，说不定会早产……”

沈在野回头就让远处的湛卢去了，桃花咬牙：“你也别在这里留着！走！”

“不要。”沈在野抿唇，将她抱在怀里，伸了胳膊让她咬着，手也任由她掐着，红着双眼道，“你总不能在这个时候推开我。”

这么狼狈的样子，他也要看？桃花埋头在他怀里，疼得忍不住低吼，声嘶力竭。

无所不能的沈在野，这会儿什么也做不了，只能抱着她，手足无措地想减轻她的痛苦，然而却是徒劳。

大口大口地喘着气，桃花感觉天上好像下雨了，雨水一颗颗地砸在她的脸上，有些温热，瞬间又冰凉。

“怎么办……”她努力保持清醒，按了按自己的肚子，“我这是要流产，还是要早产啊？疼得太过，他会不会也受不了？”

大夫和医女已经来了，围着这两个人，也不敢贸然上前。桃花疼得头晕目眩，眼角余光看见他们，连忙道：“快想办法，救救我的孩子！”

医女上前把了把脉，又看了看她的身下，忐忑地对沈在野道：“主子，把夫人抱进去吧，可能是要生了。”

沈在野一顿，抱起桃花便起身，大步回去院子里。但他一点也不着急，把她放在床边，双目很是温和地看着她。

“爷不想要这个孩子？”看着他这表情，桃花勉强问了一句。

“我只想要你。”

没了她，他也不会活太久，该做的事情做完了就得去寻她，若留个孩子下来，谁来照顾？

沈在野没吭声。

深吸一口气，桃花眼睛里突然有精神了不少，抓着他的手道：“妾身最后一个要求，若这孩子能活，爷伴他一世平安喜乐。若他不能活，爷也要自己活着。再遇见装晕很傻，让您动心的姑娘，就跟她好好过完一辈子。”

心头大痛，沈在野咬牙：“做不到！”

桃花皱眉，想再说下去，结果这一席话已经用掉她所有的力气，整个人瞬间就陷入一片黑暗之中。

“夫人！”医女和接生婆连忙将沈在野推开，掐人中的掐人中，给参片的给参片，屋子里一片兵荒马乱。

丫鬟来劝沈在野：“爷先出去吧。”

沈在野没动，就站在床边不远的位置，沉默地看着床上的人。

众人都拿他没什么办法，只能随他去。

青苔蹲在门口哭够了才进来，看着床上自家主子紧皱的眉头，却忍不住又要掉眼泪。蛊毒发作有多痛苦，她是知道的，一般到后来，主子都会直接昏迷，人事不省。然而这一次，主子在挣扎，拼了命地都想醒过来，把这孩子生完。

前些日子她就预料到了今日，所以悄悄地把她叫到跟前，低声道：“要是毒发的时候，孩子能保住的话，你们就尽全力保住孩子，我反正是要死的。”

“主子……”青苔咬牙，“奴婢肯定是要想法子先保您的。”

“傻不傻？”桃花摇头，“你保我一人，说不定就是三条性命一起没了，但保了这孩子，死的就只是我一人。”

什么三人啊一人的，青苔那时候听不明白，但是刚刚看见相爷的模样的时候，她突然就知道了。

主子是想用这孩子，撑着相爷好好过下去，为此，她哪怕疼得像是在油锅里煎熬，也要把这孩子生下来。

她见过自家主子很多次拼命的时候，为了生存，或是为了得到想要的东西，她都会拼尽全力，那小模样看着让人觉得这世上真是有很多事可以努力，朝气蓬勃。

然而青苔还没见过姜桃花像现在这样拼命的时候，压着黑白无常的脚步，想留个孩子给自己的丈夫。以往做什么事，她都会记得给自己留退路，然而这一次，她就是直接奔着死去的，看着让她觉得有种说不出来的悲伤。

“啊！”被痛醒了，桃花终于睁开了眼，大口喘着气，蛊毒的疼痛好像消退了些，也不知道下一波是什么时候来，她连忙抓着身边的接生婆道，“快，告诉我怎么生。”

接生婆被这架势吓着了，手都有些抖，饶是接生过很多次，也没遇见过这种要在阎王那儿抢孩子的女人，而且……她的脸色难看得，已经像个死人了。

“你别紧张！”桃花安抚她，“深呼吸，来，吸气，呼气……然后告诉我，怎么生？”

旁边的几个接生婆都哭笑不得，看着她道：“夫人这不是懂吗？就是您方才说的那样，羊水已经破了，您深呼吸，顺着小的们手的力道，用力。”

乖乖地照做，桃花脸色发青，本来想咬着东西不吭声的，然而阵痛简直比蛊毒还可怕，她按捺不住，还是叫唤起来。

沈在野听得站不住，想走过去，床边又全是人，忍不住就暴怒了："都给我让开！"

青苔皱眉挡在他面前："您过来也帮不上忙，就在旁边等着吧。"

这还是她头一次敢这么跟沈在野说话，也是情急得没有办法了，主子唯一的愿望就是把孩子生下来，他要是胡来，岂不是让主子走得都不安心？

沈在野瞪她，青苔也壮着胆子顶着，一步不让。正在对峙呢，却听得背后众人齐声惊呼："出来了！"

桃花已经没喊了，但也没听见婴儿的啼哭声。青苔心里一凉，慢慢地回头。沈在野也是一僵，抬头朝床上看过去。

几个接生婆拥着个孩子，正在剪脐带，可那孩子浑身都是青紫色，像是个死胎一样，不哭也不叫。

"这……"经验老到的接生婆也慌了，要不是眉目还是个婴儿的模样，她们当真得以为生了个妖怪出来！

而且，初生的婴儿不哭，那就……多半是死的了。

"节哀。"接生婆小心翼翼地对床边的沈在野道，"这孩子。"

"拿来。"沈在野伸手。

还没洗澡，初生子身上脏兮兮的，接生婆还是拿个东西包着，再递给了他。沈在野低头看了看这小家伙，闭着眼，一声不吭，跟她床上躺着的母亲一模一样。

是个女儿。

心里微微一软，沈在野伸手拍了拍她，算是……送她一路好走吧。

结果，这一拍，怀里的小家伙"哇"的一声就哭了出来，接着撕心裂肺的啼哭声就响彻整个宅院，惊得沈在野差点把她丢出去。

青苔大喜，又哭又笑，连忙把孩子接过来看了看，高兴得直跺脚："活了活了！"

沈在野一怔，眼睛一亮，连忙低头去看床上的桃花。

孩子都能活，那她呢？

床上的人安静地躺着，像是燃尽了的蜡烛，面色枯槁，半点没了生气。

沈在野瞳孔微缩，连忙拉起她的手，却发现触手冰凉，如同握着冬日里的柴火一样，瘦削又干燥。

屋子里的人都愣了，旁边的医女犹豫了许久，想上去给她诊个脉，却被沈在野拦住了。

“你们都出去吧。”沈在野道，“我陪着她。”

“爷？”青苔有些慌，抱了婴儿站在他旁边道，“您不先给小姐取个名字吗？”

“等她母亲醒来取吧。”温柔地将桃花的鬓发别在耳后，沈在野头也没转，声音很轻地道，“若是她母亲醒不过来了，你们便抱着她去找皇上，让皇上一定要好好翻书，给她取个好听的名字。”

有种不好的预感，青苔皱紧了眉，她以为沈在野这样的人，是不会痴心到要随主子去的，所以只要孩子生下来，让他有个台阶，他应该是会如主子所愿好好活着，将孩子养大的。

结果，他连看都不多看这孩子一眼。

这该怎么办？

见屋子里的人都僵硬着不动，沈在野有些不耐烦了，干脆将桃花抱起来往外走。

怀里的人没有温度，也没有呼吸和心跳，沈在野装作没有感觉到，将她抱到了花瓣落得最多的地方，再将她放下来，自己靠在树干上，让她靠在自己怀里。

“这里风一吹，就跟下桃花雨一样，我猜你也会喜欢。”低笑出声，沈在野喃喃道，“只是山里比外头冷，花开得终究是晚了，不然你还可以在这林子里跑来跑去，想爬树的话，只要我在，你就可以爬。”

“你该再等等的。”

风吹过来，卷了他们满脸满身的花瓣，迷了人的眼睛，沈在野笑了笑，拥紧怀里的人：“现在，你也得等我，走慢一点。”

等看完这一场花雨，他得亲手将她葬在这里，不然没个亲人送葬，孤独上路，来世也会孤身一人。而那之后，他再去追她，也是来得及的。

沈在野的心里有家国天下，有万里江山，要是在一年半之前，有人对他说，你会给一个女人殉情，他定然是觉得那人有病的。

他能做的事情有很多，该做的事情也有很多，怎么可能轻易放弃自己的生命？

然而，真正等到这个时候，感受着怀里的人一点点冰冷下去，他发现这世上所有的事情都没什么意义了，做来有什么用？她再也不会回来，他身边也再也不会有这样一个傻子，总是跟他顶嘴，也总喜欢一开门就抱住他，会做桃花饼，笑起来盈盈的充满算计，睡着的时候毫无戒备，可爱极了。

他要去哪里才能找到她？如果是黄泉，那也去吧。

湛卢站在远处，七尺男儿，本是不应该落泪的，但瞧着这场景，还是忍不住跟着抹了眼睛。上天真的不能眷顾这两个人一次吗？经历了那么多的事，还换不回来一个花好月圆？

天黑了又亮，满山的桃花在一夕之间，全部被风吹落，铺满天地。

动了动僵硬的身子，沈在野垂眸，将怀里的人抱了起来。

就算他再抗拒，心里也是明白桃花已经去了，所以在抱她的时候，他已经想过她的身子会很僵硬。

然而，伸手一搂，竟然是软的。

怔了怔，沈在野有些傻了，低头看向桃花。

不知道是不是桃花瓣吹得太多，她的脸上竟然有了些血色。

他盯着她看了一会儿，又深吸一口气，再屏住，将头低下去听了听。

微弱的呼吸声，伴随着心跳，清晰地传进他的耳朵里。

心像是要跳出喉咙，沈在野咬牙，立马抱着人往宅子的方向跑，被压了一宿的腿有些麻，来不及适应主人的动作，直接就朝前摔了下去！他一惊，在空中飞快地换了方向，把人护在怀里，然后重重地摔进一堆花瓣之中。

“主子！”湛卢和青苔都连忙赶了过来，湛卢扶起沈在野，青苔想接自家主子，却见相爷死死将人护着，不肯给她。

“爷？”不知道发生什么事的两个人，就好奇地看着沈在野小心翼翼地听着怀里的人的动静，然后继续跟疯了一样地往前跑。

他们都以为相爷是受了什么刺激了，然而跟上去之后，却见他很是清醒地将大夫拎了过去，眼里亮晶晶的，像是点亮了无数的灯。

“给她看看。”

大夫一愣，忐忑地把上了桃花的脉，先是一愣，继而又叹息：“夫人有些顽强，怕是要弥留一会儿，这应该是回光返照，因为她的心脉已经衰竭，想保住这命，很难。”

“不可能。”沈在野摇头，“她已经活过来了，有了呼吸，那就能救！”

“这……”大夫脸色有些发白，害怕地看他一眼，然后道，“有什么灵丹妙药的话，爷可以试试，至于这结果……老夫真的不敢担保。”

灵丹妙药？旁边的青苔像是突然想起了什么，立马跑到旁边，拿出一瓶子药来：“上次那个神医说，这东西也许可以救主子一命！”

沈在野一顿，立马把药接过来，和了水就想给桃花喂下去。

大夫在旁边看了看，闻着清香的药味儿，诧异地道：“这倒的确是个好药！”

“能起死回生吗？”青苔连忙问。

“不能。”大夫摇头，“但若一息尚存，那就还能试试。”

沈在野完全听不见他们说话，一双眼变得赤红，捏着药，却怎么也塞不进桃花嘴里。

这时候青苔才想起来，自家主子在昏迷的时候，是怎么也不肯松口的。这药就在她嘴边，却怎么也送不进去。

“怎么办？”青苔慌了，沈在野却没犹豫，直接把药塞进自己嘴里，拿舌尖抵着，强行吻上她的唇。

“别吐出来。”他低声道，“我不会害你，别吐出来。”

床上的人皱了皱眉，像是当真听见了一样，吞下了药丸，之后就再也没动静了。

青苔松了口气，沈在野的脸色却是依旧难看，一双眼死死地盯着桃花，想看这药有没有用。然而，床上这人半晌也没什么反应，只是气色好了些。

沈在野有些急躁，拎着大夫就问：“现在怎么样了？”

大夫吓了一跳，连忙道：“爷别心急，药见效也是要等的，不过看夫人这面色……兴许是有救的。”

只见桃花脸上的青紫色全部褪去了，慢慢地恢复了先前的红润，呼吸也开始明显而有力。

沈在野心头猛地一松，差点没站稳，湛卢连忙扶着他，又高兴又着急：“夫人有救了，爷您也得保重，先去吃点东西吧。这么久没进食，您身子再好也扛不住的。”

“你把膳食端进来就是。”沈在野道，“我就在这里吃。”

这屋子里满是血腥气不说，还有药气，要是往常，自家主子是绝对会嫌弃的，可现在，竟也能在这样的环境里用膳了。

湛卢觉得喉咙有些发紧，看了他一眼，还是应了，转身出去。

他觉得自家主子是这天下最绝情，也最深情的人了，他们不知道，他却最清楚。

很久之前主子就做了准备，让他给夫人和他都备好棺木，他会送夫人上路，再由自己来送他。谁都知道一贯有“孤身上路来世会举目无亲”的说法，他不舍得夫人孤独，却完全没考虑过他自己也是无亲友送葬的。

睿智毒辣的沈在野，算尽了天下的人，一身的功名，最后只想薄葬在这桃花山间，连宗庙祭祀都不享。他觉得心酸。

好在，现在事情终于有转机了，只要夫人活过来，他一定会好好跟她说，自家主子真的会是这天下对她最好的人。

姜桃花像是做了一场很长的梦，陷在黑暗里像是怎么也走不出来，一时急了，便喊：“沈在野！”

声音在四周回荡，前头不远处突然就有了点光。桃花一喜，提起裙子就往那边跑，跑着跑着发觉哪里不对劲，伸手一摸肚子，瘪了！

“我孩子呢！”心里一凉，桃花傻眼了，跌坐在地上抱着肚子不停地找，“我孩子哪儿去了？”

前头的光朝她飘了过来，桃花也没在意，只想着找孩子，身子却冷不防地一沉，整个人就从梦里惊醒过来了。

第一眼看见的是头顶的床帐，再一眼，就看见了有些憔悴的沈在野。

他依旧板着脸，像是早晨叫她起床似的，睨着她道：“醒了？”

心里不知为何有一种久别重逢的喜悦，桃花伸手就朝他撒娇：“要抱抱！”

喉头微紧，沈在野什么也没说，伸手便将她抱了起来。

轻得不像话的身子，跟枯柴一样，竟然真的活下来了。

“爷？”桃花只打算抱他一下的，结果被这人抱起来，竟然死扣着不撒手了，刚刚不还是张木板脸吗！

她正想说他两句，却觉得肩窝一暖，有什么东西顺着她的肩膀流进来了，温温热热的，又变得凉凉的，像极了那天桃林里下的雨。

桃花怔了怔，心口暖得一塌糊涂，用力回抱他，装作什么也没发现的样子，等他缓过来。

以前她总是感觉不到沈在野对自己的在乎，这人心里的东西太多了，她觉得自己大概只有一个小角落的位置。然而现在，她是当真明白了，这人视她如生命，很喜欢很喜欢她。

真好。

沈在野松开桃花的时候，脸上已经什么都看不出来了，只问她："饿吗？"

当然饿啊！桃花正想要肉吃，结果一摸肚子……

"我孩子呢？"心又凉了，桃花讷讷地道，"难不成那梦是真的，我孩子真的没了？"

沈在野一愣，这才想起还有个孩子，连忙道："有的，你生下来了，是个女儿。"

"真的？"桃花眼里已经有泪光了，"你没骗我？"

沈在野点头，连忙让青苔去把孩子抱过来。听见婴儿的啼哭声，桃花才算是彻底松了口气，接过襁褓仔细看了看。

"她……"有些意外，桃花眨眨眼，"她为什么是紫色的？"

青苔没敢吭声，沈在野一直没过问，自然也不知道是怎么回事，只能又将大夫请过来。

"夫人身上的蛊毒已经没了。"大夫硬着头皮道，"那药也将您的命救了回来，已经是不幸中的万幸了。"

"然后呢？"有点不好的预感，桃花沉了脸看着他，"我的孩子怎么了？"

大夫退后两步，连连拱手："这位小姐一出生就带着毒，算是她救了夫人一命，但她能活多久……老夫不知。"

刚以为终于逃出困境，原来却是进了另一个坑里。桃花脸色白了，愣怔地抱着怀里的婴儿，不知道说什么好。

沈在野皱眉，将她母女二人都拥在怀里，道："会好的，既然她还活着，那就会好的，你先别急。"

怎么可能不急？！

桃花有些不知所措，她知道蛊毒有多难受，不可能眼睁睁看着这么小的孩子来受那种苦！

“我活了，她就要死吗？”她低声问。

沈在野闭眼：“孩子总是会再有的。”

他实在不会安慰人，说完这一句，就不知道说什么好了，只能拥着她，任由她哭。

襁褓里的小家伙像是感觉到自己母亲的伤心了，跟着也哇哇哭起来。她一哭，桃花就慌忙停了下来，温柔地哄着她：“别哭别哭。”

她没做过母亲，看孩子哭只觉得又急又心疼，却不知道该怎么办，笨拙地哄着哄着，怀里的小家伙却慢慢地当真不哭了，安安静静地又睡了过去。

桃花红着眼不敢哭了，看起来可怜巴巴的。沈在野无奈，只能一下一下地摸着她的头发。

因着是母胎里受毒的原因，小家伙浑身发紫，但不知道为什么，除了这一点之外，其余的一切都十分正常，能吃能睡，就是早产儿，看起来小了些。

心惊胆战地照顾了女儿几天，桃花发现她并没有蛊毒要发作的迹象，但还是很不放心，打算等月子过了，便去找薛神医给她看看。

结果，自家师父就跟有千里眼顺风耳似的，直接上门来了。

“你还好吗？”千百眉笑着问她。

“捡回了一条命。”桃花一看见他就觉得想哭，红着眼睛将襁褓里的小东西递过去，“师父帮我救救她吧？”

接过襁褓，千百眉眼神幽深地看着那小东西，道：“吕氏死的时候多半是还恨着你的，所以她只说中了蛊毒不易怀孕，却没告诉你，一旦怀孕，蛊毒便有解。为师在苗疆游历了三个月，终于知道了这一点，所以便赶着回来看你了。”

“有解吗？”桃花兴奋了，要不是沈在野还拉着她，她肯定就要跳下床了，“师父的意思是，她还有救？”

“蛊毒是从你这儿转移到她身上的。”千百眉道，“转移的蛊毒有三年的蛰伏期，这三年的时间，就让她随为师去苗疆，长泡万灵草水，兴许能捡回一条命。”

三年？桃花皱眉，有些不舍：“必须要这么长的时间吗？”

“你该庆幸的是，她还有三年的时间可以用来尝试。”千百眉垂眸，“别的人，是根本连机会都没有了。”

别的人？桃花愣怔，下意识地问：“还有谁也中了蛊毒不成？”

千百眉笑了笑，一只手抱着小东西，一只手温柔地摸了摸她的头发：“没有别的谁了，为师只是说说而已。这三年时间，你就在这山里等着为师回来，可好？”

桃花有些犹豫：“要一直留在这里吗？可爷他……”

“我没有别的事要做。”沈在野道，“在这里留多久都可以。”

桃花一顿，笑了笑，朝千百眉点头：“那好，徒儿就在这里等着。”

“说话要算话。”千百眉笑道，“不然这孩子，我可就不还给你了，正好瞧着根骨不错，培养起来再当个徒儿，也未尝不可。”

哭笑不得，桃花道：“徒儿知道了。”

千百眉在这里住了两日，看着漫山遍野的桃花树，对沈在野道：“你也真是费心了。”

沈在野对他的态度好了不少，颔首道：“哪怕没有你，我也能让她过上安稳的日子，但你能告诉我，为什么要将她留在这里三年？”

千百眉垂眸：“她要是出去，重新回到纷乱之中，不是好事。”

“你是怕，大魏终究有一天会再度攻赵吗？”沈在野问。

“不用攻。”千百眉摇头，“用不了一年，赵国自然会落在大魏的手里。”

什么意思？沈在野不解，千百眉却看着他笑道：“那小家伙前半辈子已经吃了太多的苦，操了太多的心了，你以后就与她在这里好生过日子，莫要再问世间之事。若有朝一日你收到什么消息，也多为她想想，瞒着她是最好。”

心里隐隐有些不好的猜想，沈在野没说出来，只点了点头。

在对姜桃花好的事情上，他们两人总能合作的。

孩子被千百眉抱走了，桃花愁眉苦脸地抱着几本书，道：“临走都还是没能给她决定个好名字。”

“名字随缘吧。”沈在野道，“你有这份心就可以了，也不必非引经据典取个万分好的出来。”

桃花叹气，沈在野伸手搂住她，低笑着道：“等你身子好了，咱们再生一个吧。”

“嗯。”桃花点头，突然想起点什么，道，“这世上怕是有不少人觉得我已经死了，包括长玦，那孩子肯定会很难过的，咱们寄个书信去知会他一声如何？”

“好。”沈在野垂眸，“我帮你去写，你好生歇着吧。”

桃花点头，擦了手和脸，又继续倒回去睡觉。

送信出去的时候，沈在野吩咐湛卢：“回信先不要给夫人看，私下给我。”

湛卢应了。

但是没想到，这一封信送出去，回信来的时候，已经是第二年的年初了。这一年的时间里，桃花能吃能睡，快速地被沈在野养回了白白嫩嫩的状态。

山里的桃子结了果子，山下村子里的孩子便爱来摘，本以为会被骂呢，没想到主人却是个长得跟仙女一样的大姐姐，温柔地跟他们说，随便摘，还可以拿去卖，但是他们得帮忙打理桃林。

于是小孩子们都跟她亲近起来，时常来陪她玩，清冷的山里就热闹起来。

桃花大多时间都是跟沈在野腻在一起，吵架、斗嘴，再撒娇和好，她学会了做很多菜，也给沈在野做了很多衣裳。沈在野也终于变得温柔体贴，虽然脸上的笑容偶尔看起来还是不怀好意，但是她知道，他的心里疼她疼得一塌糊涂。

沈在野觉得，这样的日子他愿意一直过下去，与世无争，安乐自在。

然而，姜长玦的回信却像一把刀子，将这平静的日子划了条深长的伤口。

“你收到这封信的时候，朕应该已经不在这人世了，赵国无人可托，普天之下，除了穆无暇再无明君，所以赵国愿意举国归顺，还请姐夫同大魏陛下，善待赵国子民。”

心里一沉，沈在野瞬间就明白了千百眉说的话是什么意思。

他一早就知道姜长玦会死，让他务必瞒着桃花。

姜长玦是个了不起的孩子，虽然年纪不大，却在这一年之中让赵国逐渐恢复了繁荣，如今虽然依旧不能与大魏抗衡，但好歹已经不容小觑了。

举国归顺，听起来有些鲁莽，却是最正确的决定，这天下穆无暇是迟早要统一的，他不在，赵国无人可托，注定被战火包围。而若是归顺，那穆无暇就绝对不会挑起战火，甚至会善待赵国官员和百姓，当真是心怀天下了。

“爷在看什么？” 桃花推门进来，笑眯眯地问了一句。

沈在野垂眸，不动声色地将信件放进书里夹着，然后笑道：“徐燕归来信了，说已经与顾氏成亲。”

“哈？”桃花瞪圆了眼，“这都不请咱们去喝喜酒？”

“我送了贺礼，喜酒就不必了。”沈在野道，“这里的日子很平静，又何必再出去呢？”

“说的也是。”桃花点头，走到他旁边问，“长玦还没有信回来吗？”

“还没。”沈在野道，“估计是日理万机，实在匆忙，就不曾回信了。”

“他过得好就好。”桃花点头，感叹道，“我如今也没什么心愿了，就想让女儿平安回来，再看长玦子孙满堂。”

沈在野点头：“会实现的。”

桃花笑了笑，把手里的桃花饼给他，然后又兴冲冲地跑出去跟孩子们玩了。

“大姐姐。”小虎捏着树枝跑过来对她道，“你为什么不去山下看看？最近可热闹了！”

“热闹什么？”桃花温柔地问他，“有喜事吗？”

“不知道是什么事，只说陛下大赦天下，与民同庆，官府都在发钱粮呢！”

穆无暇是个好皇帝，大魏开拓了疆土之后，完全不曾有人起义，百姓的日子也是过得比以前更好了，怪不得沈在野选择辅佐他，他的确是个很有天赋的人。

“能大赦天下的肯定是好事。”桃花笑道，“那你们也记得去领钱粮，换身新衣裳。”

“好。”小孩子们齐刷刷地应了，然后咯咯笑着跑远。她起身，看了看天边的夕阳，决定今晚上给沈在野做个排骨汤。

可是，不知道为什么，分明什么事也没发生，她心里却莫名其妙地难受得紧。在院子门口站了一会儿，桃花还是蹑手蹑脚地回去了书房。

沈在野和湛卢在里头说话。

“皇上要立后了。”湛卢道，“也是时候了，只是选的几家小姐，他都不是很喜欢。御史大夫的意思，是让他迎娶赵国的郡主，如此一来，赵国之人也能更好安抚。”

“已经在交接了吗？”沈在野问。

“是，大魏派去的人一月前就到了赵国国都，暂时接管一切事务。”

“那便让人再去劝劝陛下吧。”沈在野道，“坐在他那个位置，没办法事事都如意。”

桃花愣怔地听着，有些没反应过来。

接管赵国？为什么？长玦怎么可能允许这样的事情发生？

嘴唇有些发白，桃花悄无声息地离开，带上两匹缎子，去了山下的小虎家里。

“沈夫人？”小虎一家人都受了她不少恩惠，看见她自然也是高兴，连忙搬了凳子出来给她坐。

将缎子放下，桃花道：“瞧着春天又到了，我这儿多了两匹东西，就想着给你们拿过来。”

小虎的娘亲是个贤惠的妇人，闻言又是高兴又是感激，朝桃花作揖了许久，然后将缎子抱进去了。小虎的爹是小商贩，每日都要进城去卖东西的，消息自然也知道得多，桃花转头就问他：“最近发生什么大事了吗？”

小虎爹点头：“是发生大事了，赵国皇帝驾崩，临走前没有禅位，直接归降于大魏，咱们大魏皇上一个高兴，大赦天下！这不，咱们屋子里都堆着两袋官府送的米呢……沈夫人，您怎么了？”

摆摆手，桃花勉强想笑，却只扯动了一下嘴角：“赵国的皇帝，是怎么驾崩的？”

“听说是得了什么病，又听说是中了什么毒，众说纷纭，也不知道谁真谁假。”

点点头，桃花站起来就想回去，结果脚下一个踉跄，狠狠地摔在了地上。

“夫人！”小虎一家都吓了一跳，七手八脚地来扶，桃花笑着说没事，揉揉膝盖就继续往山上走。

长玦死了。

她觉得这消息有些荒谬，那孩子正年轻，活得好好的，怎么可能死了呢？

一定有别的原因，或许他只是不想做皇帝了，所以找了个借口……

“皇姐放心，长玦以后一定会成为一个很好的皇帝，为天下百姓谋福祉！”

这是他的愿望，拼命换来的皇位，怎么可能放弃呢？

走不动路了，桃花蹲在路上，突然就放声大哭。

“你该庆幸的是，她还有三年的时间可以用来尝试。”千百眉垂眸，“别的人，是根本连机会都没有了。”

师父说的，难不成是长玦吗？他什么时候也中了蛊毒，而她根本不知道？还离开了赵国，在这山里过起神仙日子了！就连他死，她都没能赶去看一眼！

心口痛得难受，桃花跌坐下去，哭得声嘶力竭，声音响彻整个树林。

老天爷是不是在玩她啊？自己差点没命，好不容易活过来，女儿又差点没命，好不容易有转机，送去治病了，长玦却离开了人世。

她上辈子到底做了什么穷凶极恶之事，这辈子要得这样的报应？！

沈在野皱着眉下山，半路就听见了哭声，连忙飞身过去，就见姜桃花哭得眼睛都肿了，跌在地上可怜兮兮的。

又气又心疼，他过去便一把拉起她：“你怎么了？”

抱着他抽抽搭搭了好一会儿，桃花垂了眼眸，闷声道：“下山给小虎家送匹缎子，结果路上把膝盖摔着了。”

皱了皱眉，沈在野半跪下，让她坐在自己腿上，然后掀起她的裙子和裤腿。

膝盖上一片血淋淋的，看得他倒吸一口凉气。

“你没事乱跑什么！”

被他这一吼，桃花的眼泪又下来了，“啪嗒啪嗒”地掉个没完，还咬着嘴唇不敢出声。

沈在野一顿，无奈地叹了口气，伸手将她抱起来就往山上走：“我不是故意要凶你，但你一声不吭的人就不见了，很让人担心。下次送什么东西，让青苔来就好了。”

“嗯。”含着泪点头，桃花靠在他胸口上，闭了闭眼。

“爷，赵国那边，什么消息都没有吗？”她装作不经意地问了一声。

沈在野“嗯”了一声，没说别的了。

眼泪又往下掉，她突然就明白了师父为什么要她留在这里三年，也明白了沈在野为什么看书信从来都是躲着她的，这两个人，就想瞒着她，让她什么也不知道地愉快地过完这一辈子。

怎么可能做得到呢……

回到宅子里，沈在野取了药酒来给她擦，桃花疼得瑟缩，皱眉问：“爷，咱们能去看看陛下吗？”

沈在野一愣，抬头看她一眼：“好端端的，去看陛下做什么？”

“毕竟是一步步看着他从南王变成皇帝的，如今天下太平，也该去看看他，叙叙旧也好。”

沈在野道：“你忘记你答应你师父什么了？”

“偷溜一次，反正师父也不会知道。”桃花笑了笑，“去嘛去嘛，去玩几天就回来。”

沈在野刚想说不行，结果这小丫头像是预料到他要说什么似的，眼泪立马就涌出来了，只要他说个“不”字，立马决堤。

长叹一口气，沈在野问：“你是不是知道了什么？”

“什么？”桃花歪了歪脑袋，“爷有事瞒着妾身吗？”

“嗯。”犹豫片刻，沈在野道，“长玦其实回了一封信，怕你伤心，我还没给你。”

桃花朝他伸出手，定定地看着他。

沈在野抿唇，起身就去将信找了出来，放在她手里。

“皇姐，别来无恙？当初一时少年心性，想夺这皇位来坐。如今坐上，却是感觉举目无亲，当真乃孤家寡人。长玦能力不足，不能如以前所想那般为天下百姓谋福，所以有负皇姐厚望，想退位隐居，过寻常日子。为了堵人之口，长玦唯有假死以逃，还望皇姐莫要责骂。皇姐日子平顺，长玦便不来打扰了，天高海阔，长玦想游历山河，等累了的时候，再回来寻皇姐……”

桃花看得又哭又笑，心口堵得难受。

这三个人，竟然这样有默契地来骗她！长玦这孩子，当真以为她不知道他是什么样的人，这样的话，她怎么可能相信！

“别太难过了。”沈在野道，“他的愿望，大概就是想让你这个姐姐安乐幸福。”

怎么安乐？怎么幸福？桃花呜咽不成声，趴在沈在野肩头哭了许久，才道：“如此说来，天下是尽归陛下之手了，是吗？”

“嗯。”沈在野点头，“陛下不久之后，就会与赵国的郡主完婚。”

“那好。”桃花道，“这场大婚，咱们总得去看看吧？”

沈在野沉默，想了许久之后，才点了点头：“好。”

他们终于还是离开了桃花山，轻车简从，一路往大魏国都而去。路上沈在野瞧着桃花的神色，好像也没什么不对劲的，只那一日哭得伤心了些，后头就跟什么也没发生过一样，只偶尔念叨长玦真是胡闹。

她当真信了那封信吗？沈在野弄不太明白，不过她只要别再哭那么厉害，随便怎样都好。她一哭，他才是当真什么办法都没有。

两人到达国都皇宫的时候，本已经准备换礼服拜见陛下了，却见太监总管林公公跑过来，无奈地道：“丞相、夫人，皇上出宫去了。”

出宫？！桃花吓了一跳：“出去做什么？”

林公公叹息：“皇上经常如此，劝也劝不听，此番丞相和夫人回来，倒是可以帮忙想想办法。”

“但现在，该去何处找他？”沈在野皱眉。

林公公自然也是不知道的，正摇头呢，却听得旁边的姜氏低呼了一声：“我也许知道他在哪里。”

沈在野一愣，还没反应过来，就被桃花拉着往外走了。

一年多没回来，国都看起来比以前繁华了不少，街道宽了，房屋也修得更加精致。桃花与沈在野同乘，在他怀里指路：“往那边。”

“再往前，就是贫民窟了。”沈在野道。

“就得去那种地方找。”桃花笃定地道，“他肯定会经常到那儿去看看的。”

沈在野不解，却还是听她的，策马进了贫民窟。

穆无暇站在山顶，看着面前这一方小小的坟墓，放了香果点了香，站了许久。

他想做的，如今都在一步步地完成，天下终究会变成他想要的样子，这人在九泉若是有知，不知道会不会舒心一些，他的母亲和妹妹都过上好日子了。

只可惜，他再也活不过来。

正有些惆怅，背后却传来个万分熟悉的声音。

“看看，就说陛下多半会在这里。”

微微一愣，穆无暇回头就看见了姜桃花，她还是跟以前一样明艳动人，拉着沈在野的手，蹦蹦跳跳地就朝他这边来了。

真是许久不见啊，穆无暇笑了，转身迎上去，看了看她，又抬头看看沈在野：“你们回来了。”

“想来给陛下一个惊喜，却没想到被陛下给了个惊喜。”沈在野扫了一眼后头的墓碑，“您如今已经是九五之尊，还来这种地方做什么？”

穆无暇道：“虽为九五之尊，也不该忘记朕为什么要坐上这位置。皇位之上需要权衡的东西很多，有时候甚至会迷失本心。每到这种时候，朕就来这里看看。”

他当初说过的，想救天下的百姓，不是只救哪一个人，而是让他们都能过上好日子。这一方坟墓就是对他的提醒，他生活安乐无忧，天下却仍旧有许多人等着他救。

所以，即便不愿意，他还是得娶了赵国的郡主。

瞧着他这表情，沈在野皱了皱眉，正想问他遇见什么事了，桃花却推了推他：“爷先去山下等着吧，妾身跟陛下说会儿话。”

看她一眼，沈在野点头，顺从地走了。

穆无暇有些惊讶，愣愣地看着他的背影，直到人完全消失了，才感叹地道：“姜姐姐真是厉害。”

不远处有个凉亭，桃花邀了他过去，笑眯眯地道：“相爷是知道您与他说不好什么话，所以相信妾身罢了。他也看得出来，陛下有心事。”

苦笑一声，穆无暇垂眸：“朕只是突然想不明白，朕到底在为谁而活？”为这天下，还是为自己？

桃花了然：“您不想娶自己不喜欢的人？”

“面都未曾见过，谈何喜欢？”穆无暇叹息，“一旦娶了，便不能辜负，可要是根本不是一条路上的人，那朕到底该怎么做？”

桃花耸肩：“妾身在嫁过来的时候，也不认识相爷，这世上太多盲婚哑嫁，全靠缘分，陛下又何必太当真？赵国郡主之所以嫁给您，求的是赵国上下安稳。您之所以娶她，求的也不过是能更好地吞并赵国，各取所需，感情的事，难道不是放在最后才考虑的？”

穆无暇一愣，有些忐忑地看她一眼：“姜姐姐知道赵国的事了？”

“嗯。”桃花笑了笑，“已经成这样了，那也好，天下迟早要统一，如此一来还免了战乱。”

穆无暇抿唇，他是知道姜长玦的事情的，还为此惋惜了很久。沈在野来信说，要他别说漏嘴，姜长玦只是远游，并不是死了。

但，他现在看着姜姐姐的神情，总觉得她是什么都知道的。

轻叹一声，穆无暇转了话头：“这世上像姐姐和丞相这般的缘分，也是再难遇见了。”

“妾身与相爷的缘分？”桃花失笑，“本就没多少缘分，全是算计在硬撑。不过撑到最后，竟然也花好月圆了。陛下您说，这世上的感情之事，是不是最高深莫测的？”

“朕不懂。”穆无暇摇头，“不是单纯的感情，相互算计和利用之后，两个人当真还能跟什么也没发生过一样，好好地在一起吗？”

“怎么说呢。”桃花想了想，“不是当作什么也没发生过，而是经历了这么多之后，我们发现彼此当真是相爱的，这才是能好好在一起的原因。就比如，他知道长玦是死了，却骗我说没死，怕我伤心。而我知道他是骗我，但为了让他好过，我就装作被骗的样子。说是欺骗和算计，但都是想着为对方好。”

说着，她抬头看了穆无暇一眼：“其实长玦就是死了，死于吕后的蛊毒之下，没有解药，没有转机，不是吗？”

穆无暇一愣。

这孩子老实啊，都听她这么说了，就以为桃花当真是知道这些的，也忘记自己在转移话头了，顺着她的话就颔首：“姜姐姐节哀，长玦也算是死得其所，那蛊毒实在太过阴狠，长玦也是一早就知道自己命不久矣，倒还替赵国安排好了退路。”

脸色白了白，桃花闭了眼。

当真是这样死的，她这个当姐姐的，竟然什么都不知道。吕后定然是活着的时候才能给他下蛊毒，也就是说，他们还在赵国的时候，长玦就已经中毒了。

那傻孩子，一句话也没跟她说，还在打仗抗敌，与大魏之人周旋。

“姜姐姐？”看着面前的人流了泪，穆无暇有些傻眼，连忙递了帕子给她。桃花接过来抹了抹脸，哑声道：“请陛下替妾身瞒一瞒相爷，就当妾身什么都不知道吧。”

眼神复杂地看了看她，穆无暇点头。

她来国都这一趟，也就是想问问长玦的死因。人已经没了，连个仇人都没给她留下，她也做不了什么了，就不必再给沈在野添堵。

回到山下，沈在野迎了上来，桃花灿烂一笑，说：“陛下已经回去了，我们好不容易出来一次，也去逛逛国都吧！”

“好。”沈在野温柔地牵住她，此生再也不会放手了。

魅丽文化 赠品

上架建议：言情／畅销

ISBN 978-7-5500-2826-5

9 787550 028265 >

定价：38.00 元